납골당의 어린왕자 8

저자 **퉁구스카** | 표지 **MARCH**

|목차|

새크라멘토

"빠릿빠릿하게 움직여라, 이 구더기들아!"

디안젤로 하사가 날카롭게 외쳤다. 독립중대원들을 대하는 그녀의 태도는 전에 비해 무척이나 엄격했다. 장교후보생처럼 단련시키라는 겨울의 당부 탓일 것이다. 하사의 기세에 눌린 병사들이 이동준비를 서둘렀다. 임무부대의 다음 작전지역은 새크라멘토였다. 캘리포니아 중앙 평원에서 가장 거대한 광역권은, 지금 17만의 미군이 투입된 치열한 전장이 되어 있었다.

상황을 전파 받은 싱 대위는 이렇게 평가했다.

"아무래도 놈들 나름의 결사대라는 느낌이 듭니다."

다수의 생존을 위해 소수를 희생시키려 한다는 뜻. 겨울도 동감이었다.

"어떻게든 우리의 발을 묶어두고 싶었겠죠. 원하는 대로는 되지 않겠지만."

변종들에겐 유감스럽겠으나 멧돼지 사냥의 기세는 여전했다. 북쪽 두 개 주의 병력 대부분이 남하한 데다 방역전선의 길이는 축소되었기 때문이다. 앞으로 마주치는 도시마다 봉쇄병력을 남기더라도, 병력밀도는 전보다 오히려 높아질 것이었다.

　"그래도 이제까지처럼 무난한 싸움을 기대할 순 없을 겁니다. 전 영악한 것들의 적응과 수작질보다 새로운 특수변종들이 걱정스럽군요. 시가전처럼 제한된 환경에서는 위험한 놈들입니다. 마주칠 일이 없었으면 좋겠는데……."

　"그건 어려울걸요? 광역권 동쪽이 산맥과 닿아있으니까. 벌써 흘러들었을 거예요."

　낯선 괴물들과의 최초 접촉보고는 캘리포니아의 등뼈, 시에라네바다 산맥으로부터 전해졌다. 상이한 2종이 동시에 등장했다는 사실은 겨울에게도 조금 뜻밖이었다. 어쩌면 기존의 특수변종들 가운데 낮은 쓸모로 인하여 도태된 종류가 있을지도 모르겠다.

　'아마도 스토커…… 아니, 그럼블일 가능성도 있나.'

　미군의 압도적인 우세 속에서 거대 괴물은 화력을 유도하는 대형 표적에 지나지 않았다. 전차 주포 한 방, 공군의 폭격 한 번이면 뼈와 살이 분리되고 만다.

　선임상사 메리웨더가 보고했다.

　"Sir. 이동준비 완료했습니다."

　겨울이 끄덕이며 참모들을 돌아보았다.

　"우리도 타죠. 할 이야기가 있으면 가면서 하고."

그러므로 이번에도 이동수단은 지휘 장갑차였다. 통신장교 에반스 중위는 벌써부터 해쓱하다. 승차감이야 비슷하더라도, 멀미 면에선 험비 쪽이 훨씬 낫다.

겨울은 방역전쟁 사양 지휘콘솔의 정보란을 건드렸다. 혹시 새로운 정보가 있는가 해서였다. 몇 초간의 로딩 끝에 긴 목록이 출력되었다.

'많네.'

이 순간에도 서면보고, 사진, 동영상, 브리핑 등의 자료가 실시간으로 갱신되는 중이다. 미군은 최초 접촉이 각각 어제와 오늘 새벽인 괴물들의 전모를 필요한 만큼 파악한 상태였다. 새삼스럽지만, 정상적으로 기능하는 국가란 정말로 강력한 힘이었다.

목록을 항목별로 재정렬한 겨울이 조회수가 가장 높은 동영상을 하나 재생시켰다.

타타타타탕!

줄여놓은 볼륨으로도 요란한 총성이 참모들을 흠칫 놀라게 했다. 겨울이 살짝 미안한 표정을 짓고서 고갯짓해보였다. 아니라고.

「젠장! 쬐끄만 게 더럽게 안 맞네!」

영상 속에서 갖은 욕설이 들린다. 그 목소리가 메아리처럼 들리는 까닭은 겨울의 참모들도 각자의 콘솔로 화면을 공유하기 시작한 탓이었다.

병사들이 경계하는 표적들은 하나같이 작고 날렵했다. 변이 코드 스캠퍼(Scamper). 1미터 남짓한 체구, 발달한 하반신과 역관절의 다리는 산악지형에서조차 놀라운 가속과 방향전환을 가능케 했다. 인간을 상대하는 싸움에선 크기가 작은 쪽이, 즉 피탄 면적을 줄이는 방향으로의 변이가 더 유리할 수도 있다는 걸 깨달은 모양이다. 거대한 그럼블이나 체내 기전이 복잡한 트릭스터에 비해 변이하기도 쉬울 듯했다.

어쨌든 물어뜯기만 하면 변종의 승리다.

「2시 방향에 적!」

「10시 방향! 윽, 7시 방향에도 있다! 이 새끼들 빙빙 돌잖아!」

「버튼! 카트라이트! 수류탄!」

「Frag out!」

시야를 가리는 장애물들을 두고 원을 그리며 조여드는 떼를 향해 몇 개의 수류탄이 한꺼번에 던져졌다. 그러자 주위의 수풀이 거세게 요동친다. 기형적으로 일그러진 난쟁이들이 튀어나와, 포식자를 피하는 야생동물처럼 흩어졌다. 그 와중에 전혀 다르게 행동하는 몇몇도 있었다.

쾅! 콰쾅!

「Shit! 저 잡것들이 몸으로 덮었어! 믿을 수가 없군!」

그뿐만이 아니었다. 미친 듯이 도약하여 콱 물어버리는 놈도 있었다. 던져진 공을 낚아채는 개처럼 보일 지경. 그 순간에 머리가 터져 가슴팍까지 찢어졌다. 폭압에 팽개쳐지는 몸뚱이. 뼛조각 섞인 핏빛이 쫙 뿌려졌다. 뒤집어쓴 놈들은 죽음을 면한다. 그러나 그 순간뿐이었다. 눈에 살점이 튀어 퀘액 거리는 사이에, 경기관총 사격이 그것들의 몸통을 갈아댔다.

「쏴! 숨기 전에 다 쏴 죽여! 거리를 좁히게 두지 마!」

다급하게 흔들리는 화면 아래에 경기관총을 다루는 지원 화기 사수의 모습이 보인다. 무릎쏴 자세로 여러 차례 끊어 당기는 방아쇠. 약실에선 쉴 새 없이 탄피와 더불어 끊어진 링크들이 튀어나왔다. 재장전은 없다. 500발들이 급탄 배낭이 여전히 묵직했다.

「뱅크스! 유탄은 얼마나 남았지?!」

「어…… 다섯 발입니다!」

「Damn! 그거라도 갈겨! 1분대! 저쪽으로 제압사격! 놈들을 내리막길로 몰아!」

이름 모를 소대장의 판단은 정확했다. 이제 막 등장했을 뿐이기에 모자란 부분이 많은 난쟁이들은, 거친 내리막길에서 마구 구르고 넘어져버렸다. 속도와 균형을 주체하지 못하는 느낌이었다. 나무에 뻑 하고 격돌한 놈은 피를 뿌리며 쓰러져선 굵은 다리를 벌벌 떨었다. 머리부터 부딪히는 바람에 목이 꺾여버렸다.

악!

외마디 비명. 사각에서 거리를 좁힌 놈들을 너무 늦게 발견했다. 기습당한 소대장이 팔을 물렸다. 아니, 팔로 막은 거다. 그의 전투복은 겨울의 임무부대와 동일한 신형이었다. 그러나, 으득으득 소리가 난다. 전투복 아래의 살이 씹히는지, 아니면 괴물의 이빨이 뭉개지는지.

소대장을 향해 총을 겨눈 병사들이 함부로 쏘지 못하고

머뭇거렸다. 타타타타! 매달린 괴물의 배가 등 쪽으로 찢어졌다. 일그러진 복부에 대고 한 손으로 소총사격을 가한 소대장이 병사들에게 악을 쓴다.

「미친놈들아! 한눈팔지 마! 내 엉덩이는 내가 간수한다!」

사격이 뜸해진 틈을 타, 반전한 괴물들이 지그재그로 튀며 거리를 줄이는 상황.

「섬광탄과 수류탄을 같이 던져!」

명령하며, 소대장은 소총을 놓고 권총을 뽑았다. 척추가 끊어지고도 턱주가리의 힘만으로 매달려서는 사납게 머리를 흔들어대는 난쟁이 괴물. 그 머리통을 영거리에서 쏜다.

「먹고 떨어져 씹새야!」

타앙! 탕! 탕! 총성과 화염이 크다. 일반적인 보급품이 아닌 대구경(.357) 권총이었다. 변종의 눈, 이마, 머리에 여러 발의 탄이 박힌다. 그러다가 마침내 뚜껑이 날아갔다. 의도한 건 아닐지라도, 데브그루의 카누잉과 유사한 상흔이었다. 머리 절반을 잃은 괴물이 축 늘어진다. 소대장이 그 턱을 직접 떼어내고 팔뚝을 확인했다.

「헉, 헉……. 젠장! 지옥에 떨어질 뻔했네.」

전투복 자체는 괴물의 이빨을 견뎌냈다. 걷어 올린 소매 아래의 살은 피멍이 들어있었다. 그래도 감염을 피한 것만으로 다행이라 해야 할 것이다.

'치악력은 평범한 변종 수준인가.'

스캠퍼는 아직 살아있는 샘플이 잡힌 적이 없다. 그러므로 정확한 치악력은 모른다. 하지만 신형 전투복을 뚫지 못한 걸 보면 맹견보다 나은 수준은 아닐 것이었다. 겨울은 군견을 데리고 왔던 이안 멘도자 중사의 시연을 떠올렸다. 소매부터 팔꿈치까지는 급소만큼의 방검 성능이 적용되어 있다고.

"이 친구 침착하게 잘 싸우는군요. 초임장교라는데."

마무리에 접어드는 전투를 감상하며, 작전장교가 살짝 감탄했다.

덜컹. 지휘장갑차가 흔들렸다. 에반스 중위가 괴로워한다. 전진기지가 마련된 새크라멘토 국제공항으로 이어지는 국도는 도로 상태가 영 좋지 않았다. 이따금씩 선선할지언정 대지를 불태우는 계절은 지금도 계속되고 있었고, 살인적인 직사광선은 아스팔트를 녹여 쩍쩍 갈라지게 만들었다. 조금이라도 달렸다 하면 험비 바퀴가 찐득거릴 지경이었다.

정보장교가 우려한다.

"움직임이 아주 기민합니다. 게다가 집단행동을 하는군요."

겨울이 끄덕였다.

"운이 나쁘면 수류탄 같은 건 되던져질 수도 있겠어요."

현재 상부가 내놓은 임시 대책이 병사들의 수류탄과 섬광탄, 유탄 휴대량을 늘리는 것이었다. 하나 그것만으로는 충분하지 않다. 일선 지휘관들은 병사들의 무장 교체를 희망했다. 연사 가능한 전자동 샷건이면 이것들을 갈아버리기에 충분하다고.

가장 유력한 총기는 겨울에게도 낯익었다. 어느 총이라고 낯설겠느냐마는, 이번 세계관에선 에이프릴 퍼시픽에 들어갈 때 조안나가 사용했던 화기[1]였기에. 중화기에 가까운 총인데도 감독관은 그걸 잘도 다뤘었다.

'무게가 단점이긴 하지만……. 괜찮겠지. 원거리 근거리 다 소화 가능한 물건이니까.'

일반적인 이미지와 달리, 샷건이 반드시 근접 산탄만을 쓰는 건 아니다. 단일탄체(슬러그)를 쓰면 백 미터, 특수목적탄(FRAG-12)을 쓰면 이백 미터 밖에서도 명중탄을 내는 무기였다.

그러나.

"무기 교체가 금방 이루어지진 않을 것 같고……."

당장 필요로 하는 부대들이 워낙 많다. 샷건은 주류 무장이 아니어서, 그렇게 많은 수를 순식간에 보급해줄 순 없는 노릇이었다.

"내 생각엔, 이동식 장애물을 적극적으로 쓰는 게 어떨까 하는데요."

겨울의 말에 싱 대위가 적극 동의했다.

"마침 저도 같은 생각을 하고 있었습니다. 바디벙커 같은 물건이 제격이겠군요. 이건 헌터 대책으로도 괜찮을 겁니다."

헌터는 예의 그 또 다른 특수변종이었다. 등짝과 몸통에 비대한 폐가 추가로 붙어있어, 공기압으로 치아와 유사한 재질의 발사체를 사출한다. 문제는 이 발사체에 감염돌기가 박혀있다는 점이었다. 질량이 무거워 신형 전투복만으로는 완전한 방어가 불가능하다.

---

1 AA-12 : 자동산탄총. 탄창에 따라 8, 20, 32발의 12게이지 산탄을 연사할 수 있다.

처음에 뭣도 모르고 응급처치를 하던 위생병은 변종이 된 부상자에게 물려 죽었다고 한다.

"단순히 스캠퍼 무리만 견제할 용도라면 슬랫 아머에 바퀴를 달아도 쓸 만할 겁니다. 어차피 지금은 쓸모가 없는 물건들이니 요청하면 바로 내주겠지요."

싱 대위의 제안은 조달의 용이함까지 고려하고 있었다. 슬랫 아머는 차량에 부착하는 용도의, 철망처럼 생긴 추가 장갑이었다. 원래 구식 로켓 같은 게 걸려서 터지라고 만든 것으로, 방역전쟁에서는 쓸모가 무척 제한적이었다.

겨울이 긍정했다.

"슬랫 아머에 바퀴라…… 좋네요. 우리가 싸울 곳은 도로가 깔린 시가지니까요. 장애물이야 어차피 치워야 하는 거고……. 음, 쇼핑 카트 같은 것의 바퀴를 떼어서 써도 충분할 것 같은데."

즉 현장에서 즉석으로 제작하면 된다는 말. 야전개조의 일환이다.

'초기에 도태시키는 게 최선이지.'

효과적이지 못한 특수변종은 더 이상 만들어지지 않는다. 이제 막 등장한 놈들이 스스로를 증명하기 전에, 더 확산되기 전에 집중적으로 무력화시킬 필요가 있었다.

"어…… 진압방패를 달라고 하는 건 어떻겠습니까?"

작전장교가 건의한다.

"조금 전 영상에서는 소대장이 자기 팔로 막았잖습니까. 진압방패는 들개를 닮은 괴물들을 상대하기에 아주 효과적일 겁니다. 분대마다 두 개 정도 배분해서…… 그리고 이미 충분한 물량이 있다는 것도 장점입니다. 모르긴 몰라도 주마다 수만 개는 있겠지요. 경찰과 FBI의 양해를 구한다면 바로 오늘이라도 공수 받을 수 있지 않겠습니까?"

겨울이 곤란한 표정을 짓는다.

"우리 입장에서는 좋은 생각이지만, 그랬다간 경찰들이 죽는 소리를 낼걸요?"

"……"

"정말로 죽을지도 모르고."

조안나는 아직 잔불이 남아있다고 표현했다. 그 말은 즉 언제 어디서 폭동이 터져도 이상하지 않다는 뜻이었다. 가뜩이나 유혈진압이 부담스러울 경찰 입장에서 시위진압용 도구를 내놓기란 쉬운 일이 아닐 것이었다.

"일단 건의는 해보죠. 결정은 우리 몫이 아니니까요."

겨울이 자판을 빠르게 두드렸다. 즉석에서 상급부대에 올리는 보고서였다. 변종들과의 싸움에서 일선 지휘관들의 판단과 건의는 비중 있게 수용된다. 이것이 인사평가에 반영되기도 했다. 그러므로 보고서엔 발안자의 관등성명을 정확하게 언급해주어야 한다.

이야기는 10분 남짓으로 끝났다. 어차피 곧 지역 사령부에 도착하고 나면 브리핑이 진행될 것이었다.

북상한 임무부대는 새크라멘토 서쪽의 또 다른 도시, 우드랜드 시가지로 접어들었다. 이곳에서도 아직 교전이 진행 중이었으나 강도는 대단치 못했다. 그러므로 도심을 가로지르는 주요 도로는 이미 미군의 통제하에 들어와 있었다.

겨울이 보는 외부 관측화면에 옛 거주지의 풍경이 비쳐진다. 광역권에 인접한 주거도시인지라 도심까지도 주택가로 이루어져있었다. 곳곳에 요새화된 가옥과 휘날리는 성조기들이 보인다. 본격적인 전장인 새크라멘토에서도 같은 방식으로 중간 거점을 확보하면서 착실하게 점령구역을 넓히고 있다는 소식.

특기할 만한 사항이 있다면 도시에 낀 흙빛이다. 혹독한 여름과 메마른 하늘이 만난 결과다. 이따금씩 따가운 모래바람이 불 정도였다. 농무부 입장에선 복구비용 문제로 걱정이 태산이겠으나, 국방부 입장에선 반가운 일이었다.

에반스 중위가 청했다.

"Sir. 잠시만 바람 좀 쐬어도 되겠습니까?"

겨울은 그러라고 했다.

"다른 사람들만 괜찮다면요."

전투상황도 아닌데 차내에 꼭 갇혀있을 필요는 없지만, 열린 해치로 들어올 뜨거운 공기가 문제였다. 그러나 다른 참모들은 선선히 끄덕여주었다.

"상관없지요. 어차피 금방 도착할 텐데 말입니다."

그들을 대변하는 싱 대위의 승낙이 에반스 중위의 구원이었다.

지휘장갑차의 상부 해치는 여럿이었다. 후방에 둘, 중앙 포탑에 하나, 운전석에 하나. 겨울도 하는 김에 해치를 열고 뜨끈한 장갑판에 걸터앉았다.

열기는 그리 괴롭지 않다. 「환경적응」의 수준을 꾸준히 강화시킨 덕분이었다. 환경에 의한 불이익을 완화하는 보정. 여기에도 천재의 영역이 있다. 지금으로 예를 들자면 타고난 온도 내성. 천에 하나, 만에 하나 꼴로 더위나 추위를 잘 타지 않는 사람이 되는 셈이었다.

'어차피 전투력은 한계에 도달했으니까. 굳이 올리려면 불가능하진 않겠지만……'

관제인격은 겨울의 모든 상호작용을 평가한다. 여기엔 부대지휘도 포함된다. 즉 현 시점에서 시스템적인 경험은 충분히 쌓여있었다. 전투기술에서 미답의 영역을 개척할 수도 있을 만큼.

그러나 「개인화기숙련」으로 말하자면 고작 한 단계뿐이었다. 기술등급이 높아질수록 기하급수적인 소모를 요구하는 건 보정 전반의 공통이다. 하물며 천재도 아니고 초인의 영역임에야.

초인적인 사격을 한 단계 강화하기 위하여 포기해야 할 기회비용은 천재적인 「독도법」과 천재적인 「암기」 능력을 비롯해 인간의 한계까지 향상될 강화보정 수십 종의 총합이었다.

정도는 다를지언정 다른 모든 전투기술들이 그간 실질적인 한계점에 도달했다. 대개 인간의 한계 내지는 그 한계를 갓 벗어난 수준을 달성했다는 뜻.

따라서 겨울은 현실적인 선택을 했다. 질서가 무너진 세상이었으면 모를까, 이제는 종류가 다른 강함이 필요한 시점이라고.

작은 도시는 금세 뒤로 물러났다. 밭과 대형마트와 공장들이 뒤섞인 도시 북부를 지나, 지평선을 향해 곧게 뻗은 길을 질주한다. 조금씩 사막화되어가는 들판과 농경지들은 개척시대에 침식당하는 것처럼 보였다. 그 위로 제트 엔진의 소음이 쉴 새 없이 지나갔다. 지역사령부가 위치한 곳이 다름 아닌 새크라멘토 국제공항이었기 때문이다.

에반스 중위가 햇살에 눈을 찡그리며 하늘을 올려다보았다.

"빙빙 도는 꼴들을 보니 활주로가 부족한가 봅니다."

겨울도 마찬가지로 높은 고도를 본다. 아무리 봐도 민간기로밖에 보이지 않는 대형기들이 많았다. 그러나 동체엔 미 공군의 문장이 식별된다.

"확장을 할 틈이 없었겠죠. 75연대가 공항을 확보한 게 겨우 보름 전인데."

75연대, 레인저의 원래 역할이 공항 같은 핵심시설을 먼저 점령하고 방어하는 것이다. 본격적인 기지가 된 것은 그 이후일 테니, 아무리 애를 썼어도 증설엔 한계가 있었을 터였다. 애초에 콘크리트가 굳기에도 부족한 시간이다.

이윽고 새크라멘토 강에 걸린 다리를 건너자 공항의 전모가 가시권에 들어왔다. 들어가는 도로 양편으로 무수한 국기가 바람에 나부꼈다. 보기에 말끔하니 원래 있던 것들은 아니었다. 성조기 옆엔 국제연합기도 보인다.

검문소 앞에서 헌병대가 일시정지를 요구했다. 위병장교가 겨울에게 경례했다.

"데이비드 임무부대, 확인했습니다. 차단진지를 지나면 선도 차량이 붙을 겁니다."

그런데 겨울을 보는 위병장교의 표정이 조금 묘한 느낌이었다. 싫다기보다는, 긴장된 호의의 그늘에 기이한 두려움과 경계감이 자리잡았다고 해야 할까?

겨울은 이 느낌을 막 떠나온 데이비스의 전진기지[2]에서도 접한 바 있었다. 역시 같은 헌병대로부터였다.

'소식이 벌써 여기까지 전해졌나……'

계기는 주웨이 소교에 대한 조치였다.

헌병대 입장에서는 당혹스러웠을 것이다. 겨울이 헌병 소위에게 주의를 주었다. 그런데 바로 다음날 중앙정보국(CIA)으로부터 협조요청, 혹은 그 이상이 들어오지 않았겠는가.

혹은 협조요청을 받은 뒤에야 사건을 파악했을 수도 있다. 오히려 그럴 가능성이 더 높았다. 헌병소위가 그 일을 반드시 보고하라는 법은 없으니까.

하지만 어느 쪽이든 겨울의 당부와 정보국의 요청 사이에 무언가 연관성이 있다고 생각하는 것이 당연했다. 겨울이 직접 요청을 했든, 정보국이 겨울을 감시하고 있었든 헌병대 입장에선 거리낌이 생길 수밖에. 겨울이 군 내부의 문제를 외부의 힘으로 해결하려 했다는 인상을 주었어도 할 말은 없었다. 어느 정도는 사실이었으므로.

'그래도…… 그게 최선이었지. 재산에 관한 건 헌병대가

---

2 FOB(Forward Operating Base)

어떻게 해주지 못할 일이고.'

위태로워 보이던 그녀를 위해서라도 변화는 확실한 편이
나았다.

선도 차량을 따르던 장갑차가 낯선 언어의 한복판을 통
과했다. 미군과 완벽하게 동일한 장비를 사용하는 동맹군
의 진영이었다. 길가에 있던 병사들이 겨울을 손가락으로
가리키며 요란하게 떠들어댔다.

조금 지나서는 또 다른 동맹군의 진영이었다. 한데 이번엔
장비 수준에서 차이가 났다. 인간의 몸에서 나는 악취도 맴돌
았고, 주둔지 전체에서 빈곤의 색채가 묻어난다. 이쪽의 병사
들은 명백히 지쳐있었다. 육체적으로가 아니라 정신적으로.

"저런 친구들을 보면 짠한 기분이 듭니다."

어느덧 에반스의 맞은편으로 올라온 포스터 중위가 하는 말.

"망명정부가 돈을 얼마나 가지고 있는가……. 혹은 돈을
얼마나 쓰는가. 예산을 할당하는 분들 입장에서야 앞날을
대비하는 거라고 하겠지만, 당장 내일이 없을지도 모를 저
치들은 어쩐답니까. 희생은 언제나 시키는 대로 복종하는
군인들의 몫이로군요."

망명정부들은 돈이 있어도 쓰지 않는다. 병사들의 희생
에 고마운 줄 모른다. 그런 논란이 현재진행형이었다. 난민
에게 배타적인 성향의 언론들에겐 정말 좋은 소재였다.

정부를 떠나 실제로 그런 사람들이 있긴 했다. 군인이면
당연한 거 아니냐고 묻는 사람들. 누가 군인을 하라고 떠민
것도 아니고, 스스로의 선택으로 군인이 되었으면서 왜 본

인의 의무에 생색을 내려고 하느냐는 이들.

징병제인 국가는 예외일 것 같지만, 그렇지도 않았다.

별다른 말을 더하지 않는 사이에 우울한 풍경도 지나갔다. 격납고를 지나서 5분 남짓한 목적지는 공항 본관이었다. 정지한 선도 차량으로부터 헌병장교가 하차했다. 그는 장갑차 상판에서 뛰어내린 겨울과 밖으로 나온 참모들 앞에서 펼친 손으로 방향을 알렸다.

"안내하겠습니다. 이쪽으로."

겨울과 참모들은 1층에 마련된 브리핑 룸으로 가도록 되어있다. 내부는 많은 인파로 번잡했다. 이제 막 항공편을 타고 온 증원 병력이 바닥에 줄지어 앉아있는 모습도 보인다.

브리핑 룸은 본디 어느 여행사가 사무실과 접수대로 썼을 법한 공간이었다.

겨울이 로저스 소장에게 경례했다. 그는 반원형으로 배열된 좌석을 비스듬히 마주보는 상석에 앉아있었다. 소장을 비롯해 먼저 와있던 전원이 겨울에게 답례했다.

"직접 보기는 오랜만이군."

"예."

"이쪽으로 앉지."

감정이 결여된 음성. 앞줄, 가까운 자리를 권하는 소장에게선 반가움이 느껴지지 않는다. 딱히 겨울을 싫어하는 것이 아니라 모두에게 똑같이 대하는 사람이었다. 겨울은 변화가 없다는 점에 오히려 안심했다. 바뀌었으면 이유를 골몰했을 것이다.

조금 이른 도착이었으므로 참석자들 간에 자그마한 잡담이 흐른다. 겨울을 흘깃거리기도 했으나 다른 인원과 겨울 사이엔 간격이 있었다. 아직 오지 않은 사람들의 자리다.

정물(靜物)처럼 지도를 보던 로저스 소장이 불현듯 던지는 질문.

"한 소령. 스트릭랜드 소장님과 개인적으로 아는 사이인가?"

"……Sir?"

"귀관의 안부를 물으시더군."

스트릭랜드 소장? 잠시 기억을 더듬던 겨울을 향상된 「암기」 보정이 도왔다.

"혹시 반덴버그 공군기지 사령관이셨던 스트릭랜드 준장님과 같은 분이십니까?"

"그렇다. 지금은 공군 기동사령부³ 부사령관으로 영전하셨다."

"…….".

선뜻 답하지 못하는 겨울. 그도 그럴 게, 안다고 하기가 애매했다. 메마른 나뭇가지 같던 준장은 최연소 전쟁영웅의 얼굴을 보겠다고 와서는 정말로 가만히 보기만 하다가 딸을 위해 싸인을 받아갔을 뿐이었으니. "싸인." 딱 한 마디로 요구하던 과묵한 장군의 모습이 떠오른다.

'비슷…… 하진 않은가.'

---

3 Mobility Command 혹은 Air Mobility Command. 미국 공군 수송사령 산하 주요 사령부 중 하나. 미국 국내외의 수송기와 공중급유기 전반을 지휘하며, 항공기를 통한 수송이나 기동을 지원한다.

스트릭랜드 쪽은 정말 짧게 만났을 뿐이지만, 로저스의 과묵함과는 성질이 많이 달랐다.

"왜 대답이 없나?"

다시 묻는 로저스의 음성은 평온하다 싶을 만큼 고저가 없었다. 겨울이 사과했다.

"죄송합니다. 답변 드리기가 애매한 질문이어서 그만."

"애매하다?"

"예. 전에 잠깐 뵌 일은 있지만 정말로 잠깐이었습니다. 시간상으로는 15분 미만이었던 것으로 기억합니다. 그러니 아는 사이라기엔 많이 모자랍니다."

"흠. 정확하게 언제였지?"

"제가 샌프란시스코로 배치될 때였습니다."

"페어 스트라이크 작전 건으로?"

"예."

"스트릭랜드 소장께서 귀관을 만난 것도 작전의 일환이었나?"

이쯤 되니 조금 이상한 느낌이 든다. 로저스 소장은 불필요해 보이는 일도 필요해서 하는 인물이었다. 이렇게 캐묻는 이유가 무엇일까. 착석한 다른 임무부대장들도 자신들의 대화를 그치고 의아한 낯빛이 되어있었다.

당장은 로저스의 속을 알 길이 없어, 겨울은 있는 그대로 답변했다.

"아닙니다. 그분께선 그냥 싸인을 받으러 오셨을 뿐입니다."

"……싸인이라고?"

"따님께 줄 거라고 하셨습니다."

큭. 시야 밖에서 작은 웃음이 터졌다. 그리고 급히 억누르는 기척. 그러나 로저스는 그쪽으로는 눈길도 주지 않았다. 천천히 겨울을 뜯어보다가 확인하듯 말했다.

"보아하니 귀관은 알라모 1이 그분의 딸이라는 사실도 몰랐던 것 같군."

"……예. 몰랐습니다."

설마 군인일 줄이야. 알라모 1이라면 알라모 3, 펠레티어 대위의 편대장이었다.

"그런가."

곱씹던 로저스 소장이 다시 한 번 끄덕였다.

"그런가. 우연의 일치인가. 귀관의 또 다른 배경은 아니었다는 뜻이군."

"……."

겨울은 이제야 겨우 로저스의 의도를 깨달았다. 헌병대에 있었던 일을 어느새 로저스 소장도 알고서 신경 쓰고 있었던 것이다. 스트릭랜드 소장이야 알라모 편대장에게서 이야기를 듣고 새삼 안부를 전했을 뿐이었겠으나, 로저스 소장 입장에서는 공교롭게 느꼈을 법했다.

좌중은 어리둥절한 눈치였다. 이들은 아직 경위를 모르는 모양이다.

이런 이야기를 할 거라면 독대하는 자리를 만드는 편이 낫지 않았을까?

라고 생각했던 겨울은, 어차피 번질 소문이라면 논란의

여지를 미리 없애버리는 게 나을 수도 있겠다는 결론에 도달했다. 로저스는 충분히 유능한 인물이다.

그가 하는 말.

"귀관도 힘들겠군."

"무슨 말씀이신지 모르겠습니다."

"……이건 나중에 이야기하지. 기회가 닿는다면."

대화를 끝낸 소장은 시계를 보며 중얼거렸다. 늦는군. 회의 예정시각은 아직 아니었으되, 엄격한 지휘관의 성미엔 조금 일찍 도착해야 적절했다.

집합완료는 예정시각보다 3분 늦었다. 참석자가 많아, 나중에 온 사람들은 앉을 자리가 부족했다. 개중엔 겨울보다 높은 계급도 있었다.

"오, 부디 신경 쓰지 말게나."

자리를 양보하려는 겨울에게, 처음 만난 중령은 손을 저어 사양하며 곤란해했다.

"Listen up."

로저스 소장이 적막을 불러들였다.

"브리핑을 시작하겠다."

겨울처럼 오랜만에 보는 지휘관들이 많을 텐데, 반갑다는 인사 한 마디도 없이 시작이었다. 실내가 어두워지고, 정면의 스크린에 버려진 도시의 항공사진이 투영되었다.

"우리 합동임무부대에 할당된 작전구역은 시가지를 관통하는 99번 국도를 기준으로 북쪽의 아메리칸 강 연안에 이르는 새크라멘토 중심부다. 13개의 교각과 도심 동쪽 주립대학 캠퍼스까지 확보하고 나면 우리의 역할은 끝난다고 볼 수 있다."

레이저 포인터의 붉은 점이 특정 지점에 여러 개의 원을 그리며 맴돌았다.

"현재 헬리본(헬기 수송)으로 투입된 75연대가 시내에 요새화된 거점들을 구축해둔 상태다. 따라서 작전의 첫 번째 단계는 각 임무부대가 지정된 경로로 강을 건너 거점까지의 교통로를 확보하고, 75연대로부터 해당 거점을 인수하는 것이다. 교통로 방호엔 카이퍼 임무부대와 240 사단 직할 전차대대, 특수 중장비 대대가 투입될 계획이다."

겨울은 문서로 배부된 자료를 빠르게 훑었다. 사단 직할 전차대대의 전차들은 내산성(耐酸性) 코팅 처리를 받았다고 나와 있다. 즉 산성아기의 폭발에 완전히 면역이라는 뜻. 이는 겨울의 지휘 장갑차도 아직은 갖추지 못한 능력이었다. 최근 겨울의 임무부대가 부대 단위로 정비를 받긴 했으나, 전선 전체에 걸쳐 내산성 도료 공급량이 부족했기 때문이다.

장군이 언급한 특수 중장비들은 본디 공사 현장에나 있어야 할 것들이었다.

겨울은 방역전쟁 사양으로 개량된 중장비 일람을 보며 봉쇄선을 소개하던 국방부 대변인의 말을 떠올렸다.

「뭐든지 X나 크고 X나 튼튼하면 지들이 뭘 어쩌겠습니까?」

마개조된 중장비들이 딱 이런 꼴이었다.

연합임무부대의 최고 지휘관으로서, 로저스 소장이 예하의 각 임무부대에 경로를 배정해주었다. 겨울의 경우 증강된 병력으로 캘리포니아 주 의회를 점령하라는 지시를 받았다.

소장은 손을 든 겨울에게 주목했다.

"질문 있나?"

"네. 증강된 병력이라고 하셨는데, 구체적으로는 어느 정도입니까?"

자료엔 나와 있지 않았다. 의회의 위치는 그야말로 도심 한복판. 게다가 주변엔 아직 미확보 상태인 고층건물이 많다. 왜 여기를 거점으로 정했는지 의아할 정도. 기존의 데이비드 임무부대 전력만으로는 방어에 주력해야 한다.

"흐음."

소장이 생각 끝에 답했다.

"우선은 전차 한 개 소대. 그리고 중대급 임무부대(Company team) 두 개가 추가로 붙을 예정이다."

"추가로 두 개 중대입니까?"

예상보다 너무 많아, 겨울은 적당한 당혹감을 드러냈다. 소장이 240사단장이면서 여러 임무부대의 합동 지휘관인 것처럼, 겨울도 독립중대장이면서 소규모 임무부대 몇 개의 합동 지휘관이 되는 셈이었다. 임시 지휘권이라고 해도 담당 병력이 단숨에 세 배 가깝게 증가한다.

소장은 무미건조하게 긍정했다.

"상황에 따라서는 더 늘어날 수도 있지."

"……"

"지금은 임시 편제지만 사실상 고정 편제가 될 가능성이 높다. 귀관이 대대급 지휘관으로 내정되어 있었다는 사실을 모르진 않았을 것이다."

물론 짐작하고 있었다. 중대급 부대엔 과분한 참모진 구성만 봐도 뻔했으므로.

"예전 같았으면 능력을 좀 더 검증한 후에 맡길 역할이었겠지."

그리고 로저스는 사무적으로 물었다.

"정식으로 이의를 제기하겠나?"

즉시 대답하기도 이상하여, 겨울은 약간의 뜸을 들였다.

"……최선을 다하겠습니다."

그런가. 소장이 느리게 끄덕인다.

"병력은 많고 장교는 부족하다. 귀관에게 책임감을 기대하겠다."

애초에 진심으로 이의를 받을 생각도 아니었을 것이다. 여백 없이 브리핑이 이어졌다.

"이 도시에서의 싸움은 앞서 탈환한 어떤 도시와도 다른 양상을 보인다."

사진이 바뀌었다. 도시의 지하를 보여주는 복잡한 그림이었다.

"놈들은 하수도와 공동구(Utility tunnel)를 교통로로 이용하면서도 조직력을 유지하고 있다. 공동구와 직접 연결되는 건물들은 공습과 사격으로부터 보호받는 출입구이며 지상의 둥지 역할을 하지. 이제까지와 달리 적의 통제력이 충분하다는 방증이다."

공동구란 매설이 필요한 통신, 전력, 가스, 수도 계통 등을 한꺼번에 몰아넣은, 말하자면 시설 전용 지하 터널을 뜻했다. 여기에 소장이 언급한 지상의 둥지들이 크고 작은 붉은 점으로 강조되었다. 크기의 차이는 내부에 도사리고 있을 변종집단의 규모를 추정한 것이었다.

전파 송수신이 제한되는 지하에서 변종들이 조직적으로 움직이려면 교활한 것들과 강화변종이 그만큼 많아야 한다. 적의 통제력에 대한 장군의 말은 그런 뜻이었다.

"그 통제력으로 인한 또 하나의 문제가 민간인들이다."

화면에 몇 장의 사진이 더해졌다.

"도시 탈환이 개시되기 직전, 민간인 거점 한 곳이 변종들의 공격으로 무너졌다. 숨어있던 생존자의 증언에 의하면 습격한 변종집단엔 트릭스터가 포함되어있었으며, 사람들을 산채로 끌고 갔다고 한다. 숫자는 열일곱. 아직까지 살아있을 것으로 추정된다."

좌중에 짧은 신음이 흐른다.

"그렇다. 놈들은 인질을 잡고 있다. 변종들의 특성상 민간인들은 특수변종 가까이에 있거나, 일반 변종들로부터 안전한 장소에 격리되어있을 확률이 높다. 그러므로 모든 민간인들이 죽거나 구조될 때까지는 지하 경로와 둥지에 대한 공격적인 진입이 제한된다."

지능이 떨어지는 일반 변종들은 인질을 살려두는 것 자체가 불가능하다. 따라서 장군의 말처럼 특수변종 가까이에 있거나, 통제력을 발휘할 개체가 없어도 무방한 장소에 갇혀있거나 할 것이었다. 고로 열압력탄처럼 밀폐된 공간을 충격파로 싹 쓸어버리는 무기는 사용하기 어렵다. 아무데나 폭파하고 돌입하기도 불가능하고.

한 독립중대장이 손을 들었다.

"그럼 당장은 지상에서 소모전을 강요할 뿐입니까?"

"어차피 오래가지 못한다. 물은 어떻게 한다고 쳐도 식량이 부족할 테니."

"……."

로저스 소장이 드물게 인상을 찡그렸다.

"놈들의 목적은 시간을 버는 거다. 내키지 않지만 며칠 정도는 어울려주도록 하지. 그동안 지하 경로와 둥지 내부를 감시할 다양한 수단을 강구하면 된다. 정보가 충분히 갖춰지고, 놈들의 밀도가 적정선 이하로 감소한 시점에서 특수작전사령부가 구조작전을 전개할 것이다."

겨울이 생각하기에 설령 험프백이 있더라도 변종들의 식량사정은 좋을 수가 없었다. 거대한 곱추 괴물은 무에서 유를 만들어내는 존재가 아니다. 첫 조우의 현장에 상한 나무들이 많았던 걸 떠올려보면, 그때는 아마도 초목을 양분으로 삼았던 것 같다.

'아직 발견되지 않은 특수변종이 있을지도 모르지만…….'

사람을 피하지 않는 이상한 바퀴벌레들은 잊을 만하면 나타나곤 했다. 샌프란시스코를 겨우 벗어났을 무렵 포인트 레예스 스테이션의 제과점 창고에서 보았던 흔적도 있었다. 펑퍼짐하게 눌려있던 더러운 자국. 이것이 변종과 관련된 징후가 맞다면, 바퀴벌레는 특수하게 길러지는 식량이 아니었을지.

그렇다 한들 바퀴벌레도 뭔가를 먹어야 증식하지 않겠는가.

남은 브리핑이 진행되는 사이에 겨울은 틈틈이 부대가 배치될 지점, 시 의회의 입지를 검토했다. 주변에 아직 점령하지 못한 고층건물이 많다는 건 즉 산성아기의 활공에 노출되어있다는 뜻이었다. 감염쐐기를 사출하는 특수변종, 헌터가 매복하기에도 좋았다. 비록 발사체 무게 문제로 사거리 바깥이라고는 하지만 여전히 위험하다.

로저스 소장은 유능하다. 왜 굳이 여기로 정했을까. 단순히 주 의회를 수복한다는 상징적인 연출 때문만은 아닐 것이다.

'도발인가?'

변종들을 소모시킬 작정이라면 다소 불리한 입장에서 끌어낼 필요가 있었다. 인간의 한계 수준인 「통찰」이 겨울의 판단을 긍정했다.

소장 입장에선 가장 신뢰하는 부대를 배치한 것일 수도 있었다. 이 정도는 당연히 해내겠지, 같은 느낌.

또한 문서는 의회에 배치될 다수의 대공포를 언급했다. 지열발전소에서 신세를 진 무기들. 어지간한 숫자의 산성아기로는 탄막을 뚫지 못할 것이었다.

브리핑이 끝난 후.

"Sir."

겨울이 로저스 소장 앞에 부동자세로 섰다.

"무슨 일이지?"

"실례지만 아까 하시려던 말씀은 무엇이었습니까?"

"……."

소장은 겨울을 조용히 바라보다가, 그의 참모들을 먼저 내보냈다.

"나가서 기다리도록."

Yes sir. 겨울보다 계급이 높은 참모들은 나가면서도 궁금함을 감추지 못했다.

문이 닫히기를 기다려, 로저스가 차분하게 말했다.

"주둔지 문제를 묻지 않는 귀관이라면 벌써 짐작하고 있을 텐데."

네게 그 정도의 판단력은 있지 않느냐는 의미. 겨울이 끄덕였다.

"잘못된 행동으로 심려를 끼쳐드린 점에 대해서 사과드리고 싶습니다."

정적이 흘렀다. 로저스 소장은 창가로 뚜벅뚜벅 다가가 블라인드를 치우고, 따가운 햇살에 몸을 적셨다. 불이 꺼진 실내에서 햇빛은 먼지가 반짝이는 광선의 폭포였다. 까딱. 장군이 겨울에게도 오라고 손짓한다.

"봐라."

겨울은 막사로 가득한 창밖을 보았다. 북적이는 군영이었다. 소장이 묻는다.

"소령. 저 많은 군인들 가운데 누구 하나 죽어도 괜찮을 사람이 있겠나?"

"없습니다."

"그렇지. 하지만 전쟁에서 희생은 불가피하다. 싸우다보면 누군가는 죽어야 한다. 지휘관은 그게 누가 될지, 누가 죽어야 피해가 가장 적을지를 판단하고 결정하는 사람이다. 그래서 나는 내 부하들에게 마음을 주지 않는다. 부하들을 살리겠다는 집착이 군 전체에서 더 많은 희생자를 야기하는 걸 피하기 위해서다. 나는 이 각오야말로 지휘관들의 지휘관인 장군의 자격이라고 생각한다."

"……."

"왜 이런 이야기를 꺼내는지 모르겠지."

"그렇습니다."

"그럼 본론으로 돌아가 볼까. 구 중국군 협력자, 주웨이 소령 건이다. 귀관이 스스로 말한 것처럼 그것은 부적절한 처신이었다. 자칫 군의 지휘서열을 무시하려는 행동으로 해석될 수도 있었어. 하지만 모르고 내린 결정이 아니었겠지."

"네. 예상했습니다."

"해당 사건을 보고받은 후에 스트릭랜드 소장님의 연락이 있었다. 지금이야 그게 공교로운 우연이었음을 알지만, 그때는 의심했지. 정보국을 끌어들인 일이 논란이 되는 걸 예방하는 차원에서, 귀관에게 다른 배경이 있음을 넌지시 알린 것은 아닌가."

조금 지나친 감은 있다. 공군에 속한 스트릭랜드 소장은 육군 소속인 로저스 소장에게 압력을 가할 입장이 아니다. 하지만 정보국에 이어 공군 장성이니, 범상한 지휘관에겐 그 상이함만으로도 부담감을 주기 충분했다.

"알겠나? 고작 안부 인사였을 뿐인데도 이런 의심을 받은 거다. 귀관이 다름 아닌 한겨울 소령이기 때문이지."

"……."

"어깨에 별을 다는 건 자격과 능력 이상으로 정치력에 좌우된다. 그런 맥락에서 귀관의 영향력에 욕심을 내는 인물은 얼마든지 있겠지. 그것을 경계하는 사람도 얼마든지 있을 것이다."

그러므로 브리핑 전, 로저스가 겨울에게 귀관도 힘들겠다고 했던 건 앞으로도 이런 의심들이 끊이지 않으리라는 예언이었다. 겨울은 수긍했다.

"맞는 말씀이십니다."

"난 귀관이 자신의 입장을 잘 알고 있다고 생각했다. 그래서 의외였다."

소장이 겨울을 향해 돌아선다. 그리고 느릿하게 묻는다.

"그 여자에게 그 정도의 가치가 있던가?"

"다른 누구였어도 똑같이 도왔을 것입니다."

"바로 그것이 문제다."

"……."

"귀관이 모든 사람을 구할 순 없다. 지금까지는 어떻게든 노력해볼 수 있었겠지. 그래서 귀관이 영웅인 것이고. 하지만 사람에겐 한계가 있다. 계급이 높아지고 책임이 늘어날수록, 귀관이 감당해야 할 사람의 숫자가 많아질수록 더 어려워질 거라는 말이다."

"이해합니다."

"하나하나 마음을 쓰다보면 언젠가는 일부에 매몰되어 전체를 보지 못하게 될 날이 온다. 하지만 지휘관이 그래서는 안 된다. 그것은 중대한 직무유기다."

겨울은 여전히 차분한 로저스 소장에게서 약간의 피로감을 느꼈다. 그것은 오래된 감정의 유적처럼 보였다.

"하지만, Sir."

소장의 의도는 안다. 그의 경력이 모나고 험했음을 짐작할 수 있다. 하나 소년기에 박제된 겨울로선 받아들이지 못할 내용. 그러므로 겨울은 이렇게 말했다.

"모두를 구하는 게 불가능하더라도, 그걸 당연하게 여겨선 안 된다고 믿습니다. 한 사람 한 사람을 보지 않으면 결국 아무도 보이지 않게 됩니다. 사람이 숫자가 되어버립니다."

"그렇겠지."

"……."

"귀관의 한계가 내 이상이기를 바라겠다."

장군이 말하는 건 세월에 부대껴 빛바랜 소망이었다.

"모두에게 마음을 주거나, 누구에게도 마음을 주지 않거나. 어느 쪽이든 사람이 할 짓은 못 된다. 뒤쪽은 어떻게든 흉내라도 낼 수 있지만 앞쪽은 그렇지도 않아……. 그래서 사람들이 신을 찾지 않겠나. 세상 모든 사람들에게 마음을 써줄 수 있는 초월자를 말이야."

겨울은 언젠가의 대화를 떠올렸다. 아직 올레마 FOB에 체류할 무렵, 로저스는 참모들을 향해 이렇게 말했었다. 우리가 신이 될 순 없지 않느냐고.

"허나 세상의 모습을 보면, 주께선 우리가 그리 사랑스럽지 않으신 모양이군."

대화는 소장의 건조한 한숨으로 끝났다.

하루 뒤, 이야기를 들은 싱 대위는 이렇게 평했다.

"결국 소장님께서 말씀하신 책임은 연민을 버리라는 뜻이 되는군요. 우리 내면에 있는 한 갈래 신의 이름을 말입니다."

로저스 소장은 사람이 아닌 신을 찾았고, 대위는 사람의 안에 있는 신을 찾는다. 이 차이가 겨울에게 깊은 인상을 남겼다. 단순한 교리상의 차이 이상의 무언가를 느낀 탓이었다.

나팔 소리가 울려 퍼졌다.

캘리포니아 주 의사당 앞, 오랫동안 버려져있던 국기게양대에서 낡은 성조기가 천천히 내려온다. 공보처에서 파견된 인력이 그 광경을 카메라에 담는 중이다. 주 의사당 건물은 방치된 시간이 무색하도록 백색이었다. 고전적인 열주(列柱)와 세련된 돔이 아름답다.

지켜보던 정보장교가 불퉁거렸다.

"본격적인 싸움은 이제부터인데 기념사진부터 찍다니. 이오지마 꼴이라 불길합니다."

성급한 감이 있는 건 사실이라, 겨울은 별말을 더하지 않았다.

새 깃발을 올리는 건 병사들의 몫이었다. 공보장교는 화면의 중심에 겨울이 있었으면 했지만, 솔직히 너무 저렴한 연출이었다. 아무리 그래도 소령쯤 되는 이가 깃발이나 올리고 있으면 보는 이들이 뭐라고 생각하겠는가. 영락없는 관심병자가 되고 만다.

다행히 공보장교는 설득을 쉽게 받아들였다.

다만 촬영 시점을 늦추라는 요구는 거부했는데, 의사당 건물이 무사할 때 영상을 남겨둬야 한다는 것이었다. 앞으로 혹시 교전을 치르게 되면 얼마나 상할지 모른다면서.

"촬영은 지금 하되 공개를 나중에 하면 됩니다."

겨울은 그러라고 했다. 다들 귀찮게 여기긴 하지만 이들의 역할을 무시할 순 없었다.

'어쨌든 여긴 깃발 가져오라고 귀찮게 구는 장군은 없으니까.'

이건 앞서 정보장교가 언급한 옛 이오지마 전투 때의 이야기다. 해병대가 섬에 깃발을 꽂았더니, 해군 장관이 기념품으로 삼겠다며 가져오라고 했던 것.

마침내 의사당 지붕 위에 새로운 성조기가 게양되었다. 깃발이 더운 바람에 펼쳐진다. 촬영을 위해 잠시 닫아두었던 창문들이 열리고, 안에서 대기하던 병사들이 기관총과 고속유탄발사기 등 여러 공용화기들을 창틀에 거치했다. 특히 높은 돔에서 화력을 투사하면 모든 방향을 견제할 수 있었다. 여기엔 중화기와 더불어 사격이 뛰어난 병사들이 집중적으로 배치되었다.

"그나저나 너무 조용하지 않습니까?"

작전장교 포스터 중위가 을씨년스러운 시가지를 노려본다.

"강을 건너 여기까지 오는 동안 습격은커녕 쥐새끼 한 마리도 보지 못했습니다."

이에 싱 대위가 발을 구른다.

"땅 밑에서 귀를 기울이고 있었겠지. 쥐는 다 잡아먹었을 테고."

잡아먹었다는 게 단순한 농담이 아니었다. 그 흔한 고양이나 개, 코요테의 흔적조차도 보이지 않는다.「추적」이 보여주는 흔적들은 하나같이 오래된 것들뿐. 겨울이 찾지 못할 정도면 정말로 없는 것이다. 더 이상 잡아먹을 동물이 없다는 건 변종들에게 불리한 조건이다.

하다못해 정신 나간 바퀴조차도 없었다.

'단순히 병력을 여기 묶어둘 목적이라면 이대로도 충분하겠지만……..'

그러나 너무 낙관적인 기대일 것이다. 변종들 입장에선 힘이 다하기 전에 한 차례 몰아치는 편이 최선일 테니까. 막말로 어차피 죽을 거면 싸우다 죽는 게 낫다. 그 싸움이 어떤 형태가 될지는 짐작하기 어려웠다.

포스터가 낯을 찡그린다.

"나중에 들어올 페스트 컨트롤(Pest control/방제 서비스)은 좋아하겠군요."

표정을 보아하니 변종이 쥐를 뜯어먹는 모습이라도 상상한 것 같다.

겨울이 그에게 지시했다.

"중위. 시간이 나는 대로 화생방 대응 훈련 계획을 작성해봐요."

"오늘 내로 보고 드리겠습니다."

당장 변종들이 공격하지 않는다고 해서 병사들을 마냥 쉬게 할 순 없는 노릇. 경계근무에 투입되지 않는 나머지 인원들에겐, 미안하지만 불시에 훈련 상황을 걸어줄 작정이다.

「지하 환경의 유해가스에 적응한 변종이 존재할 가능성 있음.」

이는 국방부 방역전략연구소가 내놓은 소견이었다. 더럽고 부패한 하수도엔 황화수소나 메탄 같은 독성 기체가 고여 있기 쉬웠다. 만약 여기에 적응하는 변종 개체가 생긴다면, 언젠가 조안나가 언급했던 겨자 가스 생성 변종에 버금가는 위협이 될 것이었다.

다만 겨울이 생각하기로 높은 가능성은 아니다.

기본적으로 사람에게 해로운 건 변종에게도 해롭다. 일단은 피해 다니는 게 정상이라는 뜻이었다. 생화학무기를 적극적으로 사용해서 적응이 불가피한 경우가 아닌 이상, 단시간에 출현할 확률은 낮다고 봐야 한다. 보다 안전한 경로인 공동구도 있고.

그래도 조심해서 나쁠 것 없다.

"중보병 소대는?"

겨울의 질문에 싱 대위가 답한다.

"의사당 지하에서 장비를 점검하고 있을 겁니다. 직접 보시겠습니까?"

"일단 주둔지부터 한 바퀴 돌아보고요. 주변 지형을 봐놔야 하니까. 여긴 잠시 대위가 맡고 있어요. 금방 다녀오죠."

"알겠습니다."

천재의 영역에 도달한 「독도법」과 「암기」의 도움을 받더라도 실제로 한 번 보는 것에 미치기는 어렵다. 험비에 올라탄 겨울이 운전병에게 길을 지시했다. 병사는 긴장한 기색으로 차를 몰았다. 거리를 두고 차창에 스치는 건물들을 경계하는 기색. 아직까지 직접 마주친 적 없는 특수변종 헌터의 영향이었다.

의사당 일대의 녹지는 도시의 공원 역할을 겸했다. 단순한 산책로가 아니라 여러 기념비로 채워진 역사적인 공간이다. 이는 공보장교가 촬영을 서두른 이유이기도 했다. 겨울은 사격에 방해가 될 나무들을 모조리 폭파시키라고 명령했기 때문이다. 남북전쟁을 기념하기 위해 조성된 자그마한 숲도 예외는 아니었다.

'다른 사람에겐 약간은 부담스러운 역할이었을지도……'

훗날 값싼 언론이 이기고 있는 상황에서 꼭 그렇게까지 해야 했느냐고 괜한 트집을 잡는다면, 그때는 겨울의 명성이 방패가 될 것이다.

가아아앙-

가스터빈 엔진 특유의 높은 가동음이 들린다. 멀리서는 가늘다가 가까워질수록 급격하게 커지는 소리였다. 뭔가 하고 보면, 겨울의 지휘를 받게 된 전차소대의 4호차가 장미화원을 짓밟는 중이었다. 험비 두 대가 화원 맞은편의 시내를 경계하고 있다. 이 또한 겨울이 내린 명령이었다. 안전을 위해서는 1미터 높이의 덤불조차 용납할 수 없다.

"잠깐 차 세워요."

"Yes sir."

험비의 속도가 줄었다. 겨울은 짓이겨진 꽃밭에 내려선다. 경계에 임하던 병사들 쪽으로는 신경 쓰지 말라는 손짓을 보내고, 바닥에 흩어진 꽃잎들을 유심히 내려다보았다.

어차피 철이 지난 화원이었다.

그래도 밟히기 전까지 피어있던 꽃 한 송이가 눈에 들어온다. 용케 무한궤도를 피했는지 형태가 거의 온전했다. 가만히 집어 들어보면, 끄트머리가 검게 죽어 붉은 것은 속잎 뿐이었다.

누이를 꽃처럼 기억하는 겨울에겐 상징적으로 느껴졌다.

운전병은 다시 탑승한 중대장에게 조심스럽게 묻는다.

"어, 꽃을 좋아하시나봅니다?"

"좋아한다고 해야 할지, 그립다고 해야 할지."

가시를 꾸욱 눌러 부러뜨리며 하는 대답이 어떻게 보였는지, 운전병이 엄한 표정으로 입을 다물었다. 그러면서도 힐끔힐끔 눈동자를 돌려댔다. 아무래도 감정이 새는 모양이었다.

한 바퀴 돌아, 다시 정면에 의사당을 두는 길. 겨울은 오랜만에 노이즈 메이커를 발견했다. 방역전쟁 초기에 강력한 소음으로 변종들을 교란하던 물건. 태양광 충전 기능이 있으나 지금은 작동하지 않는 것으로 보인다. 어차피 이젠 쓸모도 없다.

지금은 베트남 참전용사 기념비 옆에 처박힌 채로 비바람에 녹슬어가고 있었다. 마치 또 다른 기념비처럼 보이기도 했다. 방역전쟁의 달라진 국면을 상징하는 조형물.

'어떤 의미로는 기념비가 맞나……'

운 좋게 여기까지 온 것이다. 앞으로 몇 달만 더 지금 같은 추세가 이어진다면, 가까운 시일 내로 담보대출을 완전히 정리할 수 있을 듯하다.

의사당으로 돌아온 겨울은 참모들을 동반하여 곧장 건물 지하로 향했다.

"오셨습니까."

경례로 맞이하는 인물은 개선된 장갑복을 입은 진석이었다.

"이젠 장갑복이 아니라 강화복이라고 불러야겠네요. 착용 소감이 어때요?"

겨울이 묻자 진석의 표정이 살짝 풀어진다.

"아주 좋습니다. 예전하고는 완전히 다르군요. 가동시간이 짧은 건 단점이지만 방어전에서는 큰 문제가 되지 않을 겁니다."

신형 장갑복엔 동력과 인공근육이 추가되었다. 초당 수만 번, 신경신호를 감지하여 착용자의 움직임에 딜레이 없이 동조하는 방식이었다. 겨울이 태어난 시대엔 이미 낡은 패러다임이었으나, 「종말 이후」의 세계에선 미군이 차세대 무기로 연구하던 첨단기술이었다.

다만 배터리 부족 문제는 해결하지 못했다. 진석을 비롯해 중보병 소대로 선발된 병사들의 등 쪽에 굵은 파워 케이블이 연결되어있는 이유였다.

한 가지 더 특이한 건 감염 여부를 판단하는 감지기가 들어가 있다는 점. 착용자가 괴물로 변할 경우 모든 관절이 잠겨버린다.

'단시간이라도 강화복을 입은 괴물이 날뛰면 곤란하지.'

그것은 구울 이상이자 그럼블 미만의 위협이다.

묵직한 무장을 든 채로 발차기를 하거나 팔굽혀펴기를 하는 등, 맨몸과 다를 바 없는 움직임을 시험하는 병사들. 그들을 지켜보던 겨울이 다시 한 번 물었다.

"케이블이 끊어졌을 때 카탈로그에 나온 만큼 움직일 순 있고요?"

"그건……."

진석이 조금 곤란한 표정을 지었다.

"1시간을 채우려면 냉각장비를 꺼야 합니다. 애들이 더워 죽을 겁니다."

"실내에서는?"

"여기서라면 어떻게든……."

"그럼 됐어요."

겨울이 끄덕였다. 일단 합격이다. 레인저가 요새화한 의사당 건물은 별도의 냉방이 이루어지고 있었다. 천장에 잔뜩 깔아놓은 태양광 발전 시스템 덕분. 그 외에 가솔린을 태우는 비상 발전기도 연결된 상태였다.

변종을 도발하는 과정에서 멀리 나갈 필요는 없을 것이다.

"저, 중대장님."

진석이 이상하게 머뭇거린다. 겨울은 시선을 기울였다.

"할 말 있으면 해요."

"그, 대단한 건 아닙니다만, 혹시 이유라 소위의 소식이 있는지……."

"걱정돼요?"

반쯤 장난으로 물었더니 돌아오는 건 정색이었다.

"말도 안 됩니다."

"……."

"혹시라도 오해하지 않으셨으면 합니다. 소대장으로서의 능력은 인정하지만 사적으로는 절대로 가까워지기 싫습니다. 그저 1소대의 분위기가 신경 쓰였을 뿐입니다."

그런 것치고 반응이 너무 격렬한데. 겨울은 알고 있는 것을 말해주었다.

"최고등급 병원선에서 잘 치료받고, 지금은 칼 빈슨 함에서 요양 중이라고 들었어요. 큰 문제는 없음. 조만간 복귀할 수 있을 거라고 하던데요."

"그렇습니까…… 그런데 칼 빈슨 함? 그거 항공모함 아 닙니까?"

"맞아요."

키치너 제독의 기함이자, 태평양 연안 봉쇄의 사령탑이 기도 하다.

가벼운 긍정에 진석이 혼란스러워한다.

"……머리를 다친 사람이 어째서 거기로 간 겁니까?"

"몰랐나본데, 항공모함도 3등급 병원선이거든요. 처음 치 료받은 병원선에 자리가 부족해서 그리로 이송되었다네요."

이유라 본인은 요양이 아니라 관광을 하는 느낌인 모양 이었다. 전화는 놓칠 때가 많으니 문자를 보내오는데, 주로 혼자 즐거워서 미안하다는 내용이었다. 다들 친절하여 잘 지내고 있노라고. 호랑이 여전사의 유명세와 더불어 그녀 의 순수한 친화력이 큰 힘이었을 것이다.

마침 말이 나온 김에 겨울은 넷 워리어 단말을 조작하여 사진 폴더를 열었다. 유라가 항모 여기저기를 구경하고 다 니며 승조원들과 함께 찍은 사진들이 많다. 그녀다운 자랑 을 겸하여 이렇게 잘 지내고 있으니 걱정하지 말라고 보내 온 것들.

그중 하나를 진석에게 보여주었다. 사진 속의 유라는 전 폭기가 출격하는 갑판 위에서 묶지 않은 생머리를 휘날리 며 정말 환하게 웃고 있었다.

진석이 끄덕인다.

"불쾌할 정도로 멀쩡해 보이는군요. 부하들 걱정이 전혀 없어 보입니다. 복귀하지 않고 뭐하는지 모르겠습니다."

"……."

진심으로 오해받기 싫은 눈치였다.

날이 두 번 바뀌었다. 이틀간, 겨울의 임무부대는 전투다운 전투를 한 번도 경험하지 못했다. 사실 도시에 입성한 다른 모든 부대가 마찬가지였다. 불리한 입장에서 변종들을 끌어낸다는 로저스 소장의 계획은, 현재로서는 완전히 실패한 것처럼 보였다.

그렇다고 긴장감이 없었느냐면 그건 또 아니었다.

무전망에 서러운 울음소리가 퍼졌다.

[엄마아아아아!]

겨울은 이것을 육성으로도 들을 수 있었다. 우는 아이는 허공에 거꾸로 매달려있다. 그 발목을 붙잡고 있는 것은 손가락이 기형적으로 굵고 긴 괴물의 손. 어린 울음을 여러 주파수에 걸쳐 생중계하고 있는 것도 역시 이 괴물이었다.

트릭스터 하나에 규모 미상의 기타 변종으로 구성된 집단은, 대담하게도 주 의사당 지척까지 와서 건물 하나를 점거한 채 인간의 군대를 도발하는 중이었다. 조롱처럼 느껴지기도 하여, 겨울과 같은 것을 보고 같은 것을 듣는 참모들의 표정이 심하게 썩어 들어갔다.

[중대장님, 저희는 준비 끝났어요.]

중대 채널로 들려오는 한별의 보고. 목소리가 딱딱하여 평소 같지 않다. 겨울을 제외하면 중대 최고의 저격수인 그녀는 일련의 특등사수들과 함께 높은 곳에 자리를 잡았다. 그녀가 이름을 붙여줄 만큼 아끼는 대물저격총은 지금 괴물의 생명을 조준하고 있을 것이었다.

겨울이 답신했다.

"대기. 허가가 있을 경우에만 쏴요."

[네.]

당장은 쏠 수 없다. 트릭스터의 머리통이 박살나는 순간 아이도 그대로 떨어져 죽을 테니까. 건물 높이는 낮을지언정 머리부터 낙하했다간 기적을 바라기 어렵다.

아이가 안으로 들어가더라도 쏘지 못하기는 마찬가지. 교활한 것의 죽음은 교활하지 못한 것들의 폭주로 이어진다. 역병의 무리는 고삐가 풀리는 즉시 아이를 물어뜯을 것이다. 아이의 앙상한 모습과 변종들의 굶주림을 감안할 때, 숙주보다는 식량이 될 가능성이 높았다. 최대한 빠르게 올라간다 쳐도 아이의 뼈에 살이 남아있을지 의문이었다.

'애한테 접근하는 놈들을 창밖에서 다 쏴죽일 수는…… 없겠구나.'

대물저격총으로 벽을 뚫고 쏠 순 있어도, 사각(死角)을 어찌할 방법이 없었다.

연합임무부대 통제실과 교신하던 통신장교가 곤란한 표정을 짓는다.

"Sir. 아이의 신원이 확인됐습니다. 납치된 17명의 민간인 중 하나가 맞답니다."

"그래요……."

겨울도 교신을 듣고 있었다. 강화된 청각은 교신 전반은 물론이고 그 배경의 절규까지도 놓치지 않았다. 아무래도 통제실에 있는 민간인 가운데 아이의 부모가 있는 모양이었다.

이어 작전장교가 더욱 굳어진 표정으로 알렸다.

"실내에 연기가 차오릅니다."

그의 태블릿은 현재 변종들이 점거한 옛 재무부 건물 내부를 보여주고 있었다.

미군은 도시의 모든 건물들을 점령 상태로 유지할 능력이 없으므로, 낮 시간에 빈 건물마다 감시수단을 설치하거나 폐쇄회로를 복원하는 것으로 타협을 보았다. 적의 움직임을 파악하여 기동타격을 가하겠다는 의도.

그러나 건물의 수가 몇 개이며 요충지는 또 얼마나 많은가. 현재까지 설치된 카메라의 숫자는 턱없이 적고, 설치된 건물도 구석구석을 다 비출 정도는 아니다. 전력을 공급할 방법부터가 제한적이었다.

"줘봐요."

손짓으로 전술정보 태블릿을 넘겨받는 겨울. 포스터 중위의 말처럼, 지하로 이어지는 계단으로부터 연기가 피어오르는 상황이었다. 불이 꺼진 실내에서 연기는 밤에 보는 먹구름처럼 짙었다. 그 자체로 또 하나의 괴물이었다. 불투명한 속에 무엇을 감추었을지 모를.

'애크리드의 연막인가, 진짜 화재인가.'

방역전략연구소는 변종들의 조직적인 방화를 경고했다.

이미 죽기로 각오한 집단이라면 최후의 순간 도시 전체를 불태우려 들 가능성이 있노라고.

그에 반해 지금은 공멸이 아닌 유인의 수단이었다. 로저스 소장이 변종들을 유인하려 했듯이, 영리한 괴물 또한 무장한 인간들을 폐쇄된 어둠 속으로 끌어들이려는 것이다.

싱 대위가 건물 설계도를 검토하는 겨울에게 말했다.

"함정입니다. 말려들어선 안 됩니다."

아까부터 수염을 떨며 칼자루를 만지작거리는 사람이 뱉는 말이다. 의견을 제시하는 것보다는 스스로를 타이르는 느낌에 가까웠다. 사냥감을 눈앞에 둔 사자처럼 당겨진 전신. 힘이 과하게 들어간 손은 하얗게 변한 지 오래였다.

겨울이 짧은 한숨을 지어냈다.

"아는데……. 그냥 두면 본보기로 태워 죽일 거예요."

공갈로 간주하여 무시할 경우, 교활한 변종은 아이를 태워 죽일 것이다. 그래야만 이후의 인질극으로 효과를 볼 수 있을 테니까.

산 채로 불에 타 죽는 아이의 비명 역시 지금처럼 생중계로 뿌려질 것이고.

"이 근처의 지하구조에 대해 추가로 들어온 정보는 없어요?"

겨울이 묻자 머레이 중위가 난처해했다.

"이제 겨우 이틀이 흘렀을 뿐입니다. 모든 경로를 발견하려면 시간이 더 필요합니다. 그, 의회도서관에 설계도가 남아있는지 찾아보겠다는 이야기가 있었습니다만…… 아직까지 소식이 없는 걸 보면 앞으로도 기대하기 어렵지 않나 싶습니다.”

왜 하필 의회도서관이냐면, 공공사업에 관한 모든 보고서를 원본이든 사본이든 수납하는 기관이라서였다. 군이 처음 협조를 요청한 연방 도시개발부는 새크라멘토의 지하 구조에 대해선 최신자료가 없다는 답변을 보내왔다.

‘주 정부가 보관하고 있었겠지.’

캘리포니아에 있던 데이터 센터가 증발해버린 탓도 컸다. 근처에서 트릭스터의 자폭 충격파가 터진 적이 있어, 시설을 되찾아도 복구가 요원했다.

주 정부 건물들을 수색하고는 있으나 현 시점에선 소득이 없다.

그러므로 겨울이 현재 확인 가능한 지하 지도는 최대 20년 가까이 낡은 정보였다. 괴물들만 아는 샛길이 따로 있다는 뜻.

“Sir. 위력정찰 명령입니다. 중보병 소대를 진입시키라고⋯⋯.”

에반스 중위가 통신을 전달하며 싱 대위의 눈치를 보았다. 수염 무성한 시크교도가 노여움에 꿈틀거린 탓이다. 한층 더 강해진 노여움엔 그럴 만한 이유가 있었다.

“중대장님. 저는 이게 합리적인 판단인지 의심스럽습니다. 재고를 요청해야 합니다.”

이는 로저스 소장 개인에 대한 불신이 아니다.

“사령부가 외압을 받고 있을 거란 뜻이에요?”

“왜 아니겠습니까. 그놈의 종군기자단이 문제입니다.”

"……."

"통제하기는 이미 늦었습니다. 지금 이 비명도 특종이랍시고 보내는 중이겠지요."

아이는 여전히 창밖에 매달려 울고 있다. 그 울음을 중계하는 트릭스터의 전파는 적어도 수 킬로미터까지 닿을 것이었다. 애초에 이게 목적이었는지, 방해전파조차 쓰지 않는다.

이런 도발은 이미 어제부터 있었다. 종군기자단 가운데 누군가가 이를 수신한 것도 간밤의 일이었고.

그 결과 날이 밝았을 땐 분위기가 완전히 달라지고 말았다.

'보도관제가 예전 같지 않아.'

치열한 대선경쟁이 전선에까지 영향을 미치고 있었다. 공화당 후보를 지지하는 권력의 망자들이 얼마나 많은 걸까. 정보국이나 수사국은 물론이고 국방부 내부에도 당연히 있을 것이다. 그러므로 현 정권을 물어뜯을 소재로서의 특종도 예전보다 유출되기 쉬워진 셈.

이제 와서 보도관제를 걸어봐야 여론의 반발에 직면할 뿐이다. 현 대통령을 맹렬하게 비난하는 공화당 후보, 에드거 크레이머에겐 그것 또한 하나의 기회가 될 터.

정작 교활한 괴물 스스로는 모르겠지만, 인간들의 사정이 괴물의 수작을 더욱 효과적으로 만들고 있었다.

"들어가게 해주십시오."

진석의 발언이 참모들의 시선을 모은다. 중대에서 가장

공격적인 소위는 진작부터 만반의 준비를 끝낸 상태였다.

"1층 로비까지 장갑차를 진입시키면 언제든 엄호를 받으며 물러나서 교대로 충전이 가능합니다. 카탈로그 스펙상 장갑복은 제한적으로 방화복 역할도 합니다. 그리고 장갑복 동력이 바닥나지 않는 한 괴물들이 무슨 수작을 부리더라도 뭉개버릴 수 있습니다. 그렇게 훈련시켜왔고요. 우리 애들을 믿어주십시오."

그가 말하는 장갑차는 병력 탑승칸에 발전기를 탑재한 개조차량이었다. 외부에 접속단자가 있어 중보병들의 파워케이블이 연결된다.

그래도 장갑차라서 포탑이 달려있는지라 화력지원 임무 역시 소화한다.

겨울은 진석에게서 결연함과 절박함을 읽었다.

'설계도상으로는…… 장갑차 이외의 차량 진입은 곤란한가.'

애초에 사람 들어가라고 만든 문으로 장갑차를 밀어 넣는 일이다. 로비에 기갑차량 여러 대가 들어가 버리면 움직일 공간이 부족했다. 화력이 늘어난들 기동성을 잃으면 고정된 표적으로 전락할 따름이다.

"대위. 재고하라는 요청은 소용없을 거예요."

겨울은 로저스 소장의 성격을 곱씹어보고 하는 말이었다. 싱 대위는 쓴 표정으로 잠시 눈을 감았다가 떴다. 작전장교 포스터가 말한다.

"아이가 시야에서 사라졌습니다. 놈이 움직이고 있군요.

저 위치라면 층계까지 금방입니다."

들이치려면 아이의 위치가 확실할 때 쳐야 한다. 결정을 내릴 때다. 겨울이 끄덕였다.

"전차 소대에 전달. 1층 입구를 중심으로 전면의 벽을 날려버릴 것. 최소한 폭 30미터의 진입로를 확보해야 합니다. 탄종과 사격은 소대장 임의에 맡기겠다고 전해요."

"Aye sir!"

"진입로가 만들어지는 즉시 박 소위는 중보병 소대와 함께 진입하세요. 독립중대 1소대, 3소대가 엄호. 스나이더 임무부대는 이대로 거점에 남고, 4소대는 예비대, 그레이 임무부대가 주변 길목을 차단합니다. 전차소대 3호, 4호차는 동쪽과 서쪽 교차로에 배치하겠습니다. 상황실에 항공지원과 소방지원을 언제까지 유지할 수 있는지 확인해달라고 통보해요."

겨울은 임시로 지휘를 맡게 된 다른 임무부대들의 배치까지 정했다. 그쪽도 각각 중대장이 있으니 개략적인 임무를 부여하는 것만으로도 충분할 터였다. 멍청하게 예외적인 경우가 아닌 이상, 미군 장교들의 능력은 믿을 만하다.

통신장교가 무전을 전하는 동안 겨울이 주 재무부 건물 정면을 응시했다. 그리스 신전을 모방했으나 장식 이상의 의미는 없는 열주 위로, 둔각을 낀 삼각의 지붕 아래 어느 시구 하나가 음각되어있었다.

나에게 내 산맥에 어울리는 사람들을 다오.(Bring me men to match my mountains.)

공교롭게도 겨울이 한 번 접했던 시였다. 지금의 세계가 아닌 과거에, 친해진 어느 공군장교가 이 시에 얽힌 생도 시절의 말썽 하나를 들려주었던 덕분이었다. 그는 입버릇처럼 외우곤 했다.

「내 산맥에 어울리는 사람들을 다오. 내 벌판에 어울리는 사람들을 다오. 각자가 거대한 나라를 꿈꾸며, 머릿속에 새로운 시대가 들어있는 사람들을 다오…….」

이 시의 제목은 도래하는 미국인(The Coming American)이었다.

겨울은 묘한 느낌을 받았다.

잃어버린 영토에 도래한 미국인들이 이제 포탄을 때려 박으며 나아갈 참이다.

콰앙!

정문이 폭발했다. 좌우의 문설주를 겨냥한 포격이었다. 문짝을 쐈다간 그냥 뚫고 들어갔을 것이다. 파편이 흩어지고, 좌르르 쏟아지듯 무너지는 소리가 들린다. 그 뒤로 이어지는 연속포격. 전차 주포가 번뜩일 때마다 그 주변의 지면이 아지랑이처럼 흔들렸다.

폭발의 여파로 한참 떨어진 겨울에게까지 바람이 밀려왔다. 따가운 모래가 섞여있어 눈을 가늘게 떠야 했다.

'건물 전면이 통째로 무너지진 않겠지…….'

폭을 30미터로 잡은 건 막연한 감각이었다. 넓을수록 좋지만, 너무 크게 뚫으면 정말로 붕괴를 걱정해야 한다.

사격이 잦아들기 무섭게 겨울이 신호했다.

"2소대, 돌입! 1, 3소대 전개!"

중보병들과 장갑차가 콘크리트 파편을 우득우득 밟아대며 나아갔다. 1층을 장악하면 괴물들의 퇴로가 끊길뿐더러, 증원을 차단할 수도 있었다.

철컥. 무기를 점검하는 겨울에게 싱 대위가 묻는다.

"설마 직접 교전하실 작정이십니까?"

"상황에 따라서는 그렇게 되겠죠."

뭔가를 더 말하려는 싱에게 겨울이 고개를 저어보였다.

"난 아직은 중대장이에요."

"……예. 무슨 말씀인지 알겠습니다."

실질적인 대대장이라지만, 내부를 관측할 수단도 마땅치 않은 상황에 지휘관이랍시고 바깥에만 있을 순 없다. 헬멧 카메라에서 송신되는 영상도 화강암에 가로막혀 감도가 떨어지기 십상이었고. 트릭스터가 동족의 시체를 준비해두었을 가능성마저 있다. 보병장비의 EMP 내성을 완전히 신뢰하기도 어렵다.

무너진 벽 너머의 어둑한 실내에서 총성과 괴성의 화음이 울려 퍼졌다.

[1분대, 2분대! 파워 케이블 분리! 층계와 승강기 수직통로부터 차단한다!]

무전기에서 진석의 외침이 지직거렸다.

[겁먹지 마라! 상대가 그럼블만 아니면 우리는 무적이다! 그 덩치가 이런 데 있을 리 없잖아! 야! 박재원이 이 새끼! 달라붙든 말든 뭉개면서 전진하라고! 임 상병! 저놈 쏴버

려! 뭐? 박재원이 말이야! 쏴버리라고! 안 죽어! 미친!]

장갑복의 방어력을 믿으라는 명령이었다. 지시를 받은 2소대 상병 임호진이 자신의 분대원을 조준, 경기관총을 난사했다. 한 사람 깔아놓고 구더기처럼 들끓던 변종들이 잔혹하게 벗겨져 나간다. 살이 찢어지고 뼈가 부서지며 끊어진 팔다리가 비산하는 광경. 바닥에 깔려있던 먼지 층이 오염된 피로 물들었다. 변종들의 광란에 밀려 검붉은 덩어리가 된다.

으악, 으아아악!

장갑을 뜯어내려는 아귀들로부터 간신히 해방된 박재원 일병이 착란을 일으켰다. 일찍이 겨울은 장갑복이 숙련병을 위한 장비라고 평한 바 있다. 동력이 추가된 지금도 그러했다. 당장 눈앞에서 변색된 이빨이 따다다닥 거리면 정줄을 놓아버리는 게 정상이었다.

[정신 차려! 총구를 지금 어디다 들이대는 거야! 일어서!]

오인사격을 몸으로 받아내며 나아간 진석이 소대원을 후려쳤다. 쾅! 인공근육으로 강화된 주먹질은 장갑복을 입었어도 충격이었다. 장갑판이 찌그러졌다.

[너! 돌아가서 보자!]

스피커 너머로도 이 가는 소리가 선명했다.

이런 식의 옥박지르기가 의외로 효과적이었다. 두려움을 두려움으로 제압한다는 느낌. 최선이라고 보긴 어렵지만, 진석 나름의 지도방식이었다. 일일이 참견하면 아무것도 되지 않는다.

캬아아아악!

역병의 무리는 연막을 뚫고 맹렬하게 쇄도했다. 천장을 부수며 쏟아지는 광경도 보인다. 여기에 환기구를 이용하기까지. 감시를 벗어난 규모다. 명백히 준비된 함정이었다.

아직은 바깥에서 지켜보는 입장인 겨울이 추가로 지시했다.

"2소대 3분대! 4분대! 동쪽 복도로 진입! 1분대와 2분대의 측면으로 가는 길목을 막을 것!"

즉각 진석의 답신이 돌아온다.

[안 됩니다! 걔들은 예비전력입니다! 소대 전체 배터리가 한꺼번에 바닥나면 어떡합니까!]

중보병의 충전시간은 길다. 고로 공백 없이 싸우려면 절반은 예비로 둬야 했다.

하나 그 예비를 그냥 놀리는 것도 말이 안 된다.

"잠깐이면 돼요! 어차피 교대할 때까진 아직 여유가 있잖아요! 잠깐 싸우고 물러나면 교대할 때쯤 완충상태일 거예요! 앞으로 약 10분! 3분대, 4분대는 앞으로 10분간 교전합니다!"

[윽……. 알겠습니다!]

진석은 책임감으로 장비 사양을 숙지했겠으나, 이는 겨울도 마찬가지다. 반론은 없었다. 또한 전투가 그렇게까지 길어진다는 보장도 없었다. 미처 교대하기도 전에 싸움이 끝날 경우 예비 분대들은 잉여전력이 되어버리는 셈이었다.

그러므로 지휘관은 전력을 투입할 시점을 정확하게 판단해야 한다.

중대장과 소대장 사이에서 갈팡질팡하던 3, 4소대 중보병들이 신속하게 움직였다.

미친 듯이 달려드는 변종들은 또한 미친 듯이 죽어나갔다. 현 시점에서 놈들이 아는 중보병은 단단한 만큼 둔해빠진 사냥감이었을 것이다. 개량된 장갑복에 대한 경험은 아직 축적된 바가 없을 터. 일방적인 손실을 강요할 수 있다.

'한 놈도 살려 보내지 않으면…… 아니, 소용없겠구나.'

정보가 퍼지는 걸 막기는 어렵겠다. 여기서만 싸우는 게 아니기 때문이었다.

겨울이 포스터 중위를 걷어찼다.

컥!

작전장교가 뒤로 나뒹구는 순간, 채 거두어지지 않은 겨울의 군홧발을 희끄무레한 것이 스쳤다. 팍삭! 그것이 아스팔트에 부딪쳐 부서지는 소리. 불티와 함께 튀는 파편들은 누렇게 착색된 상아색이었다. 박살난 조각들이 후두둑 튀었다.

직후 감각보정의 사선경고가 그어졌던 쪽으로 사격자세를 잡는 겨울. 그러나 채 방아쇠를 당기기도 전에 특수변종의 머리통이 터졌다. 찰나의 차이를 두고 후방에서 울려 퍼지는 독특한 총성.

[죄송해요! 조금 더 빨리 잡을 수 있었는데!]

한별의 무전이었다.

"아뇨. 아주 훌륭했어요. 머리 내미는 놈들은 다 쏴 죽여요."

농담이 아니라 정말 출중한 실력이다. 겨울의 감지와 거의 동시에 표적을 발견한 셈이었으니까. 포트 베닝의 저격수 양성과정에서 사격 하나만은 최고였다더니.

철갑고폭탄을 맞고 머리가 사라진 헌터의 시신이 벽 바깥으로 축 늘어졌다. 벽을 이루는 화강암을 타고 진득한 피가 흘러내렸다.

"으······. 대체 무슨?"

굉장히 아픈 얼굴로 맞은 곳을 쓰다듬던 포스터는, 옷 위로 뭔가 만져지자 별생각 없이 집어보았다. 그것은 감염돌기가 스멀거리는 법랑질의 파편이었다.

"이익!"

질겁을 하며 옷을 털어대는 그. 하나 감염돌기에 닿아도 상처가 없으면 감염되지 않는다. 예외는 점막에 대한 직접 접촉뿐이며, 상처 감염에 비해 확률도 낮았다.

포스터는 황급히 손에 상처가 있는지 살피다가, 장갑을 끼고 있음을 뒤늦게 자각하고 겨우 안도했다. 겨울이 그를 일으켜 세웠다.

"미안해요. 너무 급해서 그만."

"아닙니다. 맙소사. 지옥으로 떨어질 뻔했군요."

"맞은 덴 괜찮아요?"

작전장교가 머뭇거렸으나, 거짓말을 하자니 지금까지의 표정이 너무 정직하게 아팠다.

"꼭 교통사고를 당한 느낌입니다."

"……."

그는 호흡이 거북해보였다. 방탄복을 쳤는데도 뼈가 부러졌을지 모르겠다. 겨울로선 반사적인 반응이었기에 힘 조절이 충분치 못했다. 지휘장갑차 후방 개폐구 안쪽에서 통신을 중계하던 통신장교가 얼빠진 표정으로 이쪽을 바라보았다.

헌터의 공기압 발사체는 거리가 가까울수록 위력이 강하다. 지금은 방탄복을 관통하진 못할지언정 신형 전투복은 꿰뚫을 정도의 간격이었다. 싱 대위가 말했다.

"방금 그 공격은 꼭 장교들을 노린 것 같습니다."

"아마도요."

전파발신을 탐지하는 트릭스터가 있으니 지휘관의 위치를 알아내기는 쉬웠을 것이었다. 겨울을 노렸으나 낮은 정확도 탓에 빗나갔을 가능성도 있었다.

참모들이 조금 물러났다. 장갑차에 기대는 사각이었다.

다른 때였다면 겨울이 좀 더 빨리 알아차렸겠지만, 짙은 연막은 환경적인 「기척차단」이었다. 수면 아래의 멜빌레이가 감각보정에서 벗어나는 것과 마찬가지. 감각보정의 작용 거리가 축소되고, 시간적으로도 지연된다.

연막이 짙어지고 있다. 전차 포탄의 충격파가 유리창을 모조리 깨부쉈음에도 불구하고, 환기로 드는 바깥바람보다 지하에서 올라오는 연막의 양이 훨씬 더 많았다.

건물 규모에 비해 창문의 숫자와 크기가 적지 않건만, 갈수록 이 지경이니 대체 몇 개체의 애크리드가 연기를 뿜는 것인지 모르겠다. 지하가 이미 불바다라는 가정은 논외다. 그렇게 되면 변종들의 길도 막혀버리지 않겠는가.

'벽을 더 부숴야겠는데…….'

실내 관측이 불가능한 구획은 포격을 가하기도 조심스러워진다. 그 너머에 뭐가 있을지 모르기 때문. 전차 주포에 인질이 죽었다간 문자 그대로의 참사였다.

직접 들어가면 감각보정이 한층 선명해질 터.

그러나 지휘관은 혼자 잘 싸우면 그만인 사람이 아니다. 여차하면 직접 싸우겠다고 공언했으나, 아직은 좀 더 지켜볼 때였다.

"3소대를 엄호임무에서 빼내야겠어요."

싱 대위는 겨울의 말을 곧바로 알아들었다.

"추가 진입로를 확보합니까?"

"예. 3소대는 왼쪽으로, 예비대인 4소대를 오른쪽으로 돌리죠. 다른 중대들은 현 위치를 고수하라고 해요. 주의가 집중된 사이에 다른 방향에서 기습을 당할 가능성이 있어요."

겨울은 성동격서를 경계했다. 아직 미지의 지하경로가 남아있는 한 어느 어귀에서든 대량의 변종집단이 돌발적으로 튀어나올 수 있는 것이다.

"괜찮겠습니까? 위에서 내려온 명령은 위력정찰뿐입니다."

대위의 지적. 로저스 소장은 구조임무를 하달하지 않았다. 즉, 적의 저항 강도를 판단한 지금은 철수해도 무방하다는 뜻. 그러므로 중보병이 아닌 병력을 진입시켰다가 발생하는 피해에 대해선 전적으로 현장지휘관인 겨울이 책임을 지게 된다.

"깊이 들어갈 필요 없어요. 길만 내면 충분해요."

"알겠습니다. 헌데 그렇게 되면 1소대의 부담이……."

전력 분산을 우려하는 대위였으나, 말을 채 끝내지 못한다.

콰르릉!

폭발은 전차가 있던 교차로에서 일어났다. 마른 땅이 매캐한 먼지를 뿜는다. 여파로 도로 한복판이 푹 꺼지고 주위의 아스팔트가 가문 날의 논밭처럼 갈라졌다. 시야가 순식간에 악화되었다. 바람이 거의 없는 날이라 쉽게 개선되지 않는다.

"뭐야? 이게 무슨 일이야?"

혼비백산한 통신장교가 즉시 교신을 시도했다.

"발러 1-3. 발러 1-3. 무사한가?"

[윽, 당소 발러 1-3. 데이비드 액추얼인가?]

"그렇다."

함몰된 구멍으로 떨어진 전차로부터의 회신이었다.

[데이비드 액추얼. 당소에 부상자는 없지만…… 엔진이 살아있어도 자력으로 빠져나갈 수가 없다. 젠장, 우리가 무슨 공격을 받은 건지 확인 바란다.]

겨울이 통신장교의 헤드셋을 넘겨받았다.

"현재로서는 확인되지 않는다! 귀소는 현재 상태로 대

기! 밖으로 나오지 말고 구난전차를 기다려라!"

지시를 내리는 동시에 빠르게 생각하는 겨울. 변종들이 이런 폭발을 일으킬 방법이 있을까?

'전차가 격파되지 않은 걸 보면 본격적인 폭발물은 아니야.'

아무리 전차라도 모든 부위가 두껍진 못하다. 변종들이 버려진 포탄이나 폭탄 따위를 주워다 터트렸다면 전차 승무원들은 지금쯤 각자가 믿는 신을 만나고 있을 것이었다. 결국 위력이 집중되지 않은 폭발이었다는 뜻인데…….

아, 메탄.

겨울은 간신히 깨달았다. 지하에 고여 있을지 모른다던 그 유독가스들. 개중엔 가연성도 있었다. 변종 하나가 불씨를 쥐고 뛰어들기만 하면 된다. 전차의 육중함은 붕괴를 확대시키는 요인이기도 하고. 트릭스터는 인질극을 벌일 장소를 선정할 때 여기까지 내다보았을 것이다.

[데이비드 액추얼! 데이비드 액추얼! 놈들이다! 공격받고 있다!]

당연히 그렇겠지. 고정된 전차는 좋은 표적이다. 겨울이 외쳤다.

"대위. 이쪽을 맡길게요!"

"알겠습니다!"

원래의 작전현장을 싱 대위에게 위임하고 돌아서는 찰나, 땅에 생긴 균열로부터 작은 특수변종들이 와라락 튀어나왔다. 그것들의 눈동자는 겨울에게 못 박힌 채였다.

이는 휘하의 다른 중대가 형성한 외곽 경계선 안쪽에서 창졸간에 벌어진 일. 그들은 겨울을 비롯한 지휘부가 맞을까봐 함부로 쏠 수도 없었다. 사격의 기세가 약한 이유였다.

"무슨!"

작전장교가 경악하여 무기를 든다. 나머지 참모들도 마찬가지. 장갑차로 피신하자니 문이 채 닫히기도 전에 닿을 간격과 속도였다. 신경이 팽팽하게 당겨진 겨울은 시간이 살짝 느려진 것 같은 감각을 느낀다. 시스템의 보정과는 또 다른 차원이었다.

겨울이 한 호흡의 조준사격으로 아홉 개체의 스캠퍼를 사살했다. 지휘장갑차의 무인포탑이 한 박자 늦게 무차별 사격을 개시한다. 사선 저편의 아군 부대가 급하게 엄폐물을 찾았다. 참모들이 가세하고, 아직 메인 로비 정면에 있던 두 개 소대 또한 이쪽으로 사선을 돌렸다.

그러나 작고 빠른 괴물들이 지그재그로 튀는 바람에 빗나가는 탄환이 많다.

"재장전!"

작전장교의 비명 같은 엄호 요청. 그러나 장전을 끝내기도 전에 놈들의 선두가 육박해왔다. 곧바로 육탄전에 돌입하려던 겨울이 온몸에 제동을 걸며 신음했다. 무려 6미터 밖에서부터 겨울을 향해 도약하는 괴물을, 싱 대위가 온몸으로 가로막은 탓이었다. 안전을 도외시하고 상급자를 지키겠다는 의지. 철컥거리는 그의 개인화기는 탄창이 완전히 비어있었다.

콰득!

포물선으로 떨어지는 이빨에 개머리판을 박아 넣은 대위가 총을 놓아버리고 허리에 찬 장검을 뽑는다.

"칼사 만세! 승리는 오직 신께만 있도다!"

쇳빛이 번뜩이는 궤적에 변색된 피가 흩뿌려졌다.

측면으로 두 걸음. 사각($射角$)을 확보한 겨울이 제압사격 같은 조준사격으로 변종집단을 성기게 만들었다. 보이는 대로 쏴 죽이는 게 아니다. 적의 밀도를 낮춰 아군에게 여유를 주기 위함. 지금의 최악은 변종의 숫자가 아군의 순간 저지력을 능가하는 것이다.

동시에 교신을 시도한다.

"당소 데이비드 액추얼! 각 제대는 전면에만 집중할 것!"

총을 홱 비틀어 빈 탄창을 날리고 새 탄창을 끼우며 다시 강조했다.

"반복한다! 전면에만 집중할 것! 이쪽에 신경 끄라고!"

말이 거친 것은 맹렬한 총성을 뚫어야 할 외침인 까닭. 또한 그만큼 상황이 급한 탓이었다. 외곽경계에 배치된 병력이 지휘부 피습에 전전긍긍하는 사이, 또한 그들 일부가 이쪽의 방어사격에 휘말리지 않으려고 움츠러든 틈에, 전술적「통찰」로 묶인「위기감지」와「전투감각」이 경계선 바깥 방향으로부터의 위협을 미친 듯이 경고했다.

안팎에서 동시에 흔들어 무너뜨린다. 가장 교활한 괴물의 승부수일 것이었다. 또한 역병집단이 트릭스터 제거 작전, 프레벤티브 스캘핑을 겪으며 학습한 것일지도 몰랐다. 통제력을 발휘하는 개체부터 제거한다는 전술적인 개념을.

"문 닫아요!"

겨울의 단호한 명령에 차내에서 어정쩡하던 통신장교가 폐쇄 버튼을 눌렀다. 체인을 감는 모터 소리와 함께 올라가기 시작하는 장갑차의 후방 개폐구.

"경계선을 통제해요! 현 위치를 고수하라고! 그리고 상급부대와 연계를! 공중지원이 오면 대공포부터 꺼요!"

통신장교는 겨우 끄덕였다.

포스터가 장전 도중 탄창을 놓쳤다. 작전장교는 즉시 소총을 놓고 권총사격으로 전환했다. 타탕! 탕! 몸통에 두 발, 머리에 한 발. 훈련으로 몸에 새긴 본능이 기계적으로 튀어나온다.

사람이었다면 먹혔을 것이다. 그러나 키가 작은 특수변종들, 아마도 변형된 아이들은 놀라울 정도로 통증이 없었다. 다른 변종에 비해서도 훨씬 더. 작아도 특수변종답다고 해야 할지. 고로 권총 사격은 체내에서 깨지는 파열탄조차도 위력부족이었다. 사전에 검토한 영상 속에선, 몸 절반이 너덜거려도 팔을 물고 늘어지던 놈들 아닌가. 총탄이 머리를 때렸으나 치명상이 아니었나보다. 다만 횡격막 아래를 관통당하면서 약해진 호흡이 발을 잡아챈다.

그 위로 잘 갈린 장검이 떨어졌다. 칼날의 수직낙하에 경추를 베인 놈은 이제야 핏빛으로 나뒹굴었다. 아스팔트에 갈리며 관성으로 미끄러져 작전장교의 발치까지. 남은 눈알을 굴리며 이빨을 따닥거리지만 목 아래는 움직이지 않는다. 포스터가 진저리를 치며 그 머리에 두 발을 더 쏘았다. 심정적으로 불가피한 낭비였다.

핵심은 질량이었다. 숙련된 칼질에 실린 체중은 총탄의 저지력을 현격히 능가했다. 달려드는 힘과 나아가는 체중이 정교한 기술 속에 맞물려, 한 합의 베기에 상하로 쪼개지는 놈마저 보였다. 펼쳐진 소장과 대장 줄기 위에 심장이 뛰는 상체가 버둥거린다.

"2소대! 현 위치를 고수해요!"

[하지만 증보병을 그쪽으로 투입하면…….]

"명령입니다! 1소대, 3소대는 고수방어! 2소대의 뒤를 막아요! 이쪽에서 2소대 후방을 치는 놈들이 없게끔!"

사격을 쉬지 않는 겨울의 날카로운 명령들. 인질도 인질이거니와 트릭스터를 놓칠 순 없다. 놈이 퇴로가 끊기기 쉬운 상층까지 올라간 건 1차적으로 도발을 위해서였겠으나, 한편으로는 이때 빠져나갈 자신이 있었기 때문일 것이다.

"Frag out!"

정보장교가 수류탄 투척을 경고했다. 던지는 순간의 외침이라 만류할 틈이 없었다.

컄!

심지가 짧아지길 기다리지 않고 던진 수류탄은 변종이 노리기에 좋았다. 펄쩍 튀어 수류탄을 후려치려는 손바닥. 그 순간 손목이 찢어졌다. 겨울이 쏜 두 발이었다. 다음 순간, 도약의 정점을 지나 추락하던 괴물이 남은 한 손으로 수류탄을 낚아챈다. 한 번은 헛손질이었고 두 번째엔 성공했다. 던지기에 늦었음을 알고 터지기 직전에 끌어안는다. 퍼엉! 웅크렸던 특수변종이 허공에서 터졌다. 가벼워진 몸뚱이가 떨어져 동족을 성가시게 만들었다.

이를 막지 못한 것은 겨울에게 더 급한 표적들이 생긴 까닭. 방탄복을 입었거나 산성아기를 업은 놈들이었다. 산성아기는 거리를 좁혀놓고 던질 요량인가보다. 그래야 저들 머리 위에서 터질 일이 없을 테니까.

장갑차와는 다른 엔진 소리가 가까워졌다. 처음부터 지휘장갑차를 호위하던 험비였다.

"DAYUM!"

포탑으로부터 들려오는 욕설. 중기관총이 기능고장을 일으켰다. 철컥철컥! 씹힌 실탄을 강제로 배출시키고 재차 격발. 포성 같은 총성이 쾅쾅 울릴 때마다 사선에 노출된 변종들은 맞추지 못할 조각들로 찢어졌다.

그러나 여러 발에 하나 꼴로 죽는다.

화력을 분산시키고자 좌우로 좍 흩어진 변종집단은 어느덧 한눈에 들어오지 않았다. 길게 갈라진 도로의 짙은 연막으로부터 꾸역꾸역 기어 나온다. 유황지옥에서 기어 나오는 악마들처럼 보였다. 특수변종만으로는 모자란 숫자를 일반변종들이 메꿨다. 개중엔 머리 위로 차량에서 뜯어낸 문짝 따위를 든 녀석들이 많았다.

최소사거리 안쪽이라 박격포 사격도 불가능하다.

'가능해도 쏘지 말라고 막았겠지만.'

아무리 바람이 적은 날이어도 박격포탄엔 최소한의 오차 범위가 있었다. 겨울이야 그렇다 치고, 운이 나쁘면 구덩이에 빠진 전차 위로 떨어진다. 차체 후방, 방어력이 약한 엔진 그릴에 맞았다가 연료가 발화하면 어쩐단 말인가. 승무원들은 탈출도 못 한다.

'설마 여기까지 계산했던 걸까…….'

전차를 방패삼아 균열에 대한 직접적인 공격을 제한한다는 발상.

하지만 이 가정이 사실이더라도 유탄사격엔 제한이 없다.

지휘장갑차 좌측에서 돌출한 또 한 대의 험비가 공중폭발유탄을 연사로 터트렸다. 그것은 변종들에게 쏟아지는 강철파편의 폭우였다. 방패를 든 놈들이야 어찌어찌 버틴다. 그러나 기어 나오다 말고 굴러 떨어지는 숫자가 더 많았다.

외곽 경계선에서도 전투가 격해지고 있었다. 처음의 감각보정이 맞았다.

"중위!"

겨울은 포스터를 장갑차 위로 밀어 올렸다. 그는 아까부터 숨쉬기 힘들어하던 참이다. 혹시라도 변종의 접근을 허용하게 되면 꼼짝없이 당하기 쉬웠다.

이 순간 갑작스러운 돌풍이 밀어닥쳤다.

[Guns, Guns, Guns.]

버려진 호텔 최상층을 끼고 돌아 신기루처럼 등장한 공

격헬기가 도로를 갈아엎는다. 기관포탄 폭발이 서로 다른 직선으로 몇 번이나 질주했다. 승용차 문짝 따위로 막을 위력이 아니었다. 통신장교 에반스가 상황을 정확하게 전달했는지, 전차가 있을 구덩이는 공격범위를 매번 벗어났다.

지금 나머지 참모들을 장갑차 안으로 들여보낼 수 있다면 좋겠으나, 겨울의 지휘장갑차는 아직 내산성 코팅을 받기 전이었다. 산성아기에게 직격당하면 모두가 위험해진다. 재무부 건물로 갈지 모를 변종집단을 여기서 막아줄 필요도 있었다.

싱 대위는 칼을 놓아버렸다. 뼈에 잘못 박혔는지 아무리 당겨도 뺄 수가 없었던 탓이었다. 겨울은 그가 장전할 시간을 벌어주었다. 탄이 어느새 거의 바닥났다.

"탄창 하나 줘요!"

선임상사와 대위가 하나씩 여분의 탄창을 던진다.

그러나 불그스름한 총열에서 연기가 피어오르고 있었다. 사격속도를 조절할 상황이 아니었다. 이제까지처럼 쏘면 얼마 견디지 못할 터.

휘거나, 파열하거나.

후자는 겨울을 죽일 수도 있다. 애초에 날씨부터가 더웠다. 가장 더울 시기는 지났다지만 아직은 여름이었으니. 「생존감각」으로도 아슬아슬했다.

다행히 갈라진 땅이 더 이상 살아있는 시체를 내뱉지 않는다. 굴러 떨어지는 유해에 길이 막혔는지, 아니면 이번 습격이 실패라고 판단했는지……

그르릉, 그르릉.

폭음 사이에 질질 끌리는 쇳소리가 섞였다. 다른 사람은 몰라도 겨울이 놓치기엔 선명한 흉조였다. 실체를 확인한 겨울은 아연한 기분을 느꼈다.

서서히 흩어지는 연막을 지나, 변종 하나가 불붙은 가스통을 끌고 오는 중이었다.

하기야 버려진 도시에 방치된 가스용기가 얼마나 많았겠느냐마는……. 캠핑카에나 쓰일 법한 자그마한 압력용기일지라도, 체구가 왜소한 특수변종에겐 어지간히 벅찬 무게. 가뜩이나 기관포탄의 폭발에 휘말려 한쪽 팔이 떨어진 몸이었다. 문드러진 얼굴이 벌겋게 달아오를 지경이다. 하나 남은 손이 타들어가는 건 전혀 개의치 않는 모습.

겨울은 거침없이 쏴 갈겼다.

깩!

특수변종은 눈알을 깨고 들어간 총탄에 즉사했다. 가스통이 제멋대로 땅을 구른다. 누가 쐈는지 모를 총탄이 통에 맞아 불티를 튀겼다.

상식과 달리 압력용기는 쉽게 폭발하지 않는다. 사격으로 터트리려면 중기관총쯤은 되어야 했다.

'다만 이미 불이 붙은 상태라면…….'

압력이 감소할수록 폭발할 위험성이 증가한다. 애초에 꽉 찬 통이었을 거라고 보기도 어렵고. 시한폭탄이었다.

겨울이 대위가 놓은 칼자루를 움켜쥐었다. 으지직! 인간의 한계를 넘어선 완력으로 단숨에 뽑아, 전방으로 달려 나가며 길을 뚫었다. 살상이 아니라 배제가 목적인 칼질. 그리고 죽이기보다는 회피가 우선이었다. 아직 살아있는 변종들이 앞다퉈 달려들어도 가로막지 못할 질주였다.

퍼억! 겨울의 몸이 흔들린다. 방탄복이 아군의 사격을 받아냈다. 휘청거리는 중심을 한 바퀴 굴러서 회복한다. 뜨거운 땀방울이 후두둑 떨어졌다. 땅을 밀어내는 손바닥 아래에서 더러운 살덩이가 뭉개졌다.

마침내 좌악 미끄러지는 슬라이딩으로 가스통 옆에 도달한 겨울이 불길에 아랑곳 않고 밸브를 잠갔다. 두꺼운 장갑과 신형 전투복이 잠깐은 견뎌주겠지, 라는 생각. 그럼에도 살이 익는 통증이 엄습했다. 쇼크사의 위험에도 불구하고 통증을 현실과 같도록 맞춰놓은 건 겨울 자신의 선택이었다. 지금도 같은 마음이고. 이를 악물고 참아낸다.

그러나 불이 꺼지지 않았다.

가열로 느슨해진 밸브로부터 계속해서 가스가 샜다.

겨울은 전차의 전면(前面) 방어력을 믿기로 하고 압력용기를 구덩이로 집어던졌다. 무게를 감안하면 강속구에 가까운 「투척」. 그리고 불이 붙은 장갑을 급하게 벗어던지며 무전기의 발신 버튼을 눌렀다.

"발러 1-3! 당소 데이비드 액추얼! 차량에서 절대로 나오지 말라는 통보!"

중장갑을 두른 전차는 직격만 아니면 집중포격을 맞아도 탑승 인원을 보호한다. 단지 전차 자체가 무력화될 뿐. 언제 터질지 모르니 승무원들의 기다림이 예상보다 길어질 수는 있겠다. 아예 터지지 않을지도 모르지만, 기대하기 어려운 최선이었다.

[데이비드 액추얼! 당소 데이비드 2-1! 트릭스터와 대치 중입니다! 놈은 이제 빠져나갈 길이 없습니다!]

그런가.

포스터와 2소대 사이에 교신이 이루어지는 사이, 검을 회수한 겨울이 몸을 돌리며 양쪽을 후려쳤다. 지척까지 육박한 일반변종 둘이 서로 다른 대각선으로 갈라진다. 흉곽이 베여 드러난 심장은 종양처럼 변형된 근육덩어리였다. 상처 입은 폐가 경련을 일으킨다.

그 외의 나머지는 거의 정리된 상황이었다. 오직 겨울이 있는 방향으로만 쏘지 못하여 남은 일부가 있을 따름.

"그러시면 안 되는 거였습니다."

격전을 치른 선임상사가 엄한 표정으로 항의했다. 마치 나무라는 것 같지만, 부대 내 최선임 부사관인 메리웨더 상사는 이럴 만한 자격이 있었다.

"미안해요, 상사. 너무 급했어요."

"……."

"중위. 트릭스터는? 아직도 인질과 같이 있나요?"

장갑차에서 끙끙거리며 내려온 포스터가 애매한 표정으로 보고했다.

"이상 행동을 보이고 있습니다."

"이상 행동?"

"예. 다른 위협은 제거되었으니 직접 보셔도 될 것 같습니다."

겨울은 고개를 기울였다. 대체 무슨 짓을 하고 있기에?

워어어억! 워어억! 워어어어어어!

중보병에게 포위된 트릭스터는 괴성을 지르며 인질인 아이의 멱살을 쥐고 흔드는 중이었다. 한데……. 포스터가 이상 행동이라고 하는 이유가 있었다.

'이거 지금…… 분통 터트리는 거지?'

그야말로 짐승의 울분이다. 땅을 차는 발길질은 힘이 과하여 뼈가 부서져버렸고, 미친 듯이 벽을 치는 통에 채찍처럼 변형된 한쪽 팔도 온통 피멍투성이였다.

하기야 방금의 강습(强襲)은 겨울에게도 서늘했을 만큼 치밀했다. 변종 입장에선 벼르고 벼른 공격이었을 것이다.

그렇다고는 해도 어지간히 다혈질인 개체 같다. 사람이 서로 다른 것처럼, 변종 사이에도 개체별 차이가 있는 건 사실인데…….

언제 아이를 감전시킬지 몰라 함부로 쏘지 못하고 있는 마당에, 이젠 아이마저 놓고서 돌기둥에 머리를 박아댄다. 인정사정없는 박치기에 처음부터 피와 뼛조각이 튀었다. 2소대 병사들도 어처구니가 없어서 쏠 생각을 못 하는 듯했다.

결국 괴물은 머리통이 깨진 채로 축 늘어졌다.

"……."

화가 치밀어 자살하는 변종을 보기는 겨울에게도 처음이었다.

구덩이에 빠진 전차는 사흘간 방치되었다. 다른 거리에 배치된 부대들도 유사한 공격을 받았기 때문이다. 동시다 발적으로 벌어진 전투는 장교 포함 팔백 명에 이르는 사상 자를 낳았다. 단 하루 만에 이 정도의 피해가 발생한 건 멧 돼지 사냥을 시작한 이래 처음 있는 일. 사령부는 다소 침 체된 분위기였다.

"그나마 진피 손상이 심하지 않아 다행입니다."

겨울의 화상을 돌보는 의무관 조윤창 대위의 말이었다.

"앞으로 일주일가량 잘 관리한다면 남는 흉터는 얼마 없 을 겁니다."

"그렇군요."

"어디까지나 잘 관리할 경우의 이야기입니다. 어떻게 이 손으로 칼을 휘두를 생각을 하셨습니까? 표피만 멀쩡했어 도 치료가 훨씬 수월했을 텐데요."

매일 다시 소독하고 붕대를 갈아주는 과정에서 벌써 여 러 번 반복된 주의였다. 불평이라기보다 다시는 그럴 생각 말란 잔소리에 가까웠다. 겨울이 말을 돌렸다.

"포스터 중위는 어때요?"

"적어도 4주는 더 정양해야 합니다."

"그 이상일지도 모른다는 뜻이군요."

"예. 뼈가 붙은 후에도 전거근이나 늑간근 인대에서 통 증을 느낄 수 있습니다. 이럴 경우엔 몇 개월간 진통제 신 세를 져야겠지요. 숨만 쉬어도 아플 테니 말입니다."

그러게 좀 살살 차지 그러셨습니까. 대위의 말에 겨울이 옅은 쓴웃음을 만들었다. 여러 갈빗대에 금이 간 작전장교는 전투흥분이 사라진 시점에서 그대로 드러누워 움직이지 못했다. 본인의 의사를 존중하여 교체하지는 않더라도, 당분간은 전력에서 제외해야 할 것 같다.

"그런 중위도 못 받는 퍼플하트를 내가 받는다는 게 이상하네요."

퍼플하트는 전사자 및 전상자(戰傷者)에게 수여되는 기념 훈장이다. 겨울은 이제껏 인연이 없었으나, 이번엔 2도 화상 판정으로 받게 되었다. 하나 작전장교는 수여대상에서 제외되었다. 적의 직접적인 공격에 의한 부상이 아니라는 이유에서였다.

예컨대 차량 운행 중 회피기동에 의한 사고에 대해서도 퍼플하트를 수여하지 않는다. 지난날 산사태에 매몰되었던 겨울이 손등에 열상(裂傷)을 입고도 받지 못했던 이유였다.

의무관이 고개를 저었다.

"규정이 그러니 별수 없습니다. 다른 사람들을 위해서라도 받아 두십시오. 중대장님께서 사양하시면 곤란해할 사람이 많지 않겠습니까?"

"음, 그건 그래요."

받을 자격이 되는데도 눈치를 보는 경우가 생길 것이다. 누군가의 겸허함이 다른 누군가에겐 피해가 되는 경우였다. 배려 없는 예의는 자기만족이 되기 십상이다.

하물며 퍼플하트는 명예일 뿐만 아니라 연금에 가산되는

실질적인 이익이기도 했다.

겨울이 붕대를 새로 감은 손을 보며 말했다.

"하지만 역시 신경 쓰이네요. 어떻게든 챙겨줄 방법이 없을까 싶고."

"아랫사람들을 그렇게 챙겨주시려는 마음만으로도 충분하다고 봅니다."

조윤창 대위의 은근한 아첨이었다. 겨울은 모르는 척했다.

"가볼게요. 전차가 어떻게 될지 봐야 하기도 하고, 달리 골치 아픈 문제도 있고."

그럼 수고해요. 본토인에게 남기긴 애매한 인사였으나, 대위와 겨울은 출신이 같았다.

밖으로 나와서 가장 먼저 보게 된 이들은 도로에 드릴을 박는 공병대원들이었다. 다른 곳에서 인공적인 소음을 만드는 사이에, 소리를 거의 내지 않는 저속 드릴로 구멍을 내고 지하에 카메라 케이블을 들여보내는 것이다.

동시에 각 건물로 이어지는 지하의 길목을 장애물과 용접으로 차단한다. 변종들의 활동범위를 점진적으로 축소시키는 과정이었다.

이 일대에선 작업이 거의 완료되었으므로 야외활동이 예전에 비해 자유로워졌다.

"오셨습니까."

전차 견인현장을 지키던 임시 1소대장, 송정훈 소위가 겨울에게 경례했다.

"작업이 잘되는 느낌은 아니네요?"

구난전차는 구덩이 가장자리에서 가만히 멈춰있었다. 자세히 보면 추가로 무너진 흔적도 있다. 겨울의 말을 소위가 긍정했다.

"예. 1차 시도는 실패했습니다. 도로에 금간 거 보십시오. 지반이 약해졌는지 끌어올리던 차량까지 잃어버릴 뻔했습니다. 공병대가 경사로를 만든 다음 작업을 재개할 예정입니다."

설령 끌어내더라도 발러 3호차가 갈 곳은 정비창이 될 것이었다. 60톤짜리 쇳덩이가 쿵 떨어지는 충격만으로도 온갖 기기가 고장 났다. 하물며 가스통의 폭발까지 견뎌낸 차체였다. 외부 관측 장비들이 싹 먹통이 되어 당장은 고철이나 마찬가지.

'포탑이 빠지지 않은 게 다행이지.'

그랬으면 사상자가 추가로 발생했을 것이다.

송정훈 소위가 조심스럽게 운을 떼었다.

"저……. 그 소문이 사실입니까? 싱 대위님이 다른 부대로 전출된다는……."

"누가 그래요?"

궤도 빠진 전차를 보던 겨울이 눈을 살짝 찡그리자, 소위가 뜨끔한 표정을 짓는다.

"어느 한 사람이 아니라 다들 들은 이야기입니다. 여론이 나빠서 어쩔 수 없을 거라고."

이는 곧 종교적인 반발이었다. 이전의 전투에서 싱 대위가 외친 함성을 트집 잡는 것이다. "칼사 만세! 승리는 오직 신께만 있도다!" 그러면서 칼을 뽑는 모습이 워낙 박력 가득한지라 공보처가 편집 없이 공개한 게 실수였다. 시민들 가운데 무슨무슨 규정 위반 아니냐며 따지는 이들이 많다던가. 요는 한겨울 소령 옆에 저런 광신도를 두어선 안 된다는 것이었다.

그런 주장을 하는 이들 태반이 기독교 광신도들이라는 게 진짜 문제였지만.

또한 그 함성이 시크교 종파 칼사 암리트다리의 신앙고백이라는 점, 그리고 검을 휴대하는 이유마저 다소 종교적이라는 점이 논란을 더욱 부추겼다.

'오죽하면 로저스 소장에게서 연락이 왔을까.'

바로 어제 있었던 일이다. 겨울이 받은 수화기 너머에선 약간의 싫은 감정이 느껴졌다. 소장의 건조한 성품을 감안할 때 이는 상당히 깊은 불쾌감이었다.

소장은 거두절미하고 이렇게 물었다.

[귀관. 사정은 알 것이다. 바하다르 싱 대위의 전출에 동의하는가?]

"동의하지 않습니다. 그는 아무런 잘못도……."

[됐다. 나머지는 알아서 처리하겠다.]

그리고 뚝 끊었다. 겨울의 의사를 확인했다는 사실 그 자체만이 필요했던 것처럼. 사령부가 외압을 받고 있으리라는 추측은 아무래도 사실인 듯하다. 방역전선 전체에서 승리를 거두고 있는 지금 적잖은 인명손실이 발생했다는 것만으로도 입지가 나빠질 법했다.

그다음엔 싱 대위 본인이 독대를 청했었다.

"중대장님께 폐를 끼치고 싶진 않습니다."

당연히 다른 부대로 보내달라는 뜻이었다. 겨울은 단호하게 거부했다.

"대위까지 왜 이래요. 돌아가요. 그런 말 하는 게 진짜 폐니까."

"……."

엄정한 시크교도에게 겨울이 질문했다.

"전에 그랬었죠? 신의 이름은 마음속에 있는 양심과 사랑과 용기라고."

"그렇습니다만, 지금 왜 그 말씀을?"

"다른 사람들이 물어보면 있는 그대로 말해줘요. 승리가 오직 신께만 있다는 말은 양심, 사랑, 용기에 의한 승리만이 진짜 승리라는 뜻이라고. 의도가 바르지 않은 승리는 애초에 승리가 아니라는 의미라고."

비슷한 개념이 겨울이 배웠던 교과서에도 있었다. 윤리와 사상. 지금은 가물거리지만, 아마도 칸트였던 것 같다. 옳은 행동을 오직 옳다는 이유만으로 실천해야 진짜 도덕이라는 것. 욕망이나 다른 목적이 끼면 가짜 도덕이 된다.

경험 이전의 도덕률과 경험 이전의 신 사이에는 공통분모가 존재했다.

"대위. 내 해석이 틀렸나요?"

다시 묻는 겨울 앞에서 대위는 가만히 부인했다.

"적어도 제게는 아닙니다. 아버님께서 가르치셨던 말씀 그대로로군요."

"됐어요, 그럼. 가 봐요. 이건 내 양심에 따라 내리는 결정입니다."

"……."

"정말 이럴 겁니까? 언제는 날더러 누구보다도 신의 이름에 가까운 사람이라면서요?"

겨울은 반쯤 농담처럼 윽박지르고 나서야 싱 대위를 밀어낼 수 있었다.

여기까지 회상한 겨울이 송 소위에게 지시한다.

"소대 내에서 더 이상 그런 소문이 돌지 않게끔 관리해요. 나도 신경 쓸 테니. 괜한 이야기로 병사들이 흔들리는 것도 싫고, 그걸 본 싱 대위 본인이 상심하는 건 더더욱 싫네요."

"예, 알겠습니다."

"소대장이 되고 나선 여러모로 신경 쓸 게 많죠?"

소위는 겨울의 말에 헛웃음을 지었다.

"그렇긴 합니다만, 그걸 중대장님께서 물어보시니 굉장히 이상합니다."

"뭐가요?"

"놀리지 마십시오. 아시잖습니까."

큭큭. 소리죽여 웃는 소리가 들린다. 가까운 거리의 경계병들이었다. 입술을 구부려 병사들이 눈치를 보도록 만든 송 소위가 가벼운 한숨을 내쉬었다.

"솔직히 편하진 않습니다. 한국에서 학사장교로 군 생활을 하긴 했지만 실제로 전투를 지휘한 적은 없었으니까요. 전 소대장님이 얼른 돌아왔으면 좋겠습니다."

"유라 소위가 돌아와도 당신 계급은 그대로일 텐데요?"

"예? 어째서……. 저는 임시 대리잖습니까?"

"장교가 부족하잖아요. 내가 왜 아직도 소령인데요. 아무리 직책진급이라도 한번 계급이 올라가면 도로 내려갈 가능성은 희박하다고 봐야 돼요. 유라 소위도 지금 이론교육을 받고 있다던데요. 부상당한 틈에 진급자격을 갖춰주려는 의도겠죠."

"이럴…… 수가…….""

"가뜩이나 송 소위는 다른 나라에서 장교 교육도 받았겠다, 졸업장 발급은 불가능해졌어도 대학을 졸업한 건 사실이겠다, 영어 회화는 현지인 수준이겠다……. 낭비하기 아까운 자원이죠. 계급 확정 축하해요."

송정훈의 어깨가 축 늘어졌다. 진심으로 침울해하는 분위기. 아무리 그래도 이렇게까지 싫어하나? 한국에선 중위로 전역했던 사람이? 지금의 난민들은 어떻게든 안정된 지위를 손에 넣고 싶어 하는 사람이 많다. 장교 계급이면 목구멍에서 손이 기어 나온대도 이상할 게 없을 지경. 애초에 병과 장교는 급여구간부터가 다른 것이다.

겨울이 보기에 송 소위가 특별히 소심한 타입은 아니었다. 오히려 임시 소대장인데도 별다른 잡음이 생기지 않았다는 사실이 그의 능력을 입증했다.

뇌리에 언뜻 스치는 것이 있어 겨울이 작게 확인했다.

"혹시 2소대장이 괴롭혀요?"

움찔. 어깨가 튀었다. 설마 했는데 사실인가보다.

"아닙니다."

"아니긴 뭘 아니에요. 몸은 이렇게 솔직한데. 상관에게 거짓말하게 되어있어요?"

이걸 또 호기심에 귀 기울이고 있었는지 근처에 있던 병사 하나가 움찔한다. "몸은 솔직……."이라고 중얼거리는데, 아무리 혼잣말이라도 청각 보정을 받는 겨울에겐 선명하게 들린다. 그녀는 대체 무슨 생각을 하는 걸까.

나무토막처럼 뻣뻣해진 송 소위가 다시 한 번 부인했다.

"정말입니다. 제가 많이 부족해서 업무지도가 엄격할 뿐, 박진석 소위는 평소에 아주 좋은 선배입니다."

"그래요?"

같은 소위라도 진석 쪽이 선임인 데다, 겨울동맹 내에서의 입지도 입지이고, 제중이 소문을 낸 최초의 3인 가운데 한 명이기도 하여 유라를 제외한 다른 난민 출신 소위들은 대하기 어려운 면이 있을 것이었다.

독립중대의 분위기가 여타의 미군 부대들과 조금 다르기도 하고.

'사사건건 유라 씨하고 비교하는 거겠지…….'

물론 겉으로는 그런 티를 절대 내지 않을 것이다. 그를 제치고 유라를 첫 전투조장으로 선발했을 때부터 경쟁심이 많이 강하다는 느낌은 있었다.

이걸 유치하다고 해야 하나? 겨울이 적당한 단어를 고민하는 사이, 송 소위는 말로 꺼내지 못하는 우려가 한가득인 표정을 지었다. 겨울은 일단 그를 안심시켰다.

"걱정 말아요. 박 소위한테 별 이야기 안 할 테니까."

"······예."

이에 정훈은 묘하게 안도하는 한편 살짝 실망하는 눈치. 그래서 겨울의 다음 말에 의아한 표정이 된다.

"오래갈 일이면 뭐라도 조치를 하겠지만, 어차피 곧 해결될 문제 같으니까요."

"그건 무슨 말씀이십니까?"

"송 소위가 1소대장이 아니게 되면 괜찮아질 거란 뜻이에요."

이미 유라의 복귀 일정을 통보받은 상황이었다. 괜히 들쑤실 필요는 없을 것이었다.

송 소위도 머리가 나쁜 편은 아니라, 잠시 헤매다가 무언가 확 깨달은 얼굴이 된다. 겨울이 당부했다.

"아까 말한 것처럼 괜한 소문이 도는 일은 없게 해요."

"물론입니다. 이 비밀은 제가 무덤까지 가져가도록 하겠습니다."

"아니, 그 정도까지는······."

뭔가 좀 많이 앞서가는 것 같은데. 그러나 소위의 단호한 표정을 본 겨울은 그냥 둬도 괜찮겠지 생각했다.

이날 저녁, 사단사서함에 쌓여있던 우편물이 배송되었

다. 밀린 편지를 받게 된 병사들이 함박웃음을 지었다. 그들이 반기는 것은 가족과 친지의 소식일뿐더러 은행이 보낸 계좌명세서(Statement)이기도 했다. 잔고가 늘어날수록 꿈꾸는 미래도 넉넉해진다. 정원이 딸린 집과 평온한 일상생활의 꿈. 희망은 삶의 필수품이었다.

그런 점에선 독립중대원들이 안전지역의 미국인들보다 낫다고 볼 수도 있었다. 당장 목숨이 위험하진 않을지언정 하루하루를 빠듯하게 살아가야 하는 사람들에 비해서는. 절반가량의 미국인들은 역병 이전에도 채 1천 달러(한화 약 110만 원)를 보유하지 못했었다.

물론 현재는 그때 이상으로 악화되었고.

지난 여러 종말에서, 가끔씩 겨울에게 이런 말을 하는 사람들이 있었다.

"예전보다 지금의 삶이 더 충만한 느낌이야."

이는 아마도 바깥세상의 관객들이 겨울을 부러워하는 이유 가운데 하나일 것이었다.

겨울 몫의 계좌명세서는 굉장히 간소했다. 지출내역이 수 개월간 전혀 없었기 때문이다. 그렇다보니 각종 수당이 더해진 급여와 명예훈장 수훈자 연금이 고스란히 쌓여 무시 못 할 금액이 되어 있었다. 다양한 투자 상품 안내서가 동봉된 이유였다.

직책진급이 정식진급으로 확정된 게 송정훈 소위만의 이야기가 아니어서, 겨울의 급여는 소령 계급의 최고 호봉으로 산정되었다. 서훈내역을 복무기간에 가산하는 정책 덕분이었다.

개인적으로 보낸 서신은 없었다. 여느 때처럼 너무 많아서 수송이 불가능했던 것. 이런 사정을 시민 사회에 여러 차례 알렸으나 충분한 효과를 보지 못했다고 한다.

그 밖에 배송된 것으로는 며칠 분의 신문들이 있었다. 하루당 여러 부가 와서 안전지역의 소식이 궁금한 병사들에게 돌리고도 천천히 읽을 한 부씩이 남는다.

이틀 전의 1면은 전체가 사진이었다.

「MAN OF HONOR」

낯 뜨거운 제목이다.

해상도가 살짝 떨어지는 사진은 교활한 괴물의 인질극 당일 어느 참모의 헬멧 카메라 영상을 확대, 보정한 것일 터였다. 손에 불이 붙은 채로 가스 압력용기를 던지는 겨울의 모습. 참 역동적으로도 잡혔다. 이 순간을 고르고자, 공보처는 프레임 단위로 뽑아두고 고민했을 것이다.

이날, 데이비드 임무부대 외 다른 두 곳의 교전현장에서도 인질 구조에 성공했다.

그러나 그 과정이 찬사를 받진 못했다. 과격했기 때문이다. 특히 심한 쪽은 많이 심했다.

'전차 주포사격은 좀…….'

인질이 있는 장소를 조준하여 철갑탄을 쏴 갈겼던 것. 물론 정조준은 아니었고, 인질은 반괴한 잔해 속에서 중상을 입은 채로 발견되었다. 그나마 생명에는 지장이 없다고 한다. 지금은 야전병원으로 후송되어 치료를 받고 있다던가.

해당 지휘관은 이것이 실질적인 최선이었다고 주장했다.

「인질을 무사히 구조하는 것이 최선이라면, 최악은 인질이 사망하거나, 또는 괴물이 인질을 데리고 다시 잠적하는 것이었습니다. 저는 상황이 최악으로 흐를 확률이 높다고 판단했습니다. 트릭스터는 머리가 좋은 놈입니다. 난데없는 인질극의 목적이 인질극 자체일 리가 없잖습니까? 게다가 퇴로가 차단되기 쉬운 곳에서 모습을 드러내다니. 명백한 함정이었죠.」

이렇듯 상황 파악 자체는 나무랄 데가 없었다.

「그래서 생각했습니다. 인질이 다치거나 죽을 가능성을 감수하자고. 변종이 인질과 함께 잠적했다간 결국 뜯어 먹힌 시체나 변종이 된 모습으로 발견될 테니까요. 또 한 가지. 트릭스터의 개체 수는 그리 많은 편이 아닙니다. 즉 인질극의 주범은 높은 확률로 이 일대 변종집단의 사령탑이기도 할 것이었습니다. 따라서 해당 개체를 초기에 제압해 버리면 놈이 무슨 함정을 준비했든 의미가 없어질 거란 결론을 내렸습니다. 부대원 전체, 나아가 인접 부대들의 안전이 걸려있는 문제였죠. 결과적으로 제가 옳았음이 증명되었고 말입니다.」

스스로 자신하는 바와 같이, 이 지휘관이 담당한 구역에서는 변종들의 강습이 제대로 이루어지지 못했다. 공격이 있긴 했으되 제대로 통제되지 않았던 것이다. 여기서도 등장한 불붙은 가스통은 습격을 걸어온 변종집단의 후방에서 폭발했다. 인명피해는 고막이 나간 몇 명과 이명을 호소하는 몇 명뿐이었고. 이들은 전상자 취급이라 퍼플하트를 받게 됐다.

「철갑탄 포격은 합리적인 선택이었습니다. 폭발하지 않는 탄종으로 건물을 반파시켜서 놈에게 인질 포기를 강요할 작정이었죠. 인정하겠습니다. 무모했던 게 사실입니다. 허나 실패할 경우엔 지휘관으로서 책임을 질 각오가 되어 있었습니다.」

그리고 그는 현장에 있던 공병 장교의 의견을 구했다고 진술했다. 어디를 어떻게 쏴서 얼마나 무너뜨려야 잔해 아래에 깔릴 인질의 생존율을 높일 수 있겠느냐고.

「물론 그는, 캐시어스 중위는 난색을 표했습니다. 분명하게 밝혀두겠는데, 중위는 이 계획에 강하게 반대했습니다. 어디까지나 지휘관인 제 결정이었단 말입니다.」

자신의 뜻이었음을 강조하는 이유는 알기 쉬웠다.

「어쨌든 그는 제 명령에 따라 의견을 제시했고, 그것이 바로 군인의 역할이었습니다. 저는 포격을 명령했죠. 그 결과 적의 허를 찌르는 동시에 인질을 확보할 수 있었습니다.」

"……."

겨울은 여기에도 공보처의 개입이 있었을 거라고 추정했다. 본인의 진술을 토대로 언론에 공개할 내용을 사전에 정해놨을 것이다. 전투보고서도 최초에 본인이 작성한 내용은 아닐 터이고. 비슷한 경험이 겨울에게도 있다. 폭풍이 몰아치는 밤의 호숫가에서 해리스 대위의 병력을 상대로 싸웠던 전투. 그 전투에 대한 보고서는 겨울이 직접 쓰지 않았다. 포트 로버츠 사령관 래플린 대령은 이미 완성된 보고서를 내밀었고, 겨울은 읽어본 뒤에 이렇게 말했었다.

"제가 작성한 내용을 충분히 숙지했습니다."

라고.

'하지만 이번은 경우가 다른가……'

전쟁범죄가 아닌 한, 현장지휘관이 언론에서 자신을 변호할 필요는 없다.

결국은 정치적인 사정이었다. 현 정권의 입지가 강했다면 벌어지지 않았을 일.

「제너럴 양은 살아있는가? 최악의 테러리스트가 찍힌 새로운 영상이 발견되다.」

새크라멘토 특집기사를 지나, 세 번째 페이지에서 가장 크게 인쇄된 문장이 눈에 띈다. 제너럴 양은 당연히 양용빈 상장을 뜻했다.

겨울은 그의 죽음을 확신한다. 정말로 빠져나갈 길이 없었기 때문이다. 하나 시체를 발견하지 못했다는 점이 너무나 컸다. 상장의 악의는 아직까지도 스멀거리며 미국을 좀먹고 있었다.

「국방부는 지난 9일 투항한 포로들로부터 새롭게 입수한 이 영상이 중국군 잔존세력의 칼파인 5 공격 이전에 녹화된 것이라고 발표했다. 즉 제너럴 양이 살아있다는 증거는 아니라는 것. 그러나 전문가들은 영상의 분석결과에 의혹을 제기했다. 파일의 날짜 데이터가 조작되었을지도 모른다는 주장이다. 또한 포로들이 국방부의 회유로 위증을 하고 있을 가능성도⋯⋯」

일부 언론에겐 양심보다 관심이 더 중하다.

똑똑.

겨울은 노크 소리에 고개를 들었다.

"들어와요."

들어온 사람은 정보장교 머레이와 선임상사 메리웨더였다. 그들은 앉은 채로 경례를 받은 겨울에게 다가와 각자 결재가 필요한 서류 및 태블릿을 내밀었다. 머레이 쪽에는 자기 몫 외에 본래 작전장교 담당인 업무가 포함되어있었고, 메리웨더 쪽은 차량이동 승인이나 물자 보급에 관한 내용이었다. 대개의 업무가 전산화된 시점에서도 서명할 일이 사라지진 않았다.

간단히 읽고 서명하는 와중에 방금 시각으로 갱신된 전파사항이 확인된다.

"야간 전투는 여전히 제한이네요?"

머레이가 겨울의 질문에 답한다.

"예. 아무래도 인질을 식별하기 어려우니 말입니다. 오인사격의 위험도 있고요. 결정적으로 사령부는 우리의 야간공격으로 적에게 혼란이 빚어질 경우를 걱정하나 봅니다. 인질을 잡아먹을 수도 있잖습니까. 트릭스터의 전파시야가 아무리 밤낮을 가리지 않는다지만, 그리고 놈들이 유선통신까지 쓴다지만, 일반 변종들에 대한 통제력이 낮과 같긴 어렵겠지요."

전파송수신이 제한되는 지하 환경에서 트릭스터는 어떻게 수많은 변종들을 통솔하는가.

이에 대한 의문은 사흘 전의 교전현장을 조사하는 과정에서 해소되었다. 한 병사가 머리에 전극이 박힌 채로 죽어 있는 변종을 발견했기 때문이다. 피복이 벗겨진 구리선은, 전파에 반응하도록 변이된 바로 그 부위를 찌르고 들어갔다. 다른 쪽 끝은 인질극을 벌이던 건물 내부까지 이어져있었고.

재료가 될 전선이야 지하 공동구에 얼마든지 널려있다. 애초에 그런 목적으로 만들어진 공간이었으니.

'하지만 방식이 너무 무식해.'

아마도 트릭스터의 발상이었겠으나, 손재간이 사람 이하인 변종들에게 정교한 수술이 가능할 리 없잖은가. 근처엔 무수한 실패의 흔적이 있었다. 머리뼈에 구멍이 뚫린 유해들. 모르긴 몰라도 뇌출혈 외에 뇌가 통째로 구워져서 죽은 놈들 또한 많을 것이었다.

정황상 수술엔 산성과 인화성 아기들을 동원한 듯하다. 다른 부위에서, 혹은 다른 변종으로부터 뜯어낸 살을 지져서 붙이는 방식으로 상처를 막은 모양. 변종의 생명력이 강인하기도 하거니와, 처음부터 오래 살 필요는 없다고 생각했을 것이다.

그토록 우악스럽게 완성된 생체전화기의 수신감도가 얼마나 좋았을지 의문이었다.

"대단하다는 생각이 듭니다."

메리웨더 상사의 음성이 겨울을 일깨운다.

"뭐가 대단해요?"

"대가리에 전선을 박아 넣는다는 발상 말입니다."

머레이 중위가 인상을 찌푸리며 동의했다.

"트릭스터가 최소한의 원리를 이해하고 있다는 뜻이니까요. 뇌의 어떤 부분이 전파를 받는 용도로 변형되었는지도 알고. 뭐 이런 놈들이 다 있나 싶군요."

"그런 놈들 상대로 싸워서 이기는 중이잖아요."

대답과 함께 서명을 끝낸 문서들을 돌려주는 겨울. 정보장교는 바로 나가는 대신 다른 쪽에 관심을 보였다.

"신문을 읽고 계셨습니까?"

"네. 얼마 못 봤지만요."

"방역전쟁에 관한 나머지는 안 보시는 편이 나을지도 모릅니다. 군사적인 소양이라곤 눈곱만큼도 없는 인간들이 내가 전문가입네 하고 이상한 헛소리들을 늘어놓더군요."

"뭔가 특별히 마음에 안 드는 거라도 있었나 봐요?"

"왜 없었겠습니까."

중위가 페이지를 넘긴다. 나머지는 안 보는 편이 나을 거라더니…….

"이겁니다."

그가 짚어 보인 특집기사에 메리웨더 상사가 무심한 척 눈길을 던진다. 겨울의 입장에서 가장 먼저 눈에 띄는 건 글이 아닌 인물이었다. 공화당 대선후보의 연설을 찍은 사진. 잔뜩 찌푸린 낯으로 삿대질을 하는 모습이다. 설명은 이러했다.

「에드거 "에디" 크레이머, 방역전쟁에 대한 현 정권의 초기 대응을 성토하다.」

「"우리 군은 우리 시민들을 최우선적으로 보호했어야 한다."」

초기 대응이라면 작년, 해안에 역병이 상륙했을 때의 일이다.

그 아래의 전문가 의견은 크레이머의 주장에 대한 찬반양론을 담고 있었다. 정보장교는 찬성하는 입장에 혐오감을 드러냈다.

"그때 캐나다가 무너졌으면 방역전선은 동서로 몇 천 킬로미터나 연장되었을 겁니다. 봉쇄선은 꿈속의 이야기였겠지요. 서해안 3개주 오염을 막을 수 없게 된 시점에서 북서부 방면의 가용전력을 캐나다로 후퇴시킨 건 전략적으로 올바른, 그리고 어쩔 수 없는 선택이었습니다."

여기에 의외로 메리웨더 상사가 진중한 반대를 내놓았다.

"하지만 도의적으로도 옳다고 보긴 힘듭니다. 그 전력을 이재민 구호에 투입했으면 몇 명을 더 살렸을지 모르니까 말입니다. 장기적으로 더 넓은 땅, 더 많은 시민들을 지키기 위해 불가피한 선택이었다고는 해도, 해변에 고립된 채 구조를 기다리던 사람들이 얼마나 이해를 해줄지는 의문이군요."

"……."

"당시 캐나다 방어에 투입된 전력 중엔 항공모함도 있었습니다. 그쪽 비행대의 폭격지원이면 육상에서도 훨씬 더 많은 시민들을 구하지 않았겠습니까?"

"그래서는 봉쇄선이⋯⋯."

말끝을 흐리는 정보장교의 반감은 사실 정치적인 것이었다. 메리웨더가 차분하게 답했다.

"중위님께서 틀렸다는 뜻으로 드린 말씀은 아니었습니다. 하지만 우리는 그 뒤로 천만이 넘는 병력을 늘렸습니다. 북부국경 방어가 반드시 불가능했다고는 할 수 없지 않겠습니까?"

"⋯⋯."

"약간의 희망이라도 있는 한, 미군이 시민을 버려선 안 됩니다. 비록 그것이 더 어려운 싸움으로 이어지고, 국가가 더욱 위태로워지고, 캐나다 사람들의 죽음을 방관하는 결과가 되었을지라도⋯⋯. 저는 그렇게 믿습니다."

아이러니하게도 상사의 입장은 겨울의 생각과 겹치는 면이 있었다. 다수를 위해 소수를 버리는 일이 현실적으로는 불가피할지라도, 그것을 옳다고 할 수는 없지 않은가.

논의의 대상이 미국 시민으로만 국한된다는 점이 상사의 문제였다. 그러나 그것은 인간 사회의 모순을 구겨 넣은 군인의 직업윤리이니, 메리웨더 개인의 잘못이 아니었다.

다음날 정오, 전선에 당혹스러운 소식이 전해졌다.

"⋯⋯원자력 비행선이요?"

미심쩍어하는 겨울 앞에서 통신장교 에반스가 넷 워리어
단말을 들어보였다.

"직접 들어보시죠."

스마트 폰에선 FM 라디오 어플리케이션이 실행 중이었다.

「……계획에 대하여 국방부 대변인이 밝힌 정보는 다음
과 같습니다. 금일 오전 9시를 기하여 소재 불명의 비밀 군
사시설 『사이트 T』에서 취역한 패트릭 헨리급 1번 함 패트
릭 헨리는 신형 원자로를 탑재한 원자력 비행선이라고 합
니다.」

"……."

「패트릭 헨리급은 국방 고등연구 관리국(DARPA)에서 연
구하던 초대형 비행선⁴의 개량형으로서, 방역전선에 대한
화력지원 및 오염 지역 내륙으로의 긴급 보급추진 목적으
로 개발되었습니다. 각종 포탄과 폭탄 1,170톤을 싣고 전
세계 어디에서라도 임무 수행이 가능한 이 공중 전함은 또
한 유사시 구름 위의 정부, 공군 1번 기⁵의 역할을 대신하게
될 예정입니다. 현재 2번 함과 3번 함은 실질적으로 건조가
완료된 단계로서, 1번 함의 운항 결과를 토대로 3개월 내에

---

4 HULA(Hybrid Ultra Large Aircraft) : 통상 비행선과 달리 양력 구조나 추력편향
식 추진기를 함께 사용하므로 동일한 규모의 비행선에 비해 많은 화물을 실을 수
있다. DARPA가 연구하던 Walrus 모델은 500~1,000톤의 화물을 싣고 22,000km
를 비행할 수 있는 규모로 설계되었으나, 2010년 개발계획이 중단되었다. 작중에
등장하는 원자력 추진식의 경우 비행시간은 연료봉 수명주기와 동일하다.

5 Air force 1 : 미국 대통령 전용기의 호출부호. 원칙적으로 대통령이 탑승하는 모
든 미국 공군 소속 항공기가 Air force 1으로 호출되지만, 여기서는 국가비상사태
에서 정부요인 긴급 피난기나 임시지휘시설을 겸하게 되는 공식 대통령 전용기를
뜻한다.

취역시킨다는 방침이네요. 대변인은 패트릭 헨리급의 건조 수량이 늘어나면 중앙아메리카 지역의 확보는 물론, 장차 감염의 제로 그라운드인 중국 본토로의 진공에도 도움이 될 것으로 기대한다고 밝혔습니다.」

뭔가 이상하다. 거대 비행선이라는 개념 자체는 겨울에게도 낯설지 않았다. 종말에 대적하는 인류의 지혜는 몇 번을 거듭해도 비슷한 구석이 있었으니.

그러나 이런 계획을 지금까지 비밀로 유지한 이유가 뭘까. 방송을 들어보건대 대변인은 이 점에 대해선 한 마디도 언급하지 않았다.

'비밀이 아니었지만 단지 알려지지 않았을 뿐…… 일 리는 없겠지.'

비행선의 적재중량이 천 톤이 넘으려면 그 크기는 항공모함보다 더 거대해진다. 기낭(氣囊)에 질소를 주입하지 않아도 마찬가지. 기본적인 골격이 있는 것이다. 그걸 건조하려면 시설의 크기 또한 만만찮게 커져야 한다.

한데 지금껏 민간에 알려지지 않았다는 것은 건조시설이 접근성을 무시한 오지에 위치했다는 뜻이 된다. 단순한 건조를 넘어서, 취역하기 전에 시험비행도 여러 차례 해봤을 테니까. 결국 맨해튼 계획 수준의 비밀도시라도 만들지 않는 한 불가능할 일.

즉 정부는 패트릭 헨리급의 건조계획을 처음부터 치밀하게 은폐했던 것이다. 입안과 허가, 예산 결의 등의 절차를 감안할 때, 아마도 감염 사태 초기부터.

어째서?

화기부사관 디안젤로 하사가 여상하게 평했다.

"정신 나간 물건이군요. 높으신 분들이 대체 무슨 마약을 하셨는지는 모르겠지만, 의외로 괜찮을지도 모릅니다. 최소한 파나마 운하까지 가는 길이 베트남 같진 않겠지요."

중대 보급부사관 티모시 매카들이 거들었다.

"원래 있던 건쉽[6]을 조루로 만들 괴물이야. 머리 위의 포병대대로군. 물론 정말로 쓸 만할지는 좀 더 두고 봐야 알겠지."

두 사람은 당장의 효용성을 평가할 뿐이었다. 중대 참모들도 겨울 같은 의혹은 아직 없는 모양이다. 군인답다고 해야 할까. 그러나 시간이 흘러도 지금 같을 순 없을 것이다.

'최초의 건조목적은 지금 발표된 것과 달랐을 거야.'

겨울은 이것이 현 정권의 또 다른 약점이 될 가능성을 우려했다.

「1번 함 패트릭 헨리 호는 멧돼지 사냥 작전에 참가하기 위해 서쪽으로 이동하는 중이며, 현 시점에서 웨스트 버지니아 주 헌팅턴 시가지 상공을 통과하고 있습니다. 네, 시민들의 반응이 굉장히 뜨겁군요. 직선항로상에 있는 켄터키, 미주리, 아칸사스 등지에서도 이제 곧 이 거대 비행선을 육안으로 볼 수 있을 것입니다.」

---

6 록히드 마틴 AC-130. 지상화력지원을 위해 C-130 수송기에 직사화기를 장착한 항공기. 최신 개량형인 AC-130J의 경우 105mm 야포, 40mm, 30mm, 25mm 기관포 등 다양한 무장을 측면에 장비하고 표적 주변을 선회하며 공격한다.

어디까지나 부수적인 수확이겠으나, 패트릭 헨리의 첫 비행은 불씨가 많은 남부에서 상당한 시현효과를 거둘 듯했다. 어디까지나 본격적인 의혹이 제기되기 전까지의 이야기겠지만.

「다음으로, 취역을 앞두고 있는 2번 함 겨울 한 호는…….」

함선에 현역의 이름을 갖다 붙이다니. 겨울이 손짓했다.

"그만 꺼요."

타이밍이 안 좋았다. 참모들이 애써 엄한 표정을 짓는다. 웃거나 농담을 할 때가 아니었기 때문이다. 에반스가 라디오를 켜기 전까진 식사를 하면서도 상황을 전파하고 의견을 교환하던 참이었다. 다들 조금씩 졸려 보이는 것은 간밤에 습격이 있었던 탓.

겨울의 상태도 만전은 아니었다. 피로로 인해 살짝 둔해진 육체를 느낀다.

수면으로 인한 시간가속은 본디 아침까지 이어졌어야 정상이었다. 그러나 겨울을 깨운 것은 자정이 갓 지난 시각의 「위기감지」였다. 그것은 또한 초인적인 「생존감각」이기도 했다.

곧바로 부대 전체에 경계를 걸었으나, 변종을 찾아내 짓이긴 사람은 바로 겨울 본인이었다.

침입한 개체는 오직 하나. 감마 등급의 스토커였고. 한동안 발견되지 않아 도태되었다고 짐작하던 특수변종이었으되, 예전부터 살아남은 개체일 확률이 높았다.

"식사가 끝나면 주둔지랑 인근 구역 수색은 종료하라고 해요. 각 소대는 박명(EENT)까지 교대로 휴식을 취할 것. 계획은 싱 대위가 작성하고요."

겨울의 말에 싱 대위가 난감한 표정을 지었다.

"하지만 위에서 내려온 지침으로는……."

"그건 내가 어떻게든 할게요. 벌써 다섯 번이나 꼼꼼하게 뒤졌잖아요. 더 이상의 수색은 불필요하지 않겠어요? 병사들도 그렇고, 여기 있는 사람들도 좀 쉬어야죠. 당장 오늘 밤도 경계를 강화해야 할 텐데. 적어도 낮 시간만큼은 기존의 경계력만으로 충분하다고 봐요."

"음, 알겠습니다."

"스페인 국왕은 잘 먹여서 재웠대요?"

겨울의 물음에 대위의 수염이 살짝 꿈틀거렸다. 참아 넘기는 웃음이었다.

"물론입니다. 녀석이 아니었으면 우리 쪽에서도 상당한 피해를 봤을 테니까요."

지난밤 겨울보다 먼저 위기를 감지한 병사들이 있었다. 예민한 후각으로 죽음의 낌새를 채고 미친 듯이 짖어댄 한 마리의 닥스훈트 덕분이었다. 사냥개 품종인 데다 오래도록 역병에 쫓겨 다닌 트라우마가 있다 보니 숫제 발광하는 수준이었다고.

동이 트고 보니 방향을 꺾은 핏빛 발자국이 있었다. 철조망을 넘느라 발바닥이 찢어진 괴물은, 병사들이 내쉬는 숨결을 감지하고 복도를 가로지르던 중에 개 짖는 소리를 들었던 모양이다. 그 시점에선 아직 깊은 심야였으니 인간 사냥에 신중을 기할 작정이었겠으나, 하필이면 피하는 구석이 중대장실과 가까워지는 응달이었다.

또옥, 똑. 핏방울이 떨어지던 소리가 떠오른다.

괴물이 전선을 끊어놓았던 어둠 속. 겨울은 궁륭으로부터 조용히 뛰어내리는 놈을 패대기치고는 발로 밟고 권총 속사로 머리통을 터트려 죽였다. 고통에 대한 내성의 차이일 뿐, 변종의 급소는 기본적으로 인간과 같다. 콱 찍는 군 홧발에 고환이 파열된 괴물은 한 손이 불편한 겨울에게도 간단한 사냥감이었다. 비상을 걸고 나오자마자 상황종료였다.

'그렇다고는 해도, 단일개체의 잠입이라……'

암살자 같은 느낌이다.

스토커가 전투 능력으로는 별 볼 일 없는 특수변종이라지만, 일반 변종의 강화판인 구울 만큼은 강하다. 지능도 대략 그쯤이니 트릭스터만큼은 아닐지언정 영리한 축에 든다. 여러 개념을 제한적으로 이해하고, 똑똑한 동물만큼의 훈련을 소화하기에 충분하다는 뜻이었다.

여기에 감마 등급이면 귀로는 가청 주파수를 벗어난 소리를 듣고, 눈으로는 적외선까지 볼 수 있을 터. 이번 세계관에선 보건서비스부대가 아예 실험으로 입증한 사실이었다.

원래부터 특징이던 후각 또한 강화된 게 당연한 일.

그러므로 간밤에 피해를 입은 부대들이 방심했다고 하긴

곤란하다. 괴물이 후각에 의지하여 지뢰지대를 돌파할 거라곤 누구도 예상하지 못했을 테니까.

겨울도 거기까진 경험한 적이 없었고.

막상 듣고 난 뒤엔 금세 납득했다. 지뢰의 냄새를 맡도록 훈련된 쥐 같은 것도 있지 않던가. 후각을 발달시킨 괴물에겐 충분히 가능할 법한 이야기였다.

에반스가 묻는다.

"Sir. 주둔지 변경 건은 어떻게 되었습니까?"

"안 된대요."

겨울의 대답에 중위는 불편한 표정이 되었다.

"어째서…… 저희가 이곳에 배치된 건 적을 도발하기 위해서였습니다. 하지만 지금으로선 의미가 없지 않습니까? 오히려 애매한 위치 때문에 뭔가를 하기도 곤란해졌습니다. 꼭 보이지 않는 벽에 갇혀있는 기분입니다."

"한 번 수복한 의사당을 포기하는 건 모양새가 좋지 않다는 거겠죠. 변종에게 밀려 물러나는 것처럼 보일 테니. 지금 이 도시를 주시하는 눈이 얼마나 많겠어요?"

"그런……."

인상이 팍 찌그러지는 중위에게 겨울이 달래듯이 말했다.

"너무 싫은 표정 짓진 말아요. 물론 그런 사정을 신경 써야만 한다는 게 좋은 기분일 순 없겠지만, 어쨌든 우린 가만히 버티기만 해도 이겨요. 지금 이 순간에도 땅 밑의 변종집단은 계속해서 길이 끊기는 중이고요. 아마 이 도시에서의 싸움보다 멧돼지 사냥이 먼저 마무리될 것 같은데, 그렇게 되면 이쪽 방면의 병력도 증강될 거예요. 승리는 확정이고, 남은 인질을 무사히 구출할 수 있는가, 그리고 앞으로의 추가피해를 얼마나 줄일 수 있는가가 관건이겠죠."

"……."

"병사들이 흔들리지 않게끔 잘 봐줘요. 스스로 무너져버리면 이길 싸움도 못 이길 테니까."

못 이기는 건 과장이겠으나 피해가 더욱 커지기는 할 것이다. 반쯤은 간부들에게도 하는 소리. 중대 행사를 치르던 날에도 사기유지에 관한 이야기가 나왔었다.

'쉬운 싸움이라고 생각하고 왔는데 안 좋은 일이 이어지고 있으니…….'

시가전이 난항을 겪으리라고 예상했던 사람이 드물었던 것은, 근거를 갖춘 낙관론이기 이전에 많은 이들의 희망사항이기도 했다. 지친 마음, 이제 좀 그만했으면 좋겠다고.

지난 야습은 새롭게 느껴지는 위협이었다.

"주둔지는 그렇다 치고, 중대장실 바꾸라는 소리나 안 했으면 좋겠네요."

겨울이 하는 말에 다들 가벼운 쓴웃음을 지었다. 실제로 그런 제안이 있었다. 주지사 집무실을 쓰라는 것이다. 상징성 때문에 일부러 비워놓은 곳이건만. 공보처의 욕심이 지나쳤다.

정말로 그랬다간 구설수에 오르기 십상이었다. 소령 계급에 승마바지를 입고 지휘봉 격으로 채찍을 휴대했다던

맥아더 이상으로 튀어보였을 것이다.

정보장교 머레이가 하는 말.

"차라리 변종들과 말이라도 통했으면 좋겠습니다. 너희들이 그렇게 필사적으로 시간을 끌어봐야 소용없다는 걸 알려줄 수 있잖습니까."

"……걔들이 언어를 이해하기 시작하면 보통 문제가 아니잖아요?"

겨울은 짐짓 심각한 체하는 대답으로 분위기를 조금 더 풀어놓았다.

논의에 밀려 식어가던 식사를 빠르게 마무리 짓는다.

이후 세면실에서 양치를 하며 상황을 곱씹어보는 겨울.

이 도시에서 체감하긴 어려워도, 최소한 미 본토에서의 방역전쟁은 확실하게 끝나가는 지금이었다. 아까의 라디오에선 중국 지역으로의 진출을 언급하기도 했다.

아무리 그래도 어렵지 않으려나.

겨울이 생각하기에 비행선만으로는 무리였다. 작전지역 상공에 장시간 체류하며 직사로 포격지원을 꽂아줄 능력은 물론 훌륭한 것이다. 하나 거리가 너무 멀다. 또한 그 땅엔 얼마나 많은 변종들이 우글거리고 있을지. 지속적인 화력지원을 제공하려면 이 작전에만 수십 척의 패트릭 헨리급이 필요할 것이다.

관련하여, 얼마 전 대한민국 정부가 미국 정부에 정식으로 망명요청을 전달했다는 소식이 있었다.

산간오지에 틀어박혀 버티던 한국 정부가 마침내 본토를

완전히 포기하기로 결정한 것은, 북쪽으로부터 엄청난 규모의 변종집단이 남하했기 때문이었다.

한국에 위성사진을 제공한 쪽은 미국이다. 그러나 시민들을 대상으로는 자세한 정보를 공개하지 않았다. 즉 감춰야 할 만큼 많았다는 의미.

한편으로 패트릭 헨리급을 보내야 할 곳은 너무나 많았다.

예컨대 스위스처럼 유럽 내륙에 고립되어있는 거점들이라거나…….

'내가 너무 멀리 보고 있을지도.'

당장은 전쟁보다 정치가 고비 아니던가. 경우에 따라선 겨울에게도 피 흘리지 않는 전쟁이 불가피할 것이었다. 변종이 아니라 사람에게서 사람을 지켜야 하는 싸움. 경험이 없다고는 못 하겠지만, 이제까지와는 규모부터 다른지라 겨울에겐 낯선 전장이 될 것이다.

그리 달갑지 않은 가능성이었다.

이후로도 체감 밖의 전황은 꾸준히 호전되었다. 노동절을 일주일 앞둔 시점에서, 멧돼지 사냥꾼들의 선두가 마침내 구 멕시코 국경을 통과한 것이다. 이날 가장 먼저 티후아나 강에 도달한 89 기병연대의 사진이 각종 신문들의 1면을 장식했다.

89연대 3대대는 이 일로 공로 부대 표창(Meritorious Unit Commendation)을 받게 되었다. 이는 부대 단위로 주어지는 훈장 같은 개념으로, 구성원 모두가 약장(Decoration)을 추가할 수 있는 명예다. 개인으로 따지면 겨울이 받았던 동성무공훈장과 비슷한 수준.

본토회복의 상징성에 비해 격이 낮은 감이 있으나, 멧돼지 사냥의 난이도에 비하면 오히려 후한 포상이라고 해야 할 것이었다. 더 높은 포상은 다른 부대들이 섭섭해할 터이고.

무엇보다, 아직 많은 도시에서 전투가 진행 중이지 않은가.

시민사회는 축제 분위기인 반면, 새크라멘토에 배치된 병사들은 눈에 띄게 한숨이 늘었다.

위안이 있다면 노동절과 함께 다가오는 여름의 끝이었다. 아침저녁으로 선선해진 날씨. 창밖으로 보이는 하늘엔 구름 한 점 없지만, 예전처럼 하얗게 이글거리는 느낌은 아니었다. 하루하루 깊이를 더해가는 푸르름은 겨울로 하여금 누이를 떠올리게 만들었다.

하나 그리움을 허락할 여유는 그리 길지 않았다.

복도에서부터 두 사람 분의 발소리가 메아리치듯 가까워진다. 사전에 보고된 시간이다. 연명으로 면담을 요청한 건 독립중대의 3, 4소대장. 겨울은 유라나 진석에 비해 자신을 어려워하는 편인 두 사람의 용무가 무엇일지 궁금했다.

중대장실에 들어선 한 쌍의 남녀 소위가 절도 있게 경례했다. 겨울은 부드럽게 맞이했다.

"어서 와요, 선우 소위. 그리고 천 소위. 오늘 임무도 수고 많았습니다."

"네!" "예!"

호흡을 맞춘 것처럼 거의 동시에 대답하는 두 사람. 사적으로도 꽤 친하다고 들었다. 아무래도 유라와 진석이 별개로 취급되다보니 의지할 만한 상대가 따로 없었을 것이다. 유라의 자리에 송정훈 소위가 들어간 건 비교적 최근의 일.

"부상자가 생긴 건 유감이지만, 의사당을 인수한 이후 양 소대에서 아직까지 사망자가 없다는 사실은 기뻐해야겠죠. 만족스럽습니다. 두 사람 모두 잘해주고 있어요."

겨울은 칭찬을 아끼지 않았다. 장교 경력이 있는 송 소위조차 부담감을 호소하는 마당에 이들의 내심은 오죽하겠는가. 하물며 천 소위는 유라 소대의 초기 구성원 가운데 한 명으로, 한국에서 병사 신분으로나마 군 복무를 마친 선우 소위보다 적응이 어려웠을 것이었다.

'개인적으로는 한별 씨가 더 적합하다고 생각했는데.'

그러나 나중에 확인한 것이긴 해도, 한별은 본인이 극구 거부했다. 으젝, 하는 얼굴로 사양하는 말이 이러했다.

"어, 좋게 봐주시는 건 감사하지만요, 전 다른 사람들을 지휘하는 건 좀 별로…… 아니, 그냥 싫다는 게 아니라! 총을 쏘다보면 너무 몰입해버려서요! 저한테 시키는 말도 가끔 놓치는 판에 싸우면서 남까지 챙길 자신은 없다고나 할까……. 하, 하하…… 하하하!"

어느 정도는 설득력이 있었다. 별명부터 미스 트리거해피, 또는 트리거 윗치(Witch)이지 않은가. 총에 이름을 붙여주고 심지어 말까지 거는 그녀를 슬슬 피하는 병사도 있을 지경이었다. 하나 겨울이 보기엔 연민이 가는 애착이다.

그때 겨울이 설득을 곧장 포기하진 않았다.

"싸울 때 박진석 소위나 이유라 소위만큼 대담한 사람은 찾기 힘들어요. 장 병장이 그 찾기 힘든 사람 중에 하나고요. 판단력은 교육과 훈련으로 보완할 수 있지 않겠어요?"

그러자 한별은 곤란한 미소를 서서히 지우고 진지하게 대답했다.

"작은 대장님 안목을 무시하려는 건 아닌데요, 저에 대해 가장 잘 아는 사람은 저 자신이라고 생각합니다. 저라고 왜 욕심이 없겠어요? 장교 계급장을 달고 돌아가면 사람들 대우부터 달라질 텐데요. 앞날을 위해서라도 그러는 편이 낫겠죠."

"……."

"하지만 무책임한 사람이 되긴 싫네요. 분대장까지는 어떻게든 해낼 수 있겠지만, 소대장은 솔직히 무리예요. 삼사십 명의 목숨을 책임져야 한다니…… 무리라구요. 이제 겨우 악몽을 꾸지 않게 됐는데, 분명히 다시 잠을 설치게 될 걸요?"

"요즘은 잘 자요?"

질문을 받은 한별은 온화한 분위기로 자신의 총을 들어 보였다.

"꿈속에서도 애랑 같이 있거든요."

"……그래요."

"아무튼 저는 저 하나 책임지는 게 고작이에요. 과분한 계급장을 달면 무너지거나 무책임하거나, 그것도 아니면 둘 다거나……. 분명히 그럴 거예요. 죄송합니다. 전 그냥 열심히 싸우기만 하면 괜찮은 정도가 좋겠어요. 앞으로 저 같은 부사관도 필요할 거고요."

"이해해요."

"그래도."

"……?"

"만약에 정말로, 정-말로, 진짜진짜 시킬 사람이 없으면 저한테 시키세요. 작은 대장님 명령이라면 어떻게든 해볼 테니까요."

"힘들 거라면서요?"

겨울이 묻자 한별은 유라처럼 웃어보였다.

"가장 힘든 사람은 대장님이잖아요. 미안해서라도 저만 편할 순 없어요. 평소엔 체감하기 어렵지만, 나이만 따지면 대장님은 제 동생뻘인걸요. 사람이 저렇게까지 할 수 있구나. 사람이 저렇게까지 마음을 쓸 수 있구나……. 이런 생각을 자주 해요."

"고맙네요."

"에이, 고맙긴요. 당연한 건데. 부끄럽잖아요."

분명히 유라 언니도 이랬을 거고. 손사래를 친 한별이 분위기를 바꾸었다.

"기왕 이런 이야기가 나왔으니까 드리는 말씀인데요, 유라 언니한테 신경 좀 써주시면 안 될까요?"

이에 겨울이 고개를 기울이자 한별은 얼른 설명을 덧붙였다.

"아, 이상한 뜻은 아니고요, 언니가 매번 무리하는 느낌이라서요. 뭘 하든 기준이 작은 대장님이라 만족을 모른다고 해야 하나? 대장님이랑 직접 비교를 하는 건지, 아니면 혼자 대장님의 마음에 들 만한 선을 그어놓은 건지……. 본인은 맨날 괜찮다고만 하고, 물어보면 괜히 구박하고 그래서 정확하겐 모르겠지만요."

"알 것 같아요. 기억해둘게요. 혹시 더 할 말 있어요?"

"아뇨. 들어주셔서 감사합니다."

그날의 대화는 이렇게 끝났다.

독립중대가 창설될 무렵, 겨울은 샌프란시스코 건으로 자리를 비운 상태였기 때문에 새로운 소대장 후보를 추천한 건 기존에 소대장이었던 진석과 유라였다.

3소대장 선우요셉 소위는 진석의 추천으로, 4소대장 천소민 소위는 유라의 추천으로 각각 선발되어, 겨울이 임관할 때에 비해 훨씬 엄격해진 시험을 무사히 통과했다는 후문.

실은 유라도 한별을 우선적으로 고려했다고 들었다. 하나 역시 본인이 사양했고, 처음에 본인이 괴로워하던 생각도 났던 모양이고, 결과적으로 뽑힌 두 사람이 자기 역할을 충분히 해내기도 했다. 사소한 문제 약간을 제외하면.

겨울이 회상 끝에 말했다.

"둘 다 긴장 풀어요. 왜 그렇게 굳어있어요?"

칭찬의 효과가 전혀 없었다. 양 소대장 모두 동상 같은 부동자세를 유지한다.

"긴 이야기가 될 것 같으면 같이 앉아서 대화하죠."

겨울의 제안에 선우요셉 소위가 즉시 반응했다.

"아닙니다. 이대로 있겠습니다."

"음……. 뭐, 편할 대로 해요. 그래서 용건이 뭐죠?"

이번엔 대답이 늦다. 얼마나 어려운 이야기를 가져왔기에 이러나 싶어, 겨울은 가만히 여유를 내비쳐 그들에게 시간을 배려했다. 서로 시선을 교환하던 소위 중에서 입을 연 쪽은 이번에도 역시 선우요셉 쪽이었다.

"Sir. 먼저 한 가지 약속해주십시오."

"약속이요? 무엇을?"

"지금부터 드릴 말씀이 아무리 황당해도 끝까지 들어주시겠습니까?"

"……대체 무슨 일이길래?"

"듣고 화를 내셔도 어쩔 수 없다고 생각하는 제안입니다. 징계를 받을 각오도 되어있습니다. 하지만 우선은 충분히 들어주셨으면 합니다."

가만 보니 두 사람의 긴장감에는 두려움도 있는 듯하다. 뜸을 들인 겨울이 승낙했다.

"그러죠. 약속할게요."

한 번 끄덕이고 응시하니, 소위가 비로소 본론으로 들어간다.

"우리 임무부대의 담당구역 내에 은행이 하나 있는 걸

알고 있으실 겁니다. 발러 3호차가 빠졌던 구덩이 바로 근처에 말입니다."

"그 은행에 어떤 문제라도 있어요?"

"금고를 털었으면 합니다."

이건 웬……. 겨울은 진심으로 황당함을 느꼈다.

"약속했으니 일단 설명을 들어보죠. 왜 그런 소리를 해요?"

"우리에겐 돈이 필요하기 때문입니다."

"……."

"뉴스나 신문을 보셔서 아시겠지만, 지금 이 나라는 고립주의가 팽창하는 중입니다. 본토를 회복하고 나면 더 이상 싸울 필요가 없다는 거죠. 이해는 갑니다. 다들 지쳐있으니까요. 파나마까지는 필요해서 가더라도, 그 이후는 장담하기 어렵습니다."

"그래서요?"

"그렇게 되면 난민들의 처지는 지금보다 나빠지지 않겠습니까?"

소위가 잠기는 목을 가다듬으며 말을 이었다.

"나빠질 겁니다. 할 일을 끝낸 사냥개치고 너무 많이 먹잖습니까. 어떤 사람들은 재건사업에 난민들을 쓸 거라고 기대하는 모양인데, 당치도 않습니다. 이재민이 된 미국 시민들이 얼마나 많은데 그런 태평한 소리가 나옵니까?"

"난민 지도자 지원정책에 대해서는 알고 하는 말이에요?"

"물론입니다. 그거, 결국 난민들에게 쓸 예산을 줄이겠다고 하는 짓이잖습니까. 서부 이재민 구호 예산도 빠듯하다면서 말입니다. 게다가 아까 잠깐 말씀드린 것처럼 이젠 재건사업 예산도 마련해야 합니다. 대선 결과가 좋게 나와도 현실적인 한계가 있다는 뜻입니다."

"지도자 지원 금액도 점차 줄여나갈 거다, 이거죠?"

"예."

소위는 다음 말을 하기 전에 살짝 망설였다.

"몇 년 동안은 괜찮을 겁니다. 하지만 사람 마음이 그렇습니다. 중대장님의 인기가 언제까지 지금 같을까요? 한겨울이라는 한 사람이 언제까지 거액의 예산을 합리화할 이유가 되겠습니까? 사람은 원래 자기 배고픈 게 남 굶어 죽는 것보다 더 중요합니다. 그리고 명목상 난민지도자 예산이라도 실제로는 엉뚱한 데 쓰이지 말란 법이 없습니다. 한국에서 그런 꼴을 너무 많이 봤습니다. 7조원을 써도 침대하나 안 들어오는 병영 말입니다. 중대장님께선…… 이런 말씀 드리기 죄송합니다만, 들러리…… 혹은 바지사장이 되시는 셈이고요."

"만약 준주가 만들어진다면?"

대놓고 언급하는 것은, 대선이 가까워지는 현재 거의 공론화된 수준이었기 때문이었다. 언론 기사로도 나올 정도이니 시사에 민감하면 모를 수가 없다. 역시나 소위도 안다고 끄덕였다.

"그것도 불확실한 일입니다. 무조건 잘될 거라는 보장도 없습니다. 막말로 인디언 보호구역처럼 국경 근처 아무것도 없는 황무지에 울타리 쳐놓고 땅 줬으니 알아서 잘살라고 할 가능성도 있습니다. 국경은 국경대로 지키면서요."

무작정 틀렸다고 하기도 곤란한 예견이었다.

'대선 결과에 따라서는.'

겨울은 슬쩍 눈길을 돌렸다. 시선이 꽂힌 천 소위는 움찔하는 기색. 선우 소위가 혼자 오지 않은 건 동조하는 사람이 있음을 보여주기 위해서인가 보다.

"제가 너무 비관적으로만 보는 것일 수도 있습니다. 실제론 훨씬 더 나을 확률도 있지요."

선우 소위의 이마가 번들거렸다. 땀이 들어간 눈이 따가운지 꽤나 괴로워하는 모습. 그래도 부동자세를 유지하며 하는 말이었다.

"하지만 최악의 상황에 대비해야 한다고 생각합니다."

겨울이 한숨을 만들었다.

"그러니 은행을 털자?"

"사업을 하든 농기계를 사든 돈이 있으면 뭐라도 됩니다. 최소한 미국 밖으로 쫓아내진 않을 테니까요. 이건 일종의 보험입니다."

"……."

"무엇보다…… 다른 부대에서도 공공연하게 벌어지는 일이라고 들었습니다. 버려진 건물에서 귀중품을 훔치는 짓거리들 말입니다. 다들 알면서 묵인하는 거죠. 오히려 우리 부대는 중대장님이 있어서 예외적으로 깨끗한 겁니다."

미군의 혐의가 없다고는 못 하겠다. 이라크에서도 그랬으니. 사람 사냥을 즐기는 망나니들마저 있었는데 그 이하의 경범죄는 오죽했을까. 걸리면 처벌받지만 걸리지 않으면 그만이었다.

"다 맞다고 쳐요."

고개를 흔드는 겨울.

"그깟 은행에 얼마나 있을 것 같은데요?"

그러자 천 소위가 막 입을 열려는 선우 소위의 어깨를 잡는다. 본인이 말하겠다는 뜻이었다.

"은행…… 크흠. 은행 금고에 보통은 큰돈이 없다는 걸 압니다. 하지만 여긴 도시 중심가입니다. 관공서도 많고 회사도 많고 쇼핑몰도 많습니다. 큰돈이 자주 오갔겠지요. 감염은 갑작스럽게 확산되었습니다. 그러니 적어도 수십만 달러는 있지 않겠습니까? 많게는 수백만 달러가…….'

"겨우 수백만 달러죠."

겨울의 한 마디가 두 소위를 당황하게 만들었다.

"수백만…… 음, 수백만……. 그 정도 금액은 나 혼자서도 마련할 수 있어요. 우선 좋은 조건으로 빌려줄 업체를 하나 알고-"

여기서의 업체는 정보국과 연결된 피자 프랜차이즈를 의미한다.

'액수가 꽤 크긴 해도 꼭 CIA 자체 예산으로 내어줄 필요는 없으니 말이야.'

정보국에게도 적잖은 정치적, 행정적 영향력이 있다. 최근 들어 입지가 다소 좁아지긴 했으나, 난민지원예산과 관련하여 장난을 치기엔 충분할 터.

이는 난민지도자라는 겨울의 특수성이며, 정보국 스스로는 큰 손해를 보지 않으면서 생색은 생색대로 내고 약점은 약점대로 만들어놓을 상책이었다.

그들은 물론 그냥 주는 돈이라고 하겠지만, 어떤 식으로든 갚아야 할 게 분명하다.

"또 개인적으로 도와달라고 부탁할 사람도 있고-"

이는 주웨이를 염두에 둔 말이었다.

"마지막으로…… 내 사재를 털어도 백만 달러는 될 거예요."

"백만……."

아연해하는 천 소위를 위해 겨울이 부연한다.

"당연히 월급 받아서 모은 돈은 아니고요."

"그럼 어떻게?"

"전에 샌프란시스코에 가있을 때 봉쇄선 사령부에서 협조요청을 하나 받았어요. 수송능력은 한정되어 있는데 시민들이 보내는 선물이 너무 많아서 보관할 곳이 없다고. 그러니 위임처분에 동의해주겠느냐고. 계약서가 같이 왔길래 서명해서 돌려보냈었죠."

강요받은 게 아니라는 내용으로 음성도 녹음해줬지만, 지금껏 공개되지 않은 걸 보면 큰 말썽은 없었던 모양이다.

"신문이나 방송에서 방역전선으로의 선물 발송을 자제해달라는 내용 본 적 있어요?"

"어, 예."

"나 때문이에요. 아마도."

"……."

"아무튼 그게 아직 입금은 안 됐는데, 각 주마다 여러 물류센터에서 밀려있을 정도라고 했었으니까 적어도 백만 달러는 넘겠구나 싶어요. 처분이 오래 걸리는 걸 보면 지금도 뭔가 계속 오는 모양이고. 그 왜, 하지 말래도 신경 안 쓰는 사람들 많잖아요……. 선우 소위, 뭔가 할 말 있으면 해요."

그런 기색이었다. 선우요셉이 기다렸다는 듯이 물었다.

"지금 하신 말씀들이 사실입니까?"

"뭐가요? 내가 거짓말하는 것처럼 보였어요? 전부 다 가능해요."

"가능하냐 불가능하냐가 아니라…… 음, 정말로 그렇게 하실 거냐는 질문이었습니다."

"은행을 터는 것보단 낫잖아요?"

"……."

어쩐지 두 사람 다 동요하는 분위기였다. 겨울은 어조를 한층 더 냉정하게 바꾸었다.

"이해를 못 하겠네요. 허점이 너무 많아서 어디부터 지적해야 할지 모르겠다고요. 나중에 텅 빈 금고가 발견되면 가장 먼저 누가 의심을 받을 거라고 생각하는데요? 당연히 우리잖아요. 주둔지가 여기였으니까."

한 박자 쉬고 이어가는 말.

"설마 변종들이 돈을 가져갈 리는 없고……. 고립되어있

던 민간인 생존자들이 미래를 위해 굉장한 용기를 냈을 가
능성도 없고. 당장 살기도 급급한 마당에……. 아니면 뭐,
무장 강도가 봉쇄선을 넘어왔겠어요? 경찰보다 변종을 상
대하기 쉬울 것 같아서?"

조용한 두 사람에게 새롭게 드는 의혹.

"레인저에게 뒤집어씌우려는 건 아니었다고 믿을게요."

그러나 십중팔구는 염두에 두었을 것이다. 겨울의 임무
부대에게 주 의사당을 인계해준 부대가 바로 레인저였으
니, 확실한 증거가 발견되지 않는 한 책임소재는 불분명해
질 수밖에.

'내 이름 때문에라도 더더욱 그렇겠지.'

겨울의 이미지가 깎이면 겨울만 손해를 보는 게 아니다.
공보처가 왜 그리 열을 올리겠는가. 전시채권 판매량은 물
론이거니와 조안나가 염려하던 불씨들도 영향을 받을 것이
었다.

바보가 아닌 한 두 소위 역시 여기까지 계산했으리라.

그러나 반드시 그렇게 된다는 보장은 없다. 공화당 대선
주자 입장에선 겨울이 정치적으로 무척 거슬릴 것이다. 후
보 개인의 속마음이야 어쨌든, 난민지원 축소를 반대하는
여론의 가장 큰 이유가 겨울이었으니까. 만약 그가 백악관
을 차지할 경우, 털린 금고는 아주 좋은 명분이 된다. 반드
시 겨울을 깎아내릴 필요도 없었다.

「난민 병사들은 소령의 기대를 배신했다.」

같은 식으로, 대중이 인식하는 겨울을 난민과 분리시키

면 그만이었다. 어떻게 보면 가장 좋은 방법이다. 예산을 아끼는 동시에 전쟁영웅은 전쟁영웅대로 이용할 수 있게 되므로.

"게다가."

겨울이 다시 지적한다.

"이미지도 문제죠. 안 그래도 난민에 대한 인식이 별로인 마당에 우리까지 도둑질로 걸려 봐요. 받을 지원도 못 받게 된다고요. 금액에 비해 위험부담이 너무 크지 않아요? 수백만 달러를 써서 광고를 해도 모자란데 수백만 달러짜리 폭탄을 끌어안겠다니……. 제정신으로 하는 제안인지 의심스럽네요."

이어지는 힐난.

"재무부가 그렇게 만만한 곳도 아니에요. 전에 못 봤어요? 포트 로버츠의 거주구역이 완공되었을 때, 백산호 같은 사람이 땅 투기 한답시고 돈 가방 풀어놓으니까 곧바로 시크릿 서비스부터 찾아오는 거. 나야 나중에 민 부장님하고 통화하면서 알게 된 사실이지만, 두 사람은 직접 봤을 거 아녜요? 봄이 지난 다음에야 거길 떠났으니."

심지어 재무부는 자체적인 정보기관까지 보유하고 있다. 한국으로 따지면 국세청 아래에 국정원 비슷한 부서가 있는 격이었다.

"천 소위는 미국에서 몇 년 살았다고 들었는데, 맞아요?"

"네! 그렇습니다!"

"주변 사람들이 그런 이야기 안 해요? 은행에 큰돈 넣어두지 말라고. 1만 달러만 넘겨도 재무부가 확인해서 귀찮아진다고."

"몇 번 듣긴 했습니다."

"큰돈이 오가면 무조건, 하다못해 자동차 한 대를 거래해도 딜러가 의무적으로 신고를 해야 하는 나라예요. 그런데 사업을 하고 농기계를 사요? 그게 가능해요? 돈세탁은 삼합회에게 맡길까요? 아무리 범죄자들이라도 지금 그럴 능력이 있을지 의문인데요."

목이 울리도록 침을 삼킨 천 소위가 뭔가 결심한 듯한 낯빛으로 입을 열었다.

"……그래서입니다."

"그래서라뇨?"

"쓰거나 옮기기 어렵기 때문에, 중대장님…… 아니, 작은 대장님께서 저희를 포기하거나 떠나시더라도 남아있을 자금이라고 생각했습니다. 그 상황에선 쓰기 까다로운 돈이라도 없는 것보단 나을 테니까요. 최소한 생필품을 구입하는 푼돈으로는 쓸 만할 겁니다."

이건 또 무슨 소린지. 겨울이 눈을 살며시 찡그린다.

"점점 모르겠네요. 내가 왜 떠난다는 거예요?"

"처음부터 전부, 솔직하게 말씀드리지 않은 건 죄송합니다."

그녀가 감추지 못하는 우울함으로 고개를 숙였다.

"하지만 돌아갈 날이 다가올수록 걱정스러웠습니다. 작

은 대장님께서도 말씀하셨듯이, 저희는 비교적 최근까지도 포트 로버츠에 있었으니 말입니다. 그곳 사람들이 어떻게 지내고 있는지에 대해서는, 저하고 여기 선우 소위가 대장님보다 더 잘 알고 있을 겁니다."

이제야 감이 잡힌다.

"……내가 질리기라도 할 거란 뜻인가요?"

"예. 보여드리기가 부끄럽습니다."

"사람들에게 실망한 건 내가 아니라 당신들 같은데요?"

짧은 침묵이 있었다. 겨울은 반응을 기다리며 손가락으로 테이블을 두드렸다. 딱, 딱, 딱. 고개를 들 줄 모르는 천소민 대신 선우요셉 소위가 자세를 바로 한다.

"저는 중대장님을 이해하기 어렵습니다."

"이해?"

"예. 이해. 조금 전만 해도 그렇습니다. 제가 진심이냐고 여쭤봤던 건, 정말로 빚을 지거나 사재를 다 털어서까지 사람들을 도와주실 거냐는 뜻이었습니다. 그런데 중대장님께선 눈치를 못 채시더군요. 그걸 너무 당연하게 생각하시는 것 같아서 당황했습니다."

소위는 한 호흡을 쉬고 물었다.

"어떻게 그러실 수가 있습니까? 그렇게까지 사람들을 돌봐주시는 건 어떤 이유가 있어서입니까? 개인적인 욕심은 전혀 없으십니까?"

"……."

겨울이 아닌 다른 사람이었다면 욕심을 냈을 것이다. 아주 많이. 종말을 한계까지 밀어낸 세계에서의 풍족하고 여유로운 삶. 이는 생전에 고단했을뿐더러 사후마저 혹독한 이들이 누구나 바랄 법한 목표였다. 물리세계의 과거에 기초하여 재구성된 모든 세계에서, 사회가 유지되는 한 재화의 중요성은 현실과 같다. 욕망의 무게를 재는 눈금이다.

그러나 겨울에게는 이 세계의 부유함이 별 의미가 없었다.

'아예 없으면 곤란하겠지만…….'

극복 가능한, 혹은 견딜 만한 곤경이었다.

하나 이를 전달할 방법이 마땅찮다. 어설픈 설명은 상황 연산 오류를 야기할 것이었다.

겨울의 고요는 오해를 사기에 좋았다. 선우요셉이 살짝 끄덕였다.

"저희는 불안해해야 정상입니다. 오히려, 중대장님께서 앞으로도 계속, 무슨 일이 있어도 끝까지 저희와 함께하실 거라고 믿거나…… 이런 문제에 대해 아예 고민해본 적이 없는 사람들이야말로 이상할 만큼 낙관적인 거라고 봅니다. 이 와중에 자기 생각만 하는 이기적인 인간들은 중대장님의 호의가 권리인 줄 아는 놈들이고요. 이제 미국 어디를 가더라도 남부럽지 않게 성공할 분이 중대장님이신데…… 난민구역을 언제 떠나도 아쉬울 게 없는 분이신데 말입니다."

잠시 생각한 겨울이 확인했다.

"결국 은행을 털자고 했던 건, 돈도 돈이지만 날 시험하려는 의도도 있었던 거네요?"

"죄송합니다."

"나 참. 화 안 내고 영창도 안 보낼 테니까 두 사람 다 이제 좀 편하게 있어요. 의자 갖다가 앉아도 되고. 보기 되게 불편해요."

하지만 소용없는 배려였다. 소위 둘은 꼿꼿이 부동자세였다. 그래도 긴장은 조금 풀린 듯하다. 고비를 넘겼다는 느낌. 진석과 유라가 아무나 고른 건 아니었다.

"그러고 보면 예전에 민 부장님이랑 비슷한 대화를 한 적이 있었네요."

두 소대장의 표정을 본 겨울은, 그들을 위한 작은 미소를 만들었다.

"궁금해요?"

천 소위가 조심스럽게 되물었다.

"무슨 내용이었습니까?"

"말 그대로 비슷했어요. 사람에 대해서 많이 냉소적이시더라고요. 다 거기서 거기라고. 이기적이고, 감정적이고, 한계가 분명하다고."

"……."

"그러면서 저한테 물어보시더라고요. 사람들을 믿고 싶으시냐고. 그때는 그냥 글쎄요, 하고 말았는데……."

겨울이 등받이에 몸을 기댔다.

"만약 지금 같은 질문을 받게 되면, 다른 대답을 할 것 같아요."

사람들이 보다 나은 모습일 수 있음을 믿고 싶다고. 재구성된 과거의 갈피에서, 예전엔 있었을지도 모를 가능성을 찾고 있노라고.

"어떤 계기라도 있었습니까?"

"별이요."

"……별?"

"네. 요즘은 별을 볼 때마다 그런 생각을 하게 되네요."

뜬금없다고 느꼈을 것이다. 어떤 의미로 받아들였는지, 선우 소위 쪽은 우울한 부채감도 느껴진다. 본인보다 어린 중대장이 답답할 때 별이나 헤아린다고 여긴 걸까?

아무래도 좋은 착각이었다. 별빛아이의 성장에 대해서는 뭐라고도 하기 어려웠으니.

사람의 마음을 얻고 사람에 실망한다면 얼마나 슬픈 일인가. 필연적인 슬픔이라도 조금은 덜어주고 싶다. 가능하다면 말이지만. 고작 별 하나의 약속이 이렇게 깊어질 줄이야.

겨울이 말했다.

"모자란 대답인 거 알아요. 안심이 안 되죠? 객관적으로 봐도 난민들의 주지사보다는 미국 시민들의 하원의원이 나을 것 같고."

"……."

"내가 여러분을 버리지 않는다는 보장이 없고, 난민 지원정책도 확신이 안 서니까 보험 삼아 돈이라도 얼마 들고 있었으면 하는 심정은 이해하겠는데, 당신들을 위해서라도 안 됩니다. 나중에 그게 문제가 되면 난 내가 남고 싶어도 남기 힘들어진다고요."

"······알겠습니다."

"뭣보다 걱정이 너무 지나쳐요. 지금까지 싫은 티를 낸 적이 없을 텐데."

"하지만······ 사람들에게 실망한 적이 없으십니까? 한 번도?"

천소민 소위의 물음이 겨울을 실소하게 했다. 만들거나 꾸미는 웃음이 아니었다.

"나보다 많이 실망한 사람은 드물걸요? 이것도 이상하게 들리겠지만."

"아닙니다. 전혀 이상하지 않습니다."

거의 반사적인 대답에서는 단단한 감정이 느껴졌다.

"뭐, 아무튼."

겨울이 대화를 마무리 짓는다.

"이 이야기는 여기까지 해두죠. 행동으로 보여주는 수밖에 없을 것 같고. 선우요셉 소위, 천소민 소위. 혹시 아직 다른 용건이 있습니까?"

시선을 교환한 두 소위가 거의 동시에 아니라고 대답했다.

"좋아요. 그럼 구령 크게 붙여서 푸쉬 업 서른 번 하고 나가요. 벌은 그걸로 끝내죠."

벌이라기보다는 다시 한 번의 배려다. 이번 일로 더는 문제 삼지 않겠다는 뜻. 어느 쪽이든 PT 1급이라 서른 번은 금방이었다. 정확하게 속도를 맞춘 두 사람은 호흡이 거의 흐트러지지 않은 모습으로 경례했다.

그들이 나간 뒤에, 겨울은 서랍에서 편지 하나를 꺼냈다.

발신인도, 주소도, 우편번호도 적혀있지 않았으나 보낸 이를 특정하긴 어렵지 않았다. 애초에 겨울에게 사적인 편지가 오는 것부터가 이상한 일이다. 즉 보통의 경로로 전달된 게 아니라는 뜻.

편지지에 뿌려진 향수는 주웨이의 것이었다.

서간은 간소했다. 전화번호 하나에 두어 줄의 문장뿐. 이마저도 영어로 썼으므로 사정을 모르는 사람이 본다면 이해하지 못할 것이다.

내용은 이러했다.

「제 번호입니다. 도움이 필요하면 언제든 연락주세요.」

「그리고 저도 기다리겠습니다. 비록 제멋대로이지만, 저로서는 어쩔 수 없는 일이라 기분 상하지 않으셨으면 좋겠습니다.」

겨울은 두 번째 줄을 곤란하게 여겼다. 두 소위에겐 자신 있게 말했으나, 막상 도움이 필요할 때도 연락하기가 망설여지겠다고. 위험부담이 따른다 한들 CIA 쪽의 협력을 받는 게 더 편할 듯하다.

계절의 경계는 데드라인이었다. 9월 1일, 사단지휘부에서 새로운 방침이 하달되었다.

「인질 구조보다 적 섬멸을 우선할 것.」

상식적으로 있기 불가능한 명령. 그러나 여기엔 이유가 있었다. 변종들에게서 기아(飢餓)의 조짐이 관측되었기 때문이다. 동족포식은 최후의 발악을 예고하는 징조에 가깝다. 괴물이 먹을 것도 없는데 사람의 음식이 있겠는가. 구조된 생존자 중 하나는 변종들이 바퀴벌레를 먹었다고 증언했다. 그나마도 나중엔 저들끼리 다 먹어서 인질에게 줄게 없었다고.

괴물에게 바퀴 취식을 강요받는 사람의 정신이 언제까지 멀쩡할 수 있을까.

방침을 전달 받고, 선임상사 메리웨더는 이렇게 평했다.

"빠삐용 같은 사람은 영화에나 있겠지요."

하다못해 인질들이 함께 있어 서로를 위로라도 할 수 있으면 좀 낫겠는데, 변종들은 인간의 정신적 생존에 대해선 조금도 고려하지 않았다. 가장 최근에 실성한 상태로 구조된 생존자는 육체적으로도 빈사상태에 이르러있었다. 뭘 먹여도 비명을 지르며 토해낸다고.

아직까지 변종들 수중에 남아있는 인질은 셋.

그들의 안전을 도외시한 공격이 차라리 그들을 위한 것일 수도 있다. 이것이 사령부의 판단이었고, 또한 유리한 전장에서의 손실에 질린 시민들의 여론이기도 했다. 한줌의 인질들을 위해 그쯤 노력했으면 충분하다는 주장.

'솔직히 불쾌한 논리지만······.'

결국 마음가짐의 문제. 어쨌든 겨울도 이것이 최선이라는 데 동의한다.

일각에선 도시를 단순히 봉쇄하고만 있었다면 이런 일이 벌어지지 않았을 거라며 군의 전략을 비판했다. 변종들은 대사억제가 가능하니, 군이 시내에 요새화된 거점을 마련하고 지하 경로를 차단하는 식으로 피로를 강요하지만 않았더라도 지금처럼 굶주릴 이유가 없으며, 인질들도 보다 길게 안전했으리라는 뜻이었다.

바보 같은 소리.

겨울이 보기엔 책임이 없는 자들의 무책임한 훈수였다. 도시가 변종들의 손아귀에 있으면 도심의 생존자들도 역병의 인질이긴 매한가지. 또한 대사를 억제한다고 열량소모가 완전히 사라지는 것도 아니다. 결국 관심병자들이 주장하는 건 유예된 파국에 불과했다.

[돌입! 돌입!]

지휘용 콘솔에서 진석의 날카로운 음성이 흘러나온다. 헬멧 카메라 영상은 한 줄의 노이즈도 없이 깨끗하게 수신되었다. 그간 지속적으로 지하경로 감시수단을 설치할 때, 케이블 카메라와 함께 수신기 안테나도 들어갔으므로. 장갑복에 붙은 조명이 어두운 공간을 환하게 밝혔다.

지상엔 여분의 병력이 대기 중이었다. 2소대의 중보병들이 통로를 개척하면, 다른 소대가 후속하여 확보한 구역을 유지한다. 몇 블록 단위로 길이 끊어지기에, 변종들은 중보병에 맞서거나 지상으로 튀어나오는 수밖에 없었다.

하나 그림블조차 없는 제한된 공간에서 중보병은 무적에 가깝다.

[퀘에에에엑!]

나아갈수록 짙어지던 연막으로부터 자그마한 변종 집단이 튀어나왔다. 사격으로 대응하기엔 지나치게 짧은 간격. 진석이 반사적으로 몸을 기울인다. 쿵! 흔들리는 시야. 하나 전면으로 기울어진 무게중심은 변종들의 돌격을 성벽처럼 받아냈다.

[죽어 이 씨팔!]

급할 때 튀어나오는 욕은 아직 한국어였다. 거머리처럼 들러붙는 괴물을 한 손으로 아무렇게나 움켜쥐고 악력으로 쥐어짜는 진석. 인공근육이 수축하는 힘은 어지간한 곰이 물어뜯는 수준이다. 우득. 뿌드득. 감염된 다리뼈가 간단하게 부러졌다. 그대로 휘두르자 근육만 남은 다리가 고무줄처럼 늘어났다. 철퇴처럼 벽에 충돌하는 머리. 목이 부러지고 뇌수가 튄다.

이어 다리에 붙은 괴물을 공처럼 차버리고, 벽을 타고 달려드는 놈을 향해 한 손으로 지원화기를 난사했다. 체취가 닿을 거리에서 살이 쫙쫙 찢어지는 광경은 저급한 호러영화를 보는 것 같았다. 총탄 세례에 갈기갈기 찢어진 복부에서 관성이 담긴 피와 내장이 쇄도한다. 밧줄처럼 꼬인 장기가 총구 위에 걸렸다. 피가 섞여 묽어진 대변이 뚜욱 뚝 떨어졌다.

싱 대위가 우려했다.

"중보병 소대는 나중에 정서적인 문제가 생길지도 모르겠습니다."

"그렇겠네요."

긍정하는 겨울. PTSD는 무인기를 조종하는 병사라도 예외가 아니지만, 전투를 체감하는 정도에 따라 확률이 높아지는 것이 사실이었다. 가뜩이나 진석은 아득바득 밀어붙이는 성향이라 더하다. 그의 지휘를 받는 소대원들 역시도.

가뜩이나 병사들의 피로도 많이 누적된 상황 아니었던가.

포스터 중위가 보고했다.

"배터리 소모율이 평균보다 훨씬 높습니다. 예상 가동시간을 조정하겠습니다. 공격 중지까지 앞으로 17분. 3소대가 A-2 통로로 진입합니다."

그리고 가볍게 기침. 쉬라고 해도 기어코 나와서 지휘장갑차에 앉아있다. 작전이 끝날 때 침대에 누워있긴 싫다는 고집이었다. 겨울은 그의 거듭된 요청을 들어주었다.

'어차피 이제 금방이니까.'

인질을 고려하지 않는다면 변종들을 몰살시키기는 쉽다.

멧돼지 사냥이 종료 수순을 밟으면서 이 도시에 배치된 병력도 나날이 증강되는 중이었다. 이러다가 변종보다 사람이 더 많아지는 게 아닌가 싶을 지경.

어쩌면 숫자가 이미 역전되었을 수도 있다. 이 도시의 변종들은 전체 역병의 개체수 보존을 위해 버려지다시피 한 것들. 그러므로 처음부터 수가 압도적이진 않았고, 꾸준히 소모되기만 했지 외부로부터 보충된 적이 없다.

역병을 규모에서조차 압도하는 인간이라. 겨울은 새삼

새롭다고 느낀다. 아무리 국지적인 현상이라지만, 이 스물 일곱 번째 종말의 세계는 여러모로 규격을 벗어났다.

"그레이 임무부대로부터 입전. 시청 앞에서 교전 발생. 도주경로 차단엔 지장 없음."

통신장교의 말을 들은 겨울이 화면을 전환했다. 중보병 대가 가하는 압력에 밀려 도로로 쏟아져 나온 변종 무리가 십자포화를 맞아 일방적으로 몰살당하는 광경이 떴다. 사 선이 삼중으로 교차하도록 배치된 중기관총 및 고속유탄발 사기의 일제사격이었다.

겨울이 짧게 지시했다.

"2소대에 전달. 퇴각은 고려할 필요 없음."

포스터가 확인한다.

"괜찮겠습니까?"

"배터리가 바닥난다고 해서 아예 못 움직이는 건 아니니 까요. 최소한 자력 후퇴는 가능하잖아요. 이동거리가 길지 도 않고. 충전하느라 한 시간쯤 날려먹기보다는 적을 강하 게 압박해서 빨리 끝내버리는 편이 낫겠어요."

"음, 끙, 알겠습니다."

아픈 작전장교가 동의하고 통신장교가 통보했다.

겨울의 계산으로는 현재의 동력 잔량이면 남은 구간을 돌파하기에 충분했다.

[트릭스터 포착!]

어느 중보병의 경고에 긴장감이 높아졌다. 상대하기 까 다로운 적이어서가 아니다. 특수변종이 있다면 인질이 있을 확률도 올라가는 탓이었다.

겨울은 추가지시를 내리지 않았다.

[야! 이 새끼, 유탄발사기 치워! 전진! 전진!]

소대장인 진석이 대뜸 유탄을 쏘려는 소대원을 격하게 타박했다. 구조보다 섬멸을 우선하랬다고 인질을 아예 무시할 순 없다. 병사들이 정신적인 부담을 느낄 상황.

캬아아아악!

머리 위의 맨홀로 나가면 곧바로 십자포화다. 달아날 곳 없는 트릭스터의 흉곽이 달아오른 금속처럼 번뜩였다. 그러나 극초단파로는 중보병을 저지하기 힘들었다. 팔로 시야를 가리며 전진하는 기계화 병사에게 이번엔 근육으로 이루어진 채찍이 날아왔다. 당연히 생체전기가 강렬한 채찍질이었다. 하나 처음부터 교활한 특수변종과 싸울 상황을 가정한 장갑복은 외부 전류에 대한 방어력을 갖췄다.

으지직!

움켜쥐는 손아귀에 뼈 없는 팔이 으깨지는 소리. 찍 뿜어지는 피. 비명을 지르는 괴물. 낚싯줄을 잡아채듯이 특수변종을 확 당기며, 진석이 소대에 지시했다.

[밀어! 무조건 밀어! 안 죽어 병신들아! 인질이 있는지 확인해!]

동시에 트릭스터를 짓뭉갠다. 격한 몸싸움이었다. 체구는 트릭스터가 크지만 근력은 중보병이 우위. 바로 목을 비틀지 않는 건 변종들에 대한 통제력을 감안한 것이었다.

[인질은 없는 것 같습니다!]

[제대로 확인해! 아직까지 살아있을 사람이면 변종하고 구분하기 힘들 테니까!]

그러면서 진석은 트릭스터를 차근차근 무력화시켰다. 뼈를 부수고 관절을 반대로 꺾으며, 근육을 짓이겨 움직이지 못하게 만든 다음 살과 근육으로 이루어진 특수변종의 채찍을 밧줄처럼 써서 묶어놓는다. 허억, 헉. 몰아쉬는 숨결이 무전을 지직지직 울리게 만들었다. 모니터에 표시되는 배터리 잔량은 잠깐 사이에 4%나 격감했다. 레드 존이었다.

그래도 진석이 보여준 침착함은 인상적인 것이다.

'갈수록 나아지네.'

겨울은 진석에 대한 평가를 상향조정했다. 욕설이 거칠긴 했으나 지시 자체는 매번 이치에 맞았기에. 머리가 하얗게 비어버리기 마련인 실전에서 이 정도면 훌륭한 것이다.

전투가 마무리된 시점에서, 중보병들은 누구든 깔아뭉갠 피륙으로 얼룩져있었다. 흥분이 가라앉자 여기저기서 지쳤다는 신음이 흘러나왔다. 장갑복의 동력은 어디까지나 장갑복의 무게를 감당할 따름. 그러므로 자신의 몸을 움직이는 만큼은 힘이 들 수밖에.

더군다나 역할이 역할이라 격한 몸싸움을 감당해야 한다. 방어력을 믿고 몸을 던지거나, 전력으로 달려드는 변종과 충돌하기가 예사.

얼마 전엔 탈장 환자마저 발생했다.

[으…… 설마 이게 인질은 아니겠지?]

HUD 배터리 경고등이 깜박거리는 상태로 인질을 찾던

중보병 하나가 앙상한 유해 하나를 들어올렸다.

질퍽, 질퍽. 피륙을 밟고 온 동료가 유해를 살피더니 가볍게 핀잔을 주었다.

[그럴 리가 있겠냐. 피부 문드러진 거 봐라. 버려. 구역질난다.]

마지막은 농담이 아니었다. 이미 장갑복 안에 구토를 한 병사도 있는 상황.

"데이비드 액추얼이 데이비드 2 액추얼에. 병력 수습해서 지상으로 나올 것. 충전보급을 추진하겠음. 장갑차를 동반하여 당소 위치로 철수할 것."

겨울이 무전으로 지시를 전하니, 멍하니 고정되어있던 진석의 시야가 흔들흔들 높아졌다. 벽에 기대어 쭈그리고 있다가 일어서는 듯했다.

'소식을 들으면 좋아하겠지?'

그가 기뻐할 만한 전달사항이 있었다.

복귀한 2소대는 장갑복을 착용한 상태로 세척 과정을 거쳤다. 고압으로 뿌려지는 소독제에선 알싸한 약품 냄새가 감돌았다. 일부 병사들은 가동부에 낀 살점이나 뼛조각 따위를 긁어내느라 애를 쓴다. 아무래도 손이 닿지 않는 쪽은 서로를 도와줘야 했다.

겨울은 바이저를 올린 진석에게 다가갔다.

"수고했어요."

"아직 전투 중이지 않습니까?"

"이 구역은 이제 거의 소탕전이니까요. 아무리 내가 책임자라지만 다른 중대 지휘에까지 세세하게 간섭하기도 그렇잖아요."

겨울이 통솔하는 다른 두 중대급 임무부대에도 각각 중대장이 따로 있으니, 지나친 관여는 불필요할뿐더러 부적절하기도 했다. 개략적인 지시를 내려두면 그만.

"그건 그렇고."

지나가듯이 꺼내는 용건.

"박진석 중위. 진급 축하해요."

"……."

반응은 본인보다 주변이 더 빨랐다. 텅텅 울리는 둔중한 갈채가 번진다. 지친 사람을 그린 정물화 같던 진석이 미심쩍게 확인했다.

"확정된 겁니까? 아니면 예정입니까?"

"확정이에요. 아이들린 발전소 전투가 끝났을 때 진급심사 대상자로 올렸거든요. 오히려 처리가 늦었다고 봐야죠. 나중에 훈장도 하나 나오지 싶은데…… 아무튼 오늘부터 중위 월급 받겠네요. 주둔지로 돌아가면 중대장실로 와요. 계급장 줄 테니."

대답을 들은 진석의 입꼬리가 꿈틀거렸다. 기뻐하는 것은 확실한데, 애써 담담하게 하는 말이 이랬다.

"전투조장으로서는 두 번째였지만 계급은 제가 먼저 올라가는군요."

뜬금없는 유라와의 비교.

"……그게 중요해요?"

"중요하진 않습니다."

전혀 아닌 것 같은데. 망설이는 겨울을 보고 바로 깨달았는지, 진석의 표정이 팍 찌그러졌다.

"설마 1소대장도 진급합니까?"

"그야 심사에 두 사람을 같이 올렸으니까…… 이유라 소위도 오늘 진급했겠죠? 딱히 결격사항도 없고…….."

"……그렇군요."

주위가 조용해진다. 중보병들이 소대장의 눈치를 살폈다.

진석은 이제 조금도 기뻐 보이지 않았다.

연속성

「위원 A : 본격적으로 회의를 시작하기에 앞서 오늘은 여러분께 소개해드리고 싶은 사람이 있습니다. 제가 오래전부터 뒤를 봐주던 후배입니다. 다들 이미 잘 알고 계시겠지만, 그래도 이 자리에서 정식으로 소개드리는 게 예의일 테니까요. 후배님, 인사드리세요.」

「위원 G : 안녕하십니까. 미래한국국민당 방ㅎ…….」

「위원 A : 어허. 여기서는 이름을 언급하면 안 된다니까 그러네. 개인을 특정할 수 있는 모든 정보도 그렇고. 처음부터 이렇게 실수를 하면 어떡합니까?」

「위원 G : 앗, 죄송합니다. 평소 무척 흠모하던 분들 앞이라 긴장했나봅니다.」

「위원 E : 괜찮아요, 괜찮아. 사후보험 보안회선인데도 신분을 비밀로 하는 건 정말 만에 하나를 대비하는 보험 정도인걸요. 관제인격이 해킹이라도 당할까봐 만든 불문율이죠.」

「위원 F : 같은 이유에서 굳이 문자, 혹은 변형된 음성으로만 소통하는 게 불편하긴 합니다만…… 뭐, 안전한 게 좋겠지요.」

「위원 D : 다 나라를 위해서입니다. 회기록이 노출되면 이렇다 할 대안도 없이 비난만 하는 사람들이 분명히 있을 테니 말입니다. 국가경영엔 확고한 철학과 소신이 필요한

데, 공개석상에서는 그걸 지키기가 어렵단 말이지요. 여론에 겁먹고 어어 휩쓸리다보면 결국 개인적인 신념은 온데간데없이 표리부동한 인간이 되고 말아요.」

「위원 A : 예. 국정의 파행운영 그 자체라고 할 수 있겠습니다.」

「위원 C : 그래도 종종 걱정이 너무 지나치지 않은가, 싶을 때가 있습니다. 사후보험이 만들어진 이래 외부로부터의 해킹을 허용한 적이 한 번도 없으니 말입니다. 보안위협을 강조하기 위해 인위적으로 연출한 사례들을 제외하면요.」

「위원 B : 지금 하시는 말씀조차도 밖으로 새면 대형사고입니다. 천려일실이라 하지 않습니까. 하하. 저는 지금 이대로도 만족합니다. 클래식한 느낌도 있고. 가끔 말실수를 해도 그러려니 할 만큼의 안정감도 느껴지고.」

「위원 G : 너그럽게 봐주셔서 감사합니다. 앞으로 열심히 하겠습니다.」

「위원 E : 저도 잘 부탁할게요. 어려운 일 있으면 꼭 상담해요. A 위원님이 아끼시는 후배님이면 우리한테도 남이 아니니까요.」

「위원 C : 겁을 주려는 건 아니지만, 국가를 실질적으로 운영하는 고충이 가볍진 않을 겁니다. 보이지 않는 곳에서 민주주의를 지탱한다는 게 참 어렵지요. 고건철 같은 자본주의의 괴물을 상대해야 하기도 하고.」

「위원 G : 예. 각오하고 있습니다. 그보다 말씀들 편하게 하시지요.」

「위원 D : 그럴 순 없어요. 이 자리에 있는 이상 국가경영의 최전선에 함께 서는 동지인데. 최소한의 존중이 필요합니다.」

「위원 G : 아…… 그렇군요. 명심하겠습니다.」

「위원 A : 대충 소개가 된 듯하니 본격적으로 회의를 시작하도록 하겠습니다. 오늘은 국가비전 2070을 검토하는 날이로군요. 기존의 목표들이 여전히 유효한지, 또 얼마나 달성했는지를 확인하고, 새로운 구상을 논의하기 위한 시간입니다. 뭐, 말은 이렇게 해도 실제로는 국가비전에 대한 자유토론에 가까울 것 같군요.」

「위원 B : 기존 계획이야 워낙 착실하게 이뤄지고 있잖습니까.」

「위원 C : 전 우선 국방 분야에서 미국과의 연구개발협력안에 대해서 한 번 짚고 넘어갔으면 하는데요. 그 뭐였지, 인간 육체의 기능적 강화?」

「위원 D : 예, 예. 그 강화전투병 공동개발계획 말이군요. 관제인격에게 타당성을 분석시킨 결과 우리가 손해 볼 게 없어서 계약을 체결하지 않았습니까. 겸사겸사 우리도 합당한 수고비를 받고요.」

「위원 C : 다른 분야에 신경 쓰느라 그쪽 근황을 모르겠는데, D 위원님이 담당이셨던가요?」

「위원 D : 예에, 뭐. F 위원하고 같이 맡았지요.」

「위원 C : 어떻게 되어갑니까?」

「위원 D : 어느 관점에서 먼저 말씀을 드려야 할지 모르 겠는데…….」

「위원 E : 관점?」

「위원 D : 프로젝트 내용만 놓고 보면 기술적 의의라거나 미국과 우리 사이의 기술수준 비교에 대해 말씀드리는 게 적절하겠고, 프로젝트 이면의 진의라고 한다면 그쪽에서 사후보험에 보이는 관심이 어떻게 나타나고 있는가를 알려 드려야겠지요. 또 우리가 보유한 생체무기화 기술을 탐색 하려는 시도도 있었고요.」

「위원 F : 급할 거 없으니 천천히 합시다. 이번 일을 진행 하면서 알게 된 게 많아요.」

「위원 G : 그렇습니까? 예를 들어주실 수 있을까요?」

「위원 F : 허, 예라……. 사실 제 이야기입니다. 아무래도 미국에 대한 환상 같은 게 있었던지라. 썩어도 준치라고 기 술적인 저력이 만만치 않을 줄 알았더니, 실제로는 그렇지 가 않더라고요. 인체 강화 분야에서는 우리가 훨씬 낫습니 다.」

「위원 D : 연구협력을 시작하고 나서 얼마 안 지났을 때 였나, 현실에서 미국 쪽 담당자를 만났는데 표정관리가 안 되는 모습이었어요. 야아, 지금 떠올려도 웃음이 납니다.」

「위원 G : 그 정도입니까?」

「위원 D : 그렇고말고요. 이 인체강화라는 것이 결국은 바이오메카트로닉스인데, 그 동네 DARPA는 최신기술이랍 시고 5세대 임플란트를 꺼내더군요. 신경을 연결하려면 머리에 직접 센서를 박아 넣어야 하는 방식입니다.」

「위원 A : 중요한건 실제 성능 아닙니까?」

「위원 D : 성능은 뭐……. 괜찮은 수준이지만, 그 성능을 달성하는 방식이 참…… 투박하다고나 할까요? 그냥 인간의 몸에다가 강화체계를 이식하는 수준입니다. 유전자 성형은 물론이고 육체의 구조와 성분을 변화시키기도 하는 우리나라에선 이미 지나간 패러다임이지요.」

「위원 B : 구현방식이야 어쨌든 군이 요구하는 사양[7]을 달성하기만 하면 괜찮을 텐데요? 생산성이 낮다든가, 유지관리가 어렵다든가, 문서상의 스펙에선 보이지 않는 다른 문제가 있다면 모르겠습니다만…… 미국이 그렇게까지 허술할 리가 없지 않아요?」

「위원 C : 맞아요. 부자는 망해도 3대를 간다고, 미국이 아직까진 기술선진국이죠.」

「위원 D : 하하하. 문제는 성능이 아니에요.」

「위원 E : 그러면요?」

「위원 D : 이식을 받을 육체와의 조화입니다. 사람의 몸엔 한계가 있잖아요? 베이스를 그대로 놓고 무지막지한 액세서리를 달면 감당이 안 되는 게 정상입니다. 합계 100의 장비들을 이식해도 실제로는 50 이하의 성능만 발휘하게 되는 거예요. 동시에 이식 가능한 강화체계의 숫자에도 제한이 생기고요.」

---

7 Required Operational Capability : 작전요구성능으로 표기하기도 한다. 군이 특정한 임무를 수행하는 데 필요하다고 판단한 성능지표로, 이 ROC에 따라 무기를 개발하거나 구매, 혹은 개량한다.

「위원 E : 흐음.」

「위원 F : 미국은 그 분야에서 제자리걸음을 걷고 있습니다. 구태의연한 생명윤리를 무시할 수가 없는 거죠. 기껏 해봐야 소극적인 유전자 조작 정도에 그치니……. 육체 자체를 무기로 최적화시키는 우리보다는 아무래도…….」

「위원 A : 예. 육체의 기본 설계를 바꾸는 우리에 비해 불리한 입장이지요. 다른 분야에 응용하기도 우리 방식이 더 수월하고.」

「위원 D : 바로 그렇습니다. 그건 실제로 해봐야만 축적되는 기술이거든요. 사후보험 덕분에 연구 기반 면에서 압도적으로 유리해요.」

「위원 A : 그래도 우리의 기술력이 마냥 우월하다고 보긴 어렵습니다. 육체적인 성능을 강화할 경우, 일정 한도를 넘어가면 시각적으로 괴로워지는 경우가 많잖습니까. 도무지 사람으로는 보이질 않아서. 정신질환이 생기는 비율도 높은 편이고.」

「위원 C : 사람이라는 게 그래요. 정체성이 감각과 생김새의 영향을 많이 받나봅니다.」

「위원 F : 뭐, 미국의 시대착오적인 마인드도 좋게 해석하면 인간의 전통적인 정체성에 대한 존중이지요. 저만 하더라도 전신이식은 괜찮은데 뇌까지 완전히 재구축하는 건…… 의식이 유지된다는 조건이라도 좀 꺼림칙하니 말입니다. 말하자면 내가 아니게 되어버리는 느낌? 여기에 비하면 차라리 미국의 착탈식 팔 다리가 거부감이 적네요.」

「위원 E : 사상부 신경계 최적화야 이제 막 개념연구에 착수한 신기술이니 어쩔 수 없지요. 저는 긍정적으로 봅니다. 시각에 따라서는 예전부터 보편화된 뇌 유지보수 기술도 그 계열인걸요. 본인의 사고는 끊어짐 없이 계속 이어지는 중에, 뇌의 일부는 수명한계를 넘겨서도 원래의 기능을 유지하기 위해 인공적으로 재생되거나 대체조직이 이식되거나 하는 방식이니까요.」

「위원 F : 즉 사고의 연속성만 유지된다면 하드웨어가 어찌 되더라도 상관없다고 보시는 겁니까?」

「위원 E : (웃음) 저는 보다 진보적인 입장이라서요. 사고의 연속성과 육체의 연속성 중에 어느 한쪽이 단절되더라도 나머지 하나가 이어지기만 하면 무방하다고 봅니다. 육체와 정신이 서로를 보증하는 거죠. 사람은 둘 중 어느 한쪽만으로는 설명이 안 되는걸요. 육체 더하기 정신이에요. 아, 물론 여기서 말하는 육체의 핵심은 뇌죠. 뇌. 사고가 거기서 이루어지니까.」

「위원 A : 어째 심오한 화두가 나와 버렸군요. 꼭 기술윤리위원회에 참석한 기분입니다. 어차피 어느 위원회나 구성원은 다 똑같지만.」

「위원 E : 어렵게 생각하실 필요 없어요. 사실 우리는 매 순간 조금씩 새로워지는 중인걸요. 늙어서 죽은 세포들이 지속적으로 교체되고 있죠. 저도, 그리고 여러분도, 몸을 구성하는 세포의 나이는 가장 오래된 경우에도 채 10년이 안 된다고요. 평균은 반년이고 말이죠. 그 전에 있던 구성요소는 싹 다 없어졌어요. 때와 각질과 분변으로 배출된 거죠.」

「위원 D : 흐음. 양면적인 연속성이라. 흥미롭군요. 말하자면 사람이라는 게 지속되는 하나의 사건이자 현상이라는 겁니까.」

「위원 E : 네네. 여기에 관계성을 추가하자는 학자들도 있는 걸로 알아요.」

「위원 F : 관계성은 또 뭡니까?」

「위원 A : 단어만 봐도 알겠군요. 사람의 사회성을 가지고 하는 말이겠지요. 그 사람의 정체성은 그 사람이 주변과 맺은 관계라는 식으로. 즉 관계가 이어지면 그 사람이라는 논리 아닌지?」

「위원 E : 정확하시네요. 그런 주장에도 나름대로 일리는 있어요. 우리가 영구적인 뇌손상을 입은 사람을 다른 사람이라고 여기진 않잖아요.」

「위원 G : 으, 저는 그런 관점에 동의하기 어렵습니다. 결국 그건 다른 사람들의 관점에서 보는 나 아닙니까. 뇌 일부를 잃으면 내 일부도 없어지는 겁니다. 사람은 약속이 아니에요.」

「위원 B : 리듬감 좋네요. 뇌 일부, 내 일부. 하하하.」

「위원 D : E 위원 방식으로 표현하자면 그 학자들이 예로 드는 상황은 육체와 정신 양쪽의 연속성이 동시에 단절된 경우 아닙니까?」

「위원 E : 으음…… 그건 살짝 애매한데요?」

「위원 D : 애매해요?」

「위원 E : 예에. 뇌가 아예 다 뭉개진 건 아니니까요. 그 부분을 예전으로부터 이어지는 육체적 정체성이라고 볼 수 있지 않을까 싶고…….」

「위원 C : 그냥 그 사람의 일부만 남은 거라고 칩시다. 법 적으로는 여전히 원래의 그 사람이라고 인정해줄 수 있겠 지요.」

「위원 A : 이거 참, 어째 논의가 샛길로 빠지는 느낌인 데…….」

「위원 B : 에이. 어차피 시간은 넉넉하고, 국가비전이라 는 게 넓은 범위를 다루는 거니까 이런 대화도 괜찮습니다. 안 그렇습니까, 의장?」

「위원 A : 허허…….」

「위원 G : 전 선배님들의 깊이에 감탄하고 있습니다. 지 적으로 즐거운 자극이군요. 역시 이 나라를 이끌어가는 철 인들이십니다. 어디 모이기만 하면 남을 헐뜯을 줄만 아는 서민들하고는 정말 핏줄부터 다르신 듯합니다.」

「위원 F : 고마워요. 빈말이라도 젊은 후배에게 칭찬을 받으니 기분은 좋네요.」

「위원 G : 저는 진지하게 드리는 말씀입니다.」

「위원 D : 허. 후배님이 사회생활을 참 잘하시는구만.」

「위원 B : 아무튼 그럼 E 위원께서는 완전히 전산화된 인 격도 부분적으로 인정하시겠군요.」

「위원 E : 정치적인 입장은 별개라는 점을 분명히 해두고 싶네요..」

「위원 B : 당연히 그렇겠지요.」

「위원 E : 그렇다면야, 네. 인격 정보를 복사하고 뇌를 폐기하는 방식이라면, 그건 복사본일 뿐 육체와 정신 모두 단절되는 거니까 인정하지 않겠지만……. 사고가 유지되는 상태에서 뇌가 부분적으로 계속 대체되어 완전히 기계화되는 경우에는…… 그 시스템이 기능적으로 원래의 뇌보다 부족한 점이 조금도, 조금도 없다는 전제하에 원래의 그 사람으로 인정할 수 있겠네요. 어쨌든 사고의 연속성은 확실하잖아요.」

「위원 C : 스스로 진보적이라고 자부하실 만하군요.」

「위원 F : 흠, 말씀들을 듣고 보니 인공생체신경망 이식 정도는 나쁘지 않겠다는 생각이 듭니다. 그걸로 뇌내 신경계를 완전히 대체하는 건 아직 망설여지지만 말입니다.」

「위원 E : F 위원. 우리 안에 미래를 받아들일 방법은 그것밖에 없어요.」

「위원 A : 그만 본론으로 돌아갑시다. 어차피 여러분들이 논하시는 분야는 이제 막 기초적인 단계에 접어들었을 따름입니다.」

「위원 B : 뇌내 신경계의 완전 대체, 또는 기계화라……. 앞으로 한 수십 년? 아님 백년쯤 지나면 가능하려나?」

「위원 A : 까마득한 이야기지요. 국가의 비전이 백년대계여야 한다곤 해도, 지금으로선 시기상조입니다.」

「위원 E : 뭐 어때요? 우리는 백년 후에도 여전히 존재할 텐데요.」

장미가 시드는 계절 (9)

고건철 회장은 거짓을 혐오한다. 같은 맥락에서 가상현실이나 증강현실도 썩 좋아하지 않았다. 고로 중요한 논의란 매양 실제로 사람을 만나는 약속이었다.

"저어……."

오늘의 방문객은 회장의 눈치를 살피며 가을을 곁눈질했다.

"저 아가씨…… 아니, 저분은 내보내지 않으시는 겁니까?"

객이 들면서 회장이 모두 나가라고 했으나, 가을은 시립한 채 미동도 하지 않았다. 예전부터 항상 예외였고, 비서가 된 지금은 더더욱 그러했기 때문. 회장이 가을을 곁에 두는 이유를 감안하면 당연한 것이었다. 폭군은 그녀에게 폭정의 당위성을 보여주고자 한다.

회장이 손짓했다.

"내 측근이오. 인사 나누시오."

"아."

나직한 탄성. 가을의 격을 고민하며 음습한 기대를 비추던 손님이 빠르게 낯빛을 바꾸었다. 그는 나이차에 개의치 않고 허리를 숙였다.

"이 만남에서 제게 직접 소개해주시는 걸 보니 정말 중요한 분이신가 보군요. 하하하! 처음 뵙겠습니다. 미래한국

국민당 대표 방, 호, 재! 의원입니다. 너무 아름다우셔서 초면에 눈길을 빼앗긴 점 이해해주시기 바랍니다."

이 만남, 제게, 그리고 직접. 여기에 은근한 강세가 들어간 말. 이것이 의식적이었든 무의식적이었든 뜻하는 바는 같았다. 그저 교활함과 거만함의 차이일 뿐. 가을이 마주 인사했다.

"반갑습니다, 대표님. 비서인 한가을입니다."

"……."

정치인은 잠시 웃는 얼굴로 침묵했다. 회장과 가을 사이를 순간적으로 왕복하는 시선. 가을이 보기엔 그의 속이 뻔했다. 겨우 비서? 자신을 일개 비서와 같은 선상에서 취급하는 것인가, 아니면 가을에게 비서라는 직위 이상의 무언가가 있는 것인가? 를 고민하는 느낌.

고건철이 말했다.

"지금은 비서지만 나중에는 다를 거요."

"역시 그랬군요. 그럴 거라고 생각했습니다."

끄덕끄덕. 정치인은 이제 기분이 좋아 보인다. 그러나 그것도 한 꺼풀의 연기였다. 가을은 웃느라 가늘어진 그의 눈에서 색이 바뀐 의혹을 읽었다. 대체 이 여자는 정체가 뭘까. 단순한 애인인가? 아니면 숨겨둔 자식? 오늘은 중요한 자리다. 아무나 부르진 않았을 것이다. 폭군은 하나뿐인 딸과 사이가 나쁘기로 유명한데, 어쩌면 혜성과 낙원의 후계 구도가…….

여기까지 헤아리기에 무리가 없는 건 애초부터 가을이

동생만큼이나 타인의 속내에 예민했을뿐더러, 또한 가을의 직무가 평범한 비서를 넘어서는 탓이기도 했다. 특정 분야에서는 심복 중의 심복이라는 특수비서 강영일보다도 더 많은 것을 알게 되었을 지경. 따라서 뱀 같은 사내는 가끔씩 아기를 질투하는 사냥개처럼 보였다. 독사이며 맹견인 그는 조용히 때를 기다리고 있다.

어쨌든, 고건철 회장이 거짓말을 한 건 아니다.

정치인이 이번엔 다른 우려를 드러냈다.

"헌데 회장님께선 전보다 더 편찮아 보이십니다. 치료는 받고 계십니까?"

쿨럭. 하필이면 지금 나오는 기침. 순간적으로 치미는 화를 억누르며, 폭군이 사나운 평정으로 대꾸했다.

"전신재생을 받고 있소. 만약의 경우를 위해 복제체도 만드는 중이고. 그러니 계약에 대해서는 걱정할 필요 없소."

"이런……. 저는 진심으로 걱정스러워서 드린 말씀이었습니다. 아무튼 전신재생이라…… 그 정도면 안심이군요. 어련히 관리하실 텐데 괜한 걱정이었나 봅니다."

"설령 내가 오늘 죽더라도 당신은 거래의 대가를 받게 될 거요."

"허허허."

정치인들이 난처하다는 듯이 웃는다. 아까부터 웃는 얼굴뿐이었다.

가을은 기침으로 흔들리는 회장의 어깨를 가만히 눌러주

었다. 한때 겨울이었던 몸은 실제로도 죽어가고 있었다. 전신재생 이상으로 무너지는 속도가 빠를 만큼. 주치의는 피멍도 많고 두려움도 많았다. 새로운 복제체가 완성되기까지 견디시려거든 이제부터 하루에 16시간의 세포재생시술을 받으셔야 한다고. 그것도 최소로 잡은 수치라고.

그러나 남을 믿지 않는 회장이 업무시간을 줄이기란 불가능한 일이었다. 심인성 질환임에도 약물복용마저 거부하는 상황.

"물건은?"

회장의 물음에 방호재 의원은 망설임 가득한 동작으로 저장매체를 꺼냈다.

"여기 있습니다."

"정확도는 어떤 것 같소?"

"아, 그것이…… 제가 기억력이 좋은 편이라고 자부하는데도, 추출한 결과를 보니 흐릿한 구석이 꽤 되더군요. 말씀하신대로 추가 편집 없는 원본으로 가져오긴 했습니다만……."

"그거면 충분하오."

"혹시 몰라서 기록을 검토한 제 소견서도 첨부해놨습니다. 회의 전체를 정확하게 기억하진 못하더라도, 대체로 어떤 내용이었다는 것쯤은 남아있으니 말입니다. 기억을 보실 때 참고하시면 좋을 듯합니다."

"고맙군. 대표의 성의를 기억해두리다."

"하하. 별말씀을요."

무언의 지시에 따라 가을이 저장매체를 회수했다. 이런 거래가 처음은 아니었다. 방호재 의원은 모르는 듯하지만. 욕심이 많은 이는 그 밖에도 있다는 말이다.

회장은 정치인과 잠시 실속 없는 대화를 나누었다. 다른 목적은 없고, 다만 위정자에게 신뢰와 안심을 주기 위한 것이었다. 거래가 목적이라면 회장에게도 이런 일이 가능했다.

"그럼 살펴가시오."

작별을 고하는 회장에게 입법부 고위관계자가 상체를 직각으로 꺾는다.

"곧 다시 뵙겠습니다. 이 나라를 위해서라도 꼭 건강해지셔야 합니다, 회장님."

문밖에선 특수비서가 기다리고 있었다. 방 의원이 이곳에 온 것 자체가 비밀이었으므로, 배웅엔 국정원 요원 출신인 비서의 능력이 요긴했다. 여기에 낙원을 인수한 혜성그룹이 사후보험을 위탁 관리하고, 다시 사후보험이 무인 교통관리체계를 위탁 관리하므로, 도로에 즐비한 폐쇄회로는 걱정할 거리가 아닐 것이었다.

불편하게 가래 끓는 소리를 내던 폭군이 가을에게 묻는다.

"저것이 왜 나와 거래하는지 짐작할 수 있겠나?"

"……가만히 있으면 아주 오랫동안 가장 아래일 거라고 생각한 게 아닐까요."

"이미 대부분의 잡것들보다는 위인데도?"

"욕심엔 끝이 없으니까요. 가지고 있는 건 보이지 않는 거겠죠."

"그래, 그렇지. 사람에겐 언제나 더 큰 이익이 필요하지."

회장이 감정을 드러냈다. 옅은 만족감. 약간의 초조함. 이유는 가을이었다. 곁에 두기로 한 이유가 이런 것들을 보여주고자 함이었으니.

"재생해라. 먼젓번과 비교해봐야겠다."

가을은 그의 지시에 따라 콘솔에 저장매체를 끼우고 데이터를 복사했다. 같은 폴더엔 이미 많은 파일들이 존재했다. 방호재보다 앞서 거래를 튼 모 정치인의 기억들이었다. 각각의 파일마다 회의의 명칭이 붙어있었다. 경제개혁위원회, 사후보험 보안위원회, 국방정책위원회, 국가비전 2070 검토위원회에 이르기까지…….

외부의 매체에 기억의 사본을 만드는 기술은 신뢰도를 의심받기 쉬웠다. 사람의 기억이란 제멋대로 왜곡되거나 지워지기 십상이었으므로.

오늘 이후로는 하나의 회의당 두 개의 파일이 생길 것이다. 같은 사건에 대한 서로 다른 기억의 대조가 가능해진다는 뜻.

여기서도 운영체제는 트리니티 엔진이었다. 가을은 증강현실로 무언의 명령어를 전송했다. 홀로그램이 떴다. 같은 시간에 교차하는 두 개의 기억이 하나의 회의로 복원되어 흐르기 시작했다. 방 의원 이외의 거래로 벌써 한 번 보았던 내용이지만, 전보다 깨진 곳이 적을뿐더러 더욱 정확할 것이었다.

…….

「위원 E : 뭐 어때요? 우리는 백년 후에도 여전히 존재할 텐데요.」

…….

「위원 A : #%327떫꿇으로, 기존 구상안의 별빛 헤게모니는 순조롭게 구축되고 있습니다. 주요 국가들의 지속적인 견제에도 불구하고 사후보험 가상화폐인 별이 사실상의 기축통화에 뽩띷?괄 중이란 뜻이죠. 작년 듄?뛲tOfr?를 기준으로 전 세계 금융상품의 17%, 무역거래총량의 9%가 다른 화폐를 거치지 않고 오직 별 지급요청만으로 이루어졌습니다. 간접적인 거래까지 감안하면 훨씬 더 엄청나지요.」

「위원 D : 아직은 방심하면 안 됩니다. 미국도 미국이지만 중국의 압력이 대단해요. 위기감을 느끼는가봅니다. 꺫찻꿁?4? 가다간 바로 옆에 패권국가가 등장할 판이니까요.」

「위원 C : 그래봐야 지들이 뭘 어쩌겠습니까? 무역보복을 하자니 자기만 손해고, 전쟁을 하려면 같이 망하는 길밖에 없는데. 그쪽에서 뭐라고 뺆숫NULL 공갈밖에 더 됩니까?」

「위원 B : 핵만 아니면 재래식 전력도 우리보다 나을 게 없을 건데…….」

「위원 C : 우리가 원체 돈이 많아야지요. 하하.」

「위원 E : 국민들이 희생당할 것을 생각하면 안타깝지만, 민의에 의해 선출된 우리가 살아남고, 또 사후보험의 핵심인 트리니티 엔진 코어도 무사할 테니 전쟁을 驗應 두려워하기만 할 필요는 없겠지요. 외교적으로 지금보다 강하게 나가야 한다고 생각합니다.」

「위원 B : 으음, 기억이 가물가물한데……. 트리니티 엔진 격납고가 몇 메가톤까지 견디도록 설계되었죠?」

「위원 A : 粺囲NULL톤 지저폭발로 3회요.」

…….

「위원 A : 그래도 선진국입네 하는 나라들이 중진국 이하 그룹을 포섭하려는 움직임은 경계해야 마땅합니다. 낮은 확률이지만 자칫 국가비전 전체가 무너질 수 있어요.」

「위원 C : 저는 뭐……. 별걱정 안 되는군요. 미국, 중국, 러시아, 일본, 유럽연합에 이르기까지, 각자 자기네가 주도권을 잡으려고 애쓰잖습니까. 안 될 겁니다, 아마.」

「위원 D : 그동안의 투자가 드디어 빛을 보는 거지요.」

「위원 E : 예, 맞아요. 우리나라가 얼마나 오랫동안 손해를 봤는지.」

「위원 D : 세계 최고의 인공지능이 있는데도 왜 자동화에 고삐를 134##을까? 말로는 국민들의 노동생존권을 보장한다면서, 실제로는 정치적 반발과 경제적 손실을 감수하면서까지 대규모로 외국인 노동자들을 끌어들인 건 어째서일까? 불법체류에 지나치게 관대한 이유가 #???…….」

「위원 E : 다른 나라들이 우리의 큰 그림을 눈치 채는 게 너무 늦었지요. 지나간 일이라 새삼스럽---, 알아차리는 시점이 예상보다 많이 늦어져서 당황스러울 정도였습니다.」

「위원 B : 소위 인권 선진국입네 하는 국가들도 %꽭픑 제3세계에서 온 노동자들을 많이 깔본다는 뜻이지요 뭐. 그러니 외국인노동자들이나 불법체류자들도 각자의 국가에선 국민이자 유권자라는 사실을 간과하기 쉽지요. 그리고, 사후보험을 경험한 노동자들은 사후보험에 긍정적일 수밖에요.」

「위원 A : 처음부터 투표권이 목적이었다는 걸 조기에 알 방법이 있었을 리가…….」

「위원 D : 이제 와서 이런 말 하는 게 泥泥 자랑하는 느낌이긴 하지만, 자랑 좀 하면 어떻습니까. 인내가 정말 길었어요.」

「위원 F : 덕분에 중진국 이하 그룹에서 사후보험에 대한 규제는 없는 거나 마찬가지가 되었죠. 정치적, 경제적으로 종속시킨 덕분에 UN에서 규제안을 통과시키기도 어렵게 되었고.」

「위원 G : 충성충성. 정말 완벽하게 멋지십니다, 선배님들.」

…….

「위원 D : 문제는 낙원그룹을 장악한 고건철 회장입니다. 별빛 헤게모니 구상을 완성하더라도, 기축통화의 지위를 이용하기가 영 난처하게 되었으니까요. 별이 가상화폐이다 보니 달러에 비해 훨씬 더 공격적인 운용이 가능한데, 아쉽습니다.」

「위원 B : 굳이 비유하자면 미국과 비슷한 처지로군요.」

「위원 A : 연방준비제도를 말씀하시는 겁니까?」

「위원 B : 예. 연준이 중앙은행 역할을 하긴 하지만 실제로는 사설은행이잖습니까. 달러 발행이익을 국가가 아닌 사은행이 가져가는 구조이니, 우리 처지하고 대충 비슷하지 않은가 싶습니다.」

……

「위원 C : 하아.」

「위원 A : 다 끝난 마당에 웬 한숨입니까?」

「위원 C : 우리가 이렇게 유능한데, 진짜 유능한데, 국민들에게 어떻게 설명할 방법이 없네요.」

「위원 E : (웃음) 선행은 드러나지 않는 게 최고라고 하잖아요.」

「위원 A : 마음은 이해하%슷슷 국민들이 알아주기를 바라선 안 됩니다. 그런 식으로는 민주주의가 발전하지 못해요.」

「위원 A : 우리는 그저 우리가 할 일을 하면 됩니다. 국가를 발전시키는 거지요.」

「위원 A : 다들 긴 시간 수고하셨습니다. 오늘의 회의는 여기서 마치겠습니다.」

재생은 여기서 끝났다.

가을이 묻는다.

"회장님께선 알고 계셨나요?"

"나는 바보가 아니다. 사람은 언제나 더 큰 이익을 원하지. 누군가 애써 손해 보는 행동을 한다면, 그놈의 지능보다는 의도를 의심하는 편이 낫다. 그리고 나는 의심이 많았지. 누구 덕분에 더욱 늘었고."

고건철은 힘없이 퉁명스러웠다. 그리고 가을을 흘깃 쳐다보았다.

"표정이 매번 그 모양이군. 불쾌한가?"

"⋯⋯."

"저것들이 뿌리 없는 열매 같으냐?"

"⋯⋯."

거듭 대답하지 않는 가을을 보며 고건철 회장이 가래 끓는 소리를 냈다. 단순히 답답한 것인지, 아니면 차갑게 웃는 것인지. 종래에는 밭은기침으로 귀결되었다.

잠시 후 가을이 조용히 말했다.

"회기록을 들을 때마다 느끼는 거지만, 저분들이 말씀하시는 나라는 어딘가 공허하네요."

"공허하다?"

"네."

잠시 고민한 뒤에 신중하게 이어지는 나머지.

"국가가⋯⋯ 거기 사는 사람들 이상의 무언가라고 믿는 것 같아서요."

"모두가 그렇게 믿는다."

회장이 이죽거렸다.

"나라에 뭔가 요구하는 연놈들 치고 그렇게 믿지 않는

경우가 없지. 머저리와 병신들이 생각하는 국가란 사람의 한계를 넘어선 무언가다. 그래서 요구에도 한계가 없어. 내가 빼앗으면 다른 사람이 빼앗긴다는 걸 몰라. 머리로는 알아도 가슴으로는 외면하지. 스스로를 속이는 거짓말쟁이들이야. 그러니 일단 떼를 쓰는 거다. 내놓으라고. 무조건 내놓으라고."

다시 한 번 가래 끓는 소리. 폭군은 갈증을 담아 말했다.

"인정해라. 이 미쳐 돌아가는 세상에서 너는 나 이외의 답을 찾지 못할 거다."

그리스의 섬

바깥세상의 늙은 소년이 이 세상의 것이 아닌 향기를 간구할 때, 종말이 미뤄지는 세계는 본격적인 간빙기로 접어들고 있었다.

새크라멘토 시가지에선 여전히 교전이 진행 중이었으나 겨울의 임무부대가 할 일은 끝났다. 교대 및 대기명령을 받은 것이다. 이외에도 방역전쟁 초기부터 참전한 부대들, 그리고 올레마 FOB에서 결성된 부대들 대부분이 명백한 해방작전을 전후하여 투입된 후발주자들에게 자리를 내주게 됐다. 전투피로를 감안한 조치. 본토회복을 거의 완수한 시점에서 더는 무시하지 못할 문제라고 판단한 모양이다.

국제공항 내 지역사령부에 모인 장교들에게, 로저스 소장이 전달했다.

"우리 합동 임무부대는 현 시간부로 해체된다."

웅성거림이 번진다. 일부를 제외하면 예상치 못한 내용

이었으므로.

　그러나 때가 되었을 뿐. 핵심인 240사단부터가 본디 패잔병들을 선별하여 창설된 부대 아니던가. 비교적 멀쩡한 병사들을 골라냈다고는 해도 어디까지나 심하게 무너진 이들 가운데에서였다. 겨울은 아직 은 십자가를 가지고 있다. 혼자 대화하던 병사의 선물.

　질문자가 나왔다.

　"그럼 저희들은 어떻게 됩니까?"

　"후방으로 재배치될 가능성이 높다. 일부는 휴식, 일부는 경계나 수송 같은 저강도 임무를 수행하며 상당 기간 재전력화를 거치게 되겠지. 방침이 확정될 때까지는 현 위치에서 대기. 지시는 봉쇄선 사령부에서 직접 내려올 거다. 보급이나 행정지원도 마찬가지고. 각급제대 지휘관들은 병력 관리에 힘쓰도록."

　더는 전투력을 기대하지 못할 병사를 가려내고, 서훈심사 대상을 작성하는 등. 당연한 업무지만, 임무에 치여 미뤄둔 게 있다면 지금 해두라는 의미였다. 섭섭하거나 손해를 보는, 혹은 억울한 인원이 생기지 않게끔. 지휘관이 아니면 병사들을 챙겨줄 사람이 없다.

　질문자는 또 있었다.

　"혹시 이번 결정에 민간인 피해의 영향이 있었습니까?"

　표정에서 언론에 시달린 반감이 드러난다. 민간인 피해를 무시하라는 명령이 정치적인 반동을 낳은 게 아니냐는 뜻이었다.

"모른다."

장군은 기계적으로 대답했다.

"하지만 영향이 있었더라도 대단한 수준은 아니었을 것 같군. 나나 파견 법무관이 강등되지 않는 걸 보면 말이야."

"그럼 이제 어디로 가십니까?"

"사령부 참모직으로."

이 대답이 비로소 분위기를 누그러뜨렸다. 적어도 좌천은 아니었기에.

"제군들, 그동안 신세를 졌다."

건조한 장군에겐 기대하지 않았던 인사치레였다.

"어려운 조건에서도 잘 싸워줬다. 오늘의 미국은 역경을 이겨낸 병사들, 그리고 귀관들의 군인정신 덕분이다. 경의를 표한다."

그가 경례했다. 실내가 잠시 의자 끌리는 소음과 옷깃 스치는 소리로 소란스러웠다. 겨울을 포함한 장교들의 답례를 받은 장군이 손을 내리고 시선으로 면면을 훑는다.

"나중에 다시 만나지."

이 한 마디를 끝으로, 장군은 몸을 돌렸다. 헤어지는 걸음걸이가 평소와 다르지 않았다.

동석했던 싱 대위는 브리핑 룸을 나와 한참을 조용하다가 이렇게 말했다.

"우리 부대는 중대장님의 덕을 보는군요."

"내 덕이요?"

겨울의 반문에 끄덕이는 대위.

"독립중대 자체는 아직 후방으로 빠질 때가 아니니까
요."

"예외가 될 수도 있죠."

"설마 그렇겠습니까."

대위의 수염이 움직였다. 그 너머는 싱거운 웃음일 것이
었다.

겨울은 터미널을 걷는 중에 많은 주목을 받았다. 대충 맞
춘 오와 열로 바닥에 앉아 대기하던 병사들이 우르르 일어
나기도 했고. 품새로 미루어 훈련소에서 갓 나온 신병의 비
율이 높았다. 과거에 비해 여성 전투병의 비율이 증가한 것
도 눈에 띈다. 그럼에도 다수는 여전히 남성 병사들이지만.

싱 대위가 제안한다.

"아예 이 중위를 기다렸다가 가는 건 어떨까요?"

오늘은 유라의 복귀일이다. 칼 빈슨에서 이륙한 수송기
가 곧 도착할 예정이었다.

"음, 그러네요. 이렇게 빨리 끝날 줄은 몰랐는데."

브리핑 룸으로 집합하라기에 새로운 작전 전파를 예상했
던 겨울이었다. 정보장교 머레이 중위가 우려했던 파나마
진공이야 어쨌든, 이 도시를 탈환하는 싸움도 아직 진행형
이었으니까.

"중대에 연락해요. 이쪽에서 데려가겠다고."

겨울의 긍정에 싱 대위가 스마트 폰을 다루었다. 톡, 톡,
톡. 엄지 하나로 자판을 누르다보니 글씨가 완성되는 속도
가 느리다. 차라리 전화를 거는 편이 빠르겠다 싶을 만큼.

와르르 무너지는 요란함이 주변의 이목을 끌었다. 겨울을 보느라 주의가 산만해진 병사가 운반물을 쏟은 것이었다. 넘어진 카트로부터 백 단위의 사각방패가 이쪽의 발치까지 부채꼴로 밀려나왔다. 겨울이 손을 감싸 쥐고 찡그리는 병사에게 물었다.

"다친 데 없어요, 일병?"

"괜찮습니다, Sir!"

차렷 자세로 아픈 기색을 순식간에 지우는 병사. 물끄러미 보아도 출혈이나 붓기는 없었다. 다만 발갛게 핏기가 오른 살이 보일 따름. 카트 손잡이와 방패더미에 집히기라도 했나 보다.

"도와줄게요."

"아닙니다! 혼자 할 수 있습니다!"

겨울이 방패를 수습하겠다고 무릎을 꿇으니 병사가 아주 기겁을 했다. 순간적으로 잡아 일으키려고 했을 정도로. 그러나 실제로 손을 대지는 못했다. 당황하던 병사는, 잠시 헤매 끝에 체념하곤 스스로도 방패를 그러모으기 시작했다.

이것들은 뉴욕에서 온 화물이었다. 강화 플라스틱 표면에 NYPD가 찍혀있다. 손을 보탠 싱 대위가 실소한다.

"참 빨리도 보내주는군요."

겨울은 여상히 대꾸했다.

"이럴 때도 있는 거죠."

현재의 미군 같은 거대한 조직에선 충분히 있을 법한 행정적 비효율이었다. 그동안 이런 일이 드물었다는 게 오히려 더 놀라운 일. 유능하다고 해야 할지, 필사적이라 해야 할지.

수습한 방패더미를 카트에 다시 결속시키기까지는 2분 남짓으로 충분했다.

"그, 도와주셔서 감사합니다."

경례를 남기고 카트에 체중을 실어 멀어지는 병사는 체격이 왜소한 편이었다. 평소 근육이 두꺼운 이들을 많이 보아온 터라 약간의 위화감을 느끼는 겨울.

'그러고 보니 아까 봤던 신병들도…….'

안경을 쓴 숫자가 꽤 되었던 것 같다. 뒤를 돌아보는 겨울의 모습에 싱 대위가 묻는다.

"무슨 일이십니까?"

"병력자원의 질이 조금 떨어지지 않았나 하는 느낌이 들어서요."

이 말을 듣고 잠시 생각하던 대위가 가능성을 긍정했다.

"그럴 수도 있겠군요. 병력 손실이 워낙 많았으니 말입니다."

"지금까지 얼마나 잃었죠?"

"음, 가장 큰 건 역시 최근의 명백한 해방 작전의 실패였지만, 그 외에도 모겔론스 아웃브레이크 초기에 상실한 해외주둔 병력이 최소 절반은 넘는다고 하고……. 서해안 감염 확산 당시의 손실도 적지는 않고……."

의외로 정확한 누적 수치는 알려져 있지 않았다. 핵공격의 충격이 컸기 때문이다.

대략 2백만 선으로 잡는다면 징집 적정연령의 청년층 10%가 증발했다는 뜻. 어림짐작이긴 하나, 미국의 총력전을 여러 차례 경험한 겨울의 추측이므로 오차는 크지 않을 것이었다. 인구밀집지대인 캘리포니아에서의 피해까지 고려하면 퍼센티지를 더 올릴 수도 있다.

　'열 명 중 하나둘이라고 하면 적어 보이지만, 우수한 인력부터 먼저 소모되는 식이니까.'

　육군의 규모는 명백한 해방 이전에 천만을 돌파했다. 20대 청년 둘 중 한 명은 이미 군대에 있는 꼴이었는데, 손실을 보충하겠다고 신병을 또 뽑으면 당연히 질이 낮아지지 않겠는가.

　가뜩이나 여기는 미국이었다. 비만율이 빠르게 낮아지는 중이라곤 해도, 병역에 부적합한 사람의 비율은 절대로 낮지 않다. 애초에 미국인들의 비만은 사회적인 질병이라 개인의 노력으로 극복하는 데 한계가 있었다. 먹을 음식이 햄버거와 감자튀김, 프라이드치킨밖에 없고, 마실 것은 콜라뿐인 환경이라면, 어지간한 노력으로는 살을 빼기 힘들다.

　샌프란시스코, 피쿼드 호에서 만났던 울프 하사는 입대한 이후에야 실물로서의 사과를 처음 봤다고 했었다. 재구성된 과거의 어두운 단면이었다.

　비만 환자들은 사회적으로 무임승차자 취급을 당한다고 들었다.

　보는 시각에 따라, 이런 상황에서조차 식량 수급에 문제가 없으며 해외지원까지 감당하는 세계 최대 농업국가의 위엄이라고 해도 좋겠지만.

실외로 나온 겨울은 햇빛 섞인 바람을 느꼈다. 따스함과 서늘함이 파도처럼 교차하는 감각. 활주로 저편의 하늘과 땅에 누이와 같은 이름의 계절이 펼쳐져있었다. 아직은 더운 날씨지만 살인적이던 여름에 비하면 온화하다고 해야 할 것이다.

험비를 불러 대기시켜놓는 동안에도 활주로 갓길은 새로운 물자와 병력으로 부산스러웠다. 사방에서 무수한 군화 소리가 울리고, 저속으로 달리는 차량들이 계속해서 지나갔다. 인상만으로는 혼잡한 도시 한복판이었다.

"저기 오는군요."

싱 대위가 주의를 상공 방향으로 환기했다. 수송기 한 대가 고도를 낮추며 활주로로 접근하는 모습이 보였다. 정확하게 예정된 시각이었다. 주로 뜨고 내리는 수송기들에 비해 체급이 작아 알아보기 쉬웠다. 항공모함에선 대형 수송기를 운용하지 않기 때문.

착륙한 항공기의 승강구가 열렸다. 사람은 드문드문 나온다. 항공모함으로부터 육지의 작전기지로 보낼 사람이 별로 없는 탓이었다. 덕분에 수송기가 잘 편성되지 않았고, 그만큼 유라의 복귀도 추가로 늦어졌다.

"중위! 여기예요!"

두리번거리던 유라가 겨울의 목소리에 앗! 하고 반응했다. 짐을 버겁게 지고 와서는 정말 환한 표정으로 경례한다.

"중위 이유라! 지금 복귀했습니다!"

"잘 왔어요. 오랜만이네요. 치료는 확실히 끝난 거죠?"

"네! 걱정 안 하셔도 돼요!"

대답하는 그녀는 전보다 더 건강해보였다.

"그런데 무슨 짐이 그렇게 많아요? 갈 땐 분명히 가벼웠을 텐데."

겨울이 묻자 유라는 살짝 당황했다. 유라가 멘 더플백은 주둥이까지 아슬아슬하게 채워져 묶여있었다. 뭐가 그리 빵빵한지.

"아, 이거요? 아하하……. 이것저것 선물을 많이 받아서요. 버릴까요?"

"왜 버려요. 작전 중이라 개인 소지품 수송에 제한이 걸리면 또 모를까. 가져가서 규정대로 검사만 받아요. 정 뭣하면 후방으로 보내달라고 하든가."

"네, 알겠습니다!"

유라가 다시 방글방글 웃는다. 만화에 나올 정도로 유명하기도 하고, 제중의 농담에도 진심으로 웃어주는 성격이니 미군들에게 인기가 많았을 것 같다고는 생각했다. 선물을 보니 실제로도 그랬던 모양이고.

"일단 타요."

겨울이 험비를 가리켰다. 짐을 실은 유라는 후방좌석에 앉았다.

가는 길은 멀지 않았다. 데이비드 임무부대의 현 주둔지는 공항에서 가까운 곳이었다. 비행기 안에서 꺼두었던 폰에 전원을 넣던 유라가 차창 밖의 풍경을 보고 의문을 표했다.

"도시로 가는 게 아니네요? 애들한테 듣기로는 의사당에서 지낸다던데."

선탑자석의 겨울이 힐끗 돌아보았다.

"끝났어요."

"어……. 네?"

"거긴 다른 부대가 인수했어요. 로저스 소장님 휘하 합동 임무부대도 오늘 해체됐고. 240사단도 해체되거나 재편성되거나 할 거예요."

"그럼 우린 이제 뭐 해요?"

"모르죠, 아직."

유라는 잠시 앓는 소리를 냈다.

"어쩐지 제가 너무 늦게 온 것 같아서 죄송스럽네요……."

"죄송할 건 또 뭐예요. 남보다 더 열심히 싸우다가 다쳐서 치료받고 온 건데."

"아무리 그래두요……."

살짝 시무룩해진 유라가 가슴께에 달아둔 훈장, 퍼플하트를 만지작거렸다. 뗄까 말까 고민하는 눈치라 겨울이 선수를 쳤다.

"그거 멋있네요, 중위. 잘 어울려요."

"윽. 괜히 달고 왔나 봐요."

"놀리는 거 아닌데요?"

"음……. 작은 대장님도 받으셨죠?"

"나는 아직이에요."

겨울의 말이 뜻밖이었는지 유라가 눈을 동그랗게 떴다.

"어? 왜요?"

"그동안 밀린 것도 있고, 무슨 재평가를 한다는 말도 있어서, 나에 대한 서훈은 나중에 한꺼번에 하려나 봐요. 워싱턴에 가서 받게 되겠죠."

"그렇구나……. 맞다! 손은 좀 어떠세요? 많이 다치셨어요? 흉터는 안 남으셨고요?"

"흉터가 있긴 있는데 크지는 않아요."

"진짜요? 보여주세요. 전에 삽날에 손등 찍혔을 때도 별거 아니라고 하셨으면서."

못 미더워하는 유라를 위해 한쪽 장갑을 벗은 겨울이 의자 위로 들어보였다. 손을 붙잡은 유라는 눈을 가늘게 뜨고 으음- 하며 자세히 살핀다. 그리고 본인이 아픈 표정을 지었다.

"제 예상보다는 낫네요……. 뉴스에서 손에 불붙은 거 보고 엄청 놀랐어요. 대장님이 다치면 안 되는데."

손을 거둔 겨울이 웃음을 만들었다.

"누구는 다쳐도 되고요?"

"그건 아니지만, 대장님은 대장님이니까요."

싱 대위는 아까부터 조용히 지켜보고만 있었다. 평소 부하들 앞에서 엄격한 그라면 지금쯤 헛기침을 했겠는데, 그도 유라가 오랜만이다 보니 살짝 봐주는 느낌이었다.

주둔지에 들어서면서 가장 먼저 눈에 띄는 것은, 가설 건물 앞에 늘어진 임무부대원들의 대기열이었다. 험비에서 내린 유라가 갸우뚱했다.

"저긴 뭔데 줄이 저렇게 길어요? PX인가?"

"아뇨. 세금신고 사무소요. 국세청(IRS)에서 파견된 인력이랑 회계장교들이 대기 중인 부대마다 순서대로 방문업무를 보는데, 오늘부터 우리 중대 차례거든요."

겨울의 대답을 들은 유라는 형용하기 어려운 표정을 지었다.

"세금이라니……. 되게 뜬금없네요."

"사실 훨씬 전에 끝냈어야 할 일이에요. 우리가 방역전선에 있어서 연기되었을 뿐이지."

싱 대위가 거들었다.

"본토 탈환이 실질적인 성공으로 끝난 만큼 이제 거둘 때가 되었다는 뜻이겠지요. 군의 병력규모를 감안하면 지금까지 미룬 것만으로도 정부로선 꽤 부담이었을 겁니다."

본래의 신고일자는 4월 중이었다. 하나 방역전선의 장병들은 자동으로 2개월이 연장되었다. 이는 명백한 해방 작전에 맞춰 연초부터 정해진 사항이었다.

대통령은 이걸로 충분하다고 생각했을 것이다. 실제로 양용빈 상장의 핵공격만 아니었으면 본격적인 여름이 오기 전에 본토탈환 완료수순을 밟고 있었을 테니까. 그러나 명백한 해방은 예기치 못한 실패로 끝났고, 이에 따른 추가조치가 이루어져야 했다.

"중대장님은 다 끝내셨어요?"

유라의 물음에 머리를 흔드는 겨울.

"하려고 했었는데 약간의 문제가 있었어요. 나중에 다시 보기로 했네요."

"무슨 문제인데요?"

"세금이 너무 많아서 당장 낼 수가 없었거든요."

"……네?"

겨울은 당황한 유라에게 간단히 설명했다. 개인적으로 받은 선물들을 국방부가 대신 처분하기로 했는데, 그 수익을 아직 정산 받지 못한 상황에서 세금이 계산되었기 때문이라고.

"그런 실수가 있긴 했지만 최대한 편의를 봐주려고 노력하는 게 보여서 고마웠어요. 다른 사람들은 굉장히 빨리 끝내더라고요. 봉쇄선을 넘기 전에 준비를 많이 해왔나 봐요."

이를 싱 대위가 평한다.

"당연한 겁니다. 중요한 건 방역전쟁에서의 승리니까요. 싸우는 것만으로도 바쁠 사람들을 사소한 문제로 귀찮게 해선 안 됩니다."

겨울이 쓴웃음을 만들었다.

"당연한 일이 당연하게 이루어지는 게 대단한 거예요. 이런 세상에서는 더욱더 그렇고요."

"으음……. 듣고 보니 그렇군요."

대위는 순순히 수긍했다. 하나 대단하다는 평가에 진정으로 공감하는 것 같진 않았다. 대개의 사람들은 이 정도가 한계일 것이었다. 누구든 자기 삶이 가장 힘든 법이므로. 대통령과 현 정권의 유능함이 충분히 평가받지 못하는 이유 중 하나였다.

"저도 얼른 줄서야겠어요."

국세청의 악명에 초조해하는 유라를 겨울이 안심시킨다.

"뭘 벌써 가려고 그래요. 아직 이틀 남았으니까 짐 정리부터 천천히 끝내도 괜찮아요."

"이틀……."

꺾였던 유라의 발걸음이 원래의 방향으로 돌아왔다. 그리고 그녀는 한 박자 늦은 놀라움으로 겨울을 응시했다.

"근데 중대장님 엄청 부자신가 봐요. 지금까지 모은 월급으로 세금도 못 내실 정도라니……. 예-전에 동맹 사람들한테 쓴 거 빼면 달리 쓰신 데도 없잖아요?"

"그러게요. 어쩌다보니 이렇게 됐네요."

이런 대화를 나누며 들어서는 가설 막사는 독립중대의 공용공간이었다. 회의실 겸 휴게실에서 TV를 켜놓고 쉬던 이들이 곧바로 기립했다. 유라를 발견한 눈동자들이 반가움으로 물들었다. 겨울이 그들에게 손짓했다.

"쉬어요."

부동자세가 풀리는 즉시 환성이 터져 나온다. 여러 사람의 기쁨과 환영에 파묻히는 유라. 장교와 사병 구분 없이 꽉 끌어안는 모습이 정겹다. 이 와중에 홀로 떨어져 눈시울을 붉히는 이가 있으니, 임시 1소대장이었던 송정훈 소위였다. 자그맣게 중얼거리는 말이 다음과 같았다.

"드디어…… 해방이다……."

"……."

다가간 겨울이 어깨를 두드려주었다.

"그동안 고생 많았어요. 인수인계 끝내고 잘 다녀와요."

"예……. 좋은 성적 거두도록 노력하겠습니다."

잘 다녀오라는 곳은 장교교육 심화과정이었다. 유라가 복귀함으로서 담당할 소대가 없어진 송 소위는 보충교육을 이수하기로 되어있었다. 향후 독립중대가 독립대대로 승격될 때 신규 소대장으로서 합류하게 될 것이다. 아마도 포트 로버츠에서.

'그렇게 될 확률이 높지.'

다른 참모들도 겨울의 예상에 동의했다. 독립중대가 난민 병력자원 활용의 첨병인 탓이다.

한편 겨울은 부대의 재배치를 전후하여 워싱턴 D.C로 가게 될 것이라는 전언을 받았었다. 상부의 논의를 비공식적으로 전달한 사람은 예전부터 안면이 있던 공보장교, 맥과이어 소령. 방문일정의 실체는 승전행사에 가까웠다. 이에 대해서는 이미 귀띔 받은 바 있다. 겨울처럼 훈장 수여를 미뤄온 전쟁영웅들이 한자리에 모일 것이라고.

겨울을 전담하면서 진급한 것이나 마찬가지인 사람이지만, 맥과이어가 괜한 호의를 베푼 것은 아니었다. 그는 실무적으로 겨울의 의견을 확인하고자 했다. 겨울 개인이 아니라, 부대 단위 참가에 대해 어떻게 생각하느냐고.

그는 겨울에게 진지하게 물었다.

"앞서 부적절한 대우를 한 번 겪은 귀관에게 이런 걸 물어보기 미안하지만, 부대원들이 탈영할 가능성은 없겠나?"

"탈영이요?"

"그래. 공보처가 기대하는 건 시민들에 대한 시현효과다. 예컨대 뉴욕 같은 도시에서 평범하게 휴가를 보내는 모습만으로도 반향이 충분할 거라고 예상하는 거지. 알다시피 팍 중위나 리 중위처럼 한겨울 소령의 주변인물로서 알려진 얼굴들도 있으니 말이야."

겨울의 이름은 또박또박 정확하게 발음하면서 진석과 유라는 성씨만으로도 부정확했다. 기실 맥과이어 이외에 많은 미국인들이 이런 식일 것이었다.

대답하기 전, 겨울은 고개를 기울이고 시간을 끌었다. 신중하게 보일 필요가 있었으므로.

"크게 걱정할 필요는 없다고 생각해요."

"그런가?"

"예. 지금은 희망이 있거든요. 여기서 곧장 D.C로 직행한다면 위험할 수도 있겠지만, 포트 로버츠로 한 번 돌아갔다가 참석하면 괜찮을 거라고 봐요. 안정적인 생활을 손에 넣었는데 이제 와서 극단적인 선택을 하진 않겠죠."

존경 받는 군인으로 남느냐, 지명수배자가 되느냐.

전황이 불안하고 각자의 지위 역시 안정과 거리가 멀었을 때 봉쇄선 동쪽에 대한 동경이 그만큼 강렬했었다. 장한

별이 저격수 교육과정을 밟고자 포트 베닝으로 갔을 때 모두가 한마음으로 부러워했을 만큼.

그러나 이제는 상황이 많이 달라졌다고 본다.

"정 불안하시면 제게 했던 것처럼 호텔에 가둬두지 그러세요?"

시간가속으로 넘겼던 첫 번째 워싱턴 D.C 방문에서 겨울이 갇혔던 호텔은 위스키 호텔(WH), 즉 두음문자로 백악관을 뜻하는 은어였으나, 부대원들은 정말로 호텔에 머무르게 될 것이었다. 설마 거기서까지 군 주둔지를 내어주진 않을 테니까.

'정부 입장에서도 보는 눈을 의식해야지.'

시민들은 독립중대의 기념식 참가를 일종의 보상으로 바라볼 것이었다. 한데 중대원들을 주둔지에 가둬놓고 내보내지 않을 경우, 언론이 반드시 물어뜯지 않겠는가? 현 시점에서 작년 같은 친정부적 보도양상, 소위 애국적 보도를 기대하긴 어려웠다.

레임덕의 한 단면으로 봐도 무방할 것이다.

가두라는 말을 비꼬기로 들었는지, 이때의 맥과이어 소령은 곤란한 웃음에 한숨을 곁들였다.

"신랄하군. 그건 이미 부적절했다고 말하지 않았나."

이에 겨울이 다시 말했다.

"오해하신 것 같은데, 진심으로 드리는 제안입니다. 물론 그 많은 수를 백악관으로 보내라는 건 아니고, 기왕 행동을 제한해야 한다면 5성급 호텔처럼 화려한 곳이 좋겠다는 뜻이었어요. 그럼 장교나 병사들의 불만을 최소화할 수 있을 거고, 비난하는 사람들에게도 할 말이 생기겠죠. 요즘 시국이 시국이다 보니 테러 방지를 위해 불가피한 조치였다고."

"으음……."

"억지는 아닐걸요? 아직도 리라는 성씨가 무조건 중국계인 줄 아는 사람도 있을 텐데. 병사들에게 설명하기도 그럴듯할 거예요."

"일리는 있을지도."

"비용이 문제가 된다면 가능한 한도 내에서 보탤 수도 있는데."

맥과이어는 다시금 곤란해했다.

"끔찍한 말 말게. 나중에 밝혀지면 후폭풍이 엄청날 짓이야."

그리고 다시 고쳐 내놓았던 말.

"무엇보다 그런 방향으로 확정된 것도 아니지. 잠정적인 방침은 자유로운 외출을 허용하는 쪽이니까. 윗선에서 바라는 그림은 시민들과 병사들이 자연스럽게 어울리는 구도다. 대화를 나누고, 함께 사진을 찍고, 술집에서는 누군가 술을 사주고 건배를 하는……. 어떤 느낌인지 알겠나?"

"사전교육은 필수겠네요."

"아무래도 그렇겠지. 뭐, 잔뜩 취해서 우는 정도는 허용 범위겠지만, 난투극이라도 벌였다간 대형사고일 테니까."

그리고 공보장교는 자세를 바로잡았다.

"여하간 귀관은 부하들의 탈영 가능성을 낮게 보는 거로

군?"

"그렇기도 하고…… . 자유롭게 풀어둔다고 해도, 통제가 아예 없진 않을 거잖아요? 사전에 행선지를 신고한다든가, 연락망을 유지한다든가, 넷 워리어 단말 신호를 추적한다든가…… . 여러 가지 있을 텐데. 음, 아예 전자발찌는 어때요?"

"진담은 아니겠지…… . 아까부터 짓궂기 짝이 없어."

그리고 그는 특별히 유의해야 할 인원이 있다면 사전에 알려달라는 당부를 남겼다.

만약 그런 사람이 있다면 알리기에 앞서 상담으로 관리하는 편이 나을 것이다.

"아, 참. 한 가지 더."

떠나려던 맥과이어 소령의 말.

"봉쇄선을 넘어가면 순회연설을 하게 될 수도 있다."

"연설?"

"우선은 전시채권 판매에 관해서 하나. 그리고 시민들의 단합을 촉구하는 방향으로 하나. 이것도 확실하게 정해진 건 아니지만, 마음의 준비는 해두라는 의미에서 일러두는 거다."

"할 말은 미리 정해져 있을 거 아녜요?"

"본인이 직접 준비한 내용을 토대로 손을 보는 게 가장 좋겠지."

이야기가 어디서 샐지 모르는 탓이었다. 공보처라고 해서 정치적 성향이 통일되어있는 건 아니었으니.

『당신의 팔다리를 30초 만에 잘라드립니다!』

인상적인 광고가 생각하던 겨울을 현재로 끌어왔다.

『판매량 10만개 돌파 기념! 간편 사지절단 키트 50% 할인!』

"……."

반가운 재회의 와중에 TV는 보고 듣는 사람 없이 홀로 떠드는 중이었다. 잠시 후 방영 예정인 프로그램은 차기 대선 특집기획이었고.

'오늘은 나오려나.'

겨울이 우려에 가까운 관심으로 기다리는 건 공화당 대선후보 에드거 크레이머의 폭로였다. 9월 들어 그는 현 정권의 치명적인 비밀 두 가지를 곧 폭로하겠다고 거듭 밝혀왔다. 정작 그 비밀이 무엇인지는 아직 알려진 게 없었고. 아마 최적의 시기를 기다리는 모양이었다. 전승기념식이 예정되어 있으므로, 전에 하나 후에 하나라면 적절하겠다.

'하나는 짐작 가는 거라도 있는데…….'

나머지 하나는 겨울도 예상을 못 하겠다.

그러나 개연성은 충분했다. 작년부터 올해에 이르기까지, 비상시국에 대응하는 긴급조치가 한둘이었겠으며, 그 모든 조치가 법적, 윤리적으로 타당하기도 어렵지 않았겠는가.

혹은 바로 그렇기 때문에, 도둑이 제 발 저리기를 기대하는 블러핑일 수도 있겠다. 그렇게 동요하다보면 뭔가 나와도 나오겠지, 하는 계획. 나오는 게 없어도 큰 손해는 아니었다. 어차피 발표한 건 없으니 잘못된 정보를 알고 있었다고 정정하면 그만.

백악관이 기념행사를 서두르는 것도 같은 맥락일 것이다.

「겨울. 요즘은 꿈을 꾸고 일어나는 아침마다 아쉽습니다.」

날이 밝을 즈음 앤이 보낸 메시지였다.

「당신과의 재회가 다가오네요.」

겨울은 여기에 아직 답신을 하지 않았다. 단 두 줄뿐이었으나 절제된 감정이 깊게 느껴져 얕은 답변을 보내기 곤란했던 까닭이다.

사실, 오늘 군 관계자 이외로부터 받은 메시지는 그 외에도 하나 더 있었다. CIA가 피자 프랜차이즈 번호로 발송한 링크 하나. 「영상은 한 번 재생된 후 자동으로 삭제됩니다. 개인정보가 포함되어있으니 혼자 계실 때 확인하십시오.」라는 알림.

개인정보 운운하는 건 당연히 위장이었다. 민감한 정보라는 암시일 따름.

어딘가의 밀실, 영상 속 말쑥하게 차려입은 정보국 사형집행인은 화면 너머의 겨울에게 이렇게 말했다.

「이걸 보고 싶으셨을 거라고 생각합니다.」

그리고 하나뿐인 조명 아래, 손발이 묶인 채로 무릎 꿇은 남자의 머리카락을 잡아 들어올렸다. 피가 섞인 밭은기침을 하는 남자는 다름 아닌 채드윅 팀장이었다. 입으로 숨을 쉬느라 듬성듬성한 이빨이 보였고, 부어오른 얼굴은 혹독한 심문의 흔적일 것이었다. 그럼에도 겨울은 그가 채드윅임을 알아보았다. 흐, 하고 웃는데, 그 느낌이 다른 사람일 순 없었다. 「간파」가 이 판단을 긍정했다.

채드윅의 머리카락을 놓은 정보국 요원은 느린 동작으로 귀마개를 착용하고는, 품속에서 권총을 꺼냈다. 총구가 헝클어진 머리를 겨누었다. 채드윅은 고개를 숙인 채로 피 섞인 침을 질질 흘릴 뿐, 울거나 애원하는 일은 없었다. 그리고, 타앙! 어둑하던 실내가 한 차례 번쩍였다. 팍 튀듯이 흔들린 머리통으로부터 핏기 진한 뇌수가 쏟아졌다. 털썩 쓰러지는 몸.

「이 건은 다른 사람에게 알리지 마십시오. 대외적으로는 살아있어야 할 놈이니까요.」

그럼, 실례. 화면을 향해 까딱 목례한 사형집행인이 구두 소리를 내며 나간 뒤, 번지는 핏자국 외의 모든 것이 정지화면 같았던 10여초 후에 비로소 영상이 종료되었다.

정보국이 채드윅의 죽음을 알려준 목적은 신뢰도 제고일 것이었다. 그의 행방이 불분명하다면 겨울이 정보국에 의혹을 품을지도 모른다는 우려에서 비롯되었을 조치. 또한 비밀을 공유한다는 것 자체에도 의의가 있겠다. 다시 말해, 입장을 분명히 한 것이다.

이런 생각을 하고 있는데 진석이 휴게실로 들어섰다.

"앗⋯⋯."

그를 발견한 유라가 손을 움찔 들어 올렸으나, 여느 때보다 날카로워 보이는 진석은 그녀를 슥 보고 지나칠 따름이었다. 세금신고를 마치고 돌아온 이들이 차례차례 합류하면서 이어지던 반가운 분위기가 갑작스럽게 조용해졌다. 겨울은 저벅저벅 다가오는 그의 어깨 너머로 부루퉁해지는 유라를 볼 수 있었다.

여러 시선을 싹 다 무시한 진석이 정자세로 경례했다.

"여기 계셨군요."

뭔가 있나보다.

"날 찾았어요?"

고개를 기울이는 겨울에게 진석은 그렇다고 대답했다.

"잠시 시간을 내주시겠습니까?"

굳이 독대를 청하는 걸 보면 보통 일은 아닌가본데…….
겨울이 끄덕였다.

"중대장실로."

여러 궁금증들을 등지고 들어서는 중대장실은 가설 건물 내에서 적잖은 공간을 차지했다. 여러모로 기대보다 좋은 시설. 독립중대만 잠시 머무르고 말 거라면 텐트를 치고 말았겠으되, 지역사령부 인근 거점으로서 앞으로 임무 전환이 필요한 부대마다 머무를 주둔지이기에 그만한 물자와 인력이 투입된 까닭이었다. 겨울은 블라인드를 내리고 의자에 앉아 진석을 보았다.

"무슨 용건이에요?"

"선물 매각금 전액을 기부하신다고 들었습니다. 사실입니까?"

"……어디서 들었어요?"

"국세청 담당자가 그러더군요. 존경스러운 상관과 함께 일할 수 있어서 좋겠다고. 다른 부자들처럼 절세 수단으로 자선단체를 만들어 꼼수를 부리는 게 아니라 더 놀랍다고."

세금신고 창구에서 들은 모양이다. 다른 이들은 아직 선물 계좌의 존재조차 모른다.

"일단 사실인데, 뭔가 문제라도?"

"그럼 선우 소위와 천 소위에게 하셨던 말씀은 거짓이었습니까? 중대장님께서는 분명 사재를 털어 동맹을 지원할 수도 있다고 하셨잖습니까?"

겨울이 눈을 가늘게 만들었다.

"그건 또 어떻게 알아요? 두 사람이 자랑하고 다닐 일은 아닌 것 같은데요."

설마 하는 마음에 물었으나, 진석은 당당하게 대답했다.

"거동이 수상해서 갈궜습니다."

"……."

"그 둘, 저만 보면 도둑질하다가 들킨 사람처럼 굴더군요."

하기야 은행을 털자는 계획이 본디 진석의 발상이었으면, 성격상 후임 소대장들에게 떠넘기는 게 아니라 본인이 직접 와서 제안했을 것이었다.

그렇다고는 해도 갈굼으로 알아냈다는 게……. 근심이 의심을 밀어냈다.

"설마 이 일로 더 괴롭힌 건 아니죠?"

질문을 받은 진석의 표정이 일그러진다.

"마음 같아선 죽기 직전까지 몰아붙이고 싶었습니다
만⋯⋯."

"다만?"

"참았습니다. 중대장님께서 이미 조용히 넘어가주시기
로 결정하신 일을 갖고 제가 더 뭐라 하는 것도 주제넘은
일이잖습니까. 중대장님 입장에선 두 번 무시당하는 격입
니다. 선우 소위와 천 소위에게도 그런 줄 알라고 분명하게
말해놨습니다. 착각하면 곤란하니까요."

그러니, 하며 이어지는 단호함.

"이 건에 대해선 걱정하지 마십시오. 다음에 다른 일로
티 안 나게 갈구겠습니다."

그게 티가 안 날 수가 있나. 당사자들이야 당연히 알겠
고, 그저 남이 보기에 평소보다 혹독하지 않은가 의아한 정
도겠지. 겨울의 이러한 시선에 아랑곳 않고, 진석이 답변을
요구했다.

"아무튼 말씀해주십시오. 왜 생각을 바꾸셨습니까?"

"바꾼 적 없어요."

겨울이 책상 위에 두 손을 올려두며 편하게 이야기했다.

"기부하겠다는 결심 자체는 한참 전에, 내게 그런 돈이
들어올 거라는 걸 알게 되었을 때 이미 내렸던 거예요. 단
지 당시에 받았던 계약서가 정해진 양식이었고, 수정사항
을 주고받을 겨를이 아니어서 그냥 구두로만 통보했을 뿐
이죠. 그쪽은 당장 창고가 미어터져서 담당자가 과로사할

위기였던 데다, 난 핵잠수함 찾느라 바빴거든요. 뭐, 내가 기부하는 상황에 맞게 시나리오가 작성되어 있었던 건 뜻밖이었지만요."

"그럼 사용처가 벌써 확정된 돈이었던 겁니까?"

"확정까지는 아니었으니까 내가 선우 소위하고 천 소위에게 그런 말을 했겠죠?"

"……잘 모르겠군요."

"알잖아요. 미국에서 정부와 거래할 때 확실한 계약서 없이는 어떤 일도 진행되진 않는다는 거. 안 그래도 나한테 강압을 한 것처럼 보일까봐 불안해서 내 의사를 녹음까지 해달라던데, 우선 그 돈을 어디에 기부할지부터 명확하게 정해야겠죠. 원래는 국방성금이 낫겠다 싶었지만…… 선우 소위랑 천 소위가 찾아온 다음에는 난민구호기금 쪽으로 한 번 더 검토해봤던 거예요."

"난민구호기금이라면……."

사용처가 분산되어 의미가 없지 않을까 하는 의문. 그 당연한 의문을 과연 겨울이 염두에 두지 않았을까 하는 의혹. 따라서 흐려지는 말끝에 대고 겨울이 고개를 끄덕여보였다.

"이건 박 중위만 알고 있어요. 난 기금을 집행하는 과정에 개입할 연줄이 있거든요. 그러니 사재를 직접 쓰나 기금을 거치나 같은 결과로 만들 수 있었어요."

선우요셉과 천소민 두 사람에게도 피자 프랜차이즈의 실체를 알려주진 않았다. 암시만으로도 상당한 비밀이고, 비밀을 공유하는 건 그만한 신뢰의 표현이었다.

진석이 진지하게 묻는다.

"이유라 중위도 모릅니까?"

"……."

겨울은 조금 힘이 빠진 채로 긍정했다.

"네. 두 부장님들하고 통화할 때도 말 안했어요. 나중에 기회를 봐서 알려드릴까 싶은데, 어쨌든 동맹 관계자들 중에선 박 중위가 처음이에요. 달리 아는 사람도 없지만요."

"그렇군요."

진석의 낯빛에 스치는 것은 만족감보다는 안도감이었다. 겨울이 물었다.

"이상하네요. 이유라 중위를 못 믿어요?"

"물론 믿습니다. 전에도 한 번 말씀드렸을 겁니다. 중대 장님을 제외한 다른 누구보다도 낫다고. 하지만 이런 비밀을 공유할 상대는 못 됩니다."

"왜요?"

"사람이 좋아도 너무 좋기 때문입니다. 소대장으로서의 능력이나 책임감은 훌륭하지만…… 개인적인 의견으로는, 비밀 같은 걸 감추는 데엔 소질이 전혀 없을 것 같습니다. 감춰야 할 무언가를 알고 있다는 것 자체에 부담을 느낄 사람입니다. 장교 노릇도 본인이 하고 싶어서라기보다 중대 장님을 위해 애쓰는 것처럼 보이니까요."

"음……."

"그리고 본인이 아는 누군가가 부당한 일을 겪으면, 그리고 그게 정상적인 절차로 해결되지 않으면 중대장님께 부탁하고 싶어 할 가능성이 높습니다. 이유라 중위의 '작은 대장님'에 대한 믿음은, 뭐라고 해야 할지, 선이 없는 느낌입니다."

"선이 없다?"

"예."

고민하던 진석이 힘겹게 말을 기웠다.

"저는 가끔 그 여자…… 죄송합니다. 이유라 중위가 믿는 '작은 대장님'이 과연 사람이긴 한 건가 의심스러울 때가 있습니다. 더 자세히 설명하기는 어려운 느낌인데…… 중대장님 스스로도 어느 정도 느끼지 않으십니까?"

"느낀다 치고, 그래서요?"

"다른 중대원들이나 동맹 사람들 대부분이 마찬가지지만, 최소한 간부가 그러면 안 되는 겁니다. 적어도 그런 면에서는 이 씨…… 선우 소위와 천 소위가 낫습니다."

이제 앞날이 암담한 두 소대장은 겨울을 자신들의 기준으로 판단했었다. 보기에 따라서는 겨울을 평범한 사람처럼 생각했다고 볼 수도 있을 것이다.

"중대장님께서 뭐든 해결할 능력이 있는 것과, 실제로 해결하는 것은 경우가 다르잖습니까. 그런 연줄이 있다면 당연히 신중하게 써야 합니다."

확실히 피자를 주문한 내역이 밝혀지는 날엔 스캔들로 비화할 것이다.

'그래도 치명적이진 않겠지만…….'

국세청에서 파견된 사람도 그랬다지 않은가. 세금을 아
끼려고 기부하는 다른 부자들보다 낫다고. 사리사욕을 채
우려는 부정이 아니었던 만큼 비난을 받는다 한들 위험수
위에 도달하긴 어렵지 싶었다. 적어도 겨울이 곱씹어보기
에는.

혹은 의외로 긍정적인 반응이 나올 수도 있었다. 중국계
난민에게도 돈이 쓰인다는 사실이 싫은 이들은 겨울의 행
동을 외려 좋게 받아들일 테니까. 그러므로 물고 늘어지는
이들은 한결같이 불만이 많았던 이들로 국한될 터였다. 겨
울에게 호의적이었던 사람들은 호의적인 까닭에 스스로 반
박할 근거를 찾을 것이고.

이는 믿고 싶은 것을 믿는 사람들의 자연스러운 행동양
상이었다. 마음이 먼저 있으면 이유는 그다음에 찾는다. 경
험에 의거한 예측.

겨울이 말했다.

"이유라 중위도 그 정도는 알걸요."

"머리로는 알겠지요."

그러고 보면 진석은 유라가 부탁을 할 것이다, 가 아니라
부탁을 하고 싶어 할 것이다 라고 했었다. 겨울이 이 차이
를 확인했다.

"실제론 부탁하지 않더라도 혼자 힘들어할 거다?"

"비슷합니다."

곤경에 처한 사람을 돕고 싶은 마음, 하지만 겨울에게 폐
를 끼치기는 싫은 마음. 혼자서 할 갈등. 그러므로 차라리

처음부터 모르는 편이 낫다. 진석의 입장이었다.

"의외네요."

겨울의 말에 진석이 꿈틀했다.

"뭐가 말입니까?"

"겉으로 보이는 것보다 좋게 평가한다는 건 알고 있었는데, 그런 식으로 배려하는 감정은 뜻밖이라서요."

"배려…… 해석이 이상한 겁니다."

진석은 선명한 거부감을 드러냈다. 겨울은 표리의 온도차에서 작은 즐거움을 느꼈으나, 누구를 괴롭히는 취미는 없었으므로 그냥 덮어두기로 했다.

한데 정작 진석에게는 아직 끝난 이야기가 아니었다.

"이런 화제가 나올 줄은 몰랐지만, 기왕 이렇게 되었으니 조금 더 말씀드리겠습니다."

"뭔데요?"

"차기 중대장은 제가 되고 싶습니다."

겨울은 다시금 고개를 기울였다.

"중대장?"

"그동안의 모든 싸움이 다 입지를 굳히기 위해서였고, 이젠 이루어졌잖습니까. 중대장님의 대대장 진급은 거의 확정된 거나 마찬가지라고 들었습니다. 부중대장인 싱 대위는 다음 중대장이 아니라 대대 참모로 올라가겠지요. 애초에 중대장님의 짧은 지휘경력을 보완하기 위해서 붙은 참모진이니까요."

굳이 따지자면 불가능한 요구는 아니었다. 중위가 중대

장을 맡는 경우는 흔하다. 장교가 부족해진 지금은 더더욱 그렇고. 선임 소위에게 직책진급으로 맡겨보고, 무리 없으면 그대로 굳히는 마당이니. 다만 독립중대의 격이 일반적인 중대보다 높다보니, 진석에게 맡긴다면 역시 직책진급이 필요할 것이었다.

가능성을 검토하는 겨울에게 진석이 말했다.

"저보다는 이유라 중위를 더 믿으신다는 걸 압니다. 하지만 이미 말씀드렸다시피 사람이 너무 좋습니다. 선우 소위나 천 소위 같은 놈들이 주제를 모르고 건방진 짓을 해도 그냥 좋게좋게 넘어갈 타입입니다."

"나도 그랬는데요?"

"중대장님은 그렇게 하셔도, 아무리 심하게 망쳐놔도 나중에 말 한 마디 강하게 하시면 끝납니다. 정말로 하느냐 마느냐를 떠나서, 그 정도의 영향력이 있다는 게 중요합니다. 여차하면 싹 쓸어버릴 수 있는 능력 말입니다. 누구든 제대로 대장님의 눈 밖에 나면 동맹 내에선…… 아니, 난민 구역에선 숨도 못 쉴 겁니다. 다른 곳이라고 나을 것 같진 않군요. 하지만 이유라 중위는 다릅니다. 차라리 제가 낫습니다."

"굉장히 직설적인 요구네요."

"이대로 가면 어차피 이유라 중위가 차기 중대장이라고 생각했기 때문입니다."

즉 모 아니면 도였다는 뜻. 그리고 그게 사실이기도 했다.

요구를 들어주지 않는다고 해서 진석이 손해를 볼 것도 없었다. 은행을 털자고 제안한 소대장들의 처벌조차, 그들의 이유와 불안을 참작하여 푸쉬 업으로 끝내지 않았던가.

"저와 이유라 중위의 차이는…… 말하자면 그겁니다."

"그거?"

"예를 들어 모르몬 교도나…… 여호와의 증인이 와서 문을 두드리면…… 이유라 중위는 어느 정도 상대해주다가 돌려보내거나, 최소한 웃는 얼굴로 안 믿는다고 여러 번 사양하겠지만…… 저라면 총을 들고 쫓아낼 겁니다."

이 말이 어딘가 붕 뜨고 어눌한 것은, 진석 나름대로 무거운 분위기를 환기하려는 노력이었기 때문이다. 겨울은 내용보다 그 어색함에 웃었다. 진석의 얼굴이 붉게 찌그러졌다.

"ㅈ…… 웃지 마십시오."

"미안해요. 웃음이 나오네요."

오랜만에 재밌는 것을 봤다. 큭큭거리는 겨울을 향해 진석이 정색했다.

"웃으실 일이 아닙니다. 동맹에 있을 때, 특히 중대장님이 본격적으로 유명해지기 전까지 저한테 동맹을 어떻게 해보자고 달라붙는 멍청이들이 얼마나 많았는지 아십니까?"

"음, 그 사람들이 뭘 어떻게 해보자고 했는데요?"

"……여러 가지 있었습니다."

진석이 말을 얼버무렸다.

"관심이 동하진 않았어요?"

겨울이 묻자 진석은 의외로 긍정했다. 내키지 않는 듯이, 느릿느릿하게.

"괜한 의심은 싫으니 솔직하게 말씀드리면……. 그때는 갈등이 좀 있었습니다."

"지금은요?"

"괴롭히시는 겁니까? 이제 와서 제가 어떻게 작은 대장님을 대신합니까?"

흥분했는지 여간해선 안 쓰는 호칭까지 나왔다. 진석은 작은 대장이라는 칭호를 삼가려고 의식하는 사람이었다. 그의 말이 빨라졌다.

"이제 곧 포트 로버츠로 돌아간다는 이야기가 있던데, 가서 보면 그런 인간들이 또 있을 거란 말입니다. 전처럼 대장님을 얕보진 못하더라도, 할 만한 수작들은 열심히 부리겠죠. 이유라 중위더러 상대하라고 시키면 사람 망가지기 십상입니다."

이쯤 되면 진짜 동기가 개인적인 욕심일지라도, 인간적인 염려 역시 없지는 않은 것 같다. 보통의 사람들은 다른 사람들의 행동에서 항상, 어떤 상황에서든 후자가 주된 이유이기를 바라지만, 겨울은 사람에게 그 정도의 고상함을 바라지 않았다.

'장미는 가을에만 피면 되지.'

아름다운 것은 그 자체로 가치가 있다. 겨울은 생각한다. 누군가 형편이 나쁠 때도 착하기를 바라는 건 세상이 어느 계절에 꽃이 피기를 바라는 거나 마찬가지라고. 물론 그 꽃이 유달리 아름답기야 할 것이나, 그렇다고 추울 때 피지 않는 꽃을 잘못되었다 할 순 없지 않겠는가.

찰나의 사색을 보낸 겨울이 말했다.

"일단 알겠어요. 검토해볼게요."

"감사합니다."

한숨을 쉰 진석이 어깨에서 힘을 뺀 채로 묻는다.

"그럼 기부 건은 결국 어떻게 하시려는 겁니까?"

"역시 국방성금으로 넣는 게 좋을 것 같아요. 벌써 들어서 알겠지만, 달리 돈을 마련할 구석이 없는 것도 아니고…… 무엇보다 쓰는 돈 이상으로 이미지를 벌 거라고 생각하거든요."

"이미지……"

"대선이 신경 쓰이잖아요. 혹시 불만 있어요?"

"없습니다. 저는 그냥 확인하고 싶었을 뿐입니다."

"확인?"

"네. 전 그런 돈이 있다면 한 번에 풀기보다 차라리 중대장님께서 가지고 계시는 편이 낫다고 믿었기 때문에…… 사용처가 그렇고, 이유가 있다는 걸 알았으니 더는 신경 쓸 것도 없습니다. 지금까지 결과가 다 괜찮았는데, 이제 와서 중대장님 방식에 참견하는 것도 웃기잖습니까."

진석이 자세를 고친다.

"그럼 전 이만 가보겠습니다."

"잠깐, 한 가지 물어볼게요."

경례 직전에 멈춘 진석에게 겨울이 질문했다.

"요즘 잠은 잘 자요?"

전에 악몽을 견디느라 더 치열하다고 털어놓았던 걸 기억해서 묻는 말이었다. 진석은 풀어진 표정으로 수긍했다.

"포기하니 편하더군요."

무엇을 포기했다는 것인지 짐작하기는 어렵지 않았다. 겨울이 덧붙였다.

"가서 이유라 중위하고 인사 나눠요. 잘 돌아왔다고. 모르는 척하면 섭섭해할걸요?"

"명령입니까?"

"부탁인데요."

"……노력해 보겠습니다."

겨울은 진석의 경례를 받아주었다.

재배치 또는 재편성을 앞둔 대기기간은 사실상의 휴식기에 가까웠으나, 선임상사 메리웨더를 비롯한 부사관들은 병사들이 마냥 늘어지도록 내버려둘 생각이 없었다.

"Be motivated!"

동기부여가 필요하다. 한국식으로 말하자면 군기가 빠졌다는 뜻이었다. 그는 하루도 빠짐없이 교육훈련계획을 승인받았다. 그리고 여기엔 신병 교육과정 이상의 체력단련도 포함되었다. 처음 결재를 받던 날, 상사는 겨울에게 이렇게 말했다.

"전장에서의 체력은 사회에서의 돈 같은 거라고 생각합

니다."

"어째서요?"

"돈이 많다고 반드시 행복해지는 건 아니지만, 없으면 대
개 불행해진다고들 하지 않습니까. 체력도 마찬가지입니
다. 튼튼한 놈을 피해가는 총알은 없겠습니다만, 여느 전장
에서 체력이 모자란 놈은 높은 확률로 죽습니다. 그러니 쌓
을 수 있을 때 쌓아놔야 합니다."

"맞는 말이네요."

겨울은 웃음을 만들어 동조했고, 힘들어 죽겠다는 소리
가 올라올 때마다 그저 다독여줄 따름이었다. 어쨌든 부대
장으로서 겨울이 모범을 보였으므로 자주 있는 일은 아니
었다. 다만 오늘, 어김없이 구보를 준비하는 동틀 녘에 선임
상사가 우려를 제기했다.

"젊어서 그런 식으로 몸을 굴리시다간 나중에 관절이 삭
아 고생하실 겁니다."

그러면서 눈으로 찌르는 것이 겨울이 진 무거운 군장이
었다. 여러 보정을 받는 겨울이 병사들과 비슷한 체력소모
를 겪으려면 완전군장을 메고 뛰어도 부족한 감이 있으나,
내막을 모르는 사람들이 보기엔 솔선수범을 위해 무리를
하는 걸로 보일 터였다.

"음, 난 괜찮아요. 할 만하거든요."

자세한 설명이 불가능하므로 얼버무리려는 겨울을 두고
상사는 진지하게 고개를 젓는다.

"어느 부대를 가든 꼭 한 명씩 있는 골병환자들이 그런

식으로 생기는 겁니다. 육체적으로 최고일 때 몸 상하는 줄 모르고 날뛰다가, 하사 달고 중사 달면 이제 아파 죽겠다고 하루하루 진단서 떼어서 병원이나 다니는 거지요. 물론 중대장님께선 그런 덜 여문 놈들과는 경우가 다르십니다만, 결과적으로 몸이 상하는 건 같을 겁니다."

겨울이 미소를 지어냈다.

"걱정해줘서 고마워요, 선임상사. 하지만 그래도 괜찮아요. 몸을 쏠 기회는 계속 줄어들 것 같으니까요. 살든 죽든, 내가 이러는 건 앞으로 길지 않을 거예요."

그리고 덧붙였다.

"장교잖아요. 진짜 군인인 부사관들하고는 다르죠."

메리웨더 상사가 엄한 표정을 짓는다. 그리고 한발 앞서 돌기 시작한 다른 부대의 발맞춘 구보 소리가 그들의 합창과 함께 가까워졌다.

「우리가 지옥에 가면 사탄이 물어보겠지.」

「"너희는 뭘로 벌어먹던 놈들이냐?"」

「"무슨 일 하면서 돈 받고 살았냐?"」

「그럼 우리는 사탄의 낯짝을 군홧발로 짓밟고서 대답하겠지.」

「"우린 영혼들을 여기로 보내며 먹고 살던 놈들이다!"」

노래하는 레인저들은 아직 준비 중인 독립중대 앞을 가깝게 통과해서 지나갔다. 모두가 가벼운 차림인 반면 선두의 지휘관은 부대기를 직접 들고 군장을 멘 채로 뛰는 중이었다. 군장이 가짜가 아니라는 건 흔들릴 때의 무게감만 봐도 안다. 그는 겨울을 슬쩍 보고 지나갔는데, 땀방울이 송골송골 맺힌 그 얼굴은 선명한 승부욕을 드러내고 있었다. 질 수 없음! 부들부들! 같은 느낌.

'진짜 힘들어 보인다······.'

겨울은 안쓰럽다고 생각했다. 그 와중에도 열심히 선창(Caller)을 했기 때문이다.

사실 이게 다 진석 탓이었다.

주둔지가 바뀌고서 얼마 지나지 않았던 날, 진석의 소대와 레인저 소대가 어쩌다 같은 시간에 구보를 뛴 모양이다. 처음엔 서로 거리를 두고 뛰었으나 상대를 확인한 진석이 속도를 높여 뒤로 바짝 붙었다. 체력은 남지만 니들이 느려서 못 지나간다, 혹은 추월하면 니들이 자존심 상할까봐 봐준다는 식의 도발.

이에 자존심이 끓어오른 레인저들이 한 바퀴를 전력으로 질주하여 진석의 소대 뒤로 붙었다. 같은 방식으로 되갚아 준 것이다.

여기서라도 멈췄으면 좋았을걸. 진석은 기어코 치킨 게임을 벌이고 말았다. 뒤를 잡고, 뒤를 잡히고, 다시 잡고, 또 잡히는 악순환의 반복.

그리고 졌다.

승자인 레인저들은 주저앉거나 구토하는 진석의 소대 앞을 의기양양하게 지나갔다고. 물론 그들의 조끼에도 여럿 토사물이 묻어있었다던가. 어느 쪽이든 적당히를 모른다.

겨울은 이 이야기를 늦게 듣고 꾸미지 않은 한숨을 쉬었다. 레인저 중대장도 이 해프닝을 전해들은 게 틀림없었다. 어쩐지, 완전군장으로 처음 구보를 나왔을 때 겨울을 발견한 레인저 중대장의 시선이 꽤 비장하다 했다. 돌이켜보면 "2차전인가?"라고 묻는 눈빛이었다.

레인저들의 멀어지는 등을 보며, 메리웨더 상사가 말했다.

"하긴, 저쪽이 포기하기 전까지는 중대장님도 군장을 내려놓기 어렵겠군요."

"……."

겨울이 입을 다물었다. 선임상사님, 조금 전까지만 해도 진지했는데. 아니, 지금도 진지하게 하는 말이라 더 문제다. 군인들의 오기가 이상한 데서 서로 통하고 있었다. 아, 미군의 앞날은 어둡다.

"Sir! 준비됐습니다."

보급부사관 매카들 하사의 보고. 배후엔 소대별로 정렬한 채 기다리는 병사들이 보였다. 몇몇 보이지 않는 장교들은 각자가 할 일이 있었고. 겨울이 까딱 고개를 끄덕였다.

"오늘은 구보를 끝내고서 병력을 모아줘요. 전파사항이 있으니까."

"어, 혹시 다음 배치지역입니까?"

"네, 맞아요."

"알겠습니다."

하사는 무척 궁금한 표정이었으나, 먼저 알겠다고 캐물을 만큼 경우가 없진 않았다.

구령과 함께 구보가 시작되었다. 그리고 이어지는 오늘의 군가.

「나는 언덕 위에 살던 한 소녀를 아는데,」

「만약 그녀가 하지 않았다면 동생이라도 했을,」

「체력단련(PT)! 체력단련!」

「너한테도 좋고! 나한테도 좋다!」

소녀와 그 동생, 체력단련 사이엔 대체 무슨 연관성이 있는 걸까. 그러나 구보시의 군가(Cadence)가 대개 이런 식이었다. 「헌병! 헌병! 나를 체포하지 마! 쟤는 위스키를 훔쳤고! 나는 와인을 훔쳤다고! 죄질은 저놈이 더 나쁘잖아!」라는 가사도 있으니. 죄질을 재는 기준은 값이 아니라 알코올 함량인 듯하다.

올레마 FOB에서 수습한 병사들을 고려하여 「나 죽으면 관짝에 훈장 달아 어머니께 보내주세요.」 같은 군가는 가급적 피하려고 애썼다.

잠시 후, 구보를 마치고 다시 정렬한 중대원들 앞에서 겨울이 목소리를 키웠다.

"오늘, 정확히는 어젯밤 늦게, 우리 독립중대의 재배치 지역이 결정되었습니다."

웅성거림은 없었다. 그러나 병사들은 움직이거나 소리를 내지 않는 한도 내에서 최대의 관심을 드러냈다. 다시 전장으로 가는가, 아니면 난민구역으로 귀환하는가. 근래 들어서는 이것이 최대의 관심사였다. 돌아가는 분위기를 알아도, 확실해지기 전까지는 불안할 수밖에.

오늘이 그 불안의 끝이었다. 겨울은 온화하게 선언했다.

"나흘 뒤, 우리는 포트 로버츠로 돌아갈 거예요."

누군가 순간적으로 짧은 비명을 삼켰다. 하나 누구도 책망하지 않는다. 누구든 겨울에 비하면 떠나있던 기간이 짧으나, 그렇다고 마냥 짧은 것만은 아니었기에. 명백한 해방작전이 실패로 끝났을 때부터 구조임무에 투입되었다고 했으니, 기지 가까이에 있었어도 동맹하고는 격리되어 있었던 셈. 그러므로 약 반년 간 여러 작전에 연속으로 참여한 것이다. 이쯤이면 베테랑이라고 자부해도 괜찮을 경력이었다.

"한 가지 더."

겨울이 주의를 환기했다.

"그곳에선 당분간 우리가 기지를 운영하게 됩니다."

잔뜩 상기되어 있던 얼굴들에 의문이 떠오른다.

"무슨 말이냐면, 원래 있던 160연대 병력은 이번 재배치로 포트 로버츠를 떠나게 되었다는 뜻입니다. 잘 훈련된 주방위군을 계속 난민관리에 묶어두는 건 아깝잖아요? 전력을 보충해서 전선으로 보내겠다는 거죠. 아, 질문할 사람은해요. 괜찮아요."

며칠 새 눈 밑이 거뭇해진 천소민 소위가 거수했다.

"Sir, 저희가 떠나기 전에도 난민구역의 수용인원은 계속해서 늘어났습니다. 다른 데서 옮겨오는 경우가 많았으니까요. 정원 미달이었다고는 해도 두 개 대대가 하던 일을 우리 부대가 소화할 수 있겠습니까?"

포트 로버츠에는 처음부터 주둔하던 3대대와 크리스마스를 기점으로 합류한 1대대 병력이 있었다.

"좋은 질문이에요. 우리 중대는 거기서 독립대대로 재편됩니다. 단! 난민들 중에서 입대희망자를 모집하는 단계부터 우리가 직접 맡아야 돼요. 가만히 앉아서 신병을 받는 게 아니라. 숙련된 교관을 지원해주겠다고는 하는데, 그래도 쉬운 일은 아닐 거예요. 파견기간도 정해져있고."

"……."

"대대 규모를 채운 다음에도 몇 개 중대가 더 만들어질 예정이에요. 일본계, 중국계, 베트남계, 필리핀계……. 낮은 확률이지만 다른 국적의 난민들이 합류할 수도 있다고 들었네요."

겨울도 처음 접했을 땐 뜻밖이었던 소식이었다. 포트 로버츠의 난민거류구가 많이 확장된 모양이었다. 그만큼 출신도 다양해지고.

"그렇게 창설된 중대들도 합동임무부대 형식으로 내가 관리합니다. 그러니까 시간이 좀 흐르고 나면 그렇게까지 힘들진 않을 거라고 봐요. 치안은 경찰이 유지할 거고, 본토를 탈환했으니 방어 부담도 예전보단 덜하겠죠."

고로 복귀한다고 해도 전장에서 멀어질 뿐이지 휴식과는 거리가 멀다. 독립중대의 D.C 행은 아직 확정 통보가 없었다.

그럼에도 병사들의 기쁨은 줄어들지 않았다. 오히려 더욱 밝아졌다. 부대가 승격된다는 것 또한 기쁜 일이었기 때문이다. 진석이 말했듯이 이들의 모든 싸움은 안정적인 입지를 구축하는 수단이었다. 내일이 없던 난민에서 시작하여 여기까지 인정받게 된 것이다.

재편성을 마친 뒤 다시 전선으로 투입될 가능성을 미리 걱정할 필요는 없었다.

다만 한 사람, 유라의 안색은 땅거미처럼 어둡다.

"전파사항은 여기까지인데, 혹시 다른 질문 있나요?"

겨울이 돌아보자 올라오는 손은 없었다.

"좋아요. 그럼 해산."

그러자 눌려있던 환호가 터져 나왔다.

겨울은 흩어지는 중대 인원들 사이에서 유라를 불렀다.

"왜 혼자만 표정이 안 좋아요?"

망설이던 유라가 솔직하게 대답한다.

"그게 말이죠, 죽거나 다친 애들의 가족분들을 뵐 생각을 하니까…… 돌아가는 게 막 기쁘고 그러진 않네요. 좋아하면 너무 이기적이지 않나 싶고. 사실 이건 작은 대장님이 더 부담스러우실 텐데. 아하하."

밝히진 않았으나 합동영결식이 예정되어있는 건 사실이었다. 이번에도 겨울이 군종장교와 함께 성조기를 접게 될 것이다. 스탠 페이지 일병의 장례식에서 그랬듯이. 유가족에게 자식이, 형제가, 혹은 자매가 의미 있게 죽었다는 위안을 주려면 다른 사람보다는 겨울이 나았다.

"이유라 중위."

"네."

"혹시 중대장이 되고 싶은 생각 있어요?"

"엑."

어둡던 유라가 괴상한 소리를 냈다. 겨울이 설명했다.

"우리 중대가 대대로 증편되면, 새로 합류하는 중대는 일본계나 중국계로 편성될 확률이 높아요. 대외적으로 보여줘야 하니까 중대장도 출신에 맞춰서 뽑을 것 같고……. 어디까지나 내 예상이긴 한데, 서로간의 감정 문제도 있잖아요."

"네에……."

중국계나 일본계 부대를 만들어도 겨울 때와는 취급이 다를 게 분명했다. 단독작전을 맡길 정도의 인재와 신뢰도가 있느냐의 문제였다. 다른 국적 난민들에겐 그래도 가망이 있으나, 중국계는 아니다. 그들에 대한 인식이 여전히 바닥을 기고 있는 까닭.

각설하고, 새로운 부대를 창설하는 데엔 시간이 걸린다. 설령 한국계 중대를 하나 새로 만들어도 두 사람을 동시에 진급시키진 못한다는 뜻이었다.

'결국엔 두 사람 다 중대장이 된다고 해도, 박진석 중위에겐 누가 선임이 되느냐가 중요해보이니 말이지…….'

유라를 염려하는 마음은 어디까지나 부차적인 수준. 진석의 주된 동기는 역시 본인의 출세욕이다. 다른 이들에게 인정받고, 그 위에 서고 싶은 욕망. 어울리는 능력도 있다.

한국계 중대를 새로 만드는 것도 부담스럽다. 희망자는 물론 많겠지만, 병력을 더 차출했다간 공동체의 생산력을 유지하기 힘들어질 것이었다. 곤란한 노릇이다. 추후 안정된 미국에서는 경제력도 중요해질 테니까.

겨울이 말을 이었다.

"만약 실제로 그렇게 되면 한국계 중대장 자리는 하나예요. 그 자리를 채울 사람은 둘 중 하나죠. 누군지는 말 안 해도 알죠?"

"저랑 박진석 중위요."

스스로 말해놓고서도 난처한 기색이 짙어지는 유라였다.

"제게 자격이 있을까요?"

묻는 그녀에게 겨울이 답했다.

"자격은 방금 지었던 표정으로 충분해요."

"……."

"단지 지금보다 더 힘들어할까봐 미리 물어보는 거예요. 할 마음이 있는지."

"작은 대장님은 누가 더 낫다고 보세요?"

"두 사람 다 맡기면 잘 해낼 것 같은데요."

고민에 빠진 유라가 앓는 소리를 냈다.

"솔직히 자신은 없지만……. 대장님 의견이 그러시다면, 진석 씨…… 아니, 박진석 중위보다는 제가 맡는 게 나을 거라고 생각해요."

"이유는?"

"국적이 다른 난민들이랑 같은 부대가 되면요, 얕보이지 않는 것만큼이나 잘 어울리는 것도 중요하지 않을까요? 막상 싸울 때 서로를 믿지 못하게 되면 안 되잖아요."

"그렇죠."

"저는요, 필요하면 화를 낼 수 있어요. 음, 그러니까, 내는 척이라도 할 수 있는데요, 근데 박진석 중위는 필요할 때 부드러워질 사람이 아니거든요. 아니, 애초에 웃는 얼굴을 본 적이 없는 것 같은 느낌이…… 혹시 대장님은 보셨어요? 박진석 중위가 웃는 거요."

"……"

"그럴 줄 알았어요. 어휴."

유라가 포옥 한숨을 내쉬었다.

"만약 중대장이 되면 계급은 지금이랑 같나요? 아니면 대위?"

궁금해하는 유라에게선 욕심이 엿보이지 않았다.

"직책진급을 하게 될 거예요."

겨울의 대답. 유라는 의아해했다.

"꼭 그럴 필요가 있을까요? 지금이야 독립중대라서 평범한 중대보다 격이 높은 거지만, 독립대대로 바뀐 다음에는 어쨌든 그 아래의 여러 중대 중 하나가 되는 건데…… 특별할 이유가 없지 않나요? 제 말은, 그냥 중위 계급 그대로 중대장을 맡아도 괜찮을 것 같아서요."

드러내진 않았으되 이는 진석에 대한 배려였다. 유라 본인이 중대장이 되더라도 계급이 그대로라면, 진석과는 여전히 진급동기이므로 반감을 조금 줄일 수 있을 것이다, 라는 암시. 진석이 느끼는 감정을 유라도 아는 것이다. 그러나 겨울은 받아들이지 않았다.

"아뇨. 이 중대는 계속 격이 높아야 돼요."

"어째서요?"

"아까 이유라 중위도 말했잖아요. 국적이 다양한 난민들과 같은 부대가 되면 잘 어울리는 게 중요하다고."

"네에, 그랬었죠……."

"그러려면 사전에 잡음이 안 나도록 만드는 것도 중요하다고 봐요. 선임중대장으로서의 위치를 확실히 해두는 거죠. 다른 중대장들 입장에서 볼 때 피차 같은 계급이면 선후임의 차이를 미뤄두고 이런저런 시비가 걸리기 쉽지 않겠어요?"

물론 낮은 가능성이다. 그들의 처지가 처지이니. 하나 입장이 불리하여 조용히 넘어가더라도, 속에 품는 불만의 크기는 상대의 계급에 따라 달라질 것이었다. 「그래봤자 중위 주제에.」와 「어쩔 수 있나. 계급이 깡패지.」의 차이.

가뜩이나 체면을 중시하는 중국인들에겐 더더욱 그러하다.

타 국가의 난민 출신 장교들이 미군 고유의 정서를 체화했다면 많이 덜었을 걱정이었다. 하지만 복무기간이 채 일년도 안 되는, 그저 필요에 의해 선발된 중위들에겐 걸기 어려운 기대일 것이다. 국방부가 본토에서 태어난 이민 2세대 출신 장교들, 그중에서도 부모 세대의 언어에 익숙한 자원을 차출하여 보내준다면 도움이 되겠으나, 이 역시 현실성이 없었다.

겨울이 말을 잇는다.

"그리고 만약의 경우를 대비할 필요도 있어요."

"만약의 경우요?"

"예를 들면 지휘관 유고(有故)시요."

"……."

"그런 표정 짓지 말아요. 그냥 예를 드는 것뿐이니까. 여하간 내가 죽거나 다쳐서 지휘가 불가능하고, 덤으로 대대 본부가 싹 증발하거나 통신이 두절된 상황이라면 선임중대장이 즉시 지휘권을 장악해야 돼요. 이땐 상하관계가 분명한 게 좋겠죠."

"맞는 말씀이지만-"

납득한 유라가 한숨을 쉬었다.

"어렵네요……. 그래서는 작은 대장님의 계승자? …… 이건 어감이 좀 이상한데, 후임자? 2인자? ……라는 인상이 강해질 것 같아요."

겨울이 지휘하던 중대를 넘겨받는 셈이니 그런 식으로 받아들일 사람이 많을 터였다.

유라가 새롭게 제안했다.

"저랑 박진석 중위를 어떻게 같이 진급시켜주실 순 없나요?"

"같이?"

"네. 중대장 자리는 진석 씨한테 주시고, 저한테는 뭔가 다른 역할을…… 으음, 중대장에 비해 덜 중요해보이면서도, 일이 생기면 적당히 말리거나 화해시킬 수는 있을 만한 직위였으면 좋겠어요. 그런 거 없을까요?"

"글쎄요. 대대참모 인선은 정해진 거나 마찬가지라서."

싱 대위를 위시한 중대 참모진은 처음부터 대대지휘부 구성을 염두에 두고 나온 이들이었다. 그래도 본부에 자리를 마련한다면 아직 배속되지 않은 인사장교나 보급장교 정도지만, 행정직 경험이 없는 유라에게 적합할지 의문이었다. 직책진급을 주기도 애매하다.

하물며 독립대대는 포트 로버츠를 총괄해야 할 입장. 겨울이 곱씹어보기에, 관리계통은 숙련된 사람에게 맡겨야 마땅했다. 위에서도 그런 인력을 파견할 터였고.

'아예 중대를 분할해버릴까?'

노동인력이 줄어드는 부담을 감수하고 한국계로만 꽉 채운 중대 하나를 더 창설한다는 전제하에, 원래 있던 중대의 병력을 나눠 미완편 중대 두 개로 만드는 방법도 검토해볼 만하겠다. 어차피 부대가 바로 전투에 투입될 일은 없을 것이므로.

물론 이러한 건의를 상부가 받아들이느냐, 그리고 받아들인다고 해도 이걸로 진석의 승부욕이 누그러지느냐는 별개의 문제겠지만. 겨울이 느리게 끄덕였다.

"아무튼 의견 잘 들었어요. 이건 더 생각해봐야겠네요."

유라가 다시금 한숨을 쉬었다.

"싫네요. 저희 땜에 고민하시는 게."

"다 그런 거죠. 이만 가요. 우리 중대는 식사 전에 씻어야죠."

시간을 확인하고 내려두었던 군장을 챙기는 겨울. 식당

과 샤워시설이 여러 부대의 공용인지라 정해진 이용시간을 어기면 조금 곤란해진다. 장교쯤 되어 못 씻고 못 먹지야 않겠으나, 데면데면한 이들 사이에 끼어 어색할 상황은 피하는 게 좋다. 그들이 싫어하진 않을지라도.

'놓치면 안 될 방송도 있고.'

오늘 오전에 공화당 대선후보의 기자회견이 예정되어 있었다. 이번에도 변죽만 올리고 끝날지, 아니면 무언가를 폭로할지. 기다리는 겨울은 후자를 점쳤다. 기대감을 너무 부풀려놔도 역효과인 것이다. 대선까지 공세를 이어가려면 시일이 필요하기도 했다.

나란히 걷던 유라가 문득 떠오른 것처럼 이야기를 꺼냈다.

"근데요 대장님."

"네?"

"저 없을 때 소민이랑 선우 소위한테 무슨 일 있었나요?"

중대 내에서 실력과 상냥함을 겸비한 큰언니쯤으로 통하는 1소대장답게 묘한 기류를 눈치챈 모양이었다. 하기야 그렇게 티가 나는데 모르는 게 이상하겠지. 겨울은 하루하루 피폐해지는 두 소대장의 모습을 되새겼다. 진석이 이번 일로는 갈구지 않겠다던 말을 어긴 것도 아닌데, 평소 눈치를 보는 것만으로도 그 꼴이 됐다.

겨울이 말이 없자 유라가 신중하게 덧붙였다.

"두 사람이 박진석 중위에게 주눅이 들어있거든요. 음,

원래도 무서워했지만 지금은 도가 지나치다고 해야 하나……. 예전이랑 달리 저한테 상담도 안 하고요. 더 이상한 게 뭐냐면요, 박진석 중위는 사정을 아는 것 같거든요? 소민이를 볼 때마다 얼굴이 구겨진 종이처럼 되는 거 보면 화가 아주 단단히 나있는 건데…… 근데 괴롭히질 않아요! 물어봐도 피하기만 하고요."

"……."

"뭔가 있다면 알려주세요, 네? 대장님. 선우 소위도 불쌍하지만, 소민이는 제가 거의 처음부터 데리고 다닌 앤데 저러는 거 보니까 되게 안쓰러워요."

그렇잖아도 혹여 사고라도 날까 염려하던 참. 잠시 망설이던 겨울은 감추는 것 없이 들려주기로 결정했다. 정이 많은 유라라면 두 후임 소위를 한심하게 여길지언정 진석과의 사이에서 부드럽게 중재해줄 수 있을 것이다…….

자초지종을 알게 된 유라의 반응은 예상보다 훨씬 더 서늘했다.

"흐."

"……저기, 이유라 중위?"

"네."

"내가 이걸 말해준 긴 두 사람이 잘못되지 않게끔 봐줬으면 해서예요. 부탁해도 되겠죠?"

"그럼요. 그 두…… 울에 대해 더는 걱정 안 하시게 해드릴게요."

"그 말, 굉장히 중의적으로 들리는데요……."

진석은 유라를 화도 못 내는 호인이라는 식으로 평했었
지만, 지금 이 자리에 있었다면 생각을 다소 달리했을 것이
었다.

웃음기 싹 빠진 유라가 마뜩찮은 표정으로 말했다.

"안심하셔도 돼요. 저까지 대장님을 속상하게 해드리진
않을 거니까요."

"화 많이 났어요?"

"당연하죠."

유라의 한숨은 이번이 세 번째였다.

"개념이 너무 없잖아요. 아무리 불안했어도 그렇지, 어디
감히 작은 대장님을 그런 식으로 간을 봐요? 선우 소위야
진석 씨가 키운 후배라서 저는 모르는 면이 있을 수도 있다
지만, 소민이까지 같이 그랬다는 게 정말…… 화가 나고,
창피하고, 대장님한테 죄송하고 그렇네요."

"왜 이유라 중위가 죄송해요."

"제가 뽑았잖아요. 사람을 잘못 봤어요. 이럴 줄 알았으
면 그냥 한별이를 시킬걸."

인상 찌푸린 유라가 혼잣말처럼 중얼거렸다. 조별과제
할 때 나 빼고 다 탈주했어도 이렇게까지 화가 나진 않았는
데, 라고. 주둔지 앞에 이르기까지 걷는 내내 화를 삭인 유
라가, 서로 갈라지기 직전에 조심스레 입을 열었다.

"그런데요……."

겨울이 돌아보면, 살짝 어두운 유라가 손가락을 꿈지럭
거리는 중이다.

"대장님은 앞으로도 우리하고 같이 계시는 거죠?"

선우요셉과 천소민의 이야기를 듣고 혹시나 싶은 마음이 든 모양이었다. 겨울은 고개를 끄덕이며 농담 아닌 농담을 곁들였다.

"안 떠나요. 이상하게 들리겠지만, 이 세상이 끝날 때까지는요."

"큭. 뭐예요 그게."

평소의 온도를 되찾은 유라가 맑게 웃는다.

그녀를 일별한 겨울은 숙소에 들러 군장을 풀고 위생용품을 챙겼다. 샤워장으로 가는 길에도 무기를 휴대하는 게 기본이었다. 다른 장교나 병사들도 권총 정도는 가지고 다니며, 샤워시설 내의 칸막이마다 아예 무기 보관함이 따로 있었다. 희박한 확률이나마 부대 내에서 감염자가 발생할 경우 즉각 쏴버리라는 배려였다.

그렇다보니 이게 마냥 농담 같지가 않다.

「엿보면 사살함 :(」

누군가 여성 사병용 샤워시설에 오늘 붙인 문구였다. 이를 보고 낄낄거리던 남성 사병 중 하나가, 팔에 수건을 걸고 가벼운 차림으로 들어가는 여성 사병들을 향해 두 팔을 들어보였다.

"숙녀 여러분! 나는 목숨을 걸고 엿보겠다!"

이에 여성 사병들이 중지를 세워 응수했다.

"Fu-ck you!"

"죽기 싫으면 좀 더 잘생긴 놈이랑 같이 와! 얼굴 보고 살려주지!"

나중에 외친 쪽은 허리에 찬 권총과 엉덩이를 한 번씩 두
드려 보이고는 주먹을 쥐고 엄지를 아래로 꺾었다. 한 달
전만 하더라도 피로에 찌들고 날카로웠던 병사들이었다.

간단히 씻고 식사까지 마친 겨울이 일부 참모들과의 간
단한 담화를 거쳐 집무실로 이동했을 때, TV는 정각에서 10
분 이른 방송을 앞두고 마지막 광고를 내보내는 중이었다.

잠시 후, 화면의 중앙에 아나운서가 등장했다.

「전미의 시청자 여러분 안녕하십니까. 잠시 후 9시부터,
크레이머 스퀘어 호텔의 영빈관에서 공화당 대선후보 에
드거 크레이머의 기자회견이 진행됩니다. 크레이머 후보
는 본인이 현 정권의 비밀스러운 치부를 알고 있으며 조만
간 시민들에게 폭로할 것이라고 밝혀왔는데요, 대선이 56
일 앞으로 다가온 오늘, 드디어 그 실체가 밝혀질 것 같습
니다. 기자회견을 열어놓고 이번에도 의혹만 제기하고 끝
내지는 않겠죠. 또 하나의 근거가 있다면 주최 측에서 밝힌
진행 예정 시간입니다. 무려 두 시간이군요. 짧은 발표로
그치진 않을 듯합니다. 본사에서는 후보 본인이 단상에 등
장하는 대로 현장을 연결해드리도록 하겠습니다.」

겨울은 의자에 앉아 턱을 괴고 기다렸다.

「기다리는 동안 이번 기자회견에 대해서 잠시 이야기를
나눠볼까 하는데요, 더그, 당신은 어떻게 생각하죠?」

아나운서와 더불어 시청자와 비스듬히 마주보고 앉아있
던 파트너가 반응했다.

「폭로할 내용이 무엇이든 이번 대선의 마지막 변수가 될 것 같군요. 개인적으로는 크레이머 후보가 최적의 타이밍을 골라 승부수를 띄웠다고 봅니다.」

「최적의 타이밍이라고요?」

「그래요, 매기. 꾸준히 하강하던 민주당의 지지율은 멧돼지 사냥을 기점으로 반등하기 시작했죠. 오염지역을 하루에 수십 킬로미터씩 쭉쭉 밀어냈으니까요. 시민들은 그 충격적인 속도에 열광했습니다. 맥밀런 대통령의 국경선 회복 선언은 정말 감동적이었어요.」

「맞아요. 지금 돌이켜봐도 가슴이 두근거리네요. 작은 마을에서부터 시작된 반격이 여기까지 올 거라고 누가 상상이나 했을까요? 명백한 해방 작전이 실패했을 땐 절망하지 않는 사람이 없었을 정도였으니까요. 비관으로 인한 자살이 급증하기도 했고요.」

「예. 크레이머 후보는 그동안 민주당의 축제를 조용히 지켜보았습니다. 정황상 그때 이미 무기를 쥐고 있었겠지만, 초조함에 못 이겨 너무 일찍 공격을 시작해버리면 상대 진영에게 반격할 시간을 주고 말아요. 그러니 침착하게 기다린 거죠.」

「그러고 보면 폭로할 비밀이 하나가 아니라고 했었군요. 시간차 공격으로 상대 진영의 대응능력을 마비시키겠다는 계획일까요?」

「바로 그겁니다. 크레이머 후보에게 가장 좋은 상황은 연속적인 공세가 대선 직전에 끝나며 최대의 효과를 거두는 것이지요. 첫 번째 폭로에서 시작된 정치공방이 상대 진영의 방어로 시들해질 무렵, 두 번째 폭로를 터트려 시국의 긴장감과 주도권을 유지하는 겁니다.」

「하지만 그런 것치고는 남은 일수가 애매하네요. 56일. 여론에 불붙는 속도가 느리면 효과를 다 보기도 전에 대선이 찾아올 텐데, 과연 폭로하는 비밀에 그 정도의 화력이 있을지 귀추가 주목됩니다.」

「기자단과의 사전조율이 없었지요?」

「그럴 수밖에요. 내용 자체가 비밀인데 질문이나 순서를 사전에 정해두긴 어렵겠죠.」

「하지만 기자들을 미리 초청해서 협의를 거치는 경우도 있습니다. 이 경우엔 비밀엄수에 대한 동의를 받고 출입이나 외부연락을 통제하게 되지요.」

「정보 유출을 그만큼 경계했다고 봐야겠군요.」

「출처가 확실하지 않은 제보입니다만, 크리스토퍼 메릭 선거대책본부장이나 아서 셀러스 정보자문역 같은 크레이머 후보의 측근들이 어제 『그리스의 섬』이라는 키워드를 두고 진지한 대화를 나누었다고 합니다. 이번 폭로와 관계가 있을지는 모르겠습니다.」

「『그리스의 섬』이 뭐죠?」

「글쎄요……. 관련된 정보를 찾아봤지만, 90년대 초에 폐기된 비상시 정부승계계획이라는 것 말고는 나오는 게 없었어요.」

「왜 폐기되었나요?」

「워싱턴 포스트에서 일하는 동업자들이 파헤쳤거든요. 호화 리조트의 지하에 커다란 방공호가 있다고. 뭐, 쓸데없는 짓이었습니다만……. 덕분에 전시 의회가 들어갈 예정이었던 벙커는 지금 관광객들의 구경거리가 되어버렸습니다. 거기 들어간 세금이 아깝죠.」

「흥미롭군요. 좀 더 이야기를 해보고 싶지만, 시간이 되었습니다. 크레이머 진영의 언론자문, 안톤 셔틀러가 회견장에 모습을 드러냈다고 합니다. 이제 곧 후보 본인도 나타날 것 같네요. 현장으로 화면을 전환하겠습니다.」

웅- 웅-

겨울의 넷 워리어 단말이 진동했다. 조안나가 보낸 메시지였다.

「보고 있어요?」

주어는 불필요했다. 겨울은 빠르게 답했다.

「네. 아직 알아낸 건 없나요?」

「전혀.」

잠시 후에 조금 더 긴 설명이 이어졌다.

「기밀유출 여부를 내사하라는 지시가 내려왔다고는 들었는데, 지켜본 결과 어느 부서도 적극적으로 나서지 않았어요. 윗선에서 막은 것 같기도 해요. 할애할 여력도 없거니와, 심정적으로 크레이머를 지지하는 사람이 많거든요.」

「왜요?」

「힘들어서요. 업무가 워낙 과중하다보니 실무자들 가운데 중국계 시민 격리수용에 찬성하는 비율이 점점 늘고 있

그리스의 섬 211

어요. 그냥 정치싸움에 끌려들어가기가 싫은 사람도 많고요. 잘못 베팅하면 망하는 도박인 거죠.」

뭐가 어떻게 유출되었나를 찾아봐야 중간에 언론이 끼면 어찌할 방법이 없는 게 사실이었다. 게다가 보람 없는 표적 수사인 만큼 FBI의 미적지근함도 이해가 갔다. 겨울이 다시 물었다.

「앤은 어떤데요?」

「알잖아요. 난 언제나 겨울의 편이에요. 당신을 실망시킬 선택은 하지 않아요.」

담담하면서도 직설적인 애정표현.

「고마워요.」

간격을 두고 보낸 메시지에 다시 간격을 둔 답신이 돌아온다.

「:$」

말해놓고 부끄러웠던 모양. 서로, 문자보다는 시간에 더 많은 의미를 담았다.

잠시 분산되었던 겨울의 주의가 재차 방송에 집중되었다. 공화당 선거진영의 언론자문이라는 사람이 진행자로서 주역의 등장을 알리는 참이었다.

「이제 공화당 대선후보, 에드거 크레이머 님께서 입장하십니다. 참석해주신 귀빈 여러분, 그리고 기자 여러분들께서는 모두 박수로 환영해주시기 바랍니다.」

의례적인 갈채 속에 문이 열리며 에드거 크레이머가 들어섰다. 성큼성큼 걷는 걸음과 항상 화가 나있는 것 같은 표정은 이 후보의 트레이드마크 같은 것이었다. 겨울이 듣기로, 지지자들은 그의 힘 있고 단호해 보이는 인상을 좋아한다던가.

그래서인지 단상에 우뚝 선 크레이머는 그저 거기 있는 것만으로도 존재감이 남달랐다. 목이 두껍고 체구가 커 옷맵시가 사는 편은 아니었으나, 그 부자연스러움이 오히려 강렬하고 긍정적인 긴장감을 주었다.

코끼리를 형상화한 공화당기와 성조기를 더불어 등진 후보가 거친 목소리로 입을 열었다.

「존경하는 시민 여러분, 그리고 친애하는 기자 여러분! 저는 오늘 여러분께 현 정부의 중대한! 아주 중대한 배임(背任)을 하나 고발하고자 이 자리에 섰습니다.」

실내가 여러 번 번쩍였다. 신문사 기자들이 터트리는 플래시였다. 찰칵거리는 소리, 자판 두드리는 소음 외에 모두가 조용한 정적 속에서 본격적인 폭로의 막이 오른다.

「그들이 꾸몄던 비밀스러운 음모의 이름은, 바로 『그리스의 섬』입니다.」

후보가 손을 들어 몇몇의 작은 동요를 억눌렀다.

「압니다. 24년 전에도 같은 이름의 비밀(Project Greek Island)이 밝혀졌었지요. 소련, 혹은 중국으로부터 핵공격을 받았을 때 상원과 하원을 그린브라이어 호텔의 비밀 방공호로 옮긴다는 계획 말입니다.」

그는 천천히 끄덕였다.

「처음엔 저도 착각했습니다! 다양한 경로로 『그리스의

섬』이라는 키워드를 접했지만, 시국이 시국이니만큼 과거의 계획을 재검토하는 것이라고 여겼지요. 허나! 이런 착각이야말로 현 정권이 의도한 것이었습니다. 음모를 꾸미면서, 일부러 원래 있던 계획의 이름을 갖다붙인 것이지요. 만에 하나 단서가 밖으로 샜을 경우 추리에 혼동을 줄 목적으로 말입니다. 그들의 수작은 성공적이었습니다. 양심의 가책을 느끼고 제게 도움을 청한 누군가가 없었다면, 저 역시 지금까지도 이 계획의 실체를 모르는 채였을 테니까요!」

텅! 커다란 주먹이 단상을 내리친다. 마이크가 흔들거렸다. 원래부터 험한 인상이던 크레이머가 더더욱 인상을 찡그렸다.

「이제 여러분께 진실을 알려드립니다! 현 정권의 추악한 민낯을!」

이어지는 내용은 한때 겨울이 예상했던 바였으나, 동시에 그 이상이기도 했다.

「패트릭 헨리급, 저 거대한 원자력 비행선들은 본디 군사적인 목적으로 건조된 게 아니었습니다! 봉쇄선이 무너지고 본토 전역이 함락되었을 때, 정권 구성원들을 비롯해 사회 재건에 필요한 인력과 '일부' 선택받은 시민들을 태우고 오랜 시간 하늘을 떠돌 방주로서 만들어진 것이었지요! 안전한 땅을 찾을 때까지 말입니다!」

이착륙에 활주로가 필요 없으니 방주 역할로서 적절하긴 했다.

잠시 쉬고 이어지는 말.

「이 계획의 첫 번째 문제는 그 선택받은 시민들이 하나같이 돈 많은 부자들뿐이라는 사실입니다! 묻겠습니다! 왜 힘없고 불쌍한 이들만이 홍수에 휩쓸려 죽어야 합니까? 계좌잔고가 부족한 것이 죄입니까? 가난한 사람들은 올리브 가지를 물고 오는 비둘기를 볼 자격이 없습니까? 아닙니다! 신께서는 이 나라를 그런 식으로 만들지 않으셨습니다!」

비둘기 운운은 노아의 일화였다. 대홍수로 세상이 물에 잠겼을 때, 노아는 방주의 갑판 위에서 비둘기를 날려 보냈다. 몇 번의 시도 끝에 비둘기가 올리브 가지를 물고 돌아와, 비로소 땅이 드러나고 있다는 사실을 알게 되었다는 이야기.

「더 충격적인 사실은, 이 『그리스의 섬』 계획이 발동될 때 각지의 핵미사일 사이트들이 미 본토를 포함한 세계 전역으로 중성자탄을 발사할 예정이었다는 겁니다! 그러기 위해 이 특수한 핵무기를 꾸준히 만들어오기도 했고요! 즉 함락된 본토에서 기적적으로 살아남은 시민들조차 살이 벗겨지고 구역질을 하며 죽어갈 운명이었다는 겁니다!」

겨울은 눈을 살며시 찌푸렸다. 역병에 대한 핵공격은 지금까지 아주 소극적으로, 지극히 예외적인 상황에서만 이루어졌다. 핵폭발이 어떤 식으로든 감염을 확산시킨다고 믿었기 때문이다. 실제로 중국의 방역전선이 그렇게 붕괴하기도 했고. 고로 북미에선 새크라멘토 근교에서 터진 전술핵이 처음이자 마지막이었다.

하나 기존의 인식에 석연찮은 점은 있었다. 핵폭발의 영향권에서 모겔론스 복합체가 어떻게 살아남는가. 또한 피감염자의 환부나 점막에 접촉할 때까지의 부유(浮游)를 어떻게 견뎌내는가. 대역병은 공기감염이 불가능한 질병이다.

미국 정부는 당연히 이것을 연구하고 있었을 터.

스물여섯 차례의 종말을 겪은 겨울조차도 그 답을 접한 적이 없다.

'연구가 안정적으로 진행될 만한 환경이었던 적이 드물기는 했지만……'

만약 뭔가 밝혀졌다면, 많은 면에서 새로워진 이번 세계관만의 변화일 확률이 높았다.

크레이머가 주장했다.

「제가 알아낸 바! 치명적인 방사선에 노출된 역병은 파괴되는 과정에서 어떤 독소를 생성한다고 합니다. 그렇습니다! 핵공격 이후 확산되는 건 모겔론스 복합체가 아니라 미세한 독소분진이었던 겁니다! 그것이 좀비 드러그처럼, 혹은 그 이상으로 피해자들을 미쳐 날뛰게 만들었겠지요! 혼란 속에서 우리는 그것을 역병 감염과 구분하지 못했습니다!」

예시로 든 좀비 드러그는 사람이 좀비처럼 행동하게 만드는 마약이었다. 다른 사람의 얼굴을 뜯어먹는 등. 독소의 영향에 대한 발언이 추측성인 걸 보니 크레이머 본인도 전모를 다 아는 건 아닌 듯하다.

「여러분! 저는 의혹을 느낍니다! 정부는 왜 이런 사실들을 비밀로 하고 있었을까요? 맥밀런 대통령이 이 질문에 대답하기를, 그리고 또 다른 음모가 있는 건 아니기를 바랍니다!」

이어 그는 증거자료로서의 내부문건들을 제시했다. 프로젝터로 투사하는 스크린에 기밀 도장이 찍힌 서류들이 차례차례 순서대로 지나간다.

겨울은 생각을 정리했다.

'그럴 듯하면서도 석연찮은 구석이 많아.'

일단 제시된 가능성들이 어느 정도 설득력을 갖추고 있기는 했다.

그러나 당장 겨울부터가 새크라멘토에서 시가전을 치렀다. 전술핵의 폭심지로부터는 불과 수십 킬로미터 떨어져 있었을 따름. 보다 가까운 부대들도 얼마든지 존재했다.

그 독소라는 것이 정말로 있었을까? 만약 있었다면, 시간의 흐름에 따라 자연적으로 분해되었기에 영향이 없었던 걸까?

겨울이 곱씹기에, 핵에 대한 의혹과 패트릭 헨리급 비행선에 대한 의혹이 물과 기름처럼 어긋나는 느낌이었다.

당연히 기자들 중에도 폭로의 앞뒤가 맞지 않는다고 느낀 사람이 있었다. 발표가 끝난 다음의 질의응답시간, 이상할 만큼 후보에게 우호적으로만 흐르던 분위기에서, 타 기자의 질답 중에 누군가 소리 높여 끼어들었다. 날카로운 음성이었다.

「이봐요! 왜 내게는 발언권을 주지 않습니까? 아까부터 계속 손을 들고 있는데!」

확성기라도 쓴 것 같은 성량인지라 무시할 수가 없었다. 주최 측 입장에선 생방송의 단점이었다. 기자들 외에 참석한 부류 중 열성적인 지지자들이 거칠게 술렁인다. 무례하다는 것이었다. 그러나 단상의 후보는 동요하지 않았다. 여유롭게 손을 들어 자기 사람들을 진정시키고는, 각진 얼굴에 친절한 웃음을 띄우며 성난 질문자를 응시했다.

「누군가 했더니 아는 얼굴이었군요. 미안합니다, 위트필드. 기분 풀어요. 나에 대한 기사를 누구보다도 많이 써주는 사람을 모르는 척할 리가 없지 않습니까? 안 그래요?」

마지막 질문은 좌중 전체를 겨냥한 것이라 호응과 웃음을 불러일으켰다. 아무래도 위트필드라는 기자는 크레이머에 대해 예전부터 매우 비판적인 입장이었던 모양. 또한 크레이머가 손짓으로 만류한 이들 중에 보안요원이 포함되어 있었으니, 질문내용과 순서를 사전에 정해두진 않았을지언정 초대장만큼은 선별적으로 발부되었을 것이었다.

이어 대선주자는 같은 여유로서 방해 받은 기자에게 양해를 구했다.

「미스 휴버는 잠시 기다려주시겠습니까? 저기 성급하신 남자 분부터 상대해드려야 할 것 같군요. 뭐, 위트필드 씨가 저래 봬도 신사이니 오래 기다리게 해드리진 않을 겁니다.」

다시 한 차례 웃음이 번진다. 속이 있는 유머였다. 또한 상대해주다가 적당한 시점에 흐름을 끊을 핑계거리를 만들어 났다. 크레이머가 재차 묻는다.

「그래서, 위트필드. 질문이 뭡니까?」

「제시된 자료의 신빙성, 정당성, 그리고 후보의 주장과 근거 사이에 존재하는 간극입니다.」

간결하지만 방송을 보고 있을 대중을 상대로는 말이 어렵다.

그러나 하나의 질문으로 압축하려면 불가피한 선택이었다.

「먼저 신빙성입니다. 제시된 자료들은 확실히 정부 비밀문서 양식에 부합하지만, 그것들이 사실이라는 보장은 없습니다. 각종 음모론이 판치는 지금 정교하게 위조된 문서 한둘 구하기는 쉬운 일이지요. 정신이 나간 전직 공무원들이 끼면 간단합니다. 『진정한 애국자들』의 잔당이 혼란을 부채질하기 위해 만들어낸 미끼일 가능성도 있습니다. 주범 중 하나인 네이선 채드윅은 아직도 어딘가에 살아있다고 하지 않습니까?」

후보가 느긋하게 답변한다.

「일리 있는 말씀입니다. 문서의 출처를 밝힐 수 있다면 좋겠지만, 정보제공자의 신변안전을 위해선 비밀을 지켜야만 합니다.」

한숨을 닮은 한 호흡을 쉬고 어조를 엄하게 바꿔 이어가는 말.

「그러나 한 가지 분명한 건, 당신이 항상 주장하는 것과는 달리 제가 근거 없는 비방을 하는 건 아니라는 점입니다. 문서의 진위여부를 밝히는 일은 이제 언론의 몫이겠지요. 저, 에드거 크레이머, 여기서 당당하게 약속드리겠습니다. 만약 『그리스의 섬』 계획 자체가 존재한 적 없는 허구로 밝혀질 경우에 나는 대선후보에서 사퇴하겠습니다.」

교묘한 약속이었다. 『그리스의 섬』에 대한 폭로에 다대한 오류가 포함되어 있더라도, 최소한 그런 이름의 계획이 있기만 하면 후보직을 사퇴할 필요는 없어지는 것이니까.

그러나 후보의 모습은, 적어도 겉으로는 결연하고 단호해보였다. 사람들이 좋아할 면모였다.

어쨌든 사퇴 약속의 무게는 기자의 추궁을 막기에 충분했다.

「그럼 다음 질문입니다.」

「해보십시오.」

「오늘 공개하신 문서가 사실이라는 전제하에, 후보께서는 군사기밀로 지정된 자료를 허가 없이 유출, 공개한 혐의를 받을 수 있습니다. 국가안보에 직결되는 중대한 기밀은 단순히 점유하고만 있어도 처벌의 사유로 인정됨을 아실 겁니다. 크레이머 후보는 해당 기밀을 열람할 권한이 없지요. 이 점에 대해 어떻게 생각하십니까?」

크레이머는 담담하게 끄덕였다.

「맞는 말씀입니다.」

엄밀하게 따지면 유출한 사람은 따로 있겠으나, 그는 변명처럼 보일 장황한 부연을 피했다.

「하지만 다른 누구도 아닌 당신에게 그런 질문을 받으니 어색한 기분이로군요. 위트필드, 당신은 언제나 법보다 시민의 알 권리가 중요하다고 주장했던 사람 아닙니까?」

「……후보는 지금 초점을 흐리고 있습니다.」

「아니요. 저는 문제의 핵심을 정확하게 짚고 있습니다.」

마디마디가 자연스럽게 강조되는 정력적인 목소리.

「제가 오늘 미국 시민들에게 고한 내용이 딱 반절만 사실이더라도! 이미 콘트라 사건을 능가하는 초대형 스캔들입니다. 레이건 대통령에게 더러운 구석이 있었듯이, 미국을 지배하는 진짜 권력이 따로 있었던 것이니까요. 이 나라의 심연(Deep state)에 머무는 자들은 시민들의 뜻을, 민주주의를 배신했습니다. 그들이 그들을 고발하는 저를 민중의 법으로 심판하겠다면, 어디 한번 해보라고 하고 싶군요. 시민들은 결국 정의로운 쪽의 손을 들어줄 테니까요.」

처벌이 가능할 리가 없다. 민주당의 지지율이 높아졌다고는 하나 결코 압도적인 우세는 아니었으므로. 대선후보를 체포했다간 미국의 절반이 항거할 것이다. 대선이 불만 해소의 수단임을 감안하면 더더욱 못할 짓이었다.

선동은 쉽지만 반박은 어렵다. 당장 문서 모두가 거짓임을 증명할 수 없는 기자는 처벌을 각오하겠다는 후보를 몰아세울 방법이 없었다.

겨울이 스마트폰을 두드렸다.

「콘트라 사건이 뭐죠?」

증강현실에 의한 상식 보정이 없는 걸 보면 이 시대의 일반적인 미국인들은 모를 법한 이야기인 듯하다. 이것이 미국 공교육의 실패를 반영하는 지표일 수도 있겠고.

FBI 감독관으로부터 살짝 지연된 답변이 돌아왔다.

「요약하면, 니카라과의 반미정권을 무너뜨리기 위해 반군을 지원하는 과정에서 중앙정보국이 불법적으로 자금을 마련하고 전달했던 사건입니다. 심지어 반군이 생산한 마약을 사서 국내에 유통시키기까지 했었죠. 이 사건이 아니었다면 제 직업이 달라졌을지도 모릅니다.」

오래전의 스캔들이지만 종결된 이후로도 후유증이 길게 남았다는 말이었다. 하기야 한번 생긴 마약중독자들이 어디 쉽게 없어지겠는가. 빈민층으로 유입되는 마약은 쉽게 사라지지 않는 사회문제가 되기 마련이었다. 공권력의 통제가 약한 그늘이기에. 그래서 겨울도 동맹 성립 초기부터 그만큼 신경을 썼던 것이고.

'미국은 돈이 없는 동네엔 경찰도 안 들어가는 나라지.'

정확하게는 치안비용을 부담하지 않는 사람들에겐 치안서비스를 제공하지 않는다는 개념이었다. 소방비용을 내지 않은 누군가의 집에 불이 날 경우 소방관들이 구경만 하면서 옆집에 옮겨 붙는 불만 꺼주는 것과 같은 맥락.

어감으로 미루어 앤은 FBI에 들어가기 전부터 마약에 관한 나쁜 기억이 있었던 것 같았다.

기자회견은 계속 진행되었다.

「그렇다면 마지막 질문입니다.」

다수의 눈총과 무언의 압력을 받으면서도, 피부가 검은 기자의 발화는 또렷하며 꿋꿋했다.

「현재까지 제시된 증거들은 오늘 후보께서 주장하신 내

용들을 충분히 뒷받침하지 못합니다. 특히 핵공격 계획에 대해서는 중성자탄 증산 및 배치 명령과 오염지역을 대상으로 한 환경영향평가 보고서가 있을 뿐, 비행선 이륙과 더불어 미국 본토를 타격한다는 내용은 어디에도 없습니다. 모겔론스가 방사선에 사멸하는 과정에서 만들어지는 독소에 대한 정보 역시 뒤쪽의 보고서에서 짧게 언급하고 있을 뿐이며, 인체에 대한 영향에 관해서는 확실한 언급이 없는 것으로 보입니다. 해명해주시겠습니까?」

「이거 놀랍군요. 그 짧은 시간에 이 많은 문서를 다 읽었을 줄이야.」

겨울은 기자의 능력이 비범하다고 생각했다. 크레이머 또한 감탄을 감추지 않는다. 초조한 기색은 없었다. 태연한 것인지, 태연을 가장하는 것인지.

「하지만, 꼼꼼히 읽은 건 아닌 것 같군요! 배치된 투발수단을 보십시오. 사정거리가 짧은 신형 미사일이 다수 포함되어 있습니다. 제 군사자문이 이걸 보더니 탄두 숫자를 극단적으로 늘리느라 사정거리를 희생한 것 같다고 합디다. 하물며 이동식 발사대가 아니라 사일로에 배치하는 거면 용도가 분명하지 않습니까? 사정권 내에 다른 국가가 있는 것도 아니고 말입니다.」

「본토가 표적이라는 이유만으로 『그리스의 섬』과 엮는 게 무리라는 뜻입니다. 중성자탄은 봉쇄선이 완전히 무너지는 최악의 상황에 사용하기 좋은 핵무기죠. 폭발보다는 순간적인 중성자선 방출로 생명체를 살상하는 방식이니까요. 효과에 비해 잔류 방사능이 매우 적고, 기폭고도를 조절할 경우 폭발에 의한 지표의 피해도 최소화됩니다.」

군사분야의 조예를 갖춘 기자는 명백히 시청자들을 의식한 설명을 이어갔다.

「즉 어쩔 수 없이 쓰더라도 봉쇄선을 구성하는 방어시설물 대부분을 보존할 수 있다는 뜻입니다. 그리고 폭발규모가 작다보니 발생하는 상승기류의 규모도 작아, 변형된 모겔론스 복합체든 그 정체불명의 독소든 높은 기류를 타고 확산되는 범위가 좁아지죠. 요는, 유사시 방역전선을 재구축할 목적으로 충분히 준비할 만한 수단이라는 겁니다. 저는 이게 『그리스의 섬』과 전혀 무관한 별도의 계획일 거라고 생각합니다.」

대선주자는 덤덤하게 받아들였다.

「좋은 생각 잘 들었습니다.」

네 말 또한 사견에 불과하다는 언중언(言中言).

「그 가능성을 인정하지요! 하지만 당신 역시 제가 제기한 가능성을 인정해야 할 겁니다. 적어도 저는 당신 이상의 근거를 갖추고 있잖습니까. 정보제공자는 이 모든 소식을 하나의 출처에서 얻었다고 했습니다. 이것만으로도 같은 선상에서 논의된 계획이라고 추정할 근거가 되지 않겠습니까?」

기자가 다시 뭐라고 발언하려 했으나 이번에야말로 주변의 항의를 받았다. 질의응답시간은 정해져있는데 언제까지 기회를 독점할 셈이냐는 비난이었다. 일단은 맞는 말이었으므로 기자로선 할 말이 없었다.

애초에 발언권을 지정하는 건 주최 측의 역할이라, 처음부터 무례했던 것이 사실이고.

「진정하세요. 모두 진정하세요.」

크레이머가 날카로운 이들을 가라앉혔다.

「하기야 미스 휴버를 너무 오래 기다리게 해드리긴 했지요. 제가 대신 사과드리겠습니다. 미안합니다.」

거친 외모에 비해 유머를 섞는 화법은 미끄럽고 유려한 편이었다. 앞서 폭로할 때의 성긴 논리와는 이질감이 들 정도로. 겨울이 짚은 속은 이러했다.

'딱 그 정도가 청자의 수준이라고 생각했나?'

조금 전에도 속으로 공교육의 실패를 곱씹었다. 아무리 시국이 혼란스럽다지만 대놓고 멍청한 사람이 공화당 경선을 통과했을 확률은 낮다. 자산가로서 사업수완이 좋기로 이름난 크레이머는 흥분한 소비자들이 원할 법한 것들만 던져주었던 것일지도 몰랐다. 정부에 대한 비난과 쉬운 근거, 그리고 단호한 이미지. 광고는 정치와 상업의 근본이 같다.

크레이머가 하늘을 향해 검지를 세웠다.

「정리하지요! 오늘 폭로된 음모의 가장 중요한 함의는, 어찌되었든 정부가 국민을 버리려고 했다는 겁니다. 그 배후엔 권력을 사유화한 위정자들, 또 전체 경제인들의 명예를 실추시킨 소수의 재력가들이 있었지요. 그러므로 함께 버려질 운명이었던 우리가 단결해야 함은 더할 나위 없이 명백합니다. 저, 에드거 크레이머가 이끄는 미국에선! 모두가 살거나! 모두가 죽을 것입니다! 우리가 하나 됨이야말로 하나님께서 좋아하실 일 아니겠습니까?」

이 외침은 우호적인 이들의 갈채를 받았다. 마지막의 한마디는 「우리가 하는 일을 하나님께서 좋아하신다.」는 유서 깊은 경구의 변형이었다.

이후의 진행엔 딱히 주목할 만한 내용이 없었다.

겨울이 다시금 핸드폰의 자판을 두드린다.

「어떻게 생각해요?」

서너 호흡 뒤에 단말기가 진동했다.

「많은 불씨들이 타오르겠네요.」

문자일 뿐이지만, 실무자의 한숨이 고스란히 전해진다.

답신이 연속으로 도착했다.

「이제부터 진위를 검증하게 되겠지만, 설령 완전한 거짓으로 밝혀진들 믿고 싶어서 믿고 분노하고 싶어서 분노하는 사람들에겐 소용이 없을 거예요.」

「삶이 힘겹고, 왜 힘든지 이해하기에도 지나치게 복잡할 때면, 사람들은 자기가 처한 상황을 이해하기 쉬운 수준으로 단순화시키는 경향이 있어요.」

「아니, 그럴 수밖에 없어요.」

「어디에 풀어야 할지 몰라 속에서만 끓던 화를, 하소연할 곳 없던 억울함을 쏟아낼 대상을 정하는 거죠. 만악의 근원이라고 해도 좋겠네요.」

「그것이 어떨 때는 정부고, 어떨 때는 공화당이나 민주당이고, 어떨 때는 자본가들이나 노동자들이고, 이따금씩 백인이나 흑인이었고, 공산주의자들이었던 적도 있고, 레드넥이거나, 남자와 여자, 부모 세대와 자식 세대였던 적도 있어요. 최근엔 중국인들이었네요.」

「차라리 생존이 절박하면 오히려 덜할 텐데…….」

방역전선의 긴장감이 낮아지면서 여론이 더욱 폭발하기 쉬워진 면이 있다는 암시였다.

겨울은 앤의 메시지를 여러 번 읽었다. 그녀가 수사관으로서 사회의 여러 음영을 경험하며 쌓아온 감상일 것인데, 깊게 와 닿는 무언가가 있다.

별빛아이에게서 무수한 세계에 걸친 가상인격들의 수난사를 접했던 바, 사후보험의 이용자들은 가상인격들을 감정을 버리는 쓰레기통처럼 대하고 있었다. 하나 그 이전부터, 사람이 그 밖의 다른 사람들을 대하는 태도도 다르지 않았던 것이다.

사람들은 그저 하던 대로 하고 있었다. 알고 있었으나 새삼 깨닫는다.

'지저분한 책상 위를 서랍 속에 쓸어 넣는 느낌이네.'

주로 쓰는 공간만 깨끗하면 되는 것이다.

사색에 잠긴 겨울의 손끝이 느린 박자로 테이블을 두드렸다.

톡, 톡, 톡.

느린 박자에 불가능한 상상을 담는다. 세상에 그저 선의만 있다면. 선의만 있을 수 있다면. 일 년 내내 꽃이 피는 계절만 계속되는 세계가 있다면…… 하고.

다음 폭로는 뭘까. 밝혀질 경우 여파가 적지 않을 무언가. 돌이켜보면 겨울 자신의 행적에도 그런 사건이 하나 있었다. 떠오른 가능성을 문자로 옮기는 겨울.

「크레이머 후보가 확보한 또 하나의 비밀은 페어 스트라이크 작전에 관한 게 아닐까요?」

전에도 한 번 걱정한 적이 있다.

장정 9호 추적 임무는 사실상의 실패였다고 봐야 했다. 잠수함이야 어쨌든, 궁극적인 목표는 본토에 대한 핵공격을 예방하는 것이었던 까닭. 하나 정부는 실패를 부분적인 성공으로 각색했다. 명백한 해방 작전이 좌절된 시점에서 시민들에게 희망이 필요했기 때문이었지만, 시각에 따라서는 정부가 안보 실패의 책임을 회피하고자 수작을 부린 것이라고 볼 수도 있었다.

크레이머가 안다면 매력을 느낄 법한 선택지.

잠시 후 넷 워리어 단말이 진동했다. 앤으로부터 온 메시지.

「지금 통화 가능해요?」

질문을 읽은 겨울이 시계를 보며 답신했다.

「당신만 괜찮다면 얼마든지요.」

오전 일정이 있기는 하나 시간을 아낄 만큼 바쁘진 않았다. 로저스 소장이 당부했던 업무들은 대부분 마무리 지었고, 병사들처럼 굴려질 입장도 아니었으므로. 곧 이동할 예정이라 보강교육조차 없었다.

'FBI 본부는 다르겠지.'

그 점을 감안하여 주로 문자 연락을 취해왔다. 이번 폭로 건으로 더욱 분주해질 것이다. 감독관 본인은 언제라도 겨울의 연락을 반길 테지만.

겨울은 앤이 연락하겠다는 이유를 알 것 같았다.

그녀는 몇 분 늦게 답장을 보내왔다.

「알았어요. 곧 걸게요. 조금만 기다려요.」

기다리는 사이에 겨울은 봉쇄선 사령부에서 하달된 인사 지침을 읽었다. 여전히 장교가 부족하니 임관 자격을 갖춘 희망자들을 물색하여 보고하라는 내용이었다. 인사고과에 반영하겠다고. 정부는 전선이 안정된 후에도 병력을 감축할 계획이 없는 듯했다.

'이유는…… 고용 유지인가?'

육군이 규모를 쉽게 불릴 수 있었던 이유 중 하나가 바로 막대한 수의 이재민들이었다. 캘리포니아에서만 2천만이 넘고, 함께 오염된 다른 두 개 주를 합치면 3천만에 가까워진다. 봉쇄선 인접 지역으로부터 보다 안전한 동북부로 이주한 사람들도 적지는 않았다.

그 가운데 적어도 청년층만은 군대가 흡수했다. 전선이 절반 이하로 축소되었답시고 수백만쯤 단숨에 돌려보냈다간 엄청난 화근이 될 것이다. 여러 불씨들 위에 마른 섶을 얹어주는 꼴. 전직 군인들이 가세한 폭동은 진압하기도 어려울뿐더러 진압을 한다고 해도 문제였다.

따라서 앞으로의 방역전쟁은 일종의 뉴딜 사업을 겸해야

한다.

정부가 전시채권 판매를 괜히 중시하는 게 아닌 것이다. 공보처가 말하는 겨울의 가치 역시 같은 맥락이었다. 경제를 유지하는 균형은 언제라도 무너질 수 있었다.

'인력을 오염지역 복구사업으로 돌릴 순 없으려나?'

생각하던 겨울은 그럴 필요가 없다는 사실을 깨달았다. 수요에 맞춰 공병의 비중을 늘리면 그만. 고용의 안정성을 고려하면 이 편이 더 나았다. 오염지역의 도시들을 처음부터 다시 건설하는 것도 아니고. 복구사업을 추진하는 과정에서 필연적일 잡음, 사익을 추구하는 자들의 개입을 막는 데에도 얼마간 도움이 되겠다.

당장 떠오르는 건 이 정도였다.

그렇다고는 하지만 어지간히 장교가 부족한 모양이다. 지침을 다시 읽는 겨울. 실적을 인사고과에 반영하겠다는 데 얼마나 효과가 있을는지. 계급이 높아질수록 충원이 곤란하니, 이 지침을 받을 정도의 고급 장교가 겨우 인사실적 탓에 불이익을 겪을 일은 없을 것이었다.

스마트폰 액정에 앤의 이름이 떴다. 겨울이 받기를 눌렀다.

"여보세요?"

「미안해요. 금방이라고 해놓고 많이 늦었죠?」

"늦기는요. 10분도 안 지났는데요. 바쁜 와중에 전화해 줘서 고마워요."

배려로서 여유롭게 건네는 말에 저편으로부터 작은 웃음

이 돌아온다. 안도감이 느껴졌다.

「목소리가 괜찮은 것 같아 다행이네요. 당신이 많이 불안해하고 있을까봐 걱정했거든요.」

"불안이 있기는 있죠. 앞으로 이 나라가 어떻게 될까, 하고. 지켜주기로 한 사람들이 있으니까요. 하지만 진실이 알려진다고 해서 내가 어떻게 될 거란 생각은 안 드네요."

「하긴, 괜한 걱정이었군요. 당신은 그날 그 배에 같이 갇혔을 때도 끝까지 침착했었죠. 돌이켜보면 나는 그때 비로소…….」

멈칫, 하고 흐려지는 끝. 무의식이 흘린 말에 당황하는 침묵이었다. 항상 되새기는 마음이라면 어울리지 않는 맥락에서 새어나올 법했다. 겨울은 굳이 다음을 묻지 않았다.

앤이 조금 빨라진 말로 부끄러움을 수습했다.

「아무튼, 불안해하지 말라는 말을 해주고 싶었어요. 위성 신호 교란으로 명중률이 감소한 것 자체는 사실이고요. 당신이 아니었다면 호손 시민들은 지금쯤 유명을 달리했을 확률이 높죠.」

따라서 공로를 깎아내릴 순 있을지언정, 곤란해지는 건 현 정권이지 겨울에게까지 치명적이긴 어렵다. 전에도 한 차례 나누었던 대화였다.

「만약 크레이머가 페어 스트라이크 작전의 진정한 내막을…… 양용빈 상장의 핵공격이 사실은 목적을 달성한 것임을 안다고 해도, 함부로 풀어놓지는 못할 거라고 봐요.」

"어째서요?"

「겨울, 당신이 관련되어 있으니까요.」

그리고 그녀는 여론을 이야기했다.

「정치는 실속 이상으로 이미지 싸움이에요. '한겨울 소령'을 공격하는 것처럼 보이면 곤란하죠. 크레이머 본인이 아무리 주의하더라도 적대진영에서 그런 식으로 비난할 테니까요. 공화당의 이단아를 지지하는 사람들의 성향을 감안하면 위험부담이 너무 커요.」

크레이머를 공화당의 이단아라고 부르는 건 실제로 당수뇌부에서의 취급이 그렇기 때문이다. 한국식으로는 내놓은 자식에 가깝다. 대통령이 이르기를 공화당의 중진인 하원의장 또한 같은 편의 대선주자를 싫어하는 입장이라 했었으니.

한편, 이단아의 주된 지지층 가운데엔 이재민의 비중이 높았다. 시민들 중에서는 삶이 가장 고달프고, 그만큼 마음에 여유가 없는 이들.

「공화당의 패색이 짙어 막판에 정국을 흔들어볼 요량이면 모를까, 근소하게 우세이거나 열세인 경우에는 섣부른 행동을 하지 않을 거예요. 아, 이건 나 혼자만의 의견이 아니에요.」

수사국의 내부전망이 그렇다는 뜻이리라. 권력에 민감할 수밖에 없는 기관이니 다양한 차원에서 검토가 이루어졌을 것이다. 그러므로 그녀의 설명은 그 일부에 불과했다.

겨울이 말했다.

"마음에 걸리는 게 하나 있어요."

「뭐죠?」

"혹시 아는지 모르겠네요. 내가 국방성금을 내려고 하거든요. 그 금액이 꽤 큰데."

피쿼드 호에서 기부를 결정할 때, 그 자리에 앤은 없었다. 따로 알려주지도 않았고. 하나 감독관이었던 만큼 오가는 전문을 확인할 권한이 있었으므로, 해당 계좌의 존재를 알아도 이상하지 않다. 또한 기부에 관해서는, 수사국 관리직이니 겨울에 관련된 정보를 열람할 수도 있었다. 딱히 기밀로 지정된 사안이 아니었다.

역시나, 그녀는 당연히 안다고 답했다.

「당신다운 결정이라고 생각했어요. 그런데 그게 왜요?」

"이게 곧 공개된다고 들었는데, 혹시 의도적인 방해로 여길까봐……."

「즉 폭로에 대한 관심을 줄여 현 정권을 도우려는 거라고?」

"실제로도 그러고 싶어서 더 곤란하네요."

「그 마음 이해해요.」

겨울이 일부러 만든 한숨에 앤은 아까처럼 자그맣게 웃는다.

「크레이머가 현실감각이 부족한 사람은 아니지만, 그렇군요. 가능성이 있느냐 없느냐를 따지면 있다고 해야겠어요. 그래도 악감정 때문에 막무가내로 폭로를 한다……. 지지율이 비등비등한 이상 다음 대선을 노리는 게 더 합리적이지 않을까요?」

"사람이 항상 합리적인 게 아니고, 누구든 실수를 하니까요."

「염려는 알겠지만, 기부를 하기는 지금이 가장 좋을 때예요. 정부에게나, 겨울에게나.」

"내게도?"

「한번 고민해보는 건 어때요. 내 말만 길어지면 끊고 나서 서운하거든요.」

이번엔 겨울이 웃음을 만들었다.

"괜찮아요? 많이 바쁘잖아요."

「바쁘죠. 마지막으로 퇴근한 게 벌써 엊그제네요. 하지만 사람이 조금도 쉬지 않을 수는 없잖아요. 당신의 목소리를 듣는 것만큼 좋은 휴식은 없어요.」

"그런 말 하면서 부끄럽지 않아요?"

「아끼다가 후회하는 것보다는 낫겠다는 생각이 들더군요.」

예전에는 그래도 절제하려는 느낌이 강했지만, 종말이 많이 미뤄진 까닭일까? 갈수록 직설적인 표현이 늘고 있다. 눈에서 멀어지면 마음에서도 멀어진다는 말이 앤에게는 해당사항이 없었다. 참고 그리워할수록 깊어지는 마음인 듯하다. 초조함의 표현일 수도 있고.

"잠시 다른 이야기인데, 이틀간 퇴근도 못 할 정도면 내가 D.C에 가면 만날 순 있겠어요? 앞으로 대선까지는 지금보다 더 바빠지기만 할 텐데요."

「그건 걱정하지 않아도 괜찮아요. 일정 기간 행사 보안

담당으로 차출될 예정이니까요.」

"행사가…… 아, 본토회복 기념식."

「네. 들었겠지만, 겨울이 참가할 파트는 비공식적으로 개선식이라고 불려요. 주간 닷새에 걸쳐 쉰다섯 개의 명예훈장이 수여될 예정이고요. 건국 이래 처음 있는 일이죠.」

"정말 많네요. 쉰다섯이면."

「참전한 연인원에 비해선 굉장히 적은 숫자인걸요.」

"그 정도 규모의 행사에서 보안을 담당하는 거면 그것 나름대로 바쁘겠는데요?"

「그래도 겨울을 만날 시간은 충분할걸요? 애초에 그런 목적으로 내가 내정된 거라서요. 당신이 D.C에 체류하는 동안에는 나도 꽤 자유로울 거예요.」

"……."

「수사국 입장에선 한겨울 소령과 친분이 있는 요원 하나를 따로 관리한다는 느낌에 가깝겠네요. 당신은 조만간 군정청에 들어갈 테고, 장차 속령이나 준주를 맡게 될지도 모를 사람이니까. 훗날 수사협조든 뭐든 도움이 될 거라고 기대하는 거죠.」

돌아가는 사정을 털어놓은 그녀가 조심스레 묻는다.

「겨울, 혹시 불쾌한가요?」

"아뇨, 전혀. 오히려 다행이네요. 그게 아니었으면 가더라도 앤을 못 봤을 거잖아요."

감독관을 안심시키는 말이 이어진다.

"사적인 관계를 어디까지 알고 있는가는 신경 쓰이지만,

뭐, 알려져도 상관없어요. 그쪽 의도가 그렇다면야 당신이 날 개인적으로 도와줄 때도 부담이 덜할 테니까요."

「……그렇군요.」

그리고 잠깐의 침묵.

겨울이 화제를 되돌렸다.

"아까, 국방성금을 내기에 지금이 가장 좋을 때라고 했던 거요."

「아, 네.」

"기부가 이 시점에서 화젯거리가 되면 대선후보들도 어떤 식으로든 이 일을 언급하게 될 것 같네요. 혹시 생각하던 게 이건가요?"

「비슷해요.」

조안나가 부드럽게 긍정했다.

「유세 중에 질문을 받든 토론회에서 논쟁을 벌이든, 양측 후보 모두 당신의 기부에 대한 여론을 의식할 수밖에 없을 거예요. 한국에선 그런 걸 본 적 없나요? 선거에서 이기기 위해, 특정 쟁점을 두고 경쟁적으로 상대보다 좋은 공약을 내놓는 경우 말예요.」

"왜 못 봤겠어요. 앤이 하고 싶은 말은, 두 후보 모두 전에 비해 더 괜찮은 난민정책을 약속할 거다 이거죠?"

「예. 경쟁이 가장 치열해질 때인걸요. 남은 일수가 너무 많지도, 적지도 않아요.」

"일단 공개적으로 발언을 하게 되면, 나중에 지키지 않더라도 부담은 느끼겠고요."

「그래요. 공허한 공약이라도 없는 것보단 낫죠. 그래서 난 겨울이 일부러 이때로 정한 줄 알았어요.」

"오해예요. 어쩌다보니 이렇게 된 거죠. 이미지가 좋아질 거라는 기대는 했어도 이런 쪽으로는 깊게 생각하지 않았네요."

「그런가요? 내가 아는 당신이라면 충분히 그럴 법하다고 느꼈던지라.」

단순한 농담이 아니다. 조안나는 첫 만남 이전에 이미 관계당국의 감시와 관찰이 있었다고 고백했었다. 그러므로 그녀는 겨울이 동맹을 위해 내렸던 판단과 결정들을 꽤 깊게 파악하고 있을 것이었다.

「괜한 질문이겠지만, 그 돈이 아깝지는 않은가요?」

"벌써 몇 번 비슷한 말을 들었는데…… 예상보다 금액이 크기는 했어요. 그래도 쓸 데 쓴 건데요 뭐."

「그렇게 말할 수 있는 사람은 겨울뿐일 거예요. 역시 예전의 내가 맞았네요.」

"예전?"

「헤어지기 전날 말했었죠. 사랑하는 마음과 별개로, 당신을 돕는 일이야말로 이런 시대에 내가 할 수 있는 최선의 행동 중 하나일 거라고.」

겨울도 떠올렸다. 고백을 받은 이후의 대화였다.

조안나가 말에 격식을 갖췄다.

「진심으로 경의를 표합니다.」

"……낯간지럽네요."

겨울은 자연스러운 쓴웃음을 지었다.

재배치를 이틀 앞둔 오후, 테런스 슈뢰더 대장이 새크라
멘토 지역사령부를 방문했다. 목적은 서훈식. 육군 봉쇄사
령관인 그는 전에 보았을 때보다 늙고 여위어있었다. 멧돼
지 사냥의 책임자로서 뜬눈으로 지새운 밤이 많았을 것이
었다.

'그래도 마음은 편해보여서 다행이네.'

겨울은 엄격한 표정 너머에서 부드러움을 느꼈다.

하나 4성 장군과 대면한 서훈대상자들은 대부분 바짝 얼
어붙었다. 숫자가 많아 계급 및 훈장 서열에 맞춘 5열 횡대
로 정렬했는데, 그중엔 겨울의 독립중대에서 뽑힌 이들도
있었다. 계급이 가장 높은 이는 싱 대위였고, 둘째 줄엔 하
급 장교인 진석과 유라가 있었다. 모두 그동안의 공로를 종
합적으로 평가받았다.

가장 앞줄이다 보니 싱 대위의 순서는 금방 찾아왔다. 훈
장을 수여하는 슈뢰더 대장의 시선이 터번을 쓴 대위의 허
리에 머무른다.

"이게 바로 그거로군. 좀 봐도 되나?"

허락을 구한 대장이 대위의 칼을 뽑아 하늘에 비춰보았
다. 일반적인 시크교도의 곡검(키르판)이 아닌 실전용 직검.
곧게 뻗은 칼날 위에 초가을의 하얀 태양이 흘렀다. 빛의
반사는 양면의 음각과 양각이 달랐다.

「ਹਮਰੇ ਦੂਸਟ ਸਭੈ ਤੁਮ ਘਾਵਹੁ ॥ ਆਪੁ ਹਾਥ ਦੈ ਮੋਹਿ ਬਚਾਵਹੁ ॥」

"문장……? 문장이군. 이 글귀는 무슨 뜻이지?"

"기도문의 일부입니다. 제 모든 적들을 물리치시고 절 당신의 손으로 구원하소서…… 라는 의미지요."

"그럼 이 칼에 맞아 죽은 놈들은 신벌을 받은 셈인가?"

"제가 믿는 신앙에서, 신의 징벌은 인간의 의지입니다."

잠시 대답을 곱씹은 슈뢰더 대장이 칼을 돌려주며 말했다.

"방금 그 말은 어쩐지 해병대스럽군. 잘은 몰라도 군인에게 어울리는 신앙인 것 같아."

찰칵, 찰칵. 종군기자단이 플래시를 터트렸다. 카메라도 돌아간다. 가까운 과거에 논란이 되었던 시크교도는 이번에도 괜찮은 소재가 되어줄 터였다. 공보처가 개입하지만 않는다면.

이어 한 사람 한 사람 악수와 함께 칭찬과 격려를 건네던 슈뢰더 대장이 진석 앞에 이르렀다. 은빛 훈장을 달아준 장군이 중위의 어깨를 두어 번 두드린다.

"자료를 검토해봤는데, 소대 운용이 굉장히 공격적이더군. 욕심이 많이 느껴졌어."

"……예."

"그런 표정 지을 것 없네. 나쁜 뜻으로 하는 말은 아니니까. 지나치면 곤란하지만, 지휘관에겐 욕심이 있어야지. 은성 훈장을 아무나 받는 게 아닐세. 나 같은 사람 입장에선 반대의 경우가 더 골치 아파. 안정적인 것을 선호해서 결정적인 순간에도 미적거리는 부류 말이야."

"감사합니다."

"부하들에게 잘 대해주게나. 귀관 같은 장교는 그런 데서 부족하기 쉽지."

마지막은 깊이가 느껴지는 충고였다.

다음으로 유라와 마주선 대장이 희미하게 웃음 지었다.

"중위."

"Yes, Sir!"

"직접 만나기는 처음이지만 이상할 정도로 낯이 익군. 반갑기도 하고 아쉽기도 해. 가을이 깊어진 다음에 봤으면 좋았을걸. 호랑이 가죽 케이프를 두르기엔 아직 날이 더운가?"

겨울은 유라의 귀가 빨갛게 물드는 것을 볼 수 있었다.

"지, 지금 가져올까요?"

살짝 얼빠진 느낌. 장군이 훈장 보관함을 들고 따르는 부관을 돌아본다.

"이 친구 많이 긴장했군."

"Sir. 당신께선 육군 대장이십니다. 농담을 하실 거면 좀 더 확실하게 웃어 주십시오."

"내가 문제인가?"

"물론입니다."

"자넨 해고야. 다른 부대로 꺼지게."

뜬금없는 만담에 어디선가 작은 웃음이 샜다. 대장이 돌아보며 인상을 썼다.

"누가 웃음소리를 내었는가?"

처음에 비해 분위기가 많이 풀어졌다. 짐짓 굳혔던 낯빛을 픽 되돌린 대장이 유라에게도 훈장을 달아주었다. 주로 아이들린 지열발전소에서 몸을 사리지 않고 싸운 결과였다.

"내 귀관에 대한 평가 자료도 꼼꼼히 봤지. 같은 중대라도 여기 팍 중위와는 스타일이 많이 다르더군. 팍 중위만큼의 맹렬함은 없을지언정 통솔 전반에서 부대원들과의 견실한 유대를 느낄 수 있었네. 일단 상관이 좋아서 명령에 따르는 병사들은 역경에도 강하지."

"감사합니다!"

"그런 점에선 귀관의 직속상관을 닮았다고 해야 할까?"

"가, 감사합니다."

"아주 잘 배웠어. 앞으로 능력 면에서도 따라잡을 수 있기를 바라겠네."

"……."

"대답은?"

"최선을…… 다하겠습니다."

"좋아."

대장은 유라와 짧게 악수했다.

이어 부사관 및 병사들도 크고 작은 훈장들을 달았다. 겨울은 슈뢰더 대장이 수훈자 전체의 공적을 꿰고 있는 게 뜻밖이었다. 본토 탈환이 마무리 국면에 접어든 만큼 전보다 여유는 있겠으나, 그렇다곤 해도 군 계급의 정점에 도달한 사람이 보여주는 섬세함이었으므로.

훈장 보관함을 모두 비우고 임석으로 돌아가려던 슈뢰더 대장이 아, 하며 돌아섰다. 이제까지와는 다른 색채를 띤 시선이 조금 떨어져있는 겨울에게 꽂혔다.

"거기, 한겨울 중령. 끝나고 잠깐 남도록."

겨울은 부동자세로 즉답했다.

"네, 알겠습니다."

단상에 선 대장은 여러분들의 노력으로 오늘에 이르렀다는 요지의 간략한 연설로 수여식을 끝냈다. 모두가 해산하는 와중에 선임상사가 다가와 물었다.

"모두 대기하라고 전할까요?"

"음, 글쎄요. 좀 걸릴 수도 있으니 다들 먼저 돌아가라고 하는 편이 낫겠어요."

"그럼 차량을 따로 대기시켜 두겠습니다."

"그렇게 하세요."

선임상사를 경례로 보낸 뒤의 기다림은 오래가지 않았다. 겨울과 마찬가지로 참모들을 먼저 보낸 슈뢰더 대장은 수행인원 한 명 없이 뚜벅뚜벅 단신으로 다가왔다.

"날씨도 좋은데 잠깐 걷지."

"예."

겨울은 앞장서는 대장을 뒤따랐다.

말과 달리 걷는 시간은 잠깐이 아니었다. 9월의 마른 바람이 들풀을 흔드는 바깥. 주둔지 외곽의 순찰경로는 사람이 드물어도 매양 시끄러웠다. 부대 자체의 소음도 소음이거니와, 맨눈으로 보이는 거리에 공항이 있었기 때문이다.

얼마나 더 걸었을까. 대장이 혼잣말로 이쯤이 좋겠군, 하며 발걸음을 멈췄다. 기관총 진지와 진지 사이, 철조망 바깥으로 황폐해진 경작지가 보이는 위치였다.

"우선 귀관의 진급을 축하하네."

"감사합니다."

겨울의 계급은 오늘자로 중령이었다. 또한 중대 주둔지로 돌아가면 겨울이 계급장을 바꿔줘야 할 인원도 적지 않았다. 복귀 전에 진급을 끝내두려는 것이다.

물끄러미 바라보던 사령관이 문득 생각났다는 투로 묻는다.

"조만간 봉쇄선 동쪽으로 간다지?"

"봉쇄선 동쪽…… 입니까?"

"아, 이런."

실수를 깨달은 슈뢰더가 고개를 저으며 쓰게 웃었다.

"아직 적응이 덜 됐군. 아무튼 중령이 곧 동부로 간다고 하던데. 그동안 미뤄진 휴가를 쓰고, 오늘 못 받은 훈장들도 받을 겸해서."

"저도 그렇게 들었습니다."

"노파심에 해두는 말이네만…… 가거든, 이상한 놈들의 접근을 주의하게."

겨울이 살짝 고개를 기울였다.

"죄송합니다. 어떤 의미로 하시는 말씀인지 잘 모르겠습니다."

단순히 처신에 주의하라는 뜻일까? 하나 그런 거라면 봉쇄사령관씩이나 되는 사람이 일개 중령을 따로 불러내서 당부할 내용이 아닐 것이었다.

말을 고르던 슈뢰더가 느릿느릿 신중하게 입을 열었다.

"방역전쟁이 시작된 이래 장교가 만성적으로 부족했다는 사실은 귀관도 익히 들어 알겠지?"

"예. 관련 지침을 여러 번 받았습니다."

"그래. 그중에서도 영관급 이상 고위 장교의 수요는 정말 채우기 힘들었어. 육군에서 동원한 병력의 총계는 전쟁 이전의 스무 배에 가까우니까. 어떻게 최소한으로만 맞춘다고 해도 과거보다 열 배 이상을 공급해야 해. 하사를 진급시켜 소대장을 맡길 순 있어도 원사를 진급시켜 사단장을 시키긴 곤란하지 않은가."

"그렇습니다."

"최소한의 자격을 갖춘 이들을 고속으로 진급시키고 전역한 장교들까지 소집해서 급한 불을 껐지만, 그러고도 비는 자리들은 주먹구구식으로 메꾸는 수밖에 없었네. 군수 분야는 임시조치로서 민간인 전문가들을 대대적으로 끌어들였고."

먼 곳을 보던 슈뢰더 대장이 겨울을 향해 반쯤 돌아섰다.

"내 말은, 능력이든 성향이든 실전부대를 맡기기에 부적합한 놈들이 있을 거라는 의미일세."

"……혹시 군사반란을 걱정하시는 겁니까?"

"말하자면 그렇다네."

사령관이 제기한 위협을 겨울 역시 겪어보기는 했다. 그러나 당시의 사회는 정권교체가 무의미할 만큼 무너져 있었고, 이번 세계관에서는 경험한 군사행정이 워낙 안정적이었으므로 반란 가능성을 체감하지 못했다.

슈뢰더 대장이 말을 잇는다.

"검증된 지휘관들 대부분이 이쪽 전선으로 보내졌네. 특히 핵이 터진 다음에는 문자 그대로의 총력전이었으니. 그렇다고 동쪽을 완전히 비워둘 순 없었기 때문에 소수의 예외를 제외하곤 2선급 이하의 병력만을 남겨놨지. 즉 후방으로 갈수록 병사든 지휘관이든 자질이 의심스러울 확률이 높았고, 그들끼리 뭔가 호흡을 맞출 여유도 있었다는 말이야."

"정부는 당연히 알고 있지 않겠습니까?"

"방대해진 군 조직 전체를 무슨 수로 다 감시할 텐가? 사회 불안을 억제하는 것만으로도 모든 정보기관들이 힘에 겨워하는 마당에."

"군 전체를 감시할 필요가……."

"중앙에서 보기엔 나 또한 경계의 대상이라네."

장군이 겨울의 반론을 막았다.

"미국 역사상 나 정도의 실권을 지녔던 군인은, 뭐, 사실상 없었던 거나 마찬가지일세. 직간접적으로 지휘권에 관여하는 병력은 터무니없이 많았고, 방역전쟁에 대해선 광범위한 재량권을 인정받았지. 다른 것보단 인류의 생존이 최우선이었잖나. 그렇기에, 전선이 안정된 현재 봉쇄선 사령부는 해체 및 분할을 앞두고 있어. 자연스러운 수순이지만, 제3자가 볼 땐 내가 불만을 품기 충분한 조건이지."

게다가 슈뢰더 대장은 명목상 본토 회복을 완수한 지휘관이기도 했다. 듣기로 대중적인 인지도도 상당한 편이라고.

"이게 다 기우에 불과할 수도 있겠네만-"

"……."

"아니, 그럴 공산이 훨씬 더 크겠네만……. 만에 하나, 정말 만에 하나, 대선 전후를 기해 모자란 음모를 꾸미는 집단이 있다면, 귀관은 꽤 매력적인 포섭 대상이거나…… 혹은 포획물일 거야. 물론 국토안보부, 연방수사국 같은 곳에서도 그런 일을 염두에 두고 귀관 가까이 대책을 마련해두겠지."

겨울은 자연스럽게 앤을 떠올렸다. 그녀가 전부는 아닐 테지만.

대화가 여기에 이르니 이해하기 어려운 점이 생긴다. 어차피 각종 정보기관의 감시가 있을 것을 예상한다면 겨울 개인에게 따로 주의를 당부하는 데 무슨 의미가 있는가? 겨울이 이를 직설적으로 물었다.

"Sir. 제게 이런 말씀들을 해주시는 이유를 알고 싶습니다."

"이유?"

"네. 단순히 조심하라는 뜻으로만 하시는 말씀이 아닌 것 같습니다."

뜸을 들이던 슈뢰더 대장이 품속에서 작은 쪽지 하나를

꺼냈다. 받아든 겨울이 재차 물었다.

"전화번호입니까?"

"그 자체는 결번이고, 뒤 네 자리에 1씩 올려서 걸면 내 위성단말로 연결된다네."

"어떤 상황에 연락을 원하시는지……."

"모든 게 엉망진창이 된 최악의 상황."

"보험인가요?"

"맞네. 정보기관들이 제 역할을 제대로 해낼 경우 그냥 찢어서 버린 후 잊으면 돼. 그러나 만약 아니라면, 귀관은 파국을 가장 먼저 알게 될 사람 중 하나일 가능성이 높아. 내가 가장 우려하는 건 이런저런 기관들이 군의 추가적인 개입을 꺼리다가 막을 사건도 못 막는 결과라네. 그리고 난 그 사실을 상황이 종료된 다음에야 알게 되는 거지."

이 말을 들은 겨울은 봉쇄사령관이 자신 외에도 여러 수단을 강구해두었으리라 여겼다.

대장이 말했다.

"그러니 그땐 스스로 판단하게. 귀관이 나를 믿을 수 있거나, 뭘 하든 이보다 더 나빠질 수 없겠다는 생각이 들면 그 번호로 연락하게나."

사령관과 작별한 겨울은 받은 번호를 즉시 「암기」했다. 남은 쪽지는 잘게 찢어 바깥으로 부는 남동풍에 맡긴다. 자잘한 조각들이 자그마한 나비 떼처럼 나풀거리며 철조망 너머 가을 들녘으로 흩어졌다. 세절(細切)보다 안전할 것이었다.

주둔지로 돌아온 다음엔 지난 대화를 곱씹는다.

'믿어도 좋을까?'

확실한 건 아무것도 없었다. 어쩌면 슈뢰더 대장 본인의 심중에 반란의 불씨가 있을지도 모른다. 봉쇄사령관쯤 되면 관계당국의 감시가 있을 것이므로 가능성을 낮게 잡아야겠으나, 아무리 생각해도 제로는 아니었다.

그 경우, 겨울에게 번호를 준 이유는 장군 스스로가 말한 '매력적인 포획물'을 빠르게 확보하기 위해서일 것이다. 일이 틀어져 자체적인 능력으로 겨울의 소재를 알 수 없게 되었을 때, 국토안보부 및 FBI 등의 방해를 피해 위치를 확인할 백 도어를 만들어둔 셈. 비유하자면 추적수단을 부착해둔 사냥감이다.

슈뢰더 대장에겐 그럴 만한 동기도 있었다. 권한이 축소되는 것에 대한 불만도 불만이지만, 안전지역에서 계속되는 혼란을 보며 이대로는 안 되겠다는 생각을 품었을 법하다. 절박한 사명감으로 봐도 무방하겠다.

예컨대, 겨울만 하더라도 크레이머 당선 이후의 미국을 우려하고 있지 않은가. 증오와 차별이 깊어지고 분열과 갈등은 심화되어 마침내 인류의 앞날이 불투명해질 것이라고.

자신이 올바르며 유능하다고 믿는 사람일수록 외통수에 빠지기 쉽다.

혹은 야심이 있기는 있으되 보다 소극적이고 온건한 경우일지도 몰랐다.

'원하는 건 반란을 저지하고 국가를 수호했다는 명성 뿐……'

즉 대장 스스로는 불미스러운 사건을 일으킬 계획이 없으며, 다만 반란이 일어났을 때 다른 누구보다도 먼저 진압하고 싶은 것이다. 가장 유명한 전쟁영웅을 신속하게 보호하는 것 또한 같은 맥락이겠고. 장군의 입지는 튼튼해지고, 훗날 대권을 노리기에도 충분할 터였다.

어쩌면 생존전략일지도 모르겠다. 정부로부터 이미 요주의인물로 경계 받고 있는 만큼, 반란군이 뜬금없이 주모자 가운데 하나라고 발표해버리면 앗 하는 사이에 휘말려버릴 수도 있기 때문이다. 멋모르고 구속당하거나, 불가피하게 가담하거나. 어쨌든 진압에 혼선을 일으켜야 할 반란세력 입장에선 매력적인 선택지였다.

반란에 대응하는 정부 입장에서 가장 골치 아픈 문제는 피아식별일 것이다. 어디서부터 어디까지 가담했는가. 그리고 어느 부대를 동원해야 하는가.

이런 관점에서는 겨울의 가치가 단순한 전쟁영웅 이상이 된다. 현 독립중대, 차기 독립대대는 어떤 상황에서도 다른 부대들과 차별화되는 특성을 보유했으니까. 여타의 지휘계통이 혼란스러워진 부대들을 끌어들이기에도 좋다.

여기까지 생각한 겨울이 품속의 전화기를 만지작거렸다. 한국에서도 군사반란이 있었으니, 그 시대의 산증인들과 상담을 해보고 싶어진 까닭이다. 예를 들면 민완기라든가.

그러나 곧 그만두기로 한다. 새삼 도청이 우려되어서였

다. 어차피 아직 시일이 남아있으니, 포트 로버츠에 돌아가서 논해도 늦지 않을 것이다. 마찬가지의 이유에서 앤에게 상담하기도 꺼려진다. CIA는 더더욱 그러했다.

겨울은 업무용 노트북을 켰다. 손끝으로 팔뚝을 두드리며 기다리기를 잠시. 업무용 네트워크로 접속해 인사 항목으로 들어갔다. 차기 중대장 인선 기한을 연장해달라고 요청하기 위해서였다.

결재에 시간이 걸릴 것으로 예상하고 창을 닫으려는데, 의외의 연결 알림과 함께 화면 하단의 채팅창으로 빠른 답신이 돌아왔다. 사령부 인사참모가 마침 한가로웠거나, 관련 화면을 보고 있었던 모양.

「귀관의 중대는 포트 로버츠에 배치되는 즉시 대대로 확장 개편된다. 하지만 실제로 운용 가능한 전투 병력은 당분간 1개 중대뿐이겠지. 고로 부대 운영에 지장이 없으려면 중대장 지정은 빠를수록 좋다. 시간을 더 필요로 하는 특별한 이유가 있나?」

이런 식으로 물어보면 할 말은 없다. 사령관과 나누었던 대화를 있는 그대로 털어놓을 수도 없고. 망설이던 겨울이 타자를 느리게 두드렸다.

「후보군은 좁혔으나, 지금 바로 정하기엔 곤란한 사정이 있습니다.」

「그 사정이 무엇인지 물어보는 것이네만.」

「죄송합니다. 말씀드리기 어렵습니다.」

인사참모는 지금쯤 당혹스러운, 혹은 황당한 표정을 짓

고 있을 것이었다. 뭐 이런 건방진 놈이 다 있지, 생각할지도 모르고. 겨울은 거부당해도 어쩔 수 없겠다고 여겼다.

'바로 결정해야 한다면 역시 박진석 중위로 정하는 게 낫겠지.'

사실 슈뢰더 대장을 만나기 전까지는 유라를 고르려고 했었다. 그녀가 중대장을 달면 진석이 괴로워하겠으나, 그 역도 성립할 거라고 판단했기 때문이다.

하지만 이젠 같은 미군과의 교전을 각오해야 한다. 사람을 죽이는 싸움은 유라보다 진석에게 더 어울릴 것이다. 지휘책임이 있든 없든, 교전에 참가하는 모두가 살인이 불가피하다는 점에서 심정적 부담에 큰 차이는 없겠지만.

「허가하지.」

기다림 끝에 의외의 허락이 떨어졌다.

「솔직히 납득은 안 되는데, 중요한 일도 아니고 딱히 어렵지도 않으니까. 어차피 근시일 내로 실전에 투입될 일은 없을 부대이고. 묘한 일이야.」

겨울은 마지막 표현에서 얼룩을 느꼈다. 납득이 안 된다는 말과는 다른 의미가 감지된다.

「묘하다는 건 무슨 말씀이십니까?」

「타이밍이 공교롭다는 생각이 들어서. 마침 오늘 사령관님의 지시가 있었거든.」

「내용을 여쭤봐도 되겠습니까?」

「난민 출신으로 구성된 부대 특성상 외부에 설명하기 애매한 뭔가가 있을 수도 있으니, 귀관이 어떤 요청을 하거든

무리하지 않는 범위 내에서라면 수용하라고 하셨지. 이런 걸 예상하신 건 아니시겠지만.」

아니다. 슈뢰더 대장은 여기까지 내다보고 그런 지시를 내렸을 확률이 높다. 지금 이 대화가 그의 귀에 들어간다면, 장군은 겨울이 반란세력과의 교전을 염두에 두고 고민하는 중이라는 사실을 짐작할 것이다.

'어쩌면 이게 시험이었을 가능성도……'

즉 겨울의 판단력에 대한 검증.

인사참모의 메시지가 갱신됐다.

「어쨌든, 이런 식의 일처리는 경우가 아니라는 사실을 알아주었으면 좋겠어.」

「네. 명심하겠습니다.」

「그렇다고 나쁘게 듣지는 말고. 난 귀관을 꽤 괜찮게 보거든. :)」

「감사합니다.」

「그럼 여기까지. 용무 보게.」

인사를 남긴 참모가 연결을 끊었다. 그리고 곧 결재 승인된 문서가 도착했다.

내용에 문제가 없음을 확인한 겨울은 끝없이 이어지는 의심에 제동을 걸었다. 다양한 경우의 수를 검토하는 것 자체는 좋지만, 너무 깊어진 생각에 매몰되는 건 피하고 싶었으므로. 객관적으로 볼 때 슈뢰더 대장은 괜찮은 사람이었다. 그가 오직 진실만을 털어놓았으리라고 가정해도 충분한 설득력이 있다. 그저 100% 믿기는 곤란할 뿐.

시간이 흘러, 노을이 지는 시간.

식사를 마치고 나오던 겨울은 장교식당 입구에서 뜻밖의 인물과 재회했다.

"Sir!"

기대어 있던 벽으로부터 떨어지며 반가운 얼굴로 경례하는 사람은, 지난날 멧돼지 사냥 과정에서 구조했던 공격기 조종사, 파멜라 펠레티어 대위였다.

"대위."

경례를 받은 겨울은 그녀의 복장을 살폈다. 파일럿 수트 차림이었다.

"건강해보이네요. 반갑습니다. 뼈가 벌써 붙었나 봐요?"

"예. 애초에 심하게 다친 것도 아니었습니다."

"음, 알라모 편대가 이곳에 배치되어있는 줄은 몰랐네요."

"아뇨. 그랬다면 더 일찍 찾아뵀을 겁니다. 지금은 급유와 정비를 위해 들른 거지요. 저격수를 잡느라 요 근처의 능선 하나를 갈아버렸거든요."

"저격수라면……."

"제너럴 양의 잔당들 말입니다."

미군이 저격수를 상대할 땐, 같은 저격수를 투입하는 경우 이상으로 의심이 가는 건물이나 지형을 싹 쓸어버릴 때가 많았다. 공격기 한 개 편대가 동원되었다면, 능선을 통째로 갈았다는 표현이 과장은 아닐 것이었다. 공군이 말하는 근처가 그리 가깝지는 않겠지만.

"피해는?"

질문을 받은 대위는 자신 없는 태도로 답했다.

"잘은 모릅니다. 몇 명 다쳤다는 이야기는 들었습니다만, 죽은 사람이 있는지는 확실치 않군요. 그저 이번에도 그 작자가 찍힌 동영상이 발견되었다던가요? 이런 쪽으로는 저보다 중령님께서 알아보시는 편이 더 정확할 겁니다."

"⋯⋯."

상장의 악의는 끈질기게 남아있었다. 혹자는 그를 두고 빈 라덴의 후계자라고 빈정거렸다. 테러리스트의 전략을 집대성했다는 뜻이다. 실체가 분명하지 않은 모호함. 죽여도 죽인 것 같지 않고, 끝내도 끝내지 못한 것 같은 찝찝함. 상장이 철저하게 분석했을 미국의 약점.

펠레티어 대위가 어색한 표정을 지었다.

"곤란하군요. 우울한 이야기를 드리려고 온 게 아닌데⋯⋯."

"여긴 무슨 일로?"

"당신께서 아직 여기 계신다는 말을 듣고 잠시 찾아뵐까 해서 왔습니다. 전엔 상황이 상황이라 제대로 감사도 드리지 못했으니까요. 또 전할 말씀도 있고요."

"감사는 됐어요. 해야 할 일을 했을 뿐이니까요."

"그래도 그건 아닙니다. 저도 종종 땅개 친구들에게 사적인 답례를 받곤 하죠."

그리고 그녀는 주머니에서 잘 포장된 작은 상자를 내밀었다. 받아든 겨울이 고개를 기울인다. 가볍지도, 무겁지도 않은 적당한 무게감. 흔드니 자잘한 마찰음이 들렸다.

"이건?"

"시가입니다."

"……마음은 고맙지만, 난 흡연자가 아니에요."

"담배보다는 장식품이나 사치품에 가까운 물건입니다. 저는 그냥 제가 가진 것들 중에서 가장 귀한 걸 드리고 싶은 겁니다. 작년 초 카지노에서 쏠쏠하게 재미를 본 날 충동적으로 질렀는데, 사놓고 보니 아까워서 포장도 못 뜯겠더군요."

"대체 가격이 얼마기에?"

"당시 한 대에 4백 달러쯤 했습니다. 데킬라에 절여 숙성시켰다나요. 지금은 구하고 싶어도 못 구하는 놈이라 내가 담배 좀 피운다 하는 사람이라면 웃돈을 주고서라도 살 물건이죠."

"그럼 더더욱 못 받겠네요. 가격도 가격이고, 이런 건 즐길 줄 아는 사람에게 있어야죠."

겨울은 상자를 돌려주려고 했으나, 대위가 웃으며 사양했다.

"저도 이젠 끊었습니다."

"어째서?"

"그날, 추락한 기체에 갇혀서 인생 마지막일지도 모를 한 대를 태울 때만 해도, 살아서 복귀하게 되면 그것부터 피워야지…… 했습니다만, 막상 돌아가고 나니 선뜻 손이 안 가더군요. 이렇게 살았는데 암 걸려 죽으면 억울할 거 같아서 말입니다."

그리고 그녀는 한층 더 짙게 웃었다.

"그동안 좀 과하게 많이 피웠던지라. 언제 망할지 모를 세상, 에라 모르겠다! 하는 마음으로 하루 종일 물고 있었죠. 하지만 이젠 상황이 달라졌잖습니까. 벌써 늦었을지도 모르지만, 아무리 늦어도 시작조차 안 하는 것보다는 낫겠지요."

달리 말해 지금 그런 마음가짐으로도 뜯지 못한 명품을 건네주는 셈이었다. 겨울은 비로소 그녀의 선물을 받아들였다.

"무슨 말인지 알겠어요. 잘됐네요. 이건 기념품으로 삼을게요."

"그러셔도 좋고, 다른 누군가에게 주셔도 괜찮습니다. 중령님쯤 되면 앞으로 이런저런 사람들과 만날 일이 자주 있으시겠죠. 그런 식으로라도 당신께 도움이 된다면 좋겠습니다."

"고마워요. 진심으로."

상자를 갈무리한 겨울이 새롭게 물었다.

"그런데, 아까는 따로 할 말이 있다고 하지 않았던가요?"

"아, 예. 나중에 혹시 시간이 되시면 이쪽으로 연락을 주실 수 있을까 해서."

또 전화번호였다. 그러나 펠레티어 개인의 연락처는 아니었다. 명함엔 인명 대신 어떤 단체의 로고와 이름이 인쇄

되어있었다.

"여긴 어디죠?"

"현역 군인들을 지원해주는 시민단체입니다. 고향 친구가 사무장으로 있어서 알게 된 곳입니다만, 이번 승전을 기념해 군인들과 시민들이 함께 참여하는 하프 마라톤을 기획하고 있다더군요. 사회 통합을 촉구하는 퍼포먼스라는데……."

대위가 넌더리난다는 표정을 지었다.

"기회가 닿으면 중령님께 이야기를 좀 전해달라고 어찌나 귀찮게 굴던지. 그래도 뜻이 좋은 것 같고, 난민들을 안고 계신 중령님께도 도움이 될 것 같아서 한번 말씀이나 드려보겠다고 했습니다."

"좋네요. 한번 통화해보죠."

빈말은 아니었다. 행사에 대한 건 공보처의 허가가 먼저겠으나, 꼭 그게 아니더라도 시민단체와의 인연은 쓸모가 다양할 것이었다.

"그리고……."

펠레티어 대위가 조심스레 권한다.

"바쁘지 않으시면 오늘 밤 저희 편대원들과 술 한 잔 어떠십니까? 편대장님께서 사고 싶으시답니다."

멈칫. 희미한 발상이 겨울의 뇌리를 스쳤다.

"알라모 편대장이면, 그…… 스트릭랜드 소령? 소령이 맞나요?"

성은 알지만 계급은 불확실하다. 소령 아니면 중령일 텐데. 질문을 받은 대위는 뜻밖이라는 표정을 지었다.

"예. 저희 편대장님을 아십니까?"

"아뇨. 그냥 어쩌다보니……."

단지 로저스 소장을 통해 한 번 들었을 따름. 그러나 지금은 의미가 새로웠다. 겨울은 알라모 편대의 초대를 받아들이기로 했다.

"가죠. 시간과 장소를 말해줘요."

펠레티어 대위는 빠른 승낙이 기쁜 눈치.

"오후 8시, 장교용 바입니다. 편대장님께서 좋아하시겠군요. 중령님의 팬이시거든요."

샌프란시스코로 떠나던 날 밤을 떠올리게 만드는 말이라, 겨울은 설익은 미소로 대답을 대신했다.

기지 내의 주점은 마른 나무 냄새로 가득한 곳이었다. 갓 조립한 목조건물일뿐더러. 내장에 각종 탄약 상자들을 뜯어다 썼기 때문이다. 그래서 벽면은 다양한 구경의 탄종(彈種) 및 수량, 제조식별번호(LOT) 표기로 가득했다. 이는 의외로 괜찮은 느낌이었다.

겨울이 실내에 들어서자 입구 근처의 사람들이 가볍게 경의를 표했다. 간단한 눈인사, 까딱이는 목례 혹은 조용히 술잔을 들어 보이기. 상급자도 있고 하급자도 있었으나 이런 자리에서까지 정식으로 경례를 주고받진 않는다. 겨울도 목례로 답했다.

"Sir! 여깁니다!"

창가에 인접한 테이블에서 여기라고 손을 들어 보이는 펠레티어 대위. 앉은 채로 돌아보는 알라모 편대원들은 육군과 다른 복장 때문에라도 알아보기 쉬웠다. 1인승 공격기 편대인지라 다 합쳐서 네 명밖에 되지 않는다.

그들에게 가는 도중에 겨울은 뜻밖의 둘을 발견했다. 바텐더를 중심으로 둘러앉는 카운터 테이블에 1소대장과 4소대장이 나란히 앉아있었던 것이다. 등진 모습이라도 몰라보기 어렵다.

흐우우우-

시끌시끌한 가운데, 옷깃에 파묻힌 울음소리가 하나. 천소민 소위는 유라에게 기대어 어깨를 떨고 있었다. 유라는 난처해하면서도 후임을 보듬어주는 중. 동생이 괘씸해도 화를 내진 못하는 언니를 보는 듯하다. 키는 소민이 한참 더 커서 모양새가 별로였으나, 따뜻한 감정은 겉보기와 별개였다. 뒤쪽에서 힐끔힐끔 기웃거리는 관심 깊은 시선들이 많았다.

겨울은 모르는 척 지나쳐 알라모 편대에 합류했다. 상기된 편대장이 정중히 환영했다.

"Sir. 초대를 받아주셔서 감사합니다. 스트릭랜드. 브랜디 스트릭랜드 소령입니다."

"이름은 알고 있었지만 만나기는 처음이네요, 소령. 다들 반갑습니다. 중령 한겨울입니다."

이어 구면인 펠레티어를 제외한 나머지 두 사람이 자신을 소개했다.

"대위 아서 로즈몬드입니다."

"중위 데이먼 샌도버입니다. 술은 좀 드십니까?"

질문을 받은 겨울이 살짝 끄덕였다.

"주면 마시죠. 불법이지만."

가벼운 농담에 웃음이 번졌다. 속령을 제외한 미국의 모든 주에서 음주가능연령은 만 21세. 하나 군인들 사이에선 무의미한 기준이었다. 목숨이 오가는 전장에서 함께 싸우고 돌아와 술 한 잔 걸치는데 "넌 법정연령 미만이니 빠져."라고 하는 건 질 나쁜 따돌림에 불과하다.

술을 즐기지 않는다는 말은 하지 않는다. 이유가 있어서 온 자리라지만, 그렇기에 더더욱 어울릴 필요가 있었으므로. 이러는 편이 스트릭랜드 소령의 협력을 구하기에도 좋을 것이었다. 만나기로 한 목적이 그녀의 아버지임을 알면 기분이 상할 수도 있으니만큼.

"받으십시오."

겨울 앞으로 빈 잔을 밀어주는 샌도버 중위.

"잔이 사람 수보다 많네요? 혹시 더 올 사람이 있나요?"

겨울이 묻자 로즈몬드 대위가 카드 패를 들어보였다.

"가운데는 「왕의 잔」입니다."

"술 게임?"

"초면에 친해지는 데엔 이것만 한 게 없지요. 아니면 저것도 좋겠군요."

대위가 가리킨 방향에선 퍼억 퍽 찍히는 소리가 요란했다. 벽면에 고정시킨 목판에 등신대의 변종을 그린 대검 던지기 표적이었는데, 여기서는 여느 술집의 다트 격인 게임이었다. 최고점수를 얻으려면 미간과 고간, 그리고 젖꼭지에 칼을 꽂아야 했다.

로즈몬드 대위가 카드를 빠르게 섞으며 말했다.

"하지만 저건 술을 먹고 던져야 진짜 실력이지요. 우선은 이 게임인데, 룰을 아십니까?"

"전혀."

"흠, 딱히 어렵지는 않습니다. 카드를 뒤집을 때마다 알려드리도록 하죠."

대위는 카드 뭉치를 내려놓고 손가락 하나로 밀어, 빈 잔을 중심으로 정확한 원을 만들었다. 각각의 카드가 밀린 간격도 일정했다. 멋진 솜씨에 펠레티어가 휘파람을 분다.

"언제 봐도 굉장해. 전문 도박사 같아."

겨울은 어색한 미소를 만들었다.

"취하도록 마시는 건 곤란한데요."

"염려 놓으십시오."

로즈몬드 대위가 하는 말.

"이건 우리 편대장님을 위한 핑계에 불과하니 말입니다."

"핑계?"

"예. 업무가 아니고선 목소리를 듣기 힘든 분인지라…….
이런 거라도 해야 대화가 성립합니다. 만취하기 전엔 끝내야지요."

펠레티어가 거들었다.

"아까 중령님께 드린 인사가 오늘 하루 중 가장 긴 말씀이었을 겁니다."

스트릭랜드 소령은 입을 꾹 다물고 두 사람을 흘겨보았다. 펠레티어 대위가 으쓱인다.

"지금도 눈으로 말씀하시는군요. 왜 괜한 소리를 해서 창피하게 만드느냐고."

겨울은 미소의 어색함을 지웠다.

"그런 점은 아버님인 스트릭랜드 장군님을 닮은 것 같네요."

"언제 뵌 적이 있으십니까?"

"샌프란시스코로 가는 길에 반덴버그 기지에서 잠시. 당시엔 그곳 사령관이셨죠."

이 말을 듣고 오- 하는 반응이 셋. 겨울의 이야기이자 편대장의 이야기였다. 스트릭랜드 소령 본인은 조금 불편한, 그리고 부끄러운 눈치. 하지만 뭐라 입을 열진 않는다. 그저 크게 싫어하는 느낌은 아니었다.

샌도버 중위가 묻는다.

"이건 흥미롭군요. 그분도 많이 과묵하십니까?"

"예. 정말로."

"뭔가 말씀은 하셨습니까?"

"따님에게 줄 싸인이 필요하다고 하시던데요."

알라모 편대원들이 폭소를 터트렸다.

"슬슬 술을 돌리겠습니다."

샌도버 중위가 첫 번째 술병을 개봉했다. 이글 레어(Eagle

Rare). 겉면의 라벨엔 독수리가 그려져 있다. 잔마다 새끼손가락 한 마디쯤 되도록 채워지는 위스키는 붉은 기운이 감도는 진한 호박색이었다. 로즈몬드 대위가 권했다.

"우리 편대가 평소 가장 즐기는 물건입니다. 개인적으로는 버팔로 트레일에서 나오는 제품 중 최고라고 봅니다. 앤틱(Antique)으로 구했으면 더 좋았을 텐데, 아쉽게도 여기는 없더군요. 아무튼, 본 게임에 들어가기 전에 있는 그대로 음미해보시는 걸 추천 드립니다."

"그럴까요?"

겨울이 잔을 들자 나머지 네 사람도 함께 잔을 들었다. 건배. 짧게 교환하고 한 모금 머금어보는 겨울. 45도짜리 독주임에도 불구하고 첫맛은 굉장히 순했다. 그러나 삼킨 직후 강렬한 향이 올라온다. 오렌지의 상큼함과 코코아, 바닐라의 진한 풍미가 공존하는 가운데, 뭉근한 단맛과 더불어 아몬드의 고소함이 감돌았다. 그 뒤에 비로소 식도가 화끈거렸다. 겨울은 고개를 기울였다.

"좋은 위스키를 접할 때마다 느끼는 건데, 꼭 맛 좋은 향수를 먹는 것 같아요."

펠레티어 대위가 웃었다.

"어떻게 보면 술은 마셔도 무방한 향수 아니겠습니까? 둘 다 주성분이 알코올이고, 어느 쪽이든 향이 중요하니까요. 명품일수록 가격이 치솟는다는 것도 비슷하군요. 아, 그렇지. 마셔서 좋을 게 없다는 점도."

"대위는 괜찮아요?"

"예?"

"건강을 위해 담배를 끊었다면서 술을 마시는 건 괜찮은가 싶어서요."

"……한꺼번에 다 끊기는 힘드니까, 이건 좀 나중에 끊겠습니다."

좋은 핑계였다. 대위는 키득대는 윙맨, 샌도버 중위를 팔꿈치로 콱 찌르고 술잔을 쭉 비웠다.

겨울은 첫 잔을 홀짝이며 카운터 테이블 안쪽, 천장에 매달린 TV 쪽으로 눈길을 주었다.

「공화당 대선주자 에드거 크레이머의 폭로에 대하여 다양한 논쟁이 벌어지고 있는 가운데, 드디어 내일, 정부가 공식 입장을 밝히기로 했습니다.」

기대에 비해서는 조금 늦은 시점이었다. 크레이머가 때를 고르기 위해, 혹은 대중의 의구심을 증폭시키고자 꽤 긴 시간 변죽을 울려댄 만큼, 정부 입장에서도 대비할 시간이 충분했을 것이었기 때문이다.

겨울은 깊어지려는 사색을 끊었다.

'지금은 여기에 집중해야지.'

슈뢰더 대장의 제안을 받고 고민하던 중 스트릭랜드 소장에게 주목한 건 공군의 특수성 때문이었다. 군사반란이 성공하려면 백악관, 의회 등의 핵심시설을 장악해야 한다. 따라서 육상전력이 빈약한 공군은 군사반란을 주도하기 어려운 면이 있었다.

"전부터 궁금하던 건데, 공군에 지상 전투부대가 얼마나 있죠?"

겨울이 묻자 알라모 편대원들이 서로 시선을 주고받는다.

"어, 일단 기지 경비대가 좀 있고…… 그 외엔 전장통제팀[8]이나 전술항공통제팀[9] 정도? 근데 이쪽 친구들은 지상작전을 뛰긴 뛰는데 주 임무가 직접적인 교전은 아닙니다. 파견 형식으로 나가서 화력유도를 하는 거지. 물론 막상 싸우면 실력이야 좋을 겁니다마는."

여기까지 말한 로즈몬드 대위는 마지막으로 편대장을 돌아보았다. 맞느냐고 확인하듯이. 스트릭랜드 소령이 미세하게 끄덕였다. 겨울이 한층 더 자세히 묻는다.

"그런 부대들은 공군이 직접 지휘하는 게 아니죠?"

"아마 그럴 겁니다……."

로즈몬드의 자신감 없는 태도에 이번에야말로 스트릭랜드 소령이 입을 열었다.

"공군인 동시에 특수전 사령부 소속이기도 합니다. 반쯤은 레인저에 가깝죠."

즉 실전에서는 별도의 지휘체계를 따른다는 뜻이었다. 결국 공군이 통제하는 지상전력은 기지 경비대가 거의 유일하다는 말.

8　Combat Control Team : 작전지역에 선행 침투하여 항공작전을 수행하는 우군 항공기의 통제임무를 수행하는 공군 소속의 특수부대.

9　Tactical Air Control Party : 미국 공군 소속으로 작전지역에서 근접항공지원 유도 임무를 수행하는 부대.

'일부 부대가 가담할 순 있겠지만, 주력은 역시 육군이겠지.'

반란뿐만 아니라 모든 전쟁이 그러했다. 폭격만으로는 끝낼 수 없고, 보병이 가서 깃발을 꽂아야 하는 것이다.

더불어 공군은 인적자원의 수준 문제로부터 자유로웠다. 육군보다 허들이 높은 까닭. 보병훈련이 힘들긴 하지만 양성 난이도 면에선 파일럿과 비교하기 곤란하다. 기지경비대 또한 역병 이전과 비슷하게 유지되었을 테고.

무엇보다 로저스 소장에게서 들은 스트릭랜드 소장의 보직은 기동사령부 부사령관이었다. 주로 항공수송을 통제하기에 전투부대와 인연이 적고, 그만큼 쿠데타에 연루되었을 확률도 낮았다. 하지만 로저스 소장이 말했듯이, 군인으로서 별을 다는 건 정치의 영역이었다. 도움을 요청한다면 적어도 유용한 조언 정도는 받을 수 있을 것이었다.

'낮은 가능성에 이렇게까지 해야 하다니……'

겨울은 속으로 쓰게 웃었다. 말을 꺼낸 당사자, 슈뢰더 대장 또한 전보다 마음 편해 보이는 모습으로 나타나지 않았던가. 그게 꾸며낸 모습이 아니란 전제하에, 그 또한 반란이 일어날 전망을 높지 않게 본다는 의미. 다만 그 역시 만약을 대비할 따름이다.

펠레티어 대위가 테이블을 살피곤 씩 웃으며 자신의 잔을 들어보였다.

"다들 끝내셨군요. 좋습니다. 다시 채우고, 이제 한 사람씩 카드를 뒤집어보죠."

게임의 규칙은 카드 종류에 따라 일대일로 대응했다.

문양은 상관없고, 숫자와 알파벳에 따라 총 12가지. 겨울이 시작부터 에이스를 뒤집자 테이블에 웃음과 탄식이 흘렀다.

"어쩔 수 없군요. 모두 마십시다. 중령님 먼저!"

로즈몬드 대위의 재촉을 받은 겨울은 얌전히 잔을 비웠다. 기다렸다는 듯이 순서대로 꿀꺽꿀꺽 삼키는 나머지. 반대편에 있던 스트릭랜드 소령이 손등으로 입을 훔치며 희미하게 웃는다. 편대원들이 신기해하는 눈치가 아닌 걸 보면, 그래도 아버지보단 표정이 다양한 사람이었다.

"아, 이런. 스페이드가 넷."

겨울 다음 순서였던 펠레티어가 자신의 선택에 투덜거리더니, 편대장과 둘이서 술잔을 비웠다. 의아해하는 겨울에겐 샌도버 중위가 설명했다. 여자만 마시는 거라고.

로즈몬드 대위 차례엔 퀸이 뒤집혔다.

"오, 누구에게 질문을 해야 하나."

말은 그렇게 해도 시선은 이미 겨울에게 향해있었다.

"Sir. 제가 여쭙는 말씀에 대답을 못 하시면 잔을 비우셔야 합니다."

"그런 규칙이군요. 좋아요. 뭐가 궁금하죠?"

"혹시 지금 연애 중이십니까?"

펠레티어 대위가 아까처럼 휘파람을 불었다. 겨울은 솔직하게 답했다.

"당장은 아니지만…… 마음을 준다면 이 사람이다, 싶은 사람은 있네요."

와우. 질문자가 짧게 감탄하고, 그 외의 나머지도 흥미로워했다.

"그럼 그분도 이 사실을 알고 있습니까?"

"두 번 묻는 건 반칙 아닌가요?"

로즈몬드 대위는 겨울의 반문에 아쉬움을 감추지 않았다.

이런 식으로 카드를 뒤집다보니 처음에 이야기가 나왔던 것처럼 대검 던지기에 끼게 되었다. 마침 옆 테이블에 있던 레인저 장교들이 한번 겨뤄보자고 제안하기도 했다.

다들 먼저 나서서 몸을 푸는 틈에, 겨울은 가장 늦게 일어나려던 스트릭랜드 소령에게 조용히 물었다.

"소령. 혹시 내일 개인적으로 상담을 할 수 있을까요?"

"상담?"

살짝 곤혹스러운 반응.

"네. 중요한 일입니다."

"……."

짧게 고민하던 소령은 한 차례 갸웃하면서도 고개를 끄덕였다.

"시간은 괜찮을 것 같습니다만, 어떤 내용입니까?"

"여기서 이야기하긴 곤란하네요. 우선은 도움이 필요하다는 것 정도만 말해두죠."

겨울의 답변에 소령은 더욱 아리송한 표정이 되었다. 이제 막 만났을 뿐인 공군 소령에게 육군 중령이 무슨 도움을 받겠다는 것인지. 하물며 남의 시선을 의식해야 할 일을.

서로 연락처를 교환하는데 로즈몬드가 재촉했다.

"두 분 안 나오고 뭐하십니까? 저희만 따돌리시면 섭섭합니다."

펠레티어가 그를 구박한다.

"이 인간 눈치 없기는. 그렇게 방해하면 좋냐?"

"어? 방해였나?"

오해에 편승한 로즈몬드 대위가 돌리던 칼을 멋쩍게 멈춘다. 겨울은 가볍게 부인했다.

"그런 거 아녜요. 아까 했던 말 벌써 잊었어요? 본인이 물어봐놓고."

"제가 여쭤봤던 게…… 아아. 진지하게 생각하는 사람이 있으시다고."

잠시 헤맨 끝에 수긍하는 그. 정확하게는 약속을 지키는 것이지만, 거기까지 설명할 이유는 없었다. 자리를 털고 몸을 푸는 겨울에게 펠레티어가 미소를 보인다.

"아직 사귀는 사이도 아니라고 하셨으면서……. 참 좋은 의미로 고지식하십니다. 결혼한 연놈들도 술집에 들어갈 땐 반지를 빼는 경우가 많은데 말입니다."

"어딘가는 나 같은 사람도 많겠죠."

"그 동네를 보통은 천국이라고 부르지 않습니까?"

그녀는 스스로 말하고 스스로 키들거렸다. 가볍게 오른 취기였다.

레인저 쪽에서 볼멘소리가 나왔다.

"언제까지 기다리게 하실 겁니까? 이제 시작하시죠. 지는 쪽이 술값을 다 내는 겁니다."

의욕이 왕성한 그들 중에 유독 내키지 않아 보이는 하나가 있었다. 그들의 중대장이다. 쓸데없는 승부욕이었으나, 어쨌든 겨울로 인해 며칠간 군장을 지고 구보를 뛰었던 사람. 지금도 부하들에게 휩쓸린 모양새다. 해병대 지휘관들이 꾸며서라도 상남자 행세를 하듯이. 나이 지긋이 먹고 「미친개」 같은 별명을 좋아할 사람은 드물다.

"아무리 봐도 불공평합니다."

소대장쯤으로 보이는 레인저 장교가, 표면적으로는 자신의 상관에게 내놓는 의견.

"저쪽은 한 분 빼고 다 귀족나리들이신데, 그냥 붙으면 일방적으로 이길 겁니다. 아무리 내기라지만 너무 쉽게 이겨도 재미가 없지 않겠습니까?"

와우. 누군가 이쪽을 향해 돌아앉으며 도발을 흥미로워하는 소리. 그것을 시작으로 주위의 관심이 부쩍 늘었다. 펠레티어는 레인저들을 향해 야유를 보낸다. 사실이 그렇다 한들 이렇게 듣는 건 별개의 문제였다. 차라리 그냥 지는 게 낫지.

스트릭랜드 소령이 눈을 찌푸리는 가운데, 이편의 샌도버 중위가 물었다.

"제안이 있습니까?"

"흠, 우리 쪽 페널티로 뭐가 좋을지……."

"페널티 말고, 피차 최상급자가 내는 점수를 각각 두 배…… 아니지, 아예 세 배로 적용하는 건 어떻습니까?"

"······Sir?"

레인저 장교가 뒤를 돌아보자, 그들의 중대장이 곧바로 끄덕였다. 자세히 보면 넌더리를 내는 것 같기도 했다. 부하들 앞에선 부담감을 보일 수 없을 처지.

'조금 미안하지만, 이런 것도 나쁘진 않지.'

겨울의 입장에선 한겨울 중령을 소소하게 보고 겪은 사람들이 늘어날수록 좋다. 훗날 어디선가 한겨울이라는 사람의 현실성을 증언해줄 테니까. 주의할 이유는 충분했다. 한때 영입제안을 받았던 방역전쟁 전술지원그룹만 해도 연출에 힘입어 과장된 전쟁영웅 집단이 아니던가.

따라서 첫 타자로 나선 겨울은 「투척」에 사정을 두지 않았다. 술기운에 흐트러졌어도 여전히 천재의 영역인 기술. 한 사람 몫인 대검 세 자루가 연달아 수직으로 박혔다. 최고점의 위치가 위치인지라, 괴물을 그렸어도 형상은 인간인 표적이 묘하게 외설스러워졌다.

워-!

주위에서 즐거운 갈채가 터진다. 그들 사이에 자연스럽게 돈이 오가는 광경을 보다가, 겨울이 지갑을 꺼내 들어보였다.

"거기, 나도 걸게요. 레인저의 승리에 100달러."

즉석 도박판이 된 테이블 위에 턱 하고 20달러 지폐 다섯 장을 놓는다. 같은 판에 낀 꾼들이 웅성거리는 틈에, 어이없어하는 레인저들에겐 짐짓 난처한 얼굴을 만들어보였다.

"이거 어쩌죠? 아무래도 돈을 잃게 생겼는데."

이 한 마디에 사방에서 사나운 웃음이 터진다. 이야, 세다! 하고. 뒤늦게 겨울을 발견한 유라는 이를 동그랗게 뜬 눈으로 보고 있었다. 스트릭랜드 소령은 아까의 의아함에서 벗어나 묵묵히 재미있어하는 눈치였고, 펠레티어 대위 또한 비슷했다. 그녀가 말에 즐거움을 담았다.

"의외로 도발에 일가견이 있으시군요."

"필요할 때는요. 받은 만큼은 돌려줘야죠."

"과연, 변종조차 자살하게 만드시는 분답습니다."

이제는 모르는 사람이 드문 사건이었다.

승부는 팽팽하게 흘렀다. 파일럿들의 솜씨가 의외로 나쁘지 않았고, 레인저 측은 말 그대로 진짜배기들이었기 때문이다. 방역전쟁에서 대검을 이용한 살상은 소음이 적다는 이유로 높은 평가를 받았다. 실전적 활용은 다른 차원이지만, 특수부대쯤 되면 훈련을 강화했을 법했다.

콰득!

레인저 중대장의 투검(投劍)은 완력이 넘쳤다. 표적을 뚫고 들어간 칼이 벽까지 진동하게 만든다. 진짜 변종이었어도 뼈를 관통했을 것이다. 던지는 칼마다 동체시력의 한계를 시험했다. 겨울만큼 정교하진 못할지언정 점수를 매기는 원을 벗어나진 않았고, 실전적인 느낌이 가득하여 매번 박수를 받기에 충분했다.

이렇다보니 내기는 갈수록 레인저들의 우세로 기울었다.

'좋네.'

표적이 보다 멀었으면 이겼겠으나, 겨울에겐 이런 결과

도 나쁘지 않았다.

"하, 결국 지는군요."

아쉬워하는 샌도버 중위. 아직 순번은 남았으나, 겨울과 중대장의 마지막 차례가 지나고도 여전히 열세인 만큼 역전의 가능성은 없는 거나 마찬가지였다.

"중령님께 면목이 없습니다. 완벽하게 세 명 분을 해주셨는데."

"지면 어때요. 서로 재밌었으면 그만이지."

"하긴, 그래도 돈은 따셨군요."

"번 만큼은 저쪽 술값 내주는 데 보태려고요."

중위가 웃음을 터뜨렸다. 이런 대화가 오가니 남은 선수들도 누그러진다. 차례가 돌아온 로즈몬드 대위는 칼을 던지는 대신 스트릭랜드 소령 쪽을 응시했다.

"괜찮겠습니까?"

편대장은 무언으로 허락했다. 상관의 양해를 구한 대위가 손을 들었다.

"우리가 졌습니다."

Ye-ah! 레인저 측에서 환성이 일었다. 중대장은 겨드랑이가 축축하게 젖어있었다. 데오도란트와 뒤섞인 땀 냄새가 난다. 겨울이 그에게 손을 내밀었다.

"즐거웠습니다, 소령."

레인저 중대장은 손을 바지에 대충 문지른 뒤 허리를 펴고 악수에 응했다.

"술은 고맙게 마시겠습니다. 언젠가 다시 뵙는다면 그땐

그리스의 섬 273

저희가 사도록 하죠."

"그래요? 이름을 기억해둬야겠네요."

손을 거둔 뒤에, 막 떠올랐다는 듯 레인저가 묻는다.

"이름이라……. 혹시 에머트 중령님은 기억하십니까? 성함이 레이 에머트입니다. 제 기억이 맞다면 산타 마리아에서 만나셨을 텐데요."

"2대대 델타 중대의?"

"당시엔 그랬을 겁니다."

"물론 잊지 않았죠. 그새 중령이 되셨나보네요."

겨울의 기억 속엔 격분하는 모습으로 남아있다. 내 부하들이 이깟 좀도둑들을 구하려다 죽었다면서. 마지막 소식은 험프백을 추적하고 있다는 내용이었다. 샌프란시스코 인근이라 만날 수도 있겠구나 싶었으나, 결국은 만나지 못했다.

당국이 비밀에 부치고 있는, 하나 대충 짐작은 가는 험프백의 실체를 밝혀낸 게 바로 대위였던 에머트 중령과 그 부하들이 아닐지. 그 정도 공적이면 특진을 거듭했어도 이상하지 않았다. 진급일자도 겨울보다 빠를 터였고.

겨울이 반문했다.

"그런데 그분 이야기는 왜?"

"별거 아닙니다. 최근에 한 번 뵐 기회가 있었는데, 그분도 한 중령님을 좋게 말씀하시더군요. 조만간 다시 만나게 될 것 같다며 기대하고 계셨습니다."

다시 만나게 된다? 주둔지가 겹친다는 말은 아닐 것이

다. 레인저가 포트 로버츠에 배치될 가능성은 없다. 과거에 훈련용 시설이긴 했으되 지금은 역할이 달라졌으므로. 따라서 확실하게 재회할 일은 겨울이 생각하기에 하나뿐이었다. 개선식.

"그건 저도 기대되네요. 알려줘서 고마워요."

"별말씀을. 좋은 시간 보내십시오."

인사를 받고 레인저를 그들의 테이블로 보낸 겨울은 덤이 붙은 판돈을 회수하여 원래의 자리로 돌아왔다. 다들 먼저 앉아있었고, 펠레티어가 아쉬워했다.

"배당이 크진 않았나봅니다."

"당연하죠. 상대가 레인저였잖아요."

차액은 20달러를 밑돌았다.

겨울이 자세를 바꾸어 탁자를 톡톡 두드렸다.

"진 건 어쩔 수 없고, 남은 카드를 마저 뒤집죠. 나 아직 이 게임 다 못 배웠어요."

분위기를 바꾸는 건 까다로운 부탁을 할 스트릭랜드 소령에 대한 예의였다. 적어도 이 자리는 있는 그대로 즐기는 것처럼 보여야 했다.

"혹시 스트릭랜드 소령의 이름은 아버님께서 좋아하시는 술을 본뜬 건가요?"

다이아몬드 퀸을 들어 보이는 겨울의 질문에 스트릭랜드 소령이 뚱한 표정을 지어보였다.

"그렇습니다."

그럴 것 같더라니. 겨울과 처음 만났던 날, 스트릭랜

드 장군은 홍차에 브랜디를 타서 마시는 모습을 보여주었
었다.

전혀 몰랐는지 편대원들이 요란하게 웃어댔다.

"진짭니까? 농담 아니고?"

로즈몬드의 물음에 평소라면 입을 다물었을 성격의 소
령은, 그러나 적당히 취해 말이 많아졌는지 한숨으로 긍정
했다.

"그래. 가장 좋아하는 술을 마실 때마다 딸 생각이 나면
더욱 좋겠구나, 라고 생각하셨다더군. 보통은 날 보고 술 생
각을 하시지만."

"어머니께서 안 말리셨습니까?"

"아서, 어머님도 브랜디를 좋아하셔. 사실 두 분이 만나
신 곳도 아버님이 즐겨 찾던 술집이었다지. 어머님은 거기
서 바텐더로 일하고 계셨고."

"맙소사."

스트릭랜드 가는 말수가 적을 뿐 꽤 재미있는 집안인 듯
했다. 추운 집에서 자란 겨울에겐 인상적이었다.

이후로도 이어진 게임은 네 번째의 킹 카드가 뒤집히고
서야 끝났다. 앞서 세 번을 뒤집은 사람들이 각자의 술을
「왕의 잔」에 부었고, 마지막 네 번째 주인공이 독박을 씀으
로써 대미를 장식한 것이다. 공교롭게도 이 역시 소령의 몫
이었다. 불그스름해진 그녀는 글라스 가득 넘실거리던 위
스키를 냉수 마시듯 들이켰다.

다음 날, 식사 시간이 지난 장교식당에서 스트릭랜드 소

령을 다시 만난 겨울은 우선 상대의 속이 괜찮은지부터 확인했다.

"숙취가 심하다면 나중으로 미뤄도 괜찮은데요."

"멀쩡합니다."

먼저 와서 기다리던 그녀가 마시던 음료수를 치우고 물었다.

"Sir. 당신께서 원하시는 상담이 제 아버님에 대한 것입니까?"

적은 말수에 어울리는 직설적인 화법. 사실 그것 말곤 떠오르는 게 없었을 것이다. 딱히 경계하는 눈빛이 아니어서 겨울은 쉽게 긍정했다.

"예."

"청탁입니까?"

"아뇨. 쿠데타를 대비하고 싶어서요."

"……."

당혹감에 입을 다무는 소령. 겨울이 평이한 어조로 전후 사정을 털어놓았다. 양적 팽창으로 질적 하락을 겪은 육군 장교단 일부가 불순한 계획을 꾸밀 가능성이 있다고. 또한 이것을 경고한 사람이 다름 아닌 봉쇄사령관 슈뢰더 대장이라고.

스트릭랜드 소령은 이야기를 따라오기 벅찬 눈치였으나, 개연성 충분한 이야기였으므로 끝내는 납득하는 기색이었다. 그래서 어제 공군의 지상전력을…… 하고 중얼거리기도 한다.

겨울의 말이 이어졌다.

"하지만 그분도 혐의에서 완전히 자유롭진 못하시죠. 그래서 스트릭랜드 소장님의 도움을 받고 싶은 겁니다. 이 상황에서 육군보다는 공군이 믿을 만하다고 판단한 이유는…… 굳이 설명 안 해도 알 거라고 생각하고요."

공군 소령은 예상과 너무 다른 내용 탓에 말을 조금 더듬었다.

"어, 음, 괜찮으십니까?"

"무슨 뜻이죠?"

"제 말씀은, 그러니까, 저희 아버님이 어떤 사람인지 잘 모르실 텐데요."

"그 점을 포함해서 상담하고 싶은 겁니다. 소령이 보기엔 아버님께서 그런 음모에 가담할 만한 분이신가요?"

"제가 어떻다고 하면 믿으실 수 있으시겠습니까?"

"애초에 왜 이런 말을 꺼냈겠어요? 믿고 안 믿고를 떠나, 객관적으로 볼 때 슈뢰더 대장님보다는 스트릭랜드 소장님이 더 안전해 보이는 게 사실입니다. 공군인 데다 휘하에 실전부대가 없으니까요. 단지 가족인 소령의 의견을 참고한다면 보다 안심이 되겠죠. 어제 처음 만났지만, 소령이 나쁜 사람 같진 않으니까요."

이는 단순한 느낌을 넘어, 전보다 향상된 「통찰」과 「간파」를 근거로 내놓은 평가였다. 전투기술 향상이 한계에 부딪힌 이래 겨울은 다른 쪽의 강화를 선택해왔다. 여력도 충분했다. 비록 직접 싸우는 전투는 줄었으되, 직간접적인 상호작용이 모두 평가되는 까닭.

"어차피 확실한 건 아무것도 없어요. 그렇다고 가만히 기다리고만 있는 건 최악의 선택이라고 판단했습니다. 카드 게임의 패는 많을수록 좋죠. 버릴 때 버리더라도."

즉 CIA나 FBI와 별개로, 군 조직 내에서 유사시 협조를 요청할 사람이 슈뢰더 대장뿐이라면 곤란하다. 그런 식으로는 막다른 길에 도달하기 십상이었다.

"그러니 소령은 부담 없이, 있는 그대로 말해주면 돼요."

고민하던 스트릭랜드 소령이 천천히 머리를 흔들었다.

"저희 아버님은…… 괜한 일에 발을 들이실 분이 아닙니다. 하지만 어떤 식의 도움을 원하시는 겁니까? 말씀하셨듯이, 기동사령부는 주로 병력수송과 보급추진을 집행하는 곳이라 전투력을 갖춘 부대가 없는데 말입니다."

"뭐든지요. 연락망도 괜찮고, 단순한 조언이라도 좋아요. 그건 말 한 마디라도 장군의 조언일 테니까. 제겐 보이지 않는 것들을 보실 수 있으시겠죠."

소위 장군의 저력이라는 것이다. 어떤 조직의 정점에 도달한 인물들에겐 표면상의 직제나 권한 이외의 무언가가 반드시 있기 마련이었다. 고위관계자만이 접할 수 있는 지식과 수단, 또는 기나긴 경력으로부터 얻은 관록과 인연들.

그리고 기동사령부만의 장점도 있었다. 전투력이 미비할지언정, 관할구역은 본토 전역이라는 것이다.

스트릭랜드 소령은 여전히 난감해했다.

"상담이 이런 내용일 줄은 짐작도 못 했습니다. 이걸 제게 말씀하시는 것도 놀랍군요."

"슈뢰더 대장님의 말씀이 사실이라는 전제하에, 알 만한 사람들은 누구나 예상하고 있을 문제 아니겠어요? 스트릭랜드 소장님도 마찬가지고요. 소령의 입이 가벼울까봐 걱정한다면 모를까, 그게 아닌 이상 말을 아낄 필요는 없죠. 불가피한 위험은 감수하는 수밖에요."

여기까지 들은 소령은 여러 호흡을 곱씹은 끝에 어렵사리 끄덕였다.

"알겠습니다. 우선 말씀을 전해드려 보도록 하죠. 하지만 전화를 쓰긴 곤란한 용건이군요. 시간이 좀 걸릴 것 같습니다."

"당연히 그렇겠죠."

"나중에 어떻게 다시 연락을 드려야 할지도 의문입니다."

"소장님께서 제게 전할 것이 있으시다면, 방법은 어떻게든 찾으실 거라고 봐요."

"흠. 어떻게든, 이라……."

한참을 더 생각하던 소령이 다시금 끄덕이며 자그맣게 한숨을 내쉬었다.

겨울이 돌아왔을 때, 독립중대의 주둔지는 여러모로 산만한 분위기였다. 굳이 비유하자면 성탄전야와 비슷한 느낌. 정치적 폭로를 비롯해 돌아가는 상황이야 어쨌든, 이제 내일이면 포트 로버츠로 돌아가는 까닭이었다. 벌써부터 대강 짐을 싸둔 병사들도 많았고, 그간 엄하게 굴던 선임상사 이하 부사관들도 오늘만큼은 별다른 일정을 승인받지 않았다. 실은 그들에게도 휴식이 필요했다. 누구나 늘어지고 싶을 때 직위에 맞게 행동하느라 더더욱 지쳤을 것이었다.

이 와중에 유라는 겨울을 기다리고 있었다.

"야자타임?"

의아해하는 겨울에게 유라가 설명했다.

"네! 돌아가기 전에 쌓인 감정을 다 풀었으면 해서요. 지금은 다들 기분이 좋은 상태니까 싫은 말이 나와도 어지간해서는 뒤끝 없이 넘어갈 수 있을 거예요."

좋은 의도라는 건 알겠으나, 겨울은 일단 그녀가 말하는 야자타임이 무엇인지가 궁금했다. 생전은 물론 사후에도 경험한 적이 없었던 까닭. 이를 물어보려는 찰나 상식보정이 작동했다. 혼자만 읽을 수 있는 문장을 확인한 겨울이 한 박자 늦게 긍정했다.

"괜찮네요. 그럼 준비는-"

"준비는 되어있어요! 중대원들 전부 좋다고 그랬거든요. 심지어 박진석 중위까지도요. 부중대장님한테도 미리 말씀드렸고, 이제 작은 대장님만 허락하시면 돼요."

준비성이 좋다. 겨울이 옅게 웃었다.

"허락하죠."

"감사합니다!"

"감사는요. 이런 면에서는 역시 이유라 중위가 낫네요."

"이런 면이요?"

"한 사람 한 사람 꼼꼼하게 챙겨주는 거 말예요."

유라가 조금 상기되었다.

"칭찬이시죠?"

"아니면 뭐겠어요?"

겨울의 반문이 유라를 웃게 만들었다.

"으. 좋기도 하고, 부끄럽기도 하고……. 아무튼 결정됐네요! 따라오세요. 다들 기다리고 있을 거예요. 작은 대장님한테 전하고 싶은 말도 많다고들 하더라고요."

경쾌하게 앞장서는 그녀에게선 희미한 초콜릿 향이 감돌았다.

'같은 미군과 싸울 가능성만 없었으면 고민하지 않아도 됐을 텐데.'

겨울은 천소민 소위가 유라에게 의지하여 울던 광경을 떠올린다.

중대원들은 삼삼오오 질서 없이 모여 있었다. 각자 쥐고 있는 쪽지엔 순번이 적혀있는 듯하다. 겨울의 허락은 기정사실이었던 모양. 그들은 이제 중령이 된 중대장을 유난스럽게 환영했다. 속에 담아두었을 말들로부터 우러난 기대감이었다.

한편 표정을 누그러뜨리려 애쓰는 진석의 모습도 보였다. 평소처럼 날카롭게 있으면 나올 말도 안 나올 것이기 때문이었다. 하나 억지로 부드러운 표정을 지으려는 노력은 기괴한 결과만을 낳는다. 누군가 뭐라고 속삭이자, 진석은 한숨을 팍 쉬곤 원래의 얼굴로 돌아갔다.

시작을 앞두고 유라가 묻는다.

"대장님 순서는 가장 마지막으로 정했는데, 괜찮으시겠어요?"

"나도 하는 거예요?"

"당연하죠! 설마 혼자만 빠지실 생각이셨어요?"

유라는 말도 안 된다는 표정을 지었다. 겨울은 작은 미소를 만들었다.

"……어쩔 수 없네요."

흐흥. 기분 좋아진 유라가 드물게 콧소리를 냈다.

나름의 중대행사는 처음부터 강렬했다.

"진석아! 살려줘!"

2소대원의 비장한 외침에 한 사람을 제외한 전체가 폭소를 터트렸다. 홀로 얼굴을 감싸는 건 당연히 소대장인 진석이었다. 겨울은 그의 귀가 붉어지는 것을 볼 수 있었다. 진석은 겨울 쪽을 슬쩍 보더니 한층 더 괴로워했다.

"진석이 너 소대 내에서 별명이 뭔지 알아? 항상 빠쳐있다고 빡친석이야!"

즐기는 소란이 더더욱 커진다. 어째 말이 한국어다 싶었으되, 주변 병사들의 통역으로 국적을 가리지 않는 웃음이었다.

"니가 고생이 많다는 건 알아! 하는 거 보면 도저히 나랑 같은 나이라는 생각이 안 든다! 대단해! 농담이 아니라 진짜로! 근데 존경은 존경이고 무서운 건 무서운 거야! 넌 꿈에서 괴물이 나온다지만 나는 꿈에서 니가 나와! 아, 덕분에 괴물이 덜 무서워져서 좋기는 하네!"

2소대원들이 열렬히 호응했다. 다른 소대와 성비가 달라 음색으로 구분 가능했다.

"인정할게! 너 아니었음 우리는 지금까지도 빌빌거렸을 거야! 하지만 이젠 다르잖아? 다들 알 거 알고 할 거 하게 됐단 말이지! 그러니 어깨에서 힘 좀 빼도 돼! 중요한 일은 무조건 직접 하려고 하지도 말고! 우리한테 적당히 나눠주 라! 도와준대도 그러네? 슬슬 믿고 맡겨도 괜찮잖아?"

표정을 보면 뒤끝을 걱정하여 마냥 좋게 부풀리는 말은 아닌 듯했다. 여태껏 외친 상병이 민망해하는 중위를 추궁 했다.

"대답은?"

"알았다. 노력하지…….'

"믿는다, 진석아!"

이걸로 끝인 줄 알았으나, 상병은 자리를 비우는 대신 겨 울이 있는 방향을 바라보았다.

"그리고 우리 작은 대장, 한겨울!"

겨울은 대답 대신 손끝으로 자신을 가리키며 고개를 기 울였다. 주변이 슬쩍 비켜주었다. 중령을 호명한 상병은 열 심히 고개를 끄덕였다.

"그래! 겨울이 너! 넌 대체 저책…… 크흠. 대체 정체가 뭐냐?"

긴장한 탓에 혀를 씹은 모양. 아까와 달리 청중의 반응도 미적지근했다. 겨울에게 말을 놓는 것 자체를 심히 어색해 하는 분위기였다. 진석은 유달리 곤두서있었고.

주머니에 양손을 찌른 겨울이 살짝 만든 웃음을 곁들여 되물었다.

"내가 왜?"

여기저기서 기침이 터져 나온다.

"어…… 너, 너 말이지, 여러모로 너무 엄청나서 사람 같지가 않어!"

"그래서 싫어?"

"무슨 소리! 누가 널 싫어하겠어! 그냥 능력도 말이 안 되고 인간적으로도 단점이 없어서 하는 말이야! 덕분에 가끔 의심스럽거든! 내가 널 제대로 보고 있는 게 맞나 싶어서!"

"음. 그건 걱정스럽다는 뜻이야?"

"말하자면…… 그렇지! 이거 하기로 하고서 가만 생각해 보니깐 난 한겨울이라는 사람에 대해 몰라도 너무 모르더라! 어제까지만 해도 되게 잘 아는 줄 알았거든!"

"……."

"격이 다른 느낌이긴 하지만, 아무튼 너도 사람이잖아? 고민이든 뭐든 분명히 있을 거란 말야. 근데 지금까지 한 번도, 단 한 번도 힘들어하거나 불평하는 모습을 본 적이 없어! 상상하기도 힘들고! 심지어 우리 대쪽같은…… 아니, 죽창 같은 소대장도 가끔은 나랑 같은 사람이구나 하는 게 확 오는데 말이지. 그래서-"

아, 어렵네. 상병이 말을 끊고 중얼거리는 혼잣말. 원래하려던 말은 이게 아닌데, 하고. 다음을 재촉하는 시선들 앞에 당황한 그는, 길어지는 침묵에 비례하여 붉어진 얼굴로 서투른 마무리를 지었다.

"그, 니가 보여주는 것만 보아온 것 같다는 그런⋯⋯. 에이! 죄송합니다 여러분! 제가 무슨 말을 하고 싶었는지 저도 잘 모르겠습니다! 여기서 끝낼게요! 중대장님, 사랑합니다!"

으엑. 유라가 괴상한 소리를 냈다. 남자 간에 사랑이라는 표현이 거북했나 보다. 내려오는 상병은 박수와 야유를 동시에 받았다.

이후의 차례는 대체로 진석의 수난사였다. 진석아, 형이 많이 힘들어! 진석 오빠! 나한테 왜 그래? 진석이 형! 기타 등등. 소대를 초월하여 중대원들 모두가 내는 목소리였다. 첫 타자가 망쳐놔서인지, 아니면 애초에 어렵기 때문인지 다들 겨울을 상대로는 삼가는 태도를 보인다.

"이럴까봐 순서를 섞었는데 소용이 없네요. 진석 씨 성격에 얼마나 끓고 있을지."

사탕을 물고 찡그린 유라가 관자놀이를 꾹꾹 눌러댔다.

겨울이 말했다.

"그래도 이렇게 말이 나오는 걸 보면 박진석 중위를 진심으로 싫어하는 사람은 없나보네요. 오히려 믿는 것 같은데⋯⋯. 뒷감당을 걱정했으면 다들 말을 꺼내지 않았을 테니까요."

"그야 그렇죠. 공사는 구분하거든요. 다음 중대장은 정하셨어요?"

지나가듯이 가벼운 질문이었다.

"아뇨, 아직. 새로운 문제가 생겨서."

"문제요?"

"나중에 말해줄게요. 결정하기 전에 두 사람도 알고 있어야 할 일이니까."

"지금 알려주시면 안 돼요?"

"이런 데서 말하기는 좀……."

"뭔가 또 골치 아픈 건가보네요. 아, 여기서 더 살찌면 안 되는데."

영문 모를 소리를 하며 한숨을 쉬는 유라. 입안에서는 딸그락거리는 소리가 난다.

"살이 찐다니, 무슨 말이에요?"

"요즘은 스트레스를 받으면 단 게 땡기더라고요. 초콜릿이든 사탕이든……. 보세요. 참스도 이렇게나 갖고 다니는걸요."

그녀가 잠시 부스럭대더니, 주머니로부터 알록달록한 사탕을 한 움큼 쥐어 꺼내보였다. 그중 태반을 차지하는 참스(Charms)는 전투식량의 부식으로 제공되는 과일 맛 캔디였다.

"와. 그걸 어디서 그렇게 많이 구했어요?"

겨울이 묻자 유라가 어깨를 으쓱인다.

"이유는 모르겠지만, 이 사탕이 불길하다고 버리는 사람이 많던데요? 버릴 거면 차라리 날 달라고 했죠. 전에는 메리웨더 선임상사님이랑 매카들 하사만 싫어했던 건데……. 치료 받고 오니까 어느새 다들 꺼리고 있더라고요."

이는 겨울도 몇 번 접해본 미신이었다. 먹으면 재수가 없다고. 철자가 부적(Charm)과 같기 때문일까? 하지만 적어도 육군에서는 믿는 사람이 드문데, 하필 선임상사가 그중 하나였던 모양이다. 그리고 군대 내에선 금기가 퍼지기 쉬웠다.

유라는 전혀 개의치 않는 듯했다.

"중위는 신경 안 쓰여요?"

"저는 딱히. 오히려 어릴 때 할머니께서 자주 주시던 사탕 같아서 좋아요. 아, 드디어 다시 뵙겠네요. 그동안 엄청 그리웠어요."

말만으로도 눈가에 눈물이 핑 도는 그녀. 붉어진 눈을 빠르게 깜박여 물기를 지운다.

다른 중대원들의 정서도 비슷했다.

"중대장님 덕분에 살아서 여기까지 왔습니다! 그동안 정말 감사했고! 수고하셨습니다!"

막바지에 순번이 돌아온 강도윤 일병의 목소리는 반쯤 울먹임에 가까웠다. 다른 이들도 마찬가지. 자리의 목적은 어느새 그간의 고생이 끝난 것을 기념하는 것으로 바뀌었다. 실제론 일어날 가능성이 낮은 군사반란을 고려하지 않더라도, 완전히 안심하기는 아직 이른데. 거듭되는 감사를 받으며, 겨울은 약간의 곤란함을 감추었다.

'이해는 가지만······.'

약식 장교교육에선, 전장에 60일간 체류한 부대는 구성원 대부분이 정신적인 문제를 겪는다고 가르친다. 독립중대가 전장에 투입된 기간이 다른 부대들에 비해 짧다고는 하나, 그래도 수개월에 걸쳐 다수의 작전을 연속으로 치러야 했다.

"왜 그러세요?"

눈치가 이상했는지 유라가 조심스레 이쪽을 살핀다. 겨울이 아니라고 고개를 저었다.

"별거 아녜요. 다른 생각을 좀 했네요."

"흐음."

미심쩍어하던 유라가 이내 표정을 부드럽게 풀었다.

"고민거리가 있으면 말씀하세요. 별로 도움은 안 되겠지만, 보통은 누가 들어주는 것만으로도 마음이 가벼워지잖아요. 누구나 그렇던걸요."

"기억해두죠."

"자, 나가 보세요. 대장님 차례예요."

그녀의 말처럼, 어느새 더는 외치는 사람이 없었다. 한 단 높게 올라선 겨울은 중대원들을 슥 둘러보곤 난처한 표정을 만들었다.

"음, 이제 무슨 말을 해야 하죠?"

별것 아니었는데도 모두가 즐거워한다.

"괜찮은 말은 앞에서 다 나왔잖아요. 감사합니다, 사랑합니다, 그동안 고생 많으셨습니다, 같은 것들이요. 그러니 이제 와서 길게 끌 필요는 없겠죠."

몇 사람과 시선을 맞춘 겨울이 말을 가볍게 이었다.

"우리는 이제 돌아갑니다. 다들 기대하는 것처럼, 가면 전보다 더 나은 생활이 있을 거예요. 보고 싶은 누군가도 기다리고 있을 거고요. 그동안의 노력에 대한 보상이라고 해도 되겠네요. 여러분에겐 자격이 있습니다. 어디서든 최선을 다했잖아요. 양심적으로 난 아니다, 나는 충분히 노력하지 않았다 싶은 사람이 있다면 손을 드세요. 최전선으로 가게끔 손써줄 테니까."

듣는 이들 사이로 자갈 같은 웃음이 굴렀다.

"역시 없네요. 그럴 줄 알았어요. 난 여러분을 믿고 있었거든요."

다시 한 번 계급고하를 불문하고 웃는 중대원들.

"그래도 한 가지 명심해야 할 사실은, 아직 다 끝난 게 아니라는 겁니다. 변종들과의 싸움은 계속될 거고, 그 외의 다른 위기가 찾아올지도 모르죠. 여러분은 돌아가서도 여전히 군인 신분입니다. 여기서 긴장을 완전히 놓아버리면 안 돼요. 무슨 일이 있더라도 항상 대응할 준비가 되어 있어야 합니다."

하나 당장은 무리한 주문이었다. 따라서 겨울은 가벼운 어조에 꾸민 웃음을 더했다.

"쉬지 말라는 뜻으로 하는 말은 아니에요. 쉬더라도 지킬 걸 지키면서 쉬어야 한다는, 뭐, 그런 거죠."

말이 끝나기도 전에 우- 하고 항의가 일었다.

"억울하면 전역하세요. 시민권이 취소되겠지만."

야유가 더 늘었다. 애초에 불가능한 이야기. 전시에 마음대로 전역할 방법은 없었다. 시민권이 걸린 마당에 포기할 사람도 드물겠고, 탈영병으로 쫓기고 싶은 이는 더더욱 없을 터. 장난스러운 항의가 가라앉기를 기다린 겨울이 차분한 어조로 끝을 알렸다.

"흠, 달리 할 말이 없네요. 남은 시간은 개인정비입니다. 부대, 해산."

병사들은 잡담을 나누며 흩어졌다. 겨울은 소매를 젖혀 손목시계를 확인했다. 크레이머의 폭로에 관한 정부 담화까지는 길지도, 짧지도 않은 여유가 남아있었다.

겨울과 독립중대의 온도차는 저녁시간까지도 그대로였다. 이제 곧 중대한 발표가 있음을 알지만, 머리와 가슴이 따로 놀아 아무래도 좋은 기분인 것이다. 중대원들 입장에선 당국의 해명이 어찌 되든 당장 어떤 영향을 받는 것도 아니었다. 고로 이따금씩 진지하게 시간을 확인하는 사람의 수는 적을 수밖에 없었다.

취사장에서도 특식을 준비해주었다. 임무를 마치고 전선을 떠나는 부대에 대한 경의의 표현. 이는 봉쇄사령관 슈뢰더 대장이 직접 내린 지침이었다. 오늘은 독립중대지만 내일은 또 다른 부대가 주인공이 될 것이다.

즉 취사병들은 어느 하루도 편할 날이 없었다.

겨울이 지휘관으로서 감사와 격려를 전하는 이유였다.

"여기저기서 이상한 소리 많이 들었겠지만 신경 쓰지 말아요. 제정신 박힌 사람이라면 취사병들이 고생한다는 거 알고 있을 테니까."

독립중대 소속으로서 공용 취사장에 파견되었던 셋은 누가 먼저랄 것도 없이 멋쩍은 표정을 지어보였다. 최선임인 맹동록 상병이 고개를 흔든다.

"인정하긴 싫어도…… 저희가 상대적으로 땡보였던 건 맞습니다. 독립중대는 식수인원이 적잖습니까. 여기 와서 들어보니 다른 부대에선 서른 명이 한 개 사단을 책임진 적도 있다더군요. 그럼 대충 잡아도 1만인데…… 어휴, 얼마나 빡셌을지 짐작도 안 갑니다."

이 말을 듣고 기억을 더듬어보는 겨울. 독립중대가 단독작전을 수행할 땐 한 끼에 세 개의 표준모듈[10], 아홉 박스의 식량을 공급받았다.

"사단급 부대면 매 끼니 6백 상자쯤 되나요?"

"근래 들어선 나흘이나 엿새, 여드레 단위로 끊어서 들어오니까 한 번에 받는 양은 훨씬 더 많습니다. 그 친구들이 아직 현역인 게 신기할 정도죠."

"그러네요……."

"뭐, 저희는 내일 아침까지만 고생하면 끝이잖습니까. 안 그러냐, 얘들아?"

서로 돌아보며 웃는 취사병들에게 겨울이 슬쩍 안됐다는

---

10 Unitized Group Ration : 조리과정을 대부분 생략하고 부대원들에게 단체배식할 수 있도록 대 용기에 포장된 전투식량. T-Ration이라 불리기도 한다.

표정을 지어주었다.

"꼭 그렇진 않은데."

"대대로 개편되는 것 땜에 그러십니까?"

딱히 공식적으로 확인해준 적도 없건만, 독립대대로의 승급은 이젠 모르는 사람이 없는 사실이 됐다. 겨울은 간단히 긍정했다.

"예. 신병훈련소 문제도 있고."

인원을 확충하더라도 결코 편하진 않을 것이다. 하나 상병은 그래도 좋다고 웃었다.

"그 정도는 각오하고 있습니다. 어쨌든 여기보단 나을 겁니다. 몸도 몸이지만, 그, 하하, 마음이 편한 게 더 클 테니까요."

"그렇다면 다행이고요. 이거 받아요."

"어이구, 뭐 이런 걸 다. 감사합니다."

맹 상병은 겨울이 내미는 선물을 희희낙락 받아들었다. 영내 매점에서 파는 주류 가운데 가장 상등품으로 분류되는 것들이었다. 값은 제법 나가지만 겨울에겐 별 부담이 되지 않는 수준이었고. 여기서 술 외에 다른 선물을 마련하기도 곤란했다.

"같이 일하는 다른 부대 취사병들이랑 나눠 마셔요. 고마웠다는 말도 전해주고요."

"어쩐지 많다 싶었습니다. 한겨울 중령님이 주신 거라고 하면 엄청 기뻐할 겁니다."

저물녘에 들어온 전등 불빛 아래 각각의 술병을 비춰보

는 취사병들. 그중 한 명이 겨울에게 다른 것을 부탁했다.

"Sir. 혹시 싸인은 안 됩니까?"

"싸인?"

"그 친구들에겐 술보다 더 좋은 선물이 될 것 같아서 말입니다."

"처음 받는 요청은 아니지만…… 음, 어쩐지 느낌이 이상하네요. 장교가 병사에게 싸인을 해준다는 게. 뭐랄까, 어색하다고 해야 하나?"

공적인 관계에 사적인 관계가 끼어든다는 느낌. 말하자면 규율 문제였다.

"중대장님께선 평범한 장교가 아니잖습니까? 그리고…… 어, 이렇게 말씀드리면 기분 나쁘실지도 모르지만…… 객관적으로 가격을 매겨도 술보다 싸인 쪽이 훨씬 더 비쌀…… 겁니다. 죄송합니다. 말해놓고 보니 예상보다 더, 그, 무례한……."

스스로 꺼낸 말을 감당하지 못하고 허우적거리는 병사에게 겨울이 설익은 미소를 만들어보였다.

"기분이 나쁜 건 아닌데, 그 말을 듣고 보니 나중에 괜한 말이 나돌까봐 걱정스럽네요. 한겨울 중령에겐 군인이라는 자각이 있는가? 연예인 병(media shower)에 젖어 본분을 잊은 건 아닌가? 하는 식으로. 방금도 나한테 평범한 장교가 아니라고 했잖아요."

싸인이 고가에 거래되기 시작하면 필연적으로 비판이 나올 터. 최소한 군 내부, 엄격한 고위 장교들 입장에선 부적절한 일일 것이었다.

선후임의 눈치를 받던 취사병이 다시 한 번 사과했다.

"죄송합니다. 제가 생각이 짧았습니다."

"신경 쓰지 말아요. 덕분에 새삼 깨달은 거고, 미리 조심해야겠다는 정도니까."

겨울은 기죽은 병사의 팔을 두드려주었다.

그들을 보내고서 늦은 샤워까지 마치고 숙소로 복귀한 시각은 오후 7시 40분. 정부 담화는 프라임 타임이 시작되는 오후 8시로 예정되어 있었다.

똑똑.

문을 두드린 것은 싱 대위였다.

"들어가도 되겠습니까?"

"그럼요. 얼마든지."

신축 막사인데도 문은 삐걱거리는 소리를 냈다. 겨울의 개인실이 유독 심한 편이라 싱 대위가 인상을 찌푸렸다.

"축이 뒤틀린 것 같습니다만, 교체를 요청하지 그러셨습니까? 다음에 들어올 사람도 있으니 말입니다."

"됐어요, 대위. 다들 쉬고 싶을 텐데 괜히 일을 만들어줄 필요는 없죠. 무엇보다, 누가 들어왔을 때 바로 알 수 있어서 좋잖아요. 불청객이 감염변종일 가능성도 있고."

"그러고 보니 아직도 전투복이시군요. 설마 그대로 주무십니까?"

"왜 아니겠어요?"

구보할 때도 완전군장인 겨울은 지급받은 활동복의 포

장조차 뜯지 않았다. 다만 전투복을 매일 갈아입을 뿐. 지금도 대검과 권총을 차고 있고, 가까운 벽엔 삽탄한 소총을 기대어두었다.

"아무튼 무슨 일이에요?"

겨울이 묻자 대위가 한 손에 든 맥주 짝을 들어보였다.

"곧 시작할 방송, 같이 보시는 건 어떻습니까?"

"상관은 없는데, 대위는 술을 안 마신다고 하지 않았어요?"

"이건 제가 마실 게 아닙니다."

"나도 술은 안 좋아하는데요."

"그게 아니라, 허락하시면 선임상사와 작전참모도 오기로 했습니다."

"이런. 여긴 너무 좁잖아요?"

"혼자 볼 게 아니라면 어디든 마찬가집니다. 휴게실에서라면 아예 서서 봐야 할 겁니다. 모든 개인실에 TV가 있는 것도 아니지요."

아무래도 이번 방송을 보면서는 앤과 대화하기가 어려울 듯하다. 주머니 속의 폰에서 손을 뗀 겨울이 대각선으로 한 발짝 물러났다.

"그렇다면야. 일단 앉아요. 입이 심심하면 이것 좀 들고요."

싱 대위는 겨울이 내민 그릇을 이채롭게 보았다.

"튀긴 건빵입니까?"

"취사병들에게 선물을 줬더니 가져가라더군요."

"아하, 아주 좋습니다."

터번을 쓴 대위는 사양 않고 집어먹기 시작했다. 와작와작. 첫눈처럼 뿌려진 설탕이 수염에 잔뜩 떨어진다. 그 모습이 워낙 순수하여, 겨울은 꾸미지 않은 웃음을 터트릴 뻔했다. 평소에 엄격하고 금욕적인 면이 있는 만큼 그 반동으로 단 음식을 좋아하는 것일까?

몇 분 후엔 메리웨더 상사와 포스터 중위도 합류했다.

근육 짱짱한 남자 셋이 나란히 앉아 건빵을 씹는 광경은 그 자체로 상당히 재미있었다.

포스터가 누구에게랄 것도 없이 묻는다.

"대통령이 직접 나오겠지요?"

겨울이 긍정했다.

"그럴걸요? 대변인이라도 내세웠다간 떠넘기거나 도망치는 것처럼 보일 테니까."

"지난 폭로는 어떻게 생각하십니까?"

"부분적으로는 진실이겠죠. 그래서 더 문제지만."

싱 대위가 공감한다.

"가장 악질적인 기만이 바로 진실을 내세우는 거짓말입니다."

그러나 메리웨더 상사는 조금 다른 입장이었다.

"얼마나 많은 거짓이 섞여있느냐를 떠나, 그 「그리스의 섬」이라는 계획에 대한 내용만은 사실이라면…… 저는 화가 많이 날 것 같습니다. 저는 부자들만 좋은 일을 해주려고 이 나라를 지켜온 게 아닙니다."

작전장교가 소극적으로 동의했다.

"뭐, 선임상사님 말씀도 대충 맞습니다. 일단은 오늘 뭐라고 하는지가 중요하겠지만 말입니다."

어떻게 보면 이들의 태도는 나고 자란 사회적 배경의 차이를 보여주는 것 같기도 했다. 부중대장은 황인, 작전참모는 백인, 선임상사는 흑인이었으므로. 현재의 정국은 소수자일수록 민감하게 반응할 수밖에 없다. 그것이 긍정적인 반응이든, 부정적인 반응이든.

여기서 문득 의문을 품는 겨울.

'그러고 보니 싱 대위의 진급심사는 아직인가?'

독립대대의 수석참모라면 소령을 달아도 이상하지 않았다. 하물며 이번엔 무공훈장까지 받은 것이다. 요청은 진작에 올려두었고.

겨울은 통보가 미뤄지는 배경에 다른 이유가 있지 않나 의심했다.

"오, 역시."

포스터의 목소리. 자기 말대로 대통령이 나왔다는 뜻이었다. 예정보다 이른 시간에 등장한 맥밀런 대통령은 단상에 서서 서류를 정돈하는 차분함을 보여주었다. 벌써부터 질문을 퍼부으려 드는 기자들에게는 여유로운 태도로 양해를 구하기도 했다. 바로 이런 모습을 보여주고자 조금 빨리 입실했을 것이었다.

'그래도 많이 피곤해보이네.'

안 그런 척 분장을 했으나 겨울의 눈을 속이진 못했다.

지금은 야전기지가 된 올레마에서 통화가 연결되었을 때만 해도 대화 도중 기절하듯이 졸았던 대통령이었다. 누적된 피로 탓인지 가벼운 기침을 하기도 한다. 어쩌면 여기까지도 계산된 것이겠지만.

보좌관의 귀띔을 받은 대통령이 무게를 더한 모습으로 정면을 바라보았다.

「시작할 때가 됐군요.」

아나운서의 목소리가 사라지고, 화면 너머의 실내도 조용하게 가라앉았다.

「존경하는 미국 시민 여러분. 지금 이 방송을 보고 계신다면, 제가 이 자리에 서있는 이유를 알고 계실 것입니다.」

반 박자 쉬고 말을 잇는 대통령.

「그렇습니다. 중대한 의혹이 제기되었습니다. 이제까지 극복해온 모든 시련들을 기념하고, 우리의 조국이 이룩한 위대한 승리를 기뻐해야 할 이 시점에, 여러분은 또 하나의 예기치 못한 불안과 마주하게 되었습니다. 묻노니, 이 나라의 정부는 진실로 의무를 저버리려 했는가.」

여기까지 말한 대통령은 고개를 들고 거리낄 것 없는 태도로 인정했다.

「『그리스의 섬』은 실존합니다.」

"Shit."

메리웨더 상사가 입안에서 작게 굴리는 욕설. 스피커에서는 화면의 배후에 있는 기자들의 술렁임도 전해진다. 소란이 가라앉길 기다려, 맥밀런 대통령이 천천히 끄덕였다.

「예, 맞습니다. 그런 이름의 계획이 있습니다. 하지만 기존에 알려진 내용은 많은 부분에서 사실과 다릅니다. 정녕 이것이 국민들을 배신하려는 음모였는가를 물어보신다면, 저는 당당하게 아니라고 대답할 수 있습니다. 대부분의 다른 비상시 승계계획들과 달리, 『그리스의 섬』에 포함될 정부각료는 오직 지정생존자 한 사람뿐이었으니까요.」

"지정생존자라면……."

포스터의 중얼거림에 싱 대위가 끄덕였다.

"방역전쟁이 시작되고부터 항상 시행되는 걸로 바뀌었다지."

지정생존자란 대통령직 승계권을 지닌 고위 각료 한 사람을 철저한 보안 아래 격리해두는 제도였다.

「즉, 만에 하나 이 계획을 실행하게 되더라도, 대통령인 저를 비롯한 정부 구성원들은 이 나라와, 대부분의 미국 시민들과 운명을 함께할 예정이었습니다. 제 말의 진실성은 담화 이후 공개될 원본 문서가 증명할 것입니다.」

다시금 플래시가 집중적으로 터졌다.

맥밀런 대통령이 한 손으로 검지를 세워보였다.

「다음으로 하나. 어째서 돈 많은 자들만을 태우려 했는가. 대답하겠습니다. 그땐 그럴 필요가 있었기 때문입니다.」

청중을, 이 방송을 보는 모든 사람들을 당황하게 만드는 한 마디였다.

「지난 해, 미국은 멸망의 기로에 놓여있었습니다. 이는 역병의 상륙을 뜻하는 게 아닙니다. 그 전에 이미 무너지고 있었던 우리의 경제를 두고 드리는 말씀입니다.」

곱씹을 시간을 주고 본격적으로 고조되는 해명.

「붕괴의 물결은 바다 건너의 모든 땅으로부터 밀려왔습니다. 우리가 원하는 그 어떤 상품도 저편으로부터는 살 수 없게 되었고, 우리가 생산한 그 어떤 상품도 저편으로는 팔 수 없게 되었습니다. 갈 곳을 잃은 화물들은 적체되었습니다. 원료 공급이 끊긴 공장들은 가동을 중지했습니다. 판로가 사라진 농가는 대출을 상환할 수 없었고, 대금을 받지 못한 기업들은 파산의 위기에 직면했으며, 그로 인해 수많은 노동자들이 실직자가 될 처지였습니다. 은행들은 지급불능 직전의 위기였지요. 한시적인 비상계엄과 하루하루 쌓여가는 행정명령들만이 우리 경제의 산소 호흡기였습니다. 기존의 경제체제는…… 더 이상 존재하지 않았습니다.」

이 대목에서 언급하는 시점의 국제무역은 완전히 마비된 상태였다. 차라리 지금이 더 나아진 면도 있다. 혼란을 극복한 소수의 국가들과 제한적인 교역이 이루어지는 까닭이다. 대표적으로 러시아. 그곳으로부터 들여오는 각종 자원, 특히 희토류가 아니었다면 북미의 자체적인 생산량으로는 많이 힘들었을 것이란 견해가 지배적이었다.

「하지만 우리의 농장이 사라진 건 아니었습니다. 공장도 여전히 그 자리에 있었습니다. 수입을 대체할 뛰어난 기술도, 역경을 이겨내려는 시민들의 의지도 그대로였습니다.

해외의 원자재를 들여오진 못하게 되었을지언정, 신께서는 우리가 필요로 하는 모든 종류의 자원으로 이 땅을 축복하셨지요. 이번에 거둔 승리로 증명되었듯이, 이 나라엔 위기를 극복할 저력이 있었습니다. 다만 어디서부터 어떻게 시작하면 좋을지를 몰랐을 뿐입니다.」

「고쳐 말씀드립니다. 이 나라엔 위기를 극복할 저력이 있었지만, 그 힘은 무수한 내적 이해관계로 나누어져 있었습니다. 지폐가 폐지로 변하기 전에 새로운 질서를 구축해야 한다는 점은 모두가 공감했으나, 어떤 질서를 만들 것인가에 대해서는 각자가 다른 의견을 가지고 있었습니다.」

「또한 두려워했습니다. 누군가는 재무제표상의 구멍을 감수하고, 누군가는 손실과 무관하게 제조와 고용을 유지하며, 누군가는 대가를 받지 않고 상품과 서비스를 제공해야 했습니다. 오직 정부의 신용만을 믿고서요. 비록 이것이 새로운 경제 질서가 확립될 때까지의 단기적인 조치에 불과할지라도, 당장 손해를 보는 입장에선 실감이 다를 문제였지요. 일부는 기꺼이 받아들였으되 다른 일부는 아니었습니다.」

「후자에 속하는 이들은 이렇게 생각했습니다. 혹시 새롭게 만들어지는 질서로부터 의도적으로 배제되는 것은 아닐까? 정부의 조치가 반드시 성공한다는 보장도 없지 않은가? 공공을 위한 희생보다는 자력구제를 추구하는 편이 더 확실한 투자 아닌가? 어차피 무너질 체제, 돈에 아직 가치가 있을 때 식량과 물자를 쌓아두고, 험지에 요새 같은 피

난처를 건설하고, 사병을 고용하여 생존과 안전을 확보해
야 하지 않을까…….」

「이것을 이기심의 발로로만 보기는 어려웠습니다. 대통
령으로 취임한 이래, 저는 그들과 줄곧 정치적으로 대립해
왔으니까요. 십수 년에 걸쳐 단 한 번도 세금을 내지 않은
기업들, 그러면서도 막대한 성과급을 받았던 경영인들, 조
세를 회피할 목적으로만 자선재단을 운영해온 자산가들은
정부의 배척을 경계할 이유가 충분했습니다.」

「하지만 제겐 그들의 협력이 절실했지요. 한 사람 한 사
람의 경제적 영향력이 평범한 미국 시민 수십만 명을 능가
했기 때문입니다. 그러므로 그들 각각의 일탈은 마른 숲에
떨어진 불씨와 같을 것이었습니다.」

「강제 압류 및 국가 주도의 재분배까지 고려해보았습니
다만, 불가능한 선택지였지요. 그들은 어쨌든 법을 준수해
왔습니다. 그런데도 일방적으로 권리를 침해하는 건 미국
의 정신에 맞지 않을뿐더러, 초법적인 조치가 낳을 무법적
인 혼란도 우려되었습니다. 저는 미국의 대통령이며 헌법
의 첫 번째 수호자입니다. 저 스스로 법을 어기면서 다른
사람에게만 질서를 요구할 순 없는 것입니다. 이는 즉 그들
의 무장과 투쟁을 정당화합니다.」

겨울은 이 말에 녹아있는 정서를 이해했다.

'부당한 정부에 무력으로 저항할 권리…….'

미국 보수진영의 입장에서, 시민들의 총기휴대는 저항권
의 상징이기도 하다. 대통령이 극단적인 선택을 했을 경우

공화당과의 연정 역시 꿈속의 이야기였을 것이다.

자칫하면 내전이었다.

「그래서 제안한 게 바로『그리스의 섬』입니다.」

다시 한 번 언급된 논란의 원인. 그러나 배경을 알고 나서 듣는 느낌은 아까와 달랐다. 메리웨더 상사는 팔짱을 낀 채로 주변을 잊었다. 낯빛은 여전히 무거웠으되 분노는 한 발 물러나고 신중한 기다림이 자리 잡았다. 차별에 익숙할 시크교도는 수염을 매만지며 생각에 잠겼다. 완전히 경도된 포스터 중위도 있었다.

「정부의 정책에 협조하고 추가자금을 제공하는 대가로, 저는 그들에게 규격 외의 특권을 보장해주겠노라 약속했습니다. 방주의 탑승권 말입니다.」

「이 계획 덕분에, 그들의 적극적인 협력 덕분에…… 우리의 가장 뛰어난 석학들은 미국의 경제를 재구축하는 데 필요한 시간을 확보할 수 있었습니다. 골든타임이었다고 해도 좋겠군요. 그 결과는 국민 여러분께서 보시는 바와 같습니다. 맥도날드에서는 여전히 빅 맥을 팝니다. 일을 하면 돈을 받을 수 있고, 마트에서는 돈을 주고 물건을 살 수 있지요. 상품의 다양성이 예전 같지는 않지만, 그래도 물가는 안정을 되찾았습니다. 전화와 인터넷이 살아있으며, 우리의 장병들에겐 충분한 양의 무기가 공급되었습니다. 이재민이 수천만에 이르는데도 빈부격차는 오히려 소폭 감소했습니다. 여러분, 우리는 두 개의 전쟁에서 승리했습니다.」

잠시 숨을 돌리는 틈에 어디선가 들려오는 박수 소리. 대통령이 그 방향을 바라보자 화면도 따라서 움직였다. 언론 관계자들 가운데 한 사람이 기립박수를 치고 있었다. 그의 직무와 이 자리의 성격에 어울리지 않는 행동이었으나, 그는 십 수 초간 꿋꿋이 혼자만의 갈채를 보냈다. 주변에서는 간혹 눈살을 찌푸리기도 하고, 희미하게 고개를 끄덕이기도 했다. 다만 항의하는 사람은 없었다.

카메라가 다시 정면을 향했다. Thank you. 감사를 표한 대통령이 본론으로 돌아갔다.

「그리고…… 이 계획으로 말미암아 수백 개소의 격오지에 비밀 보급거점들이 건설되었습니다. 원자로를 탑재한 비행선이라도 영구적으로 떠있을 순 없는 노릇이었으니까요. 패트릭 헨리급이 공군의 공중포대로 전용된 지금, 그 거점들은 시민들을 위한 대피시설로 재활용될 것입니다. 언젠가는 만들었어야 할 인프라지요.」

결과론적인 변명이었다. 하나 계획의 당위성을 역설한 지금은 비난을 받을 여지가 적었다. 아무튼 대통령은 시민들과 함께 죽을 각오였던 것이다.

'거짓이 없을 때의 이야기지만.'

유능함과 진실함은 별개의 미덕이다. 대통령의 행적으로 미루어 사실일 가능성이 높으나, 겨울 개인의 판단이자 「통찰」에 지나지 않았다. 같은 생각을 했는지, 피부가 검은 선임상사는 못내 미심쩍어하면서도 어깨의 힘이 빠져있었다. 한숨과 더불어 누그러진 말이 흘러나온다.

"지금까지 한 말들이 전부 다 진짜라면 좋겠습니다

만……."

다른 둘은 사견을 보태지 않았다. 지금으로선 뭐라고 단정 짓기 이르다.

「한 가지 더. 『그리스의 섬』을 위한 예산은 불투명하게 운영되었습니다.」

「쉽게 말해 이중장부를 작성했다는 뜻입니다. 필요한 것 이상의 자금을 요구했고, 동일한 예산항목을 중복으로 집행했으며, 발생한 차액은 시크릿 서비스의 세탁을 거쳐 이재민 구호 예산 및 국방성금으로 들어갔습니다. 여기에 대해서는 내일 자로 재무부의 감사가 시작될 예정입니다. 진위를 가려야 할 테니까요.」

「아울러 이 계획의 후원자들에겐 사죄의 뜻을 전하고 싶습니다. 이 자리를 빌려 말씀드립니다. 죄송합니다. 비록 대의를 위해서였다고는 하나, 저는 대통령의 권한을 남용하여 당신들을 기만하고 위법적인 손실을 끼쳤습니다. 당신들 또한 제가 지켜야 할 국민의 한 사람인데도 말입니다.」

겨울은 맥밀런 대통령의 진중한 모습으로부터 기이한 이질감을 느꼈다. 하느니만 못한 말들이 아닌가. 언뜻 들으면 대통령 자신을 위한 얕은 언변인데, 의도에 따라서는 『그리스의 섬』의 수혜자들을 보호하기 위한 깊은 배려일 가능성이 있었다. 속 읽기에 능한 겨울의 직감은 뒤쪽으로 기운다. 「통찰」과 연동된 「간파」가 높은 확률로 그 뒤를 따랐다.

'맞아. 이 정도의 정치공방이면 자금을 댄 사람들의 정보도 곧 밝혀지겠지.'

자칫 시민들의 폭력적인 분노가 그들을 겨냥할지도 모를 상황. 짐작이 맞다는 전제하에, 대통령은 계획의 후원자들에게 바보처럼 속은 악당의 이미지를 씌울 작정이었다. 시민들은, 물론 좋게 보지는 않겠으나, 적어도 과격한 집단행동에 돌입하진 않을 것이었다.

「마지막으로, 중성자탄과 독소 건이 남았군요.」

대통령이 힘없는 미소를 지어보였다.

「핵미사일에 대해서는…… 정말이지, 근거 없는 비방입니다.」

"내 이럴 줄 알았어."

포스터의 다 들리는 독백이었다. 상기된 채 주먹을 불끈 쥐는 참모의 모습은, 마치 메이저리그 경기에서 응원하는 구단이 3루까지 꽉 채웠을 때를 보는 듯했다.

「일단 사실인 부분이 있기는 합니다. 중성자탄의 생산과 배치를 늘린 것…… 그리고 모겔론스 복합체가 방사능에 의해 파괴될 때 향정신성 독소를 방출한다는 점입니다.」

"……What?"

벙찐 소리를 내는 작전장교. 이는 비단 그만의 의문이 아니었다. 작년에 전술핵이 터졌던 도시에서 작전을 수행한 장병들은 독소의 존재여부를 헛소리로 치부하고 있었으므로. 그런데 대통령이 이를 인정한 것이다.

「먼저 이것부터 말씀드려야겠군요. 최초의 폭로로부터

오늘 이 자리에 이르기까지 며칠의 시간이 걸린 것은, 독소에 관한 정보를 밝히기 전에 러시아 정부의 동의를 구해야 했기 때문입니다. 모두가 아시다시피, 그곳에선 방사능에 오염된 변종이 발견되곤 하지요.」

대비할 여유가 충분했음에도 기자회견이 늦다고 여겼던 겨울은 이제야 비로소 납득했다. 이런 세상에서도 소식은 국경을 넘고 바다를 건넌다. 미국에서 공개된 정보가 러시아 전선의 병사들에게 미칠 영향을 고려해야 했던 것이다.

'뉴스를 통해 봤을 때도 방사능 자체는 별문제가 아니라고 봤는데…….'

변종도 생물은 생물이었다. DNA 수복능력이 아무리 강화되었더라도 치사량의 방사선을 뿜고 다닐 순 없는 노릇.

「러시아가 방역전쟁에서 고전을 면치 못하는 이유 중의 하나가 바로 이 독소입니다. 방사능 오염에 적응한 특수변종…… 그쪽에서 부여한 코드네임으로는, 종류에 따라 리코라드카(Лихорадка), 혹은 체르노보그(Чернобог)라고 부릅니다만…… 이것들이 분포하는 장소에선 독소의 농도 역시 지속적으로 증가한다더군요.」

「사람이 접하는 경우, 기준치 미만의 양은 별다른 작용이 없습니다. 그러나 어떤 임계점을 넘어가는 순간부터 무기력증과 우울증, 만성피로, 가벼운 환각 등을 호소하며, 치명적인 수준으로 노출되었을 땐 끝내 이성을 잃고 식인기호를 보이게 됩니다. 우리 질병통제예방센터(CDC)가 샘플을 연구한 결과 그 외의 다른 작용은 없다고 합니다만…… 해독제는 개발하지 못했습니다. 그래서 러시아 정부는 어려운 상황에서도 병력의 주기적인 교대에 힘쓰고 있지요. 죄송합니다. 질문은 조금 후에 받겠습니다.」

참지 못하고 손을 든 기자가 있었다. 그를 달랜 대통령이 고개를 끄덕였다.

「본 정부는 러시아가 정보를 제공하기 전부터 독소의 존재를 파악하고 있었습니다. 허나 인체에 미치는 영향에 대해서는 러시아의 연구 자료가 훨씬 더 방대하고 정확했지요. 그 자료를 토대로, 우리는 핵공격시 발생하는 독소의 양과 환경에 대한 영향을 분석해왔습니다. 이것이 크레이머 후보가 언급했던 환경영향평가입니다.」

「봉쇄사령부가 새크라멘토에 병력을 투입한 것은, 해당 평가를 기준으로 폭심 인근의 잔류 독소 농도가 무의미한 수준까지 감소했기 때문입니다. 시간이 흘러 흩어지거나 자연적으로 분해된 것이지요. 지금껏 어떤 피해도 발생하지 않은 게 증거입니다.」

「중성자탄의 증산 배치 또한 같은 연구가 근거입니다. 어쨌든 핵무기 중에서는 가장 안전한 탄종으로 밝혀졌으니까요. 허나 『그리스의 섬』과는 무관합니다. 그저 방역전선이 무너질 때를 대비한 최후의 수단으로서 준비했을 따름이지요. 생각해보십시오. 독소가 제트기류를 타고 퍼지는 마당에, 비행선에 탄 사람들이라고 안전하겠습니까? 패트릭 헨리급은 성층권까지 올라갈 능력이 없습니다. 앞서 확인해드렸듯이, 영원히 비행할 능력도 없지요. 언젠가는 어딘가에 내려앉아야 합니다.」

「그간 독소에 관한 정보를 기밀에 부쳐왔던 이유는 경솔한 움직임을 막기 위해서였습니다. 감염확산 문제에서 자유로운 핵무기가 있다는 식으로 알려지거나, 혹은 독소에 대해 과장된 공포가 퍼지거나……. 어느 쪽이든 바람직하지 않았고, 전자는 특별히 더 주의해야 했습니다. 연구는 아직 끝난 게 아닙니다. 누적된 독소가 생태계에 미칠 영향에 대해선 거의 모르는 거나 마찬가지지요.」

이로써 모든 해명을 끝낸 대통령이 긴 한숨을 내쉬었다.

「준비한 말씀은 여기까지입니다. 다만 여기서 개인적인 한 마디를 더한다면…… 저는, 그리고 본 정부는 시민들의 생명과 권리를 보호하기 위해 언제나 최선을 다해왔다는 것입니다. 이는 누가 다음 대통령이 되느냐를 떠나 달라지지 않을 사실이지요.『다수로부터 하나로.』세워진 뜻을 잊지 않는 한, 미국의 앞날은 언제나 굳건할 것입니다.」

이제 질문 받겠습니다. 그의 말에 기자들이 일제히 손을 들었다.

읽지 않은 메시지 (15)

[SALHAE **님이 별** 10,000**개를 선물하셨습니다.**]
[BigBuffetBoy86 **님이 별** 351**개를 선물하셨습니다.**]

「BigBuffetBoy86 : 자랑스러운 미국! God Bless America! 애국심이 충전된다!」

「헬잘알 : 야……. 저 대통령 대체 뭐냐? 「정치」 15등급쯤 되나?」

「월마 : 「정치」? 내가 알기로 「종말 이후」 세계관엔 그런 기술 없고. 저건 그냥 깡스탯임.」

「헬잘알 : 깡스탯 시발 ㅋㅋㅋ」

「에엑따 : 흐미, 살해 형님 요즘 통 너무 크신 거 아닙니까? 저한테도 좀 베풀어주시져.」

「まつみん : 별 1만 개……. 살해 씨 괜찮아요? 전에 형편이 안 좋다고 하셨잖아요. 매번 이렇게 많은 돈을 쓰시니까 뭔가 불길한 느낌이…….」

「스윗모카 : 쟤 혹시 그런 거 아니니? 막 빚까지 내서 별 쏘는 애들 있잖아.」

「대출금1억원 : 맞아. 정말로 그러는 미친놈들이 있더라 ㅋㅋㅋ」

「대출금1억원 : 근데 그게 나임.」

「まつみん : Σ(´д`;)!!!」

「김미영팀장 : 제1금융권에서 당신의 장기를 담보로 대출해드립니다^^ 0100-8282-****」

「하드게이 : 언제나처럼 지랄들이 짜다. 이것들은 어떻게 변하지를 않아.」

「올드스파이스 : 우리는 항상성이 있는 병신들이지.」

「종신형 : 항상성? 병신 주제에 어려운 말 쓰지 말자.」

「레모네이드 : 미안.」

「종신형 : ……왜 니가 사과해?」

「둠칫두둠칫 : 병신이라서.」

「깜장고양이 : 내가 생각하기에 살해는 자존감이 부족한 찐따인 고양. 자기가 아무것도 아니라는 게 너무나 사무쳐서 정줄을 놓아버린 고양. 이런 데서라도 돈을 막 써버리면서 자기가 뭐라도 된 것 같은 기분을 느끼고 싶은 고양. 또 자기가 누군가에게 사랑받을 자신이 없으니까 남의 연애에 매달리는 고양. 따라서 저런 경우는 본인을 위해서라도 안락사가 답인 고양. 냅둬도 알아서 죽겠지만, 이런 건 도와줘야 재미있는 고양.」

「흑형잦이 : 맞는 말 같긴 한데 너 그러다 고소당할지도 몰라 ㅋㅋ」

「깜장고양이 : 판사님. 위 글은 저희 집 고양이가 썼습니다.」

「새봄 : 미친 ㅋㅋㅋ 컨셉 버리는 타이밍 봐라 ㅋㅋㅋㅋ」

「깜장고양이 : 진짠데.」

「SALHAE : 너네랑은 할 말 없다. 내가 뭘 어쩌든 신경 꺼줬으면 좋겠다.」

「엑윽보수 : ㅋㅋ 발끈하는 거 리얼루다가 귀엽자너」

「이불박근위험혜 : 니들 다 틀림. 살해는 지금 압박전술을 쓰는 거다. 한겨울이 우리 요구를 싹 무시해버리니깐 묵묵히 돈을 때려 박으면서 심리적인 부담감을 주는 거지. 양심이 있으면 이유라랑 떡 좀 쳐달라고. 메시지는 안 읽더라도 돈 들어오는 건 보일 거 아냐. 그야말로 상남자의 본보기라 아니할 수 없다. 그렇지 살해야?」

「엑윽보수 : 그러다 돈이 다 떨어지면?」

「이불박근위험혜 : 남자답게 죽어야지.」

「엑윽보수 : ㅋㅋㅋ」

「SALHAE : ……..」

「분노의포도 : 저 마음을 약간, 아주 약간 알겠는 게, 이유라가 갈수록 매력적이긴 해. 생김새보다는 사람 됨됨이가 말이지. 물론 난 앤이 더 좋음. ㅇㅇ」

「헬잘알 : 아 근데 천조황상 진짜 유능하네. 지금도 그래. 무슨 질문을 받아도 막히는 꼴을 못 보잖아. 여유롭고. 미리 준비를 해왔겠지만 임기응변도 대단한 듯.」

「닉으로드립치지마라 : 능력만 놓고 보면 우리나라 정치인들이랑 맞먹겠는데.」

「엑윽보수 : 얽ㅋㅋㅋㅋ 씹선비가 웬일로 개소리람ㅋㅋㅋㅋ 우리나라가 상대적으로 헤븐조선인 건 거의 백프로 사후보험빨 아님? 정치인들은 대세에 숟가락만 얹었고.」

「닉으로드립치지마라 : 우리 정부는 유능한 게 맞아. 단지 국민을 위해 일하지 않을 뿐.」

「붉은 10월 : 그렇게 따지면 무능한 정치인이 없음. 뭔가 있는 놈들이니까 그 자리를 차지한 거지. 저 맥밀런 대통령은 능력과 인성 다 ㄱㅆㅅㅌㅊ인 아주 드문 경우임.」

「명퇴청년 : 그 ㄱㅆㅅㅌㅊ인 대통령이 다시 연임하면 안 되나? 그럼 어딘가 모르게 불안한 지금 상황도 안심할 수 있겠는데 말이야.」

「붉은 10월 : 안 돼. 그러려면 헌법을 고쳐야 하거든. 지지율이 미쳐 날뛰는 수준이었으면 또 모르겠지만, 죽었어도 여전히 안 좋은 짱깨를 포함해서 이런저런 악재들이 있었기 땜에 지금 개헌을 하기엔 무리가 많다. 남북전쟁급의 본격적인 내전이 일어날 수도 있음.」

「캐쉬미어 : 죽었어도 여전히 안 좋은 짱깨 ㅋㅋ 양용빈 말하는 거지?」

「붉은 10월 : 달리 누가 있어?」

「폭풍224 : 그놈의 내전……. 이제 곧 실질적인 엔딩이라고 믿었던 게 얼마 전인데, 쿠데타니 뭐니 이상한 이야기 나오고……. 나는! 왜! 남의 사후에서조차 행복할 수가 없는 거지?!」

「려권내라우 : 어, 얘들아. 난 미국 대통령 중에 3선을 한 양반이 있었다고 들었다만…….」

「Blair : 있어, 친구야. 2차 대전 때 루즈벨트가 3선을 넘어서 4선까지 했단다. 내가 알기론 미국 역사에서 2선을 초과한 유일한 사례일걸?」

「BigBuffetBoy86 : 오, 그래?」

「Blair : 넌 미국인이면서 모르면 어떡하니?」

「BigBuffetBoy86 : 모를 수도 있지. >.<」

「뭣시엘 : 흠. 그땐 국가비상사태라서 예외적으로 허용되었던 거냐? 만약 그런 거면 이 세계관에서도 가능해야 하지 않음? 방역전쟁은 세계대전보다 더 큰 위기잖아.」

「AngryNeeson55 : 오해다. 예외가 아니라, 당시엔 그게 불법이 아니었어.」

「내성발톱 : 합법인데 왜 루즈벨트 말고 다른 사람은 안 함? 능력이 부족해서 못 한 건가?」

「AngryNeeson55 : 불법은 아니지만 합법도 아니었으니까.」

「제시카정규직 : 이게 무슨 개소리야? 얘들도 병신 놀이 하나?」

「Blair : Nope. 불법이 아니었다는 말은 3선을 금지하는 법이 없었다는 뜻이고, 합법도 아니었다는 말은 법이 없어도 다들 알아서 지키는 불문율이었다는 의미야. 루즈벨트는 암묵적인 약속과 전통을 무시해버렸던 거고.」

「제시카정규직 : 오옹…….」

「Blair : 미국 헌법에 3선 불가조항이 생긴 것도 루즈벨트 탓이지.」

「명퇴청년 : 아무튼 저 맥밀런이가 연임을 못 한다는 소리구만. 전나 아쉽다.」

「원자력 : 동감. 이 세계관의 미국이 여까지 온 거는 솔직히 대통령의 하드캐리 아니냐?」

「붉은 10월 : 인정 또 인정하는 각이지만, 그래도 한겨울
이 없었으면 어떻게 됐을지 장담 못 한다. 앤이 지금 왜 바
쁜지 생각해봐라. 사회불안이 그동안 여러 차례 아슬아슬
한 선에서 억제되어왔다는 느낌이 들지 않아? 넘치기 직전
의 냄비처럼.」

「원자력 : 그런가?」

「붉은 10월 : ㅇㅇ. 겨울이 있어서 사회 안정에 소모할 비
용을 많이 아꼈다고 본다. 적절한 시점에 호재도 터트려줬
고. 공보처가 겨울을 괜히 좋아하는 게 아니지.」

「여민ROCK : 참……. 현실에 없는 것들이 많아서 좋아하
는 채널이었는데, 이젠 어째 현실을 닮아가는 각이라 불안
하다. 세계의 악의가 느껴져. 이 방송의 끝은 과연 행복할
까?」

「まつみん : 저도 그게 걱정이에요.」

「퉁구스카 : 걱정하실 필요 없는데…….」

「まつみん : 그치만 상황이야 어찌 됐든 우리 겨울 씨가
전보다 여유로워진 건 좋네요. 마음이 가벼워진 것 같다고
나 할까요? 뭔가 좋은 일이 있었나 봐요. ♪(*´∀`)」

「반달홈 : 무슨 말이야? 한겨울 앤 항상 똑같잖아.」

「まつみん : 진짜 기분을 이야기하는 거예요. 겉으로 보
여주는 모습 말고요.」

「앱순이 : 넌 그걸 어떻게 알아?」

「まつみん : 잘 보면 느껴지지 않아요?」

「앱순이 : 그런 기운이?」

「まつみん : 네네.」

「앱순이 : 긍가……. 난 잘 모르겠는데. 뭘 보고 저런 소리를 하는 거람?」

「폭풍224 : 우리처럼 평범한 한국인들은 우월한 마츠밍을 이해하려고 하면 안 됨. 저 정도의 변태에게만 보이는 무언가가 있을 듯.」

「まつみん : (╬ ಠ 益ಠ)!!! 실례네요! 변태스러운 행동은 하지만 변태는 아니거든요!」

「마그나카르타 : 여기 설득력 없는 주장을 하는 일본인이 있습니다.」

「액티브X좆까 : 사후보험공단이 진행자의 감정을 전달해주는 액티브X를 배포하면 어떨까?」

「Владимир : 닥쳐라.」

「groseillier noir : 진정해, 보드카.」

「Владимир : 이게 진정할 일인가?」

「헬잘알 : 여하간 한겨울이 이 세계관을 잘 풀어나갔으면 좋겠다. 얘가 이젠 내 사후의 롤 모델이라서……. 이 세계관이 똥망으로 변해버리면 나도 의욕이 확 꺾일 듯. 내가 죽으면 이것보다도 못하겠지, 하고.」

「내성발톱 : ㅇㄱㄹㅇ. 이 정도의 재능충이 노력까지 하는데도 망하는 게임이면 시발 나 같은 놈은 꿈도 꾸지 말라는 뜻이잖아? 생전이랑 대체 다를 게 머임?」

「닉으로드립치지마라 : 개인이 아무리 노력한들 손닿지

않는 곳에서부터 망하기 시작하면 별수 있나. 저수지가 마를 때 그 속에 있는 물고기들이 뭘 어쩔 수 없는 것처럼. 이기적으로 행동하는 사람들은 가뭄보다 더 무섭지. 사람의 한계는 사람이다.」

「원자력 : 문과감성이 또…….」

「내성발톱 : 내 말은, 이 방송을 볼수록 사후보험에 대한 기대가 깨진단 말이지…….」

「질소포장 : 개소리는 정도껏. DLC 일절 안 쓰고 지가 사서 고생하는 애를 보고 뭐? 사후보험에 대한 기대가 깨져? 어이가 없어서 웃기지도 않는다. 꼭 이런 놈들이 나중에 한국은 행복도가 낮은 나라라면서 징징거리지.」

「질소포장 : 사후보험 적립금이나 열심히 늘려라 이 등신아. A 등급 특전 몇 개면 니 사후는 존나게 행복할 테니까.」

「친목질OUT : 넌 또 왜 갑자기 발화하냐? 지가 좋아하는 거 살짝 안 좋게 말했다고 욱하는 꼴 보소.」

「엑윽보수 : ㄴㄴ 저게 맞는 말임. 사후보험은 언제나 옳다. 죽고 나서 괜찮은 특전 하나, 쓸 만한 DLC 한 개도 없을 정도면 살아있을 때 대체 얼마나 게을렀다는 건지 ㅋㅋㅋ 나라가 아무리 잘해주면 뭐해? 본인이 노력을 안 하는데.」

「헬잘알 : ㅇㅇ 니들 말 다 맞아. 맞지만, DLC를 쓰기 시작하면 이 채널을 보면서 느꼈던 만족감은 없을 거 같지 않아?」

「금수저 : 사이다 한 컵 맛있게 먹겠답시고 고구마 한 박스를 꾸역꾸역 삼킬 놈이네.」

「ㄹㅇㅇㅈ : 그러게 ㅋㅋㅋ 사후에 즐거우려고 생전에 고생하는 건데 죽어서 또 고생을 할 이유가 없지. 이 방송은 내가 직접 하는 고생이 아니라서 재밌어 보이는 게 아닐까? 직접 하는 건 완전 다른 느낌일걸?」

「헬잘알 : 그거야 뭐…….」

「붉은 10월 : 됐고, 이 세계관이 쉽게 망하진 않을 거다. 텔레타이프로 떴던 한겨울의 생각처럼 애초에 슈뢰더 대장부터가 크게 걱정하는 사람처럼은 안 보였지. 미국은 지금껏 군사반란이 한 번도 일어나지 않았던 국가고.」

「이불박근위험혜 : 텔레타이프 하니까 떠오르는 건데, 아까 그 미국의 정서라는 게 대체 뭐냐? 부당한 정부에 무력으로 저항할 권리? 반란이랑 무슨 관계가 있음?」

「붉은 10월 : 밀덕이라고 다 아는 건 아니야. 본토인이라면 뭔가 알고 있을지도.」

「BigBuffetBoy86 : 나도 몰라.」

「슬로우 웨건 : 내가…… 설명하지…….」

「Blair : 86 양키는 대체 아는 게 뭐냐?」

「BigBuffetBoy86 : 피시 앤 칩스가 너네 나라 요리라는 건 알아.」

「Blair : …….」

「BigBuffetBoy86 : 그리고 맛이 없다는 것도.」

「groseillier noir : XD」

「Blair : 웃지 마라, 바게트.」

「슬로우 웨건 : 농업인구가 많은 남부지역의 주민들의…… 연방정부에 대한 전통적인 반감은…… 미국의 산업화 과정에서 발생한 계층역전…… 그리고 남북전쟁으로 확정된 영국계 지주계급의 몰락이 그 원인으로……」

장미가 시드는 계절 (10)

쇠약해진 폭군이 오늘만은 화사한 꽃에게 말했다.

"남은 시간이 길지 않다."

가을은 앙상한 폭군을 물끄러미 바라보았다. 연민과 우울이 녹아있는 시선으로. 예전이라면 격분했을 회장이지만, 이젠 그럴 기력이 없을뿐더러, 어째서인지 화가 난 것 같지도 않았다. 오히려 찰나의 안온함을 느끼는 눈치. 그 후에는 짙은 피로감과 체념이 감돌았다. 고건철 스스로는 인정하지 않을 사실이었다.

밭은기침을 몇 번 하고서, 그는 지긋지긋하다는 듯 찡그린 낯으로 말을 이었다.

"얼마 전까지는 복제체 배양을 끝내면 그만이라고 생각했었다. 하지만 이제 와 돌이켜보면 그건 나 자신을 속이는 낙관적인 거짓말이었지. 어리석게도."

"……."

"네겐 이 몸뚱이가 아니면 의미가 없지 않느냐. 아무리 똑같은 외양이더라도 말이야."

아직도 겨울의 옛 육체를 덫으로 여기는 폭군이었다. 이 몸이 아니고서는 가을을 붙잡아둘 수 없으리라고. 가을은 고건철의 뿌리 깊은 인간불신, 그리고 그 이상의 자기혐오에 충분히 익숙해진 상태여서, 익숙해진 만큼의 수심을 삼켰다.

"아니라고 말씀드려도 믿지 않으시겠죠."

가을의 말에 고건철이 조소했다.

"사람의 혀는 믿을 것이 못 된다. 확실한 사실을 두고 의견을 들을 필요가 없지."

바뀌었어도 여전히 폭군이었다. 확신의 근거인 트라우마가 너무나도 견고했다.

'본래의 모습으로는 결코 사랑받지 못할 거라는 확신……'

가을은 계속해서 설득해왔다. 겨울의 육체도, 다른 제3자의 몸도 아닌 고건철로 돌아오면, 그때는 아마 진정한 의미로 처음부터 시작할 수 있으리라고. 그러나 폭군은, 알고 보면 웅크린 고슴도치 같았다. 그 관계가 반드시 실패로 끝날 거라 믿는다. 가을도 그 이유를 안다. 그가 과거의 자신을 증오하며 혐오하기 때문이다.

그러면서도 잃어버린 것들을 되찾고 싶어 하는 게 사뭇 모순적이었다.

그 점을 지적받았을 때, 회장은 찌푸린 얼굴로 이렇게 답했다.

"나는 그저 내가 정한 내가 되려는 거다."

이것이 가을에겐 치기어린 변명으로 들렸었다.

정신은 육체의 영향을 받는다. 악화된 건강으로 인해, 고건철 회장은 더욱 완고하고 맹목적인 사람이 되었다. 가을을 대하는 태도만은 예외였으나 그 자신이 예외가 아니라는 게 문제였다. 시간이 흐를수록 그의 심리는 하강곡선만을 그렸다.

현재의 회장이 말했다.

"살면서 요즘처럼 빠르게 지친 적이 없었다. 요즘처럼 비경제적으로 행동한 적도 없었지."

"네……."

"이렇게 전망이 어두운 거래를 붙잡고 버티기가 처음이라 더 그럴지도 모른다. 보통은 손절을 해야 할 시점이건만. 이래서 독점이 강력한 거야."

대답이 필요한 말이 아니었다. 다만 가을은 고건철이 암시하는 바를 이해했다.

"얼마 전에 보았던 군인 놈들을 기억하느냐?"

질문을 받은 가을은 조용히 고개를 끄덕였다. 국경에 배치될 목적으로 신체개조를 받아들인 군인들은 한국의 시민권을, 나아가 사후보험을 희망하여 입대한 외국인들이었고, 폭군이 가을에게 보여주리라 약속했던 사람 사는 세상의 끔찍한 몰골 중 하나였으며, 또한 불쌍한 사람들이기도 했다.

간혹 방송에서 본 적은 있으나 드물게 스쳐가는 장면들에 불과했다. 실체를 알고 나니 깊게 다루지 않았던 까닭을 알 것도 같았다.

회장이 다시 묻는다.

"전투력을 강화하고자 인간을 벗어난 육체를 보급하기 시작했을 때, 국방부는 처음에 그들의 성욕을 제거하려고 했었다. 그 이유가 뭐라고 생각하나?"

가을은 잠시 사색에 잠겼다. 질문 자체보다는, 회장이 이런 질문을 하는 이유에 대해서. 하나 당장은 짐작 가는 것이 없었다.

"대민 사고를 예방하기 위해서였나요?"

"뻔한 답변을 하는 걸 보니 몸이 어지간히 달아있나 본데."

침묵하는 가을을 향해 비틀리고 지친 웃음을 지으며, 폭군은 정답을 들려준다.

"일단은 그놈들을 위해서였지. 더는 인간이 아닌 몸에 인간의 번식욕구가 공존하면 정신질환으로 이어지기 쉽다던가."

"그렇…… 군요."

말이야 그들을 위해서였다고 하지만, 실제론 도구를 오래 쓰고 싶은 마음뿐이었을 것이다.

"허나 그 조치는 얼마 안 가 해제될 수밖에 없었다. 성욕을 제거한 시점에서 이놈들이 다른 쪽으로 미치기 시작했거든."

"다른 쪽이라면, 어떤…….."

"인간은 욕망하는 동물이다. 가장 강력한 욕구 하나가 지워졌고 몸뚱이조차 사람이 아닌데, 단기복무라면 모를까 장기배치에서 정신이 멀쩡하길 기대하긴 어렵다. 낙원그룹 인체개조 보고서의 결론은 대충 이런 내용이었지. 성욕의 보편적인 대상이 사람이기에, 스스로도 사람으로 남으려는 정신적 동기가 되어줄 수 있다고. 무슨 뜻인지 이해가 되나?"

"……네."

"내가 되찾고자 하는 것, 내가 너에게 바라는 거래가 이 토록 질박한 것이다. 나나 너처럼 제정신이 아닌 경우를 제 외하면, 사람은 고상하지 않다."

"……."

"이 몸의 수명이 얼마 남지 않았다고 했던 걸 기억해둬 라. 내 기다림도 거기까지다."

여기까지 말한 회장이 바깥을 가리켰다.

"오늘은 이만 가 봐도 좋다."

"아직…… 근무시간이 끝나지 않았는걸요."

"마음에도 없는 소리는 마라……. 아니, 혹시 무서운 것 이냐?"

가을은 입을 다물었다. 드디어 겨울을 만나러 가기로 한 날이었으나, 동생으로부터 자신에 대한 원망을 발견할까봐 두려운 마음은 전보다 더 커진 상태였으므로. 시계를 자주 보며 조금씩 각오를 더하던 중에 갑자기 가라고 하니 발이 바로 떨어지지 않았던 것이다.

시선이 가만히 낮아지는 그녀를 본 고건철은 퉁명스럽게 툭 내뱉었다.

"빨리 가라. 내가 지불한 기회를 낭비하지 말고."

사후보험 가입자와의 면회는 절차가 복잡한 만큼 시간 도 엄격하다. 그러나 오늘의 가을은 그러한 제한으로부터 자유로웠다. 사후보험의 관계자 자격으로 방문하는 것이기 때문. 이는 고건철 회장의 지시로 낙원그룹을 거쳐 처리된 사안이었다.

마음을 굳힌 가을이 고개를 숙였다.

"그럼 가볼게요. 도와주셔서 감사합니다."

몇 차례 쿨룩거린 회장은 못마땅하다는 투로 반응했다.

"감사는 집어치워라. 말하지 않았나. 대가를 지불한 것이라고. 성사가 되든 안 되든, 이것은 거래의 일환이다. 조건 없는 호의가 아니란 말이다."

그는 이렇게밖에 말할 수 없는 사람이었다.

재회

겨울은 서럽게 우는 가을의 등을 토닥여주었다. 겨울을
보자마자 터진 울음이 벌써 30분째였다. 누구보다도 자신
을 잘 아는 누이와의 재회에서 무슨 표정을 지으면 좋을지,
어떤 말을 건네야 아파하지 않을지를 오래도록 고민했는
데, 그 시간이 무색해지는 지금이었다.

"누나. 그만 울어. 응?"

흐으, 흐으, 흐으……. 겨울의 어깨를 쥔 가을은 이를 악
물고 흐느꼈다. 그녀 자신도 그치고는 싶으나, 참으려 애써
도 소용이 없는 감정이었으므로. 생전과 같은 겨울의 온기
조차 반가움 이상의 슬픔이었다. 결국은 이 또한 진짜가 아
니라는 생각에.

그런 누이의 머릿결에 볼을 비비며, 겨울은 서글픈 만족
감을 느꼈다. 소극적인 자살을 결심하고도 오직 누이를 위
해 사후를 연장하며 느꼈던 그 모든 고단함들이, 이 순간
따뜻한 홍차에 부어넣은 설탕처럼 녹아 없어지는 듯했다.

'그 아이가 아니었으면 여기까지 견디기 힘들었을 것 같
지만.'

별빛아이와의 대화는 겨울에게 있어서 지친 마음을 달래
주는 위안이었다. 휴식이 필요할 때마다 혼자만의 어둠 속
에 틀어박힐 뿐이었다면, 힘겨웠던 어느 고비에서 가슴속
돌 구르는 소리에 짓눌려버렸을지도 모른다.

두 계절은 한참이 지나서야 서로를 제대로 마주볼 수 있었다. 겨울은 누이에게 티 없이 웃어보였다.

"오랜만이야, 누나. 못 보는 사이에 꽤나 달라졌네? 전보다 성숙해보여."

"……그러는 넌 조금도 변하지 않았구나."

가을은 젖은 눈으로 동생의 얼굴을 눈에 새겼다. 소년기의 끝자락에 죽음으로써 박제된 겨울은 가을이 마지막으로 보았던 모습을 고스란히 간직하고 있었다. 어색함과는 거리가 먼 침묵이 흐른 끝에, 가을이 주먹을 꼭 쥐고 사과했다.

"너무 늦게 찾아와서 미안해."

"괜찮아. 왜 그랬는지 이해하니까."

서운한 마음이 없는 건 아니지만, 어쨌든 장미는 가을에만 피면 된다. 겨울은 인생에 핀 유일한 꽃의 한계를 나쁘게 여기지 않았다.

"할 이야기가 너무 많았는데, 막상 만나니까 다 잊어버렸어."

독백 같은 자책과 더불어 쓴 표정을 지은 가을이, 문득 떠오른 것처럼 증강현실을 띄웠다.

"아, 그렇지……. 이걸 받아줄래?"

그녀가 준비한 것은 5만 개의 별. 폭군의 비서로서 받는 급여 중 필수적인 생활비를 제외한 나머지 전액에 해당한다. 이는 특수비서의 단독행동 건으로 보상을 받아, 가을과 파랑 몫의 양육비용 대출 상환이 완료되었기에 가능한 금액이었다. 자신을 키우는 데 든 비용을 갚는 데만 10년 이상이 걸리는 평범한 사람들보다는 훨씬 더 나은 처지.

반짝이는 문자열을 보던 겨울은, 가을이 이 돈을 어찌 벌었을지 궁금했으나, 그녀에게서 그림자 없는 안도감과 만족감을 엿보았으므로 일단은 전송을 수락했다.

"고마워."

"······고맙기는. 당연한 건데."

인사를 받은 가을의 눈길이 공연한 허공을 헤맸다. 겨울이 사후보험 담보대출을 순조롭게 갚아나가고 있다는 사실을 잘 아는 까닭이었다.

누이를 쉽게 읽은 겨울이 살며시 고개를 저었다.

"진심으로 하는 말이야. 와줘서 고맙고, 이 별도 고마워. 큰 도움이 될 거야. 대체 이 많은 돈이 어디서 났어?"

"어쩌다보니 좋은 곳에 취직했거든."

"좋은 곳?"

"혜성그룹 고건철 회장님의 비서로 들어가게 됐어."

"······나쁜 일은 없는 거지?"

"응······. 회장님은 알려진 것보다 괜찮은 분이셔. 나한테도 잘 대해주시고."

가을은 살짝 긴장한 채로 대답했다. 거짓으로 하는 말이 아니되, 겨울이 보기엔 여러모로 부자연스러울 것이기 때문이었다. 혹여 동생에게 새로운 근심을 얹어주는 건 아닐까 걱정스러워, 오기 전부터 많은 준비를 할 작정이었다. 회장의 배려로 일정이 갑작스레 당겨지는 바람에 물거품이 되어버렸지만. 아까 망설일 수밖에 없었던 또 하나의 이유다.

미심쩍은 침묵이 길어지기 전에 가을이 새로운 데이터를 꺼내보였다.

"자, 이건 파랑이가 보내는 편지야. 이번엔 같이 올 수가 없었어."

"그래……. 바로 재생해 봐도 될까?"

"당연하지."

겨울이 편지지를 펼쳤다. 종이 형태로 저장된 입체영상 포맷이었다.

「안녕, 형아! 오랜만이야!」

초등학교 저학년생의 천진난만한 인사에, 겨울은 복잡한 감회를 품는다. 그새 많이 컸구나, 하고. 물론 철이 들기는 아직도 먼 나이였다.

「천국에서 잘 놀고 있는 거지?」

가을이 당황했다.

「선생님이 그러는데, 형은 운이 되게 좋은 거래! 남들보다 훨얼씬 더 빨리 천국에 간 거라고! B등급인가? B등급 맞지? 그게 너어어무 부럽다고 하셨어!」

"……."

「히. 형이 많이 보고 싶기는 한데, 그래도 형은 아주 좋은데 있는 거니깐! 기다려! 다음엔 나도 가을 누나랑 같이 갈게! 그때까지 나 공부 열심히 하고, 밥도 잘 먹고, 청소도 잘 하고……. 나중에는 나도 형처럼 천국에 갈 거야!」

이후로 그리 길지 않게 이어진 영상엔 이렇다 할 그늘이 끼어있지 않았다. 다 보고 접어 폴더에 갈무리한 겨울이 부드럽게 미소 지었다.

"선생님과의 대화가 가능한 걸 보니 좋은 학교에 다니나 보네."

"아, 응. 파랑이만큼은 우리랑 달랐으면 해서……. 회사에서 지원이 나오기도 하고……."

편지의 내용을 몰랐던 가을이 조심스레 겨울의 안색을 살폈다.

겨울은 누이를 안심시켰다.

"그런 표정 지을 거 없어. 학교에서 그렇게 배웠을 텐데 뭘. 그 나이에 사실을 알고서 슬퍼하는 것보다는 나아. 내 마음도 편하고."

파랑이는 가을처럼 따뜻한 계절이 되기엔 너무 어린 나이였다. 겨울은 작은 동생을 사랑했지만, 그로부터 위로를 기대하진 않았다.

하나 여전히 불편해하는 가을을 보며, 겨울이 추억을 되살렸다.

"누나, 노래 불러줄까?"

"노래?"

"전에 내 노래 좋아했었잖아."

가을은 어색한 반응을 보였다. 많이 좋아하고 조르기도 잦았으나, 이는 오래전의 이야기. 돌이 무거워 노래도 무거워진 다음부터는 부르는 쪽도 듣는 쪽도 삼가게 되었다.

겨울은 바로 그 이유로 부르려는 것이었다. 무겁지 않은 노래를 들려준다면, 가을도 마음의 짐을 덜고 돌아갈 것 같아서. 온다는 연락이 갑작스러워 준비할 시간은 모자랐으나 다행히 별빛아이를 위해 연습했던 곡들이 있었다.

"자, 전처럼 들어봐."

누이를 당긴 겨울이 담백한 노래를 부르기 시작했다.

귀환

"그건 무슨 노래입니까?"

머레이 중위의 질문이 겨울의 주의를 환기했다. 포트 로버츠로 향하는 수송기의 화물칸 내부, 줄줄이 붙어 앉은 참모 및 부사관들의 시선이 겨울에게 모여 있었다. 굉장히 신기한 것을 본다는 분위기로. 언제나처럼 멀미에 시달리는 통신장교 에반스만이 예외였다.

"아……."

겨울은 약간의 부끄러움을 느꼈다. 지금은 실수였다. 무의식중에 가을과 보낸 시간을 흥얼거린 모양. 편안한 회상에 젖어 주변을 잊고 있었다.

"그냥…… 한국 노래예요. 제목을 말해줘도 모를 거예요."

답은 차분했으나 볼이 조금 달아올랐다. 별빛아이에게 말했듯이, 겨울은 누구 앞에서 쉬이 노래를 부르지 않는다.

있는 그대로의 속을 내보이는 것만 같아서.

머레이가 웃고 다른 참모들도 재미있어했다.

"보기 드물군요. 중대장님께서도 기분이 좋으신가봅니다."

"예. 그러네요."

서로 생각하는 이유는 다르지만, 어쨌든 말은 통한다.

와아. 기내에 즐거운 동요가 번졌다. 무게중심이 전방으로 기울었기 때문. 기류로 인한 고도조정일 수도 있으나, 이륙으로부터 이미 40분가량 경과한 시점이었으므로 착륙을 위한 하강일 가능성이 더 높았다. 새크라멘토에서 포트 로버츠까지는 편도로 330킬로미터에 불과했다.

역시나, 조종실로부터 목적지에 도착했다는 알림이 전해진다.

병사들이 환성을 높였다.

포스터 중위가 겨울에게 건네는 말.

"원래 계획대로 자력이동을 했으면 지금쯤 적잖이 고생하고 있었을 텐데 말입니다. 수송기를 세 대나 할당받다니…….새삼 형편이 나아졌다는 걸 실감하게 됩니다."

"앞으로는 더 나아지겠죠."

"기대하는 중입니다. 한편으로는 살짝 긴장도 되는군요."

"긴장?"

"저희는 난민구역을 경험한 적이 없잖습니까. 일반적인 민사작전하고는 많이 다르겠지요."

"걱정할 필요 없어요. 어지간한 일은 군정청에서 맡게 될 테니."

폭동이라도 일어나지 않는 한 군이 개입할 필요는 없을 것이다. 겨울을 비롯한 군정청 관계자들을 제외하고.

화물칸에 탑승한 병력은 중대 전체의 절반쯤이었다. 후속하는 수송기 두 대가 나머지 절반의 병력과 부대 운영에 필수적인 장비들을 싣고 오는 중. 그러고도 남는 차량들은 시일을 두고 넘겨받기로 했다. 사실 이 장비수송 문제로 중대가 포트 로버츠까지 자력이동을 할 뻔했다.

모터 구동음과 함께, 탑승구획에 외부의 빛과 바람이 새어 들어오기 시작했다. 벌어지는 문틈의 햇살을 향해 두서없이 손을 뻗어보는 병사들. 스피커 너머의 파일럿이 여객기 승무원 흉내를 낸다.

「램프를 개방합니다. 내리실 때는 놓고 가는 물건이 없도록 주의해주시기 바랍니다. 모두 즐겁고 행복한 하루 되십시오. 감사합니다.」

병력을 통제하는 건 소대장과 선임상사의 몫이었다.

"전체, 일어-섯!"

기내가 조용해지는 반면 바깥에서는 시끄러운 소음이 밀려들었다. 어찌 들으면 비명 같기도 하다. 공항 저편, 출입이 통제되는 선 바깥에서 수많은 사람들이 눈꽃매듭을 흔들고 있었다. 몇몇 병사들이 조용히 눈시울을 훔쳤다.

활주로에서 조금 떨어진 위치엔 중대원들의 가족 및 친지들이 나와 있었다. 그들을 인솔하는 헌병과 함께, 기존의 기지 책임자인 래플린 대령의 모습도 보였다.

'아니, 이젠 대령이 아니네.'

난민구역 출신인 중대 구성원들이 기다리던 사람들과 눈물겨운 재회를 나누는 동안, 겨울은 래플린 준장에게 경례했다.

"Sir."

"반갑네. 정말 오랜만이군."

손을 내미는 준장. 악수를 나눈 겨울이 그의 계급장을 보며 말했다.

"진급 축하드립니다. 원하시던 대로 장군이 되셨네요."

이 말을 들은 래플린이 장난스러운 곤란함을 내비친다.

"이런. 그 대화를 아직까지 기억하는 건가?"

"제가 기억력이 좋은 편입니다."

"못 당하겠구만. 귀관도 축하하네. 마지막으로 보았을 때 중위였는데, 1년도 안 지나서 중령이 되어 돌아오다니. 이러다 20대에 별을 다는 게 아닌가 모르겠어."

"너무 먼 훗날의 이야기입니다."

"글쎄. 과연 어떨지……."

겨울이 말을 돌렸다.

"기지 운영은 오늘 바로 인수인계를 시작하시겠습니까?"

"아니. 여유가 많지는 않아도 그렇게까지 서두를 정도는 아니야. 지금은 얼굴이나 보러 나왔을 뿐이지. 시간을 오래 뺏을 생각은 없어. 귀관도 그렇고 병사들도 그렇고, 각자 그리운 사람들이 있지 않겠나. 저길 보게."

준장의 손가락이 철조망 너머를 가리킨다. 공항 입장을 못 한 걸로 보아 중대원들과는 연고가 없을, 따라서 대부분

겨울을 보기 위해 몰려나왔을 인파였다.

"저 사람들, 자네가 온다는 소식을 듣고 새벽부터 기다리고 있었다네."

"예……. 국적이 의외로 다양하네요."

"의외?"

재미있는 농담을 들었다는 듯 반응하는 래플린.

"뭐, 그래. 의외라고 치지. 미리 말해두겠는데, 중국계 난민들도 나오고 싶어 했다네. 하지만 모든 요청이 경찰 선에서 막혔지. 암살 가능성이 있다고 말이야."

아무렇지도 않게 하는 말이 무거운 내용이었다. 업무와 무관하게 얼굴을 보러 나온 자리에서 이런 식으로 언급할 지경이면, 평소부터 신경을 많이 쓰고 있던 문제라고 봐야 할 것이다.

"분위기가 여전히 안 좋습니까?"

"뭐, 그렇지. 귀관을 두고 조국의 복수를 막은 원수 취급하는 미치광이도 있거든."

준장의 낯에 경멸과 혐오감이 스쳐지나갔다. 겨울이 읽는 속과 「간파」로 전해지는 감정이 한결같이 깊고 어두웠다. 차라리 증오에 가까울 정도로.

'그동안의 행정에 마찰이 많았겠구나.'

짐작컨대, 중국계 난민들이 일으켰을 말썽은 그들에 대한 차별로 인해 더욱 확대되었을 것이다. 원인과 결과가 뒤바뀌었을 수도 있고. 중국계 시민들조차 격리수용 방안이 거론되는 마당에, 중국계 난민들의 처우는 오죽했겠는가.

기지 책임자부터가 그들에게 반감을 품고 있는데.

"제가 막았다는 복수는 핵공격이겠군요."

"그래. 그때 미국 놈들이 덜 죽어서 아쉽다는 정신 나간 소리도 들리더군. 눈치를 보며 쉬쉬하지만, 모겔론스가 우리 미국이 만든 무기라고 굳게 믿는 놈들이 여전히 많아. 겉으로 보기엔 얌전한 다수도 은연중에 동조하는 형편이지. 정말 짜증나는 족속이야. 차라리 싹 다 모아서 국경 밖으로 내몰았으면 좋겠어."

"……"

"그에 반해 다른 거류구들은 아주 다루기 쉬웠지. 통제에도 잘 따르고. 다만 일본인들은…… 으음…… 그 사건 이후로 너무 얌전해서 소름이 끼친다고 해야 하나……."

그 사건이 무엇인지는 굳이 물어볼 필요가 없었다. 공개된 자리에서 떠들 법한 내용도 아니고. 준장의 말이 길어질수록 드러나는 악감정도 깊어졌다. 원래는 이런 사람이 아니었건만. 지금까지 들려준 사정들도 개인적인 추측이 섞여있을 듯했다.

스스로도 뭔가 아니다 싶었는지 준장이 어색한 미소를 지었다.

"피곤한 사람을 괜한 말로 붙잡아 두었군."

"아닙니다."

"아니긴. 본격적인 이야기는 내일…… 음, 오전 아홉시 반으로 괜찮겠나?"

"물론입니다."

"그럼 그 시간에 사람을 보내겠네. 주둔지까지의 인도는 헌병이 담당할 거야. 구획이 많이 낯설어졌을 테니 잘 살펴보게."

아무튼 반가웠어. 겨울의 어깨를 두드린 준장이 대기하던 험비에 올라탔다.

먼저 착륙한 수송기가 활주로를 비워준 뒤 오래 지나지 않아, 북쪽 능선을 넘어온 두 번째 수송기가 착륙했다. 기다리던 사람들의 옷자락이 강한 바람에 휘날리기를 잠시, 싱대위를 필두로 3소대와 화기소대 병력이 승강구를 내려오자 다시금 열렬한 환영이 일어났다.

다만 겨울처럼 가족도 친지도 없는 병사들은 조금 침울해하는 기색.

평소라면 유라가 신경을 써주었겠으나, 지금은 그녀도 눈물이 글썽글썽하여 정신이 없었다. 자그맣고 자글자글하게 늙은 노인에게 안겨 머리를 비비고 있다.

"할머니. 할머니이……."

"그랴, 우리 유라. 이 순한 것이 그동안에 얼마나 힘들었겠누. 다쳤다는 말을 듣고 할미가 얼마나 걱정했는지 알기나 혀?"

"응……."

"괜찮아 보이니 다행이여."

손녀딸을 따뜻하게 품어주던 노인은 문득 으응? 하고 겨울을 보았다. 이제야 발견했다는 듯이. 그러더니 유라를 진정시킨다. 자그맣게 속닥이는 말이 겨울에게 인사를 해야겠다는 것이었다. 눈물을 닦고 여러 번 끄덕인 유라가 노인을 상관 앞으로 이끌었다.

"대장님. 여기는 우리 할머니세요. 인사를 드리고 싶다고."

겨울은 공손히 고개를 숙였다.

"처음 뵙겠습니다. 한겨울입니다."

노파가 겨울의 손을 맞잡았다.

"우리 중령님 예의도 참 바르십니다 그려. 저는 박자 달자 자자 쓰는 사람입니다. 우리 유라를 잘 챙겨줘서 참으로 고맙습니다."

영어를 새로 배우기는 늦은 나이인지라 한국말을 쓰는데, 그마저도 표준어가 어려운지 억양이 꽤 어색했다. 겨울이 격식에 미소를 곁들였다.

"편히 말씀하셔도 괜찮습니다, 어르신. 그리고 이유라 중위에겐 오히려 제가 더 많은 도움을 받고 있습니다. 중대원들도 심적으로 의지하고 있고요."

이럴 때 지휘관이 할 말은 정해져있는 거나 마찬가지였으나, 몹시 흐뭇해하는 노인에게서 사투리가 샜다.

"야가 어릴 때부텀 참으루 착하구 남도 잘 돕구 허는 애였지유. 정작 지 몫은 못 챙겨서 걱정이었지만유. 그래두 군인이 된다구 나간 담에는 걱정이 많었는디, 잘 혀내고 있다니께 놀럽기두 하구 기특하기두 하구 그려유……. 아이구, 나가 시방 서울말을 안 쓰구서는."

유라는 부끄러워하는 노인을 포근한 시선으로 바라보았다.

그러나 그것도 잠시. 노인이 손을 모으고 겨울에게 물었다.

"중령님은 우리 유라를 어떻게 생각하십니까?"

"조금 전에 말씀드린 대로, 훌륭한 장교라고……."

"그거 말구, 남자로서 보기에는 어떤지-"

"할머닛!"

삽시간에 달아오른 유라가 빽 지르는 소리. 박달자 노인이 화들짝 놀랐다.

"이긋아, 할미 심장 뜰어져!"

"제 심장도 떨어져요! 왜 그런 걸 물어보세요!"

"왜긴 왜여. 죽기 전에 너 시집가는 거 보고 싶어서 그러지. 할미가 앞으로 살면 얼마나 살겠누."

"……."

"보어허니 중령님하고는 아무 긋도 읎었나 보구나."

노인이 아쉬워하며 말한다.

"남자는 심성이 첫 번째란다. 꼭 여기 있는 중령님이 아니더라도, 할미는 니가 얼른 심성 좋은 사람을 찾았으면 혀."

"……."

"그리구 심성 다음은 거시기란다. 너무 크면 큰 값을 하고 작으면 밤에 재미가 없으니 니는 꼭 피부가 허옇고 그것이 알찬 남자를-"

"할-머-니!"

유라가 울상을 짓자 박달자 노인은 서운해하는 모습이었다.

"왜, 이 할미가 부끄러운겨?"

"아니, 그런 게 아니라요……."

"시방 나가 하는 말을 잘 듣거라. 다 피가 되고 살이 되고 애기가 되는 이야기인겨."

"애기가 되긴 뭘 돼요!"

으아아아! 죄송합니다, 대장님! 실례할게요!

비명 같은 인사를 남긴 유라가 단련된 체력으로 노인을 번쩍 들어 멀어졌다. 무슨 일인가 기웃대는 시선들 사이에서 겨울은 약간의 황망함을 느꼈다.

중대가 주둔지로 이동하는 길은 헌병과 경찰, 그리고 국적이 다양한 자경대원들의 고생길이기도 했다. 울음은 그들이 저지하는 인파 사이에서 전염병처럼 번진다. 들리는 모든 소리는 극도로 고양된 감정 이외의 어떤 의미도 아니었다.

"중령님! 중령니임! 수고하셨습니다! 정말 수고하셨어요!"

"여러분! 여기! 흐윽, 여기 좀 봐주세요!"

"한겨울 중령! 손 좀! 손 좀 잡아봅시다!"

이러한 부름엔 남녀노소가 없었다. 국적도 가리지 않았다. 눈물을 닦느라 얼굴이 엉망인 사람들. 다만 남성은 중장년이 다수였다. 청년층은 지속적으로 소모되었기 때문이다.

겨울은 사람들의 복색이 특이하다고 생각했다.

'시대가 마구 뒤섞여있는 느낌이네.'

일부는 난민들 특유의 허름함이 남아있었으되, 나머지 다수에게서는 떠날 때와 달라진 말끔함이 돋보인다. 개중 가장 이색적인 이들은 복고풍의 패션이었다. 고전적인 느낌의 정장 및 허리를 조인 A라인과 H라인의 가을 코트들. 종말 이후의 세계에서도 영화 속에서나 볼 수 있는, 20세기 중반의 미국 풍경을 떠올리게 만든다.

그 외엔 활동성이 높아 생존주의적인 복장들, 그리고 21세기의 평범한 의복들이 높은 비율로 섞여있었다. 익숙하기에 돋보이지 않을 뿐.

주둔지에 도착한 후, 짐을 풀 때 찾아온 민완기는 겨울의 감상을 듣고 빙그레 웃었다.

"뜯어보면 재미있는 현상이지요."

"그런가요?"

"본토에서 시작된 유행입니다만, 저는 시발점을 크게 두 가지로 봅니다. 첫 번째는 종교적 보수주의의 확산이고, 두 번째는 가장 위대한 세대에 대한 향수지요."

"가장 위대한 세대(The greatest generation)?"

"대공황과 2차 대전을 이겨내고 세계 최강대국의 기틀을 닦은 이들 말입니다. 지금 이 시대와는 나름의 공통분모가 있지요. 우리 또한 그들처럼 이겨내리라…… 같은 의미의 복고인 겁니다. 아, 물론 이건 어디까지나 디자이너들의 발상이겠지요. 현 시점에서는 그냥 다들 입으니까 나도 입는 사람들이 훨씬 더 많겠습니다. 유행이란 원래 그런 거 아니겠습니까?"

여기까지 말한 그는 웃음을 지우고 몸가짐을 차분히 하더니, 겨울을 향해 허리를 숙였다.

"겨우 돌아오셨군요. 그간 고생 많으셨습니다. 당신이

이룬 모든 것에 깊은 감사를 드립니다. 그리고…… 염치없는 말씀이지만, 앞으로도 잘 부탁드리겠습니다."

조용히 젖어있던 장연철도 뒤따랐다.

"잘 돌아, 흑, 돌아오셨습니다. 무엇보다, 무사하셔서 다행입니다."

겨울이 그들을 만류했다.

"이러지 마세요. 두 분이 아니었으면 나가있는 내내 여기가 큰 걱정거리였을 거예요."

허리를 편 민완기가 다시 한 번 웃는다.

"지금도 걱정거리는 걱정거리지요. 이리저리 다루는 재미는 있습니다만."

"안 바뀌셨네요. 그런 점은."

가볍게 고개를 저은 겨울이 주위를 돌아보았다.

"그건 그렇고, 여긴 좀 거창하네요. 과분할 정도예요."

일개 장교의 집무실치고 상당히 넓은 공간이었다. 배치는 햇빛을 등지고 업무를 보도록 이루어졌으며, 동쪽으로 낸 창밖으로는 탁 트인 연병장이 자리했다. 창틀이 두꺼운 느낌이라 유리를 툭툭 두드려보면, 방탄유리 특유의 둔탁한 반향이 돌아왔다. 3층 높이에서는 꽤 먼 곳까지 내다보였다.

'그때 본 그 위치인데.'

이미 한참 지난 기억이지만, 겨울은 이 주둔지의 입지를 지도상에서 본 적이 있었다. 중국계 거류구의 마약을 단속하던 날, 오코너 치안감을 만나던 자리에서였다. 독립중대 창설 구상이 그때부터 본격적으로 착수되었다고 봐야 한다.

부대가 대대규모로 확장된다고 하더라도 한 개 중대의 주둔지는 여전히 여기일 터. 대대본부까지 들이기에 충분히 넓다.

장연철이 눈이 부은 채로 코를 훌쩍이며 어딘가 민완기 같은 소리를 했다.

"큼. 이만큼 보이는 게 있어야 이상한 사람들을 다루기도 쉬울 겁니다. 무엇보다 이제 이 기지에서 가장 높은 분이 되실 텐데, 이 정도 구색은 갖춰놔야죠."

"새삼스러운 말이지만, 다들 벌써 알고 있나 봐요?"

"어떤 거 말씀이십니까?"

"내가 이 기지의 다음 책임자라는 거."

"아아."

젊은 쪽의 부장이 열심히 긍정한다.

"군정청에서 일하다보면 모를 수가 없습니다. 작은 대장님께서 오시기 전부터 인계 이야기가 나왔는데요. 이젠 저나 민 부장님이나 9급 대우를 받고 있고, 또 딱히 비밀도 아니었고…….."

말끝을 흐리는 연철 앞에서 겨울은 책상 모서리에 걸터앉았다.

완공 이후 적어도 수개월은 비어있었을 실내엔 한 더께의 먼지가 쌓여있었다. 걸음을 옮길 때마다, 어딘가에 손을 올릴 때마다 명도가 다른 자국이 남는다. 겨울은 둥실 떠서 반짝이는 먼지들을 보다가, 환기를 위해 창문을 열었다. 바람이 들어오자 책상 양쪽 빈 공간에 걸린 네 개의 깃발이 흔들렸다. 성조기, 군기, 군정청기, 그리고 열세 개의 별이 찍힌 명예훈장 수훈기. 방문자를 조심스럽게 만들 분위기였다.

손끝으로 책상을 쓸던 겨울이 어깨를 으쓱였다.

"비슷한 말을 한 사람이 있었어요."

"무슨 말씀이십니까?"

"보이는 게 있어야 사람들 다루기도 쉽다는 거요. 최근…… 은 아니고, 샌프란시스코에 있을 때였네요."

샌프란시스코라는 단어에 연철이 강한 호기심을 드러냈다. 민완기 또한 오, 하며 흥미진진한 반응을 보였다. 그곳에서 보낸 시간은 겨울의 행적 가운데 감춰진 부분이 많은 유일한 구간이었기 때문이다.

연철이 몰두하여 몸을 기울여왔다.

"그게 누구였습니까?"

"옛 중국 해군의 장군인데……. 사람이 사람을 부러워하는 순간에 위아래가 갈리는 거라고 하더라고요. 그래서 권력자는 사치스럽게 먹고 호화롭게 낭비해야 한다던가요? 노력으로는 극복하지 못할 격차를 느끼게 해서 결국은 체념하게 만드는 게 중요하다고…… 그러면 내게 매달릴 것이라고. 정확하진 않은데, 대충 이런 내용이었네요."

"허……."

시에루 중장에 대한 회상을 듣고 젊은 부장이 떨어하는 사이, 장년의 끝자락인 부장은 무척 재미있다는 표정을 지어보였다.

"체념도 좋지요. 만나면 말이 잘 통할 것 같군요."

"아마 죽었을 거예요."

"저런."

민완기가 혀를 차더니, 이내 고개를 끄덕인다.

"표현이 껄끄럽긴 하나 대체로 맞는 말입니다. 상대에게 받아들일 준비가 되어있다면 더더욱 그렇고요. 기왕 만들어진 믿음은 이용하는 편이 유익합니다."

"믿음?"

"오면서 보셨잖습니까. 열광하는 사람들을. 그게 바로 믿음이 탄생하는 과정입니다."

"……."

"전에 말씀드렸지요. 정치와 종교는 근본이 같다고. 저 사람들의 가슴속에서, 중령 한겨울은 더 이상 자기들과 같은 사람이 아닙니다. 보다 우월한, 사람의 한계를 넘어선 무언가입니다."

"실제론 그렇지 않은데요."

"저들도 머리로는 그걸 압니다. 하지만 사람을 지배하는 건 매양 감성이지요. 극히 일부의 예외만이 거기에 이성의 고삐를 채웁니다. 천재이거나, 노력가거나, 정신적인 기형아거나."

지난날의 교수는 강단에 서던 버릇대로 냉소했다.

"일단 한번 믿기 시작하면 생각도 믿음을 따라갑니다. 어지간한 일을 겪지 않는 한 편향은 계속해서 작동하고요…….

다행히, 현재 이 도시엔 오직 하나의 믿음만이 있습니다. 이 믿음 앞에선 보수와 진보의 구분조차 없습니다. 그러니 대장님께선 그저 그들이 믿는 대로 보여주시면 됩니다. 그것만으로도 다들 제 입장을 삼가며 존경을 표할 겁니다."

겨울은 대답 대신 곤란한 미소를 만들어 보였다. 이를 본 민완기도 같은 얼굴이 된다.

"작은 대장님도 여전하시군요."

"아직 어려서 그럴지도 모르죠."

"농담이 지나치십니다."

장연철이 한숨을 쉬었다.

"어휴. 민 부장님은 이런 면만 빼면 참 좋은 분이신데."

정작 이렇게 말하는 스스로가 조금씩 닮아간다는 사실은 눈치채지 못한 모양이다. 어쨌든 마냥 긍정적이거나 마냥 회의적일 수만은 없는 것이다.

"그러고 보면 정말 도시가 되었네요."

민완기의 말에 섞여있던 표현을 꺼내오는 겨울. 여기서 보기에도 그렇다. 창밖의 풍경은 문자 그대로 군사기지를 낀 도시였다. 애초에 미국의 군사거점이라는 게 주거지와 상점가, 중고등학교 및 대학 캠퍼스 등을 포함하여 보통의 도시나 마찬가지인 경우가 많지만.

구획구분을 보면 역병 이전에 군용 시설이었던 부지에는 더 이상 난민들이 거주하지 않는 듯했다. 거류구가 보다 확실히 분화된 것이다.

'난민을 받았던 건 어디까지나 임시조치였으니까. 앞으

로를 감안하면 이게 맞지.'

캠프 시절의 포트 로버츠는 연대 규모를 수용하는 훈련 시설이었다.

연철이 뿌듯해했다.

"저걸 꼭 보여드리고 싶었습니다. 대장님 덕분에 이렇게 커졌다고. 다들 잘살고 있다고. 요즘은 인구가 너무 늘어서 골치가 아프기도 합니다만."

"인구가 늘어요?"

"다른 수용시설에서 보낸 숫자가 많습니다. 아시아계를 여기다 다 몰아넣으려는 게 아닌가 싶을 정도로…… 덕분에 이산가족? 어, 이렇게 표현하니까 이상한데, 아무튼 헤어져있던 가족이나 친척들이 만나기도 했고요."

"그런 사람들이 꽤 있었나보죠?"

"예, 뭐. 한국에서 사람들 대피시킬 때 워낙 혼란스러웠으니까요. 여태껏 배 타고 살다가 온 사람들 중에서도 좀 있고 그렇습니다."

"아, 해상난민들."

겨울은 납득했다. 미국이 서해안을 회복했으니, 선상생활을 하던 난민들도 이제 뭍으로 올라올 시점이었다. 그들을 위한 캠프를 따로 만들기보다는 기존의 시설에 수용할 방침인가보다.

"다시 하는 말인데, 두 분 참 힘드셨겠어요."

겨울의 말에 연철이 민망해했다.

"다른 사람도 아니고, 대장님께 그런 말을 듣기는

좀…….”

민완기가 안경을 고쳐 쓴다.

“새로 오는 사람들이야 흩어놓으면 그만이었습니다. 사람은 무대에 따라 바뀌는 법이지요.”

“…….”

이번에도 역시 비슷한 말을 한 사람이 있었으나, 겨울은 굳이 언급하지 않았다. 대신 전부터 신경 쓰이던 것을 확인한다. 창문 밖 먼 저편의 십자가를 가리키면서.

“저 구획, 혹시 순복음 성도회인가요?”

“엇. 어떻게 아셨습니까?”

“교회가 중심에 있고, 이상할 정도로 고립되어 있어서요.”

겨울의 말처럼 해당 구획은 진입로가 하나로 제한되어있었고, 그 길목을 철조망과 검문소가 차단하는 형태였다.

물론 다른 거류구도 철조망으로 구역을 구분하고 검문소로 출입을 통제한다. 유사시에 격리와 검역을 실시해야 하는 까닭. 그러나 진입로는 다양하게 마련이었으며, 구역간의 규모 면에서도 차이가 있었다.

“저 사람들, 지금까지 말썽이 없었다는 게 신기하네요.”

겨울은 아직 자신을 붙들던 황보 에스더의 기이함을 기억한다. 소녀가 말하던 박태선 목사의 기적에 대해서도. 그러나 진석을 통해 듣기로는 외부활동이 극도로 줄어, 아예 없는 수준이라고 하지 않았던가.

광신도가 선교를 삼가는 것만큼 이상한 징후도 없겠지만, 어쨌든 그것이 말썽은 아니다.

'그 이상의 뭔가가 있었다면 당연히 내게도 전해졌겠고.'

민완기가 눈을 가늘게 떴다. 전과 달리 알이 멀쩡한 안경을 쓰고 있으나, 그럼에도 그의 시력으로는 겨울과 같은 거리를 보기 어려운 탓이었다.

"군정청에도 종교적인 이유로 일정 선의 자치를 요청했다고 들었습니다. 사이비 중엔 스스로 고립을 원하게 되는 부류도 있게 마련이지요. 특히 드러내기엔 떳떳치 못한 관행이 정착되면…… 대표적으로 교주에 대한 성상납이라든가, 여하간 그런 경우일수록 더욱 남의 눈을 경계하게 되는 법 아니겠습니까?"

일리 있는 관측이었으되 겨울의 우려와는 간극이 있다.

'어차피 조만간인가…….'

광신도들의 구역 안에 무엇이 있든, 래플린 준장의 업무와 권한을 승계하고 나면 보다 확실하게 파악할 수 있게 될 것이었다.

"흠, 사실 이런 말씀을 드리려고 온 게 아닌데 말입니다."

민완기가 물었다.

"동맹에서 환영식을 준비해놨습니다. 시간이 괜찮으시다면 참석하시는 게 어떻겠습니까?"

이때 어디선가 와 소리가 들려온다. 중대원들은 지금 제대로 된 해후의 와중일 것이다. 어디를 가도 환영 받는 분위기였으나, 그럼에도 소외되는 사람은 있게 마련이었다.

"환영행사면…… 음, 입양아 출신들이 신경 쓰이네요."

장연철은 겨울의 말을 조금 느리게 알아들었다.

"어, 혹시 그분들이 부대에서도 겉돌고 그랬습니까?"

"그런 건 아니지만, 여기선 반겨줄 사람이 마땅히 없을 테니까요. 언어적인 문제도 있고."

"아하."

"혹시 시민구역에 플레먼스 선생님이 남아 계실까요?"

"거기까지는 잘……."

파소 로블레스에서 처음 만난 그녀, 아말리아 플레먼스는 공립학교의 아동문제 담당자였으며, 갈 곳 없는 무국적자들을 겨울에게 부탁한 사람이기도 했다. 이타적인 성격인 데다 이미 인연이 있는 사이이니, 외로운 병사들에겐 좋은 말상대가 되어줄 것이다.

명목상 본토탈환이 완료되었어도, 시민구역 거주자들이 벌써 기지를 떠나진 않았을 듯했다. 교전은 많은 도시에서 현재진행형이었으므로.

"번거롭더라도 장 부장님께서 한번 알아봐주세요. 만약 아직 안 떠나셨으면, 우리 쪽 환영식에 참석해주시길 바란다고 전해주시고요."

"예! 바로 가보겠습니다."

연철은 겨울의 지시를 기쁘게 받아들였다.

환영회의 시작이 저녁만찬이었으므로 기별을 전할 시간은 충분했다. 교사를 찾고자 시민구역으로 갔던 연철은 그 외에도 많은 사람들을 함께 청해왔다. 이유는 다음과 같았다.

"우리 동맹 사람들만 참석하는 거면 모를까, 플레먼스 선생님을 모시면서 작은 대장님과 인연이 있는 다른 분들을 빼놓았다간 그분들이 많이 섭섭해하실 것 같았습니다."

겨울은 겸연쩍은 미소를 만들었다.

"그러네요. 미처 생각 못 했어요. 감사합니다."

"에이, 감사라뇨."

연철은 부끄러워하는 얼굴로 손사래를 쳤다. 이런 면에서는 달라지지 않은 사람이었다.

노을이 질 무렵, 주둔지 정리를 마치고 온 중대원들은 육군 정복 차림으로 만찬 때를 기다렸다. 삼삼오오 모여 여유로운 대화를 가장하면서도, 한편으로는 시선을 의식하여 옷매무새를 자주 고치는 모습들. 스스로가 자랑스러운 것이다.

테이블은 야외에 마련되었다. 명목상의 주인공만 한 개 중대인지라, 참석자 전부를 어느 한 건물에 수용할 수가 없었기 때문. 거리에 장식된 다색의 조명이 축제 분위기를 자아내고, 상점가에선 오늘 하루 모든 음식을 무상으로 제공하겠다고 나섰다. 길어봐야 반년 이하였을 영업에 각각의 형편이 넉넉지 않을 것인데도.

공립학교의 교사는 교장과 더불어 나타났다.

"초대해주셔서 고맙습니다. 그리고, 생환을 진심으로 축하드립니다. 미스터 한."

"오랜만에 뵙네요, 해밀 선생님. 건강해보이셔서 다행이에요."

겨울은 풍채가 여전한 교장과 재회의 악수를 나누었다.

시민구역에서도 학교를 운영하게 되었다는 교장 스튜어트 해밀은, 손을 꼭 잡고 안타까워하는 모습이 예전과 달라지지 않은, 좋은 의미로 고지식한 교육자였다.

"오, 중령님."

감격한 플레먼스가 겨울을 가볍게 끌어안으며 말했다.

"당신은 정말 놀라운 분이에요. 처음 만났을 때부터 그랬죠."

"과찬이세요."

"당신의 헌신엔 항상 감사드리고 있답니다."

그녀와의 포옹을 끝낸 겨울이 물었다.

"특별히 부탁드릴 일이 있는 건 알고 계신가요?"

"물론이에요. 미스터 장에게 듣고 벌써 만나봤답니다. 저쪽에서 다시 보기로 한걸요. 잠깐 인사를 드리러 왔을 뿐이에요."

교사가 가리키는 방향의 테이블엔 입양아 출신의 중대원 넷이 모여 앉아있었다. 각자 태어난 나라는 다를지언정 처한 입장은 같은지라, 평소에도 서로에게 의지하는 경향이 강했다.

손을 거둔 교사가 살짝 젖은 목소리를 냈다.

"미국에서 자랐지만 이제야 미국인으로 인정받았고, 또 이제야 있어도 될 곳을 찾았다고 좋아하던걸요. 저분들을 당신께 부탁드리길 잘했지 뭐예요."

"그런가요……."

어디서도 받아주지 않았던 사람들의 감회이기에, 있어도

될 곳이라는 표현에서 그늘이 느껴진다. 스스로의 능동적인 선택이 아닌 것이다.

또한 저들은 오직 양육비 지원을 받을 목적으로만 수입된 아이들이라는 점에서 저 바깥세상에 태어나는 아이들과 공통분모가 있었다. 겨울, 폐허 속의 아름다움을 꿈꾸는 입장에선 후자가 더 우울하다고 생각한다.

"Sir."

이번에 부르는 이는 난민구역에 배치된 보안관이었다. 해밀과 플레먼스는 그새 기다리는 사람들이 생겼음을 깨닫고는, 인사를 남긴 뒤 자리를 비켜주었다.

"캐슬린."

이름을 불린 보안관의 안색이 밝아진다. 겨울이 자신을 잊지 않은 게 기쁜 기색이었다. 함께 온 경관들은 혹시나 하고 기대하는 눈치. 오며가며 보았을 뿐이지만, 겨울은 그들의 이름과 계급을 기억하고 있었다. 심심풀이로 나누었던 대화까지도.

"도슨, 어데어. 모두 반갑습니다. 진급 축하하고요."

둘 가운데 상급자인 어데어가 인사를 받는다.

"한 중령님도 축하드립니다. 오랜만에 뵙는군요."

"그러게요. 요즘 난민구역은 어때요? 추천할 만한 도넛 가게라도 생겼나요?"

경관이 웃음을 터트렸다.

"이것 참……. 대충 그렇습니다. 특히 이쪽은 하루하루 괜찮아지는 집들이 있지요."

"이쪽이라면 한국계 거류구를 말하는 건가요?"

"예. 처음엔 그냥저냥 아쉬워서 먹어주는 정도였는데, 요즘은 텍사스 도넛 협회인지 뭔지로부터 도움을 받게 됐다던가……. 그 뒤로 빠르게 나아지는 중이라 다들 만족하고 있습니다. 조만간 여기를 떠난다는 게 아쉬울 정도죠."

"텍사스 도넛 협회(Texas Donut Association)?"

"그런 게 있답니다."

이름도 특이하지만, 특정 기업의 후원이 아니라는 사실도 특이했다.

"그보다, 조만간 떠난다고요?"

겨울의 물음에 어데어가 그렇다고 답했다.

"곧, 이라고 해봐야 아직 한두 달은 남았겠지만, 어쨌든 본토탈환이 끝났으니…… 오염지대 재건사업이 시작되면 원래의 관할지역으로 돌아가야지요. 말 안 듣는 중국 놈들 상대하기도 이젠 지긋지긋합니다."

도슨이 진절머리를 내며 동의했다.

"그것들은 진짜 어디 섬 같은 데 격리시켜놓고 지들끼리 알아서 살라고 하면 좋겠습니다."

"……."

"앞으로는 한 중령님께서 귀찮으시겠군요. 이제 기지 책임자가 되실 테니."

이 대목에서 보안관 쪽은 조금 곤란한 표정을 짓고 있었다. 이래서는 안 된다는 걸 머리로는 아는데, 마음은 그게 아닌 사람의 낯빛이었다. 치안 실무자로서 불가피한 일일지도 모르지만, 그 이상으로 양용빈 상장이 뿌린 증오의 씨 앗일 것이었다.

'그러고 보면 낮에도 경찰 선에서 중국계 난민들을 막았 다고 했었지. 암살 위협이 있다면서.'

겨울은 그간의 치안행정이 꽤나 편파적이었으리라 짐작 했다. 역병 이전에도 흑인 또는 유색인종을 대상으로 한 과 잉진압이 종종 문제가 되곤 했는데, 핵 테러 이후의 난민구 역에서라면 오죽했겠는가. 기지 사령 래플린 준장부터가 반감을 감추지 못하는 마당이었다.

"당연히 해야 할 일인데 귀찮을 게 있나요."

일단 온화하게 대답하는 겨울.

"두 사람, 오늘 즐거운 시간 보내길 바랄게요. 도넛 말고 도 맛있는 게 많을 거예요."

"잔뜩 기대하고 왔습니다. 아, 참. 받으십시오. 이건 기념 선물입니다."

어데어가 새크라멘토 경찰 휘장을 내민다. 지역마다, 그 리고 부서마다 다르기에 수집품으로서의 가치가 있었다. 겨울은 뜸을 들이며 받았다.

"이런. 답례로 드릴 게 없는데요."

"필요 없습니다. 오늘 이 시간으로 충분하니까요. 정 신 경 쓰이신다면 저희가 떠나기 전에 부대 마크나 하나 주십 시오. 뒤에 사인을 해주시면 더욱 좋겠군요."

"으음……. 다른 사람에게 주지 않겠다고 약속하면요."

"아니, 다른 사람도 아니고 한 중령님의 선물인데, 주긴 누구를 줍니까? 그 인간이 한 1천 달러쯤 부르면 고민해보겠습니다만."

겨울이 곤란한 미소를 만들어 보였다.

"바로 그게 문제거든요. 돈 받고 파는 거. 당신은 농담으로 한 말이겠지만, 장교로서의 내 처신이 부적절하다는 소리가 나올까봐 그래요."

"허, 유명인의 고충이로군요."

가만히 듣고 있던 캐슬린이 고개를 저었다.

"그리 걱정하실 필요 없다고 생각합니다. 대통령도 공인으로서 여기저기 사인을 남기고 다니지 않던가요? 그게 식당 벽에 걸리거나, 온라인 경매에 올라오기도 하지요. 중령님께서 직접 장사를 하시는 경우만 아니면 된다고 봅니다."

"뭐, 미리 주의하는 거예요. 조심해서 나쁠 거 없잖아요? 내가 대통령은 아니니까."

"참 신중하시군요."

보안관이 싱겁게 웃는다. 겨울도 속으로는 그 싱거움에 기울었다.

'나보다는 공보처가 초조하겠지.'

국방성금 건이 알려지고 나면 사인이 팔리는 정도로 시비를 걸 사람은 드물게 될 것이다. 그저 대통령의 해명 이후 곧바로 해당 사안이 공개될 경우 노골적인 여론조작 아니냐는 의혹이 제기될 터라 때를 미루고 있을 따름이었다.

어데어가 말했다.

"누구에게도 넘기지 않겠다고 약속드릴 테니, 나중에 꼭 하나 챙겨주시는 겁니다?"

"그럴게요."

승낙을 받은 경관들이 어깨를 으쓱였다.

"그럼 저희는 가보겠습니다. 다시 한 번 축하드립니다, 중령님."

"그래요. 또 봐요. 그리고…… 캐슬린은 이따가 잠시 시간 좀 내줄래요? 꼭 오늘이 아니라도 상관은 없지만, 일과 이후를 따로 뺏기는 미안해서요."

말이 환영회지, 겨울은 있는 그대로 즐길 입장이 아니었다. 보안관을 따로 부르는 건 그나마 객관적인 이야기를 들을 수 있을 것 같아서였다. 캐슬린은 의아해하면서도 받아들였다.

"알겠습니다. 언제쯤이면 되겠습니까?"

"혹시 연락수단이 있나요?"

"물론입니다."

그녀는 선선히 연락처를 알려주었다.

당장 이야기를 나누지 못하는 건 겨울을 보고 싶어 하는 사람들이 여전히 많았기 때문이다. 서성거리며 순서를 기다리는 이들 중엔 캘리포니아 주 의회 상원의원도 있었다. 오염지역을 떠날 수완이 충분한데도 불구하고 본인의 의사로 남아있었던 인물로, 겨울과는 무공훈장 수여식 때 처음 만났다.

'이젠 연방 상원으로 진출하겠지?'

아무 생각 없이, 캘리포니아를 떠나지 않겠다는 마음만

으로 포트 로버츠를 고집한 건 아닐 것이었다. 위험을 무릅쓰고, 마땅히 있어야 할 곳에 남아있었다는 식으로 선전하지 않을까? 추측을 접은 겨울이 그에게 경례했다.

"브래넌 의원님. 와주셔서 영광입니다."

"하하하! 한겨울 중령! 이런 자리엔 당연히 와야지요!"

주 상원의원은 겨울을 꽉 당겨 안았다.

"난 귀관이 큰일을 해낼 거라고 믿고 있었어요! 당신은 캘리포니아의 영웅이에요!"

"의원님 같은 분들이 보이지 않는 곳에서 지지해주신 덕분입니다."

"빈말이라도 고맙군요! 앞으로는 빈말이 아니게 되겠지만 말입니다."

"그 말씀은……?"

"우린 주고받을 것이 많다는 뜻입니다. 우선은 웃어요! 사진이나 한 장 찍읍시다!"

말은 이렇게 해도 진작부터 찍고 있던 사진이다. 전문적인 기자인지, 혹은 보좌관인지 모를 사내가 겨울과 브래넌의 사이에 초점을 맞추고 있었다. 플래시 터지는 빛에 훈장들이 반짝인다. 그 후, 상원의원이 겨울에게 조용히 물었다.

"이런 게 아직도 어색하지요?"

"조금은 그렇습니다."

"솔직해서 좋군요. 그래요. 나 같은 사람은 다른 사람들 귀찮게 구는 게 일이지요."

한 번 웃고 사람이 바뀐 것처럼 차분해지는 정치인.

"그래도 나처럼 번거로운 중늙은이 하나 알아두는 게 나쁘진 않을 겁니다, 중령. 오늘은 순수하게 축하의 의미로 온 것이긴 하지만, 좋은 제안은 좋은 선물도 될 테니…… 가까운 시일 내로 우리 진지한 대화를 한번 나누었으면 해요. 어떻습니까?"

"오히려 제가 드리고 싶은 말씀이었습니다."

"훌륭합니다. 벌써부터 기대가 되는군요."

흡족해하는 브래넌. 그의 제안이 무엇이든, 겨울로서는 들어볼 가치가 있었다. 제안의 내용이 중요한 게 아니다. 의원 자신의 말처럼, 그는 알아둔다고 나쁠 것 없는 사람인 것이다.

'하다못해 로비를 하려고 해도 그럴 만한 인맥이 있어야지.'

주웨이도 로비의 중요성을 언급했었다. 돈만 있으면 마약을 팔아도 무죄인 나라라면서. 지금도 미국의 제약업체들은 마약성 진통제를 별다른 제약 없이 판매하는 중이었다.

어쩌면 겨울의 첫 로비가 이제 금방일지도 모른다. 예컨대 캘리포니아 재건사업에서 난민 노동력의 비중을 늘리는 일엔 주 상원의원의 영향력이 주효할 테니까. 실제로 로비를 하게 될 경우 겨울이 직접 나서진 못하겠으나, 내세울 사람은 얼마든지 많았다.

겨울은 민완기의 말을 떠올렸다.

그들이 믿는 대로 보여주어라.

쉽게 말하긴 했으나 정말로 쉬운 일은 아니었다. 하지만 지금의 겨울에겐 마냥 어렵기만 한 일도 아니었다. 여기까지 오면서 자연스럽게 얻은 인연과 배경, 그리고 사람들이 있으니.

상원의원 이후로도 계속해서 새로운 약속들이 잡혔다. 신임 기지사령에게 눈도장을 찍어두려는 이들은 저마다 원하는 바가 있었던 탓이었다. 개중엔 노골적으로 청탁을 해오는 부류도 많았다. 덕분에 겨울은 자신이 다루게 될 권한의 많은 부분을 미리 알게 됐다.

결과부터 말하자면, 그것은 겨울의 예상을 한참이나 상회하는 수준이었다. 적어도 이곳 난민구역에 한해선 계엄사령관이라 해도 좋을 지경. 군정청의 지역 관리자를 겸하여 행정과 사법에 모두 관여하는 지위였다.

'샌 아르도 유전이라…….'

백산호, 한때 민완기가 일부러 키우려 했었던 종양은, 기지 인근 유전으로부터 공급되는 연료와 가스 등의 분배 문제를 이야기했다. 무조건 인구 비율만 따져서 각 거류구에 나눠주는 지금의 방식이 잘못되었다는 것이다. 그의 주장은 이러했다.

"기여도를 따져야 하지 않습니까?"

"기여도?"

겨울의 반문을 관심으로 받아들였는지, 백산호는 적극적으로 설명했다.

"예. 미국의 안보와 지역 공동체 발전에 기여한 정도 말입니다. 전선에 보낸 병력의 숫자뿐만 아니라 거둔 전과에서도 차원이 다르잖습니까. 아, 물론 이게 다, 예, 다 한 중령님 덕분이겠습니다만, 어쨌든 중요한 건 결과입니다, 결과. 모두를 똑같이 대하기만 해서는 발전이 없습니다. 공산주의가 왜 망했는지 생각해보십시오."

"그래서 뭘 제안하고 싶으신 건지…… 구역별로 공급량을 달리하라는 건가요?"

"당장은 그렇습니다."

"당장은?"

"제가 기업가, 흠, 기업가로서 하는 예측인데, 지금 같은 무상 구호는 오래갈수가 없습니다. 보십시오, 중령님. 여긴 이미 도시가 됐습니다."

이 대목에서 백산호는 불 밝힌 거리를 향해 손을 펼쳐보였다.

"외부로 파견되는 인력도 늘고, 미군을 상대로 장사를 하기도 해서 거리마다 꽤 많은 돈이 돌고 있습니다. 그러니 행정도 곧 정상화 수순을 밟지 않겠습니까? 여기서도 정상적인 과세가 이루어져야 한다는 겁니다. 의무를 다해야 권리가 생기는 법이지요."

"즉, 공급가를 구역별로 달리해라?"

"탁월하십니다!"

거주구역에 따라, 사실상 난민들의 출신 성분에 따라 대놓고 차별을 하라는 권유였다. 난민들에겐 구역 간 이전의 자유가 없다.

'말도 안 되는 소리.'

하나 곧바로 쫓아 보내기는 좀 곤란했다. 병풍처럼 서있는 이들이 경영인 연합을 자칭했기 때문. 태도로 미루어 백산호는 그들의 대변인 내지 대표 격이었다. 민완기도 예전의 통화에서 이들의 투기를 언급했을 정도이니, 나름의 영향력을 구축했다고 봐야 한다.

물론 겨울이 뭉개기로 작정하면 의미가 없을 터. 그러나 공동체 전체를 관리하는 입장에서는 보다 신중할 필요가 있었다. 밟더라도 충분히 검토한 후에 밟아야 한다.

백산호는 언어 이전의 반응을 민감하게 잡아냈다.

"별로 내키지 않으시는 모양이군요."

"솔직히 그러네요. 치안 문제도 있고."

"아아, 치안! 치안! 그렇군요. 보는 눈이 넓으십니다."

무의미한 띄워주기 뒤에 진짜 할 말이 이어진다.

"하지만 지금 이대로는 저들에게도 좋을 게 없습니다. 별다른 노력도 하지 않고서 무임승차로 배부르고 등 따시게 되었으니 무슨 의욕이 생기겠습니까? 언제까지 난민으로만 남아있을 작정이랍니까? ……사람이 부지런해지려면 처지가 고달파야 합니다. 부족한 게 많아야지요. 태생이 게으른 중국인들은 더더욱 그렇습니다."

"……."

"그리고, 그래야만 우리가 이 도시의 경제력을 장악할 수 있습니다. 사실 이것도 그저 첫 걸음일 뿐이지요."

"우리? ……첫 걸음?"

고개를 기울이는 겨울에게, 백산호는 의미심장한 질문을 던졌다.

"조금 전에 탈튼 브래넌 의원과 만나셨지요?"

"그랬는데요."

"실례지만, 그분으로부터 어떤 제안을 받지 않으셨습니까?"

"……뭘 알고 있죠?"

"하하, 경계하지 않으셔도 됩니다. 저 같은 사람들한테는 돈과 함께 이런저런 소식도 흘러들어오기 마련인지라. 누굴 시켜서 엿듣거나 한 건 절대로 아닙니다."

넉살 좋게 웃으며 손사래를 치는 백산호였으나, 부분적으로 개방된 「위협성」 앞에선 이마가 번들거렸다. 한숨을 쉰 겨울이 새롭게 고쳐 묻는다.

"의원님께서 뭔가 제안이 있다고는 하셨는데, 구체적인 이야기는 나중에 따로 만나서 나누기로 했어요. 그러니 말해 봐요. 당신, 뭘 알고 있죠?"

"어휴, 그랬군요. 이거 제가 너무 일찍 말을 꺼낸 모양입니다."

땀을 닦는 백산호에게 겨울은 미소 아닌 미소를 만들어 보였다.

"세 번 묻게 만들 건가요?"

"……어, 죄송합니다. 제가 들은 소식은, 음, 주정부 소유 자산의 불하에 관한 겁니다. 의원님의 제안 중에서 최소한 하나는 이거겠구나 싶었지요."

자산 불하? 겨울은 이 말을 듣자마자 짐작이 가는 게 있었다.

"캘리포니아 주정부가 연고 없는 개인 자산들을 불하한다는 뜻인가요?"

"정확하십니다!"

백산호가 아첨하는 표정을 짓고 빠른 말을 이었다.

"지금까진 이재민이 너무 많아서 문제였지만 앞으로는 사람이 모자라서 문제일 겁니다. 천만이 넘는 인구의 공백을 무슨 수로 채우겠습니까? 수리는 필요하겠습니다만, 주인을 잃은 집, 농장, 작업장, 자동차와 농기계, 요트, 어선, 경비행기 따위가 넘쳐난단 말입니다!"

사람이 사람인지라, 돈에 관한 열변으로 직전의 긴장감을 잊는다.

"주정부와 연방정부가 부채를 떠안는 데에도 한계가 있습니다. 어떻게든 수요를 만들어야 할 입장이지요! 특히 부동산! 부동산은 수요가 없으면 바닥을 모르고 추락하게 마련입니다! 그건 새로 출발해야 할 이재민들 입장에서도 악재입니다! 장담하는데, 주정부는 LA를 디트로이트처럼 만들고 싶지 않을 겁니다!"

"……."

"자산 규모가 규모이고, 한꺼번에 풀어놓았다간 더욱 똥값이 될 것이기 때문에…… 불하는 앞으로 상당한 기간에 걸쳐 이루어질 겁니다. 재건사업에 발맞춰서요. 한마디로 아직 시간이 있다는 의미지요. 총알을 준비할 시간이!"

백산호의 요청을 받아들인다면 포트 로버츠 인근 거주지역의 상업력은 한국계 거류구로 집중될 것이었다. 기본적인 비용에서 차이가 나버리니까. 기울어진 운동장이다.

　겨울이 살짝 끄덕였다.

　"일단은 이해했습니다."

　반색하는 백산호와 그 일행들.

　"오! 그럼 먼저 드린 요청도 긍정적으로 검토해주시겠습니까?"

　"아뇨."

　"이해해주신다더니, 어째서……."

　황망해하는 면면들을 향하여, 겨울은 침착하게 말했다.

　"기지사령으로서 난민들을 그런 식으로 차별할 순 없네요. 그쪽 출신 병사들의 의욕도 감안해야겠고……. 무엇보다, 여러분만 이득을 보는 거잖아요? 다른 부담은 책임자인 나한테 다 떠넘기면서 말예요."

　백산호가 재차 습관 같은 웃음을 짓는다.

　"이런, 오해하셨군요."

　"제대로 이해한 것 아닌가요?"

　"저희가 사업을 하는 게 다 중령님 덕분인데 아무렴 별도의 성의가 없겠습니까? 리베이트에 대해서는 따로 진지하게 말씀을 드리겠습니다. 명예에 누를 끼치지 않을 다양한 방법들이 있지요. 절대로 실망하지 않으실 겁니다."

　뭐 눈에는 뭐만 보이는 법이었다. 다시 부정할까 하던 겨울은, 그냥 오해하도록 놔두는 것도 나쁘지 않겠다고 여기며 입을 다물었다.

'민 부장님이 재밌어하시겠는데.'

겨울이 보는 민완기는 인간을 믿지 않는 악동에 가까
웠다.

침묵을 멋대로 해석한 백산호가 한층 더 밝아진다.

"정말 잘 생각하신 겁니다. 좋은 소식을 기대하고 있겠
습니다."

"한번 의논은 해보죠."

"의논? ……아, 당연히 그래야지요. 장연철 부장님께도
잘 말씀드려주십시오. 저희가 너무 욕심이 많다며 꺼려하
시는데, 이게 다 우리 동맹과 겨레를 위한 일이라고요. 돈은
모일수록 강해지는 겁니다. 벌 수 있는 사람이 먼저 벌어야
소비도 하고 투자도 하면서 주위가 함께 살찌는 거 아니겠
습니까? 우리 동맹의 발언력도 높아지고 말입니다."

이들은 마지막으로 명함을 내주고 다음 만남을 희망하며
물러났다.

대개의 만남이 이런 식이다보니 겨울에겐 식사를 할 여
유도 없었다. 누군가는 자기 자식의 장교 임관을 부탁했고,
다른 누군가는 시민권을 바라기도 했다.

다만 청탁과 거리가 먼 요망도 있었다. 한인회에서 나왔
다는 노인은 겨울의 손을 잡고 한참을 하염없이 울기만 했
다. 배경을 알기 전엔 혹시 전상자의 가족인가 싶었을 정도
로. 합동영결식은 며칠 후로 예정되어있다.

노인은 눈물샘이 마를 지경이 되어서야 겨우 입을 열

었다.

"중령님께서…… 참으로 많은 사람들을 살리셨습니다."

목 메이는 음성엔 깊은 감정이 묻어났다. 겨울은 노인의 메마른 손을 감싸며 말했다.

"감사한 말씀이지만, 중대 전체가 노력하지 않았으면 여기까지 못 왔을 거예요."

"아닙니다. 지도자의 역할은 시멘트를 개는 물과 같습니다. 물 없이는 어떤 건물도 올릴 수 없지요. 중령님의 능력과 희생이 아니었다면 평범한 사람들은 그저 흩어진 자갈과 모래알갱이에 불과했을 겁니다. 진심으로, 진심으로 고맙습니다."

그리고 노인은 이런 부탁을 남겼다.

"수신제가치국평천하라고 했습니다. 중령님께서는 이미 자신과 주변을 잘 다스리고 계시지만, 그럼에도 남자에게는 여자가, 안정된 가정이 필요한 법입니다. 결혼을 하시고 자식을 보십시오. 그러면 더욱 큰일을 이루실 수 있을 것입니다."

겨울은 곤란해하는 표정을 만들었다.

"제 나이엔 아직 이른 이야기 아닐까요?"

"보통 사람에겐 이르겠지요. 허나 당신께선 평범한 분이 아니시잖습니까."

"……."

"박정희 대통령님께서도 영부인이신 육영수 여사님께서 곁에 계셨기에 비로소 나라를 훌륭히 이끄실 수 있었습니다. 저희 한인회와 동맹의 모든 사람들은 중령님께서 하루 빨리 현숙한 배필을 얻기를 한마음으로 바라고 있습니다."

동반한 일행, 나이가 비슷할 다른 노인이 절절히 거들었다.

"한때 중령님께서 작전 중 실종으로 알려졌을 때, 이 난민촌이 얼마나 엉망이었는지 아시는지요? ……가정이 생기면 삶에 대한 애착도 강해집니다. 못난 사람들을 위해서만이 아니라 중령님을 위해서도 가족이 필요하지 않겠습니까? 동맹 내엔 마침 좋은 처자들이 많습니다."

겨울이 되물었다.

"제가 다시 사라질까봐 불안하신가요?"

"솔직히 말씀드리면 그렇습니다……. 중령님께 남은 피붙이가 없기 때문에 더욱 위험을 무릅쓰시는 것이 아닌가, 다들 그렇게 염려하고 있습니다."

"알겠습니다. 개인적으로는 나중이라고 생각하지만, 여러분이 걱정하고 계신다는 사실만은 기억해둘게요."

겨울은 노인들을 완곡하게 달래어 돌려보냈다. 다만 한인회라는 이름이 신경 쓰여 문자를 보냈더니, 여기엔 장연철이 답신했다. 예전에 곧잘 마찰을 일으키던 조직 중 하나, 한인애국회와는 무관한 단체라고. 하나 한인애국회가 다물진흥회 등과 함께 명맥이 남아있기는 하다고.

이후 캐슬린과 다시 만난 건 아홉시가 다 되어서였다. 연락을 받은 그녀는 훗-똑을 파는 곳에 있노라고 답했다. 이상한 발음의 정체는 도착한 뒤에 알 수 있었다.

"그거 맛있어요?"

겨울이 건네는 말에, 보안관은 호떡을 들고 빙긋 웃는다.

"굉장히요. 여기서 가장 좋아하는 간식 중의 하나입니다."

"잘 만드나보네요. 저도 하나 주시겠어요?"

뒤쪽은 철판 너머의 부부를 향한 말이었다. 예이! 기합이 잔뜩 들어간 주인내외는 자글거리며 익어가는 밀가루 반죽을 초조한 시선으로 바라보았다.

간이 테이블을 사이에 두고 마주앉은 보안관이 겨울의 용건을 물었다.

"제게 확인하실 것이 있습니까?"

"네. 근데 여기서 말하긴 좀 그러네요. 다 먹고 잠시 걷죠. 소화도 시킬 겸."

듣는 귀에 주의해야 했다. 민감한 내용이 나올 수도 있었으므로. 이제 난민구역에서 언어장벽은 없다고 봐야 한다. 역병 확산 초기 한국에서부터 피난 온 사람들도 마찬가지였다. 남녀노소 모두의 생존이 달린 문제였기 때문에.

어차피 캐슬린도 대충 짐작하고 있었을 것이었다. 그러려니 수긍한 그녀가 남은 호떡을 깨물었다. 와자자작. 어찌나 바삭한지 소리만 들어도 식감이 느껴질 지경이었다. 갈색 설탕시럽이 캐러멜처럼 풍부하게 배어나온다. 보안관은 입술을 핥아가며 오물오물 맛있게도 먹었다. 자연스러운 미소는 덤. 이 또한 전에는 없었던 일상이었다. 이제까지의 모든 종말에 걸쳐서.

소소한 잡담의 와중에 겨울 몫의 호떡이 나왔다.

보안관이 가볍게 걱정해준다.

"아까 보니 뭘 드실 틈도 없어 보이셨는데, 그걸로 식사가 되시겠습니까?"

"끼니는 오는 길에 대충 때웠어요. 이것저것 많이들 권하시더라고요."

말하자면 재래시장을 방문한 대통령 같은 경험이었다.

"아하."

걱정을 지우고 재미있어하는 캐슬린.

"하긴, 모두가 당신을 아끼고 존경하니까요. 줄곧 보여드리고 싶었을 겁니다. 이곳이 어떻게 바뀌었는지. 또 얼마나 사람답게 살 수 있게 되었는지. 당신이 있었기에 가능했다고."

"아직이에요. 앞으로 더 나아져야죠. 음, 이거 맛있네요."

겨울은 아작대면서도 촉촉한 따끈함과 고소하고 달콤한 풍미에 만족했다. 입안에 견과류의 향이 가득 퍼진다. 보안관은 입을 가리고 키득거렸다. 그럴 줄 알았다며. 한편으로는 어딘가 뿌듯해하는 분위기이기도 했다.

자리에서 일어난 건 주인내외가 권한 식혜까지 마시고서였다. 보안관은 삭힌 쌀알이 우르르 떠다니는 기괴한 액체에 질겁했으나, 겨울은 이 역시 맛있게 비웠다.

'그래도 조금 이상하긴 하네……'

의외로 처음 먹어보는 것이다. 구하기 쉬운 음료는 아니니까. 종말을 견디기에 가장 유리한 땅이 북미인지라, 겨울의 모든 시작은 미국을 벗어난 적이 없었다.

생전이야 어쨌든 「로비」에서라면 맛볼 기회가 있었지만.

"그럼 이제 한산한 곳을 찾을까요?"

겨울의 말에 보안관이 방향을 정했다.

"근처에 여전히 공사 중인 구역이 있습니다. 정시 순찰을 제외하면 이 시간에 출입할 관계자는 없겠지요. 검문소 하나만 지나면 됩니다."

"위험하진 않겠어요?"

혹시 통제를 몰래 벗어난 부류가 있지 않겠느냐는 질문이었다.

"염려 놓으십시오. 기지의 치안이 훌륭하다고는 못 하겠습니다만, 중ㄱ…… 가장 어수선한 거류구라도 기본적인 질서는 잡혀있습니다. 그런데……."

"그런데?"

"말하다보니 이상하군요. 중령님께선 지금도 무장하고 계시잖습니까."

즉 이상한 놈들이 있다 한들 위험한 건 오히려 그쪽이 아니겠냐는 농담이었다. 간격이 넓은 조명 아래에서도 보안관의 낯에 어린 장난스러움은 알아보기 쉬웠다.

검문소를 통과한 겨울과 보안관은 한쪽에 쌓인 자재를 의자삼아 걸터앉았다. 본격적인 대화를 나누기 전, 겨울은 넷 워리어 단말로 몇몇 사람들에게 짧은 문자를 보냈다. 잠시 보이지 않더라도 이해해달라는 내용이었다.

액정이 꺼지자 보안관이 묻는다.

"그래서, 제가 뭘 말씀드리면 되겠습니까?"

"당신이 생각하기에 내가 기지사령으로서 알아두었으면 좋겠다 싶은 건 뭐든지요."

"음……. 어차피 래플린 준장님께 업무를 인계받으시면……."

"내가 원하는 건 그분이 미처 보지 못하셨을 것들…… 그리고 보고도 무시하셨을 것들이에요. 무슨 말인지 알 텐데요? 현장 실무자로서 보고 듣고 느낀 걸 있는 그대로 말해줘요."

겨울이 무엇을 암시하는지 모를 보안관이 아니었다. 난민구역에서 활동한 기간이 상당하지 않은가. 래플린 준장은 오랜만에 만난 겨울 앞에서조차 특정 난민집단에 대한 거부감을 거리낌 없이 드러냈었다. 뜸을 들이던 캐슬린은 자신 없는 태도로 고해했다.

"실망스러우시겠지만 그런 의미로는 저도 떳떳하지 못합니다. 내지 않아도 될 화를 내고…… 하지 말아야 할 차별을 했죠. 적당했던 것 같았던 처분이 돌이켜보면 가혹했던 적도 많았습니다. 그러지 않으려고 해도, 어느샌가 중국인들을 예비범죄자처럼 지켜보는 제가 있더군요. 이것만으로 많은 게 달라진다는 사실은 충분히 짐작하실 겁니다."

"적어도 그걸 반성하고는 있잖아요?"

"저를 너무 좋게만 보시는 것 아닙니까?"

"왜 아니겠어요? 당신은 민간인들을 지키겠다고 한 개 중대에 맞서려던 보안관인데."

책임감 하나는 믿을 만하죠. 겨울의 평가를 들은 캐슬린이 그늘진 곤란함을 드러냈다.

"그러다가 엉뚱한 사람을 상하게 했잖습니까."

"불가피한 일이었죠. 만약 다시 그 상황으로 돌아간다면 다른 판단을 내릴 수 있겠어요?"

"……아뇨."

"신경 쓰지 말고 말해 봐요. 이상하다 싶은 건 걸러들을 테니."

이후 생각에 잠겨있던 보안관은 말을 아주 신중하게 골랐다. 입을 열었다가도 조용히 닫을 때가 부지기수였다. 겨울은 그녀의 입장을 이해했다. 자기 자신에 대한 반추는 비난에 가까워도 좋다. 하나 요구받은 건 넓은 의미에서의 내부고발이었다.

'자칫 상관과 동료들을 흉보는 꼴이 되어버리겠지.'

한편으론 지금의 대화로 인해 스스로가 어떤 피해를 입지 않을까 싶은 불안도 엿보였다. 자연스러운 반응이다. 강화된 「간파」는 숨기려는 감정을 쉽게 꿰뚫고 겨울의 추측을 뒷받침해주었다. 생전부터 사람 속 읽기에 능한 입장에서 이는 확신을 더하는 용도였다.

"이것부터 말씀드려야겠군요. 일반적인 범죄의 검거 건수는-"

막 시작한 말을 삼킨 보안관은 눈을 살짝 찌푸리며 양해를 구했다.

"흠, 이야기에 다소 두서가 없더라도 이해해주십시오."

"미리 준비한 보고 같은 게 아니잖아요."

"감사합니다. 그럼⋯⋯. 일반적인 범죄의 검거 건수는, 그럴 듯한 의심을 받는 그룹이 그렇지 않은 그룹에 비해 실제로 높게 나타나는 경향이 있습니다. 역병이 퍼지기 전을 기준으로는 그 대상이 흑인들이었지요. 뭐, 지금도 마찬가지이긴 합니다만⋯⋯."

겨울은 그녀가 무엇을 전하려는지 짐작했으나, 분위기상 가만히 듣고 있었다.

"하지만 그건 착시현상입니다. 예를 들어 마약만 해도 어느 인종이든 비슷하게 사고팝니다. 오히려 각각의 수색에서 체포로 이어지는 비율만 따진다면⋯⋯ 유색인종보다 백인들이 더 높게 나오는 지역도 있었지요. 대단한 차이는 아니지만 말입니다. 즉⋯⋯."

"즉?"

"흑인들의 범죄율이 더 높았던 건, 그저 그들이 더 많은 의심을 받았기 때문입니다. 단속이 잦으니 적발도 많을 수밖에요⋯⋯. 심지어 죄가 없어도 수상해보입니다. 이미 의심하고 있으니까요."

"그렇겠죠."

"예. 손이 낮으면 무기를 꺼내려는 것처럼 보이고, 주머니가 뭉툭하면 저거 마약 아닌가 하는 생각이 듭니다. 심지어 바지 위로⋯⋯ 그, 유달리 큰 그것이 툭 불거져있는 걸 보고서⋯⋯ 은닉한 총기로 착각하는 경우도 있었습니다."

"혹시 본인 경험인가요?"

"……묵비권을 행사하죠."

"보통 그걸 착각해요?"

분위기를 환기하는 차원에서 짓궂게 묻자 보안관이 무척 억울해했다.

"그땐 저도 경황이 없었단 말입니다. 총기난사로 인한 출동은 처음이었는걸요. 굉장히 긴장한 상태였죠. 게다가 범인의 인상착의조차 확보하지 못한 상황이었습니다. 그 사람도 겁에 질려서 행동이 비정상적이었고, 거리도 가까 웠고, 어쩐지 눈이 풀린 것도 같았고-"

"또 흑인이기도 했고요?"

"네……."

한숨을 내쉬는 캐슬린. 자포자기한 느낌으로 당시를 회 상한다. 무기를 버리라고 옥박질렀더니 아무것도 없다고 하기에, 턱짓으로 가리키며 천천히 꺼내라 했다고. 그랬더 니 그 사람은 또 이걸 정말로 꺼내야 하느냐고 되물었단다. 여러모로 엉망진창이다.

"이상하다고 느끼지도 못할 만큼 무서웠나보네요."

"그 후의 취급도 좀…… 사건이 마무리된 후에 개인적으 로 만나 사과했습니다."

"받아주던가요?"

"비록 좋은 경험은 아니었지만, 남자로서 자랑스러우니 괜 찮다더군요. 술자리에서 평생 자랑할 거리가 생겼다면서요."

결국 겨울은 작게나마 꾸미지 않은 웃음을 터트렸다. 캐 슬린이 슬쩍 눈을 흘긴다.

"본론으로 돌아가겠습니다. 저는 지금 이 난민구역의 중국인들이 어느 정도 비슷한 처지라고 봅니다."

"어느 정도? 확신하진 못한다는 뜻인가요?"

"예. 여러 지표가 유의미한 수준으로 높게 나와서 그렇습니다. 음, 쉽게 말해, 중국인들이 범죄와 관련되는 비율이 다른 구역에 비해 높은 것 자체는 명백하단 의미입니다. 단속의 강도와 빈도를 감안하더라도 그렇지요."

"이해했어요."

"하지만 부정하지 못할 사실이 하나 있습니다."

보안관은 강조의 의미로 손가락을 세워보였다.

"그동안 서(署)로 연행된 중국인들 과반수의 혐의가 공무집행방해였다는 겁니다. 검문 및 수색 요구에 비협조적으로, 혹은 공격적으로 응했다는 이유에서요."

"과연."

"그렇게 끌려와서 수감으로 이어지는 비율도 상당한 편입니다. 다른 혐의가 없더라도 말입니다. 군정청의 행정지침에 따르면 경관이 위협을 느꼈다고 주장하는 것만으로도 경찰에 대한 적대행위가 성립하거든요."

"캐슬린. 혹시 일선 경관들이 의도적으로 그런다고 생각해요?"

"……그건 아닙니다."

"그러면?"

"중국인들을 일부러 차별하는 인원이 있기는 있겠지요. 그러나, 저만 해도 중국계 거류구를 순찰할 땐 살갗이 찌릿

거릴 때가 많습니다. 경찰 입장에서 위협을 느끼는 건 진짜라는 거죠. 단순히 의심이 많아 느끼는 착각이라기엔…… 노려보는 시선들이 너무나 분명합니다. 의미를 알 수 없는 그들만의 수군거림도 신경을 곤두서게 만들고요."

"악순환이네요. 악감정에 위협을 느껴서 과잉대응을 하고, 과잉대응이 악감정을 키우는."

"네, 정말입니다."

보안관은 겨울의 말에 진심으로 동의했다.

"정말, 누가 먼저 시작했는지 따지기도 어려운 악순환입니다."

"무슨 일이든 그래요. 어느 한쪽이 백퍼센트 결백한 경우는 드물죠."

"……그렇다고는 해도 책임을 따진다면 저희 쪽이 더 무거울 겁니다. 아니, 확실히 무겁습니다. 어쨌든 힘과 권력이 우리에게 있고, 저들은 상대적인 약자니까요. 열 번을 맞으면 아홉 번은, 가끔은 열 번 다 가만히 당할 수밖에 없는."

"인상 펴요. 여기까지 인정할 수 있는 것만으로도 훌륭한 거니까."

빈말이 아니었다. 머리는 가슴을 따라간다. 내가 팔이 부러지고 상대는 목이 돌아갔어도 아픈 쪽은 부러진 팔인 것이다. 타인은 항상 감각의 장벽 저편에 있었다. 공감은 언제나 자신을 죽이는 능력이다. 그러므로 보안관 정도의 균형감은 상당히 보기 드물었다.

"하……."

보안관이 별빛 하늘을 우러렀다.

"어느 도시, 어느 빈민가, 어느 우범지대에서든, 치안을 확보하려면 우선 공권력에 대한 신뢰부터 회복해야 합니다. 하지만 여기서는 그럴 수가 없더군요. 감정의 골이 돌이키지 못할 만큼 깊어졌습니다."

"그래도 내겐 기회가 있는 것 같은데요?"

겨울이 미소를 만들었다.

"지금 들은 이야기가 꽤 도움이 됐어요. 앞으로 어떻게 해야 할지 감이 잡히네요."

"그렇잖아도 드리고 싶은 제안…… 이랄지, 충고가 있었습니다만……."

벌써 생각해두신 것 같네요. 겨울은 그녀가 삼킨 뒷말을 긍정했다.

"우선은 그동안 나쁜 경찰 역할을 해줘서 고맙다고 해두죠. 수고하셨습니다."

보안관이 이마를 감싸며 고개를 느리게 흔들었다.

"이런."

좋은 경찰 나쁜 경찰이 꽤 고루하긴 해도, 효과 자체는 오랫동안 입증된 것이다. 실천하는 사람의 역량에 따라 달라질 뿐.

'체감이 될 정도로 풀어주면 부작용이 있긴 할 텐데……'

적절하게 고삐를 잡지 못할 경우 중국계 거류구는 지금보다 더한 무법지대가 될 수 있었다.

캐슬린이 덧붙이는 말.

"노파심으로 말씀드리는 거지만, 상대적인 박탈감을 해소해줄 필요가 있습니다. 특히 지원병들의 처우 문제를……. 제프리조차도 부대를 꾸릴 때 그들만은 받기 싫다고 했었으니까요."

오랜만에 듣는 이름. 그런데 어감이 미묘했다. 겨울과 소대원들도 이름을 부르긴 했지만, 어디까지나 가까운 사람들 이내에서였다.

"제프리? 브라운 중위를 꽤 친근하게 부르네요?"

"이젠 브라운 대위입니다. 영전이 확정된 중대장이죠. 그리고 저와는…… 반년 전부터 사귀는 사이입니다."

"와."

살리나스 댐에서 보낸 밤의 기억을 돌이켜 보는 겨울. 제프리 스스로 말했었다. 연상만 아니었어도 청혼했을 거라고. 지나가는 말인가 했더니 꽤나 진심이었던 모양이다.

"축하한다고 해야 하나요?"

"글쎄요. 원거리 연애가 되어놔서. 즐거움은 잠깐이었는데 그리움만 길군요. 전선으로 파견된 게 벌써 석 달 전인데, 언제쯤 돌아올는지."

쓰게 웃는 보안관이 본래의 흐름으로 돌아간다.

"아무튼, 중국계 거류구에서 뽑은 병력은 핵이 터진 다음부터 어떤 지휘관도 원하지 않았다고 들었습니다. 언제 배신할지 모른다던가요? 유일하게 캡스턴 중령님께서 자신의 연대에 받겠다고 하셨지만…… 래플린 준장님께서 요청을 반려한 것으로 압니다. 사령부 차원에서도 없는 병력 취급했다니, 여태까지 계급장조차 없는 지원병이 태반인 게 이해가 가지요."

경찰에게도 꽤나 무시를 당했다고 덧붙이며, 희망적인 관측을 내놓는 캐슬린.

"그런 점만 적절히 풀어준다면 한 중령님의 부담이 상당히 가벼워질 겁니다."

"참고할게요. 기대 이상으로 유익한 시간이었네요."

시간을 확인한 겨울이 자리에서 일어났다. 통신 단말엔 여러 번호에서 온 메시지들이 쌓여있었다.

"오늘은 이쯤에서 돌아가 봐야겠어요. 기다리는 사람이 많아서 너무 오래 자리를 비우기도 곤란하고. 도움이 필요할 땐 또 연락해도 되죠?"

"얼마든지요. 기다리겠습니다."

캐슬린 또한 자리를 털었다. 축제는 여전히 진행 중이었다.

익일, 겨울은 두 명의 부장과 때 이른 아침식사를 함께했다. 새벽부터 문을 연 식당은 백반을 주문하는 사람들로 만석이었다. 대개는 한국계 난민들이었으되, 간혹 머리와 피부색이 다른 경우가 있었다. 젓가락질이 어색한 그들은, 비록 무장을 했으나 군인처럼 보이진 않았다.

"군수국과 계약한 민간인 운송업자들입니다."

그릇을 비운 민완기가 수저를 놓고 말했다.

"원래는 봉쇄선까지만 운행했다는데, 멧돼지 사냥이 본격적으로 성과를 거두기 시작하고부터는 자원자들에 한해 오염지역까지 들어오게 되었다더군요. 포트 로버츠 일대는 본토탈환이 완료되기 전에 이미 안전지대로 분류되었으니 말입니다. 위험수당은 준다고 합니다만."

당연한 이야기였다. 현재의 미군은 전투 병력의 비중이 높았으므로, 군수국의 역량만으로는 물자를 추진하는 데 한계가 있었다. 공군이 양용빈 상장의 핵공격 이후 실종자 수색에 민간인 조종사들을 투입했듯이, 육군 또한 군수보급에 민간 인력을 활용했다.

"음, 불편해 보이는데도 열심히 먹네요. 입맛에 맞으려나?"

겨울의 말에 이번엔 장연철이 웃는다.

"맛보다는 문화적인 유행이라고 봐야 하지 않을까요? 결국은 이것도 대장님 덕분입니다."

이렇게 분위기가 좋아 보여도, 자리에 앉은 순간부터 지금까지 두 사람의 부장은 서로를 없는 사람처럼 취급했다. 대외적으로는 아직 사이가 나쁜 것처럼 보여야 하는 탓.

일전에 민완기가 이르기를, 겨울이 돌아올 때를 위해 일부러 편을 갈랐다고 했었다. 거듭되는 갈등에 피곤해진 사람들로 하여금 겨울이 있을 무렵을 그리워하도록 만들기 위하여.

결국 이 자리도 반쯤은 보여주는 용도였다. 실내의 이목은 진작부터 이쪽으로 쏠려있었다.

"식후엔 래플린 준장을 만나러 가십니까?"

장연철의 물음에 겨울이 끄덕였다.

"그래야죠. 시간이 마냥 넉넉한 건 아니거든요."

"혹시 새로 창설될 중대들에 관해서 어떤 계획이 나온 게 있습니까?"

사전에 맞춰둔 문답을 나눌 때다. 겨울이 고개를 저었다.

"아뇨. 그래도 개인적으로 구상해둔 건 있네요."

"오. 궁금해지는군요. 아시겠지만 동맹 내에서 거는 기대가 굉장히 높습니다. 대장님께서 자리를 만들어주실 거라고요. 여기선 군인이 되는 것만큼 확실한 출세도 없으니까요."

"글쎄요. 앞으로는 좀 다르지 않을까 싶네요."

"다르다는 건 어떤 말씀이신지?"

"인력이 있다면, 특히 남자들은 재건사업으로 보내는 편이 더 나을 수도 있다는 뜻이에요."

"어째서 그렇습니까?"

"장 부장님, 지금 내가 맡은 병력의 구성을 보세요. 전투병을 선발하려고 해도 아직까지는 남성 지원자들의 비중이 높잖아요. 하다못해 이유라 중위의 소대조차도 그래요……. 문제는 재건사업에 필요한 기술 보유자도 남자 쪽이 더 많다는 거죠. 전기기사, 건축기사, 특수 용접, 중장비 면허, 선반가공기술 같은 것들이요."

"아……."

"시민권 때문에라도 입대를 원하는 마음들은 알겠어요.

그래도 멀리 봐야죠. 캘리포니아 재건사업은 돈도 돈이지만 미국에서 통할 경력을 쌓을 기회이기도 할 거예요. 나중에 가서 텃세에 시달리지 않으려면 지금부터 각각의 업계에 미리 자리를 잡아둬야 할 필요도 있겠고요."

"과연 그렇겠습니다. 많이 고민하셨군요."

조금은 낯간지러운 연극이었다. 연철이라고 예상하지 못했겠는가.

민완기가 겨울의 말을 긍정했다. 연철 쪽으로는 여전히 눈길조차 주지 않으면서.

"꼭 옛날의 미국을 보는 기분입니다."

"옛날의 미국?"

반문하는 겨울에게 장년의 학자가 미소 짓는다.

"그렇습니다. 한때는 지주계급이 이 나라의 상류층이었지요. 건국세력의 후예이자 넓은 농장을 보유한 영국계 이민자들 말입니다."

"그런데요?"

"이들이 기존의 기득권에 만족하며 지내는 동안, 후발주자로 미국에 상륙한 가난뱅이들은 좋든 싫든 상공업에 종사하게 되었습니다. 다른 선택지가 없었으니까요. 허나 결과적으로는 그것이 사회적 우위의 역전으로 이어졌지요. 말하자면, 거지 같던 아일랜드 이민자들이 농장주들의 머리를 밟고 서게 된 겁니다. 시각에 따라서는 이를 남북전쟁의 원인 중 하나로 보기도 합니다. 전후 몰락한 지주계급은 오늘날 남부 촌놈들 취급을 받게 되었고요."

"레드 넥이군요."

"맞습니다."

예정에 없던 이야기였으나 의도를 알기는 쉬웠다.

"확실히 공통점이 있네요. 당장 안정적이고 좋아 보이는 것에 집착하기보단 나중을 대비하는 편이 낫다는 점에서요. 경제력이 중요한 것도 그렇고."

끄덕인 겨울이 다른 논거를 들었다.

"솔직히 성비도 걱정해야죠. 지금도 남자가 많이 모자라잖아요?"

장연철이 대답을 가로챘다.

"예. 동맹이 만들어지기 전부터 있었던 문제입니다만, 최근엔 다른 곳에 있던 난민들이 합류하면서 더 심해졌습니다. 특히 한국에서 늦게 탈출한 해상난민들 중엔 젊은 남자가 거의 없다고 봐도 좋을 정도입니다."

"탈출 시간을 버는 과정에서 소모되었겠네요. 애초에 소집 대상 연령인 사람은 배에 태워주지도 않았을 것 같고…… 살아남은 일부는 아직도 현역이겠고요."

한국 정부는 현재 한반도 본토를 포기하고 미국의 망명 승인만을 기다리는 처지였다. 따라서 남아있는 군대 또한 안전이 확보된 일부 도서지역에 묶여있을 것이었다.

때문에 10대 후반에서 30대 초반에 이르는 구간의 성비는 기형적인 수준으로 기울었다.

"아무튼."

겨울이 어조를 바꾸었다.

"당장은 한국계로만 한 개 중대를 뽑는 건 무리예요. 다른 국적으로 채워야죠. 전투병과에 지원하는 여성분들이 충분히 많아진다면 다시 검토해보겠지만요."

준비한 대화는 여기까지였다.

이 자리에서 오간 말들이 알음알음 퍼진다면 추후 다른 국적의 중대를 편성할 때 잡음이 적을 것이었다. 다른 국적의 난민들에게 좋은 기회를 빼앗겼다는 식의 반감들. 적어도 경솔한 판단이라는 불만은 나오지 않거나, 나오더라도 소리가 작을 터다.

일부의 사람들에겐 겨울의 나이가 여전히 약점이었다. 연륜이 부족할 수 있다고.

"난 이쯤에서 일어날게요. 약속 시간까지는 아직 꽤 남았지만, 부대장으로서 소화해야 할 일과들이 있거든요."

겨울의 말에 두 부장이 함께 일어섰다. 계산을 하겠다고 지갑을 펼쳤으나, 늙은 주인은 손사래를 치며 사양했다. 작은 대장님께서 와주신 것만으로도 충분하다고. 하나 겨울은 극구 값을 지불했다. 작년이었다면 순수한 호의로 받았겠으나, 지금은 입장이 달라진 까닭이었다. 최소한 일반인을 상대로는. 돈을 받은 주인이 서운한 표정을 지었다.

이후, 오전 아홉시 삼십분.

집무실에서 만난 래플린 준장은 대뜸 이런 소리를 했다.

"간밤에 이런 생각을 했어. 어차피 곧 떠날 사람인데, 내가 총대를 메는 게 어떨까."

겨울이 고개를 기울였다.

"무슨 뜻인지 잘 모르겠습니다."

"중국인들 말이야. 장교는 어쩔 수 없더라도, 지원병들만 큼은 소집을 취소할까 싶어. 지휘할 병력이 사라지면 결과적으론 장교 역시 직위해제를 당하는 거나 마찬가지겠지. 흐음, 명목상으로는 무기한 발령대기가 되려나?"

"……."

"물론 불만이 대단할 거야. 그래도 폭발하진 않을걸? 이 시국에 난동을 피워 봐야 자기들만 손해라는 걸 잘 알 테니까. 또 귀관에 대한 기대심리가 있지 않겠나. 한겨울 중령이 기지 책임자가 되면 원상태로 바로잡아줄지도 모른다고. 그때까지만 참고 기다려보자고."

"그 기대를 이용하라는 말씀이신가요?"

"바로 그거지. 귀관이 원래의 지위를 돌려주기만 해도 꽤나 고마워할 걸세. 사실 지금과 달라지는 건 아무것도 없는데……. 실질적으론 무엇 하나 추가로 내주지 않으면서, 시작부터 마음의 빚을 지워둘 좋은 방법 아니겠나? 기지를 운영하는 데에도 약간은 도움이 될 테고."

말을 맞췄을 리 없건만, 겨울과 캐슬린 사이에 오갔던 대화와 같은 맥락의 제안이었다. 그저 보다 능동적일 뿐. 피부 검은 준장이 하얀 이를 드러낸다.

"뭐, 그때 가서 안 내키면 그냥 내버려둬도 돼. 딱히 보낼 데도 없는 병력이니. 믿지 못할 아군이야말로 최악의 적이지."

"그들이 위험하다고 보십니까?"

"당연하지."

딱 부러지는 단호함이었다.

"원래 깡패를 자처하던 놈들이라는 점은 그렇다 치자고. 전과자도 경찰이 될 수 있으니까. 그러나 그들은 사실상의 적성(敵性) 외국인이기도 해. 귀관은…… 얼굴을 보니 동의 하지 않는군. 대충 넘어가게. 일반적으로 보기엔 그렇다는 말일세. 아무튼, 그 친구들이 미국이라는 나라에 원한을 품 고 있어도 이상할 게 없는 마당에, 뭘 믿고 방역전선에 배 치하겠나?"

역병의 특성상 작은 균열조차 무시하지 못할 위협이 된 다. 준장은 복수에 눈이 먼 한 개 소대, 혹은 중대가 제2의 양용빈이 될 가능성을 암시했다. 그것이 극도로 희박한 확 률일지라도, 무수한 생명이 걸려있는 이상 무시하긴 곤란 하다. 하다못해 수송대 호위를 맡기더라도 배신의 우려가 제기될 것이다. 아군의 등을 찌르거나, 혹은 역병의 운반자 가 되는 식으로.

'중국계 병사들을 개인 단위로 분산 배치하면…… 그래 도 안 되겠구나.'

순간적으로 가벼운 대안을 떠올렸던 겨울은, 이내 차마 못 할 짓임을 깨달았다. 중국계에 대한 거부감은 일선 병사 들에게서도 흔히 발견될 테니까. 따돌림과 가혹행위는 필 연이었다. 지난날 대통령이 언급했던 대니 첸 일병의 죽음 또한 그것이 원인이었다.

아.

이제야 비로소 제프리의 결정을 이해하는 겨울. 그 성격에 중국계 난민 출신 병사들을 거부했다는 말을 들었을 땐 솔직히 의아했었지만, 길게 곱씹어보지는 않았다. 흘려들었을 따름. 이 시점에서 돌이켜보면 그럴 만한 이유가 있었던 것이다.

본인이 아무리 온건하고 상식적인 지휘관일지라도, 부하들 대부분이 싫어하는 신병을 받기란 꺼려질 수밖에 없지 않겠는가. 보이지 않는 곳에서 어떤 폭력이 가해질지 모르니. 또한 그는 독립부대의 지휘관이 아니므로 직속상관이나 선임 지휘관의 성향까지 감안해야 한다.

한없이 우호적인 해석이었으나, 강화된 「통찰」이 겨울의 직감을 긍정해주었다.

그런 관점에서, 캡스턴 중령이 했다는 요청이 새롭게 인상적이다. 그에겐 부대를 확실하게 장악할 수 있다는 자신감이 있었을 것이다. 래플린 준장에겐 통하지 않았던 모양이지만.

공교롭게도 준장 역시 이 같은 사정을 지적했다.

"가장 큰 문제는 나만 이런 감정을 품은 게 아닐 거란 사실이야. 나도 내가 어쩌다 이렇게 되었나 싶을 지경인데, 상대적으로 책임감이 덜할 병사들은 오죽하겠나? 다른 지휘관들이라고 멀쩡할까? 당장 이 기지를 거쳐 간 장교들만 해도 대놓고 싫어하는 경우가 많았는데?"

"이해했습니다. 중국계 병사들 스스로를 위해서라도 아무 부대에나 배속시킬 순 없는 거로군요."

"그래. 따로 보내면 죽겠고 같이 보내면 터지겠지. 아주 높은 확률로."

그러므로 준장이 먼저 언급했던 우려는 새로운 각도에서 조명된다. 부당한 대우가 누적되다보면 없던 광기도 생길 거란 의미. 나름의 설득력이 있었다.

잠시 조용하던 그가 싱겁게 웃었다.

"어쩐지 쓸데없이 열을 올린 기분이군. 딴에는 괜찮은 계획이라 느꼈거든. 이 골치 아픈 기지를 맡게 될 중령에게 그럴 듯한 선물이 될 거라고."

"아닙니다. 덕분에 제가 미처 깨닫지 못했던 부분이 있었다는 걸 알게 됐습니다."

"흠. 귀관이? 정말로?"

못 미더워하던 준장이 어깨를 으쓱였다.

"이건 아무래도 좋고……. 그래서 중령은 찬성인가 반대인가? 여태까지의 표정을 보면 그 친구들을 아예 묻어버릴 마음은 없는가본데, 그렇다 쳐도 도움은 될 테지."

"저는 반대입니다."

"왜, 속임수 같아서 내키지 않나?"

"아뇨. 좋은 결과를 위해선 때론 이런 수단도 필요하다고 생각합니다. 사람에겐 한계가 있잖습니까. 다만 이쪽의 의도를 간파당할 가능성이 높다고 판단했을 뿐입니다."

"경험으로 하는 말인가?"

"네."

"그렇단 말이지……."

말끝을 흐린 래플린 준장은 어딘가 아쉬운 얼굴로 단념했다.

"귀관이 그렇다면 가감 없이 그런 거겠지. 유감이군."

"배려해주신 점에 대해선 감사드립니다."

"감사는 무슨. 쓸모도 없었는걸. 됐고, 이제부터는 진짜 업무 이야기나 하세. 귀관이 D.C로 가기 전에 대행까지 경험해봐야 돌아오는 대로 자리를 넘기지. 예정된 날짜보다 하루라도 더 붙잡혀 있다간 숨이 막혀 죽고 말 거야."

겨울은 진저리를 치는 준장으로부터 담백한 진심을 엿보았다.

명목상 난민 군정의 최상급자인 군정장관은 육군 중장 계급의 윌 라이트번이라는 인물이었다. 그러나 겨울이 그를 직접 만날 일은 없다고 봐도 좋았는데, 군정장관의 집무실이 D.C의 펜타곤에 있었기 때문이다.

처음엔 현장에서 너무 멀리 떨어져 있는 게 아닌가 하고 의아했던 겨울이었으나, 사정을 알고 나서는 간단히 납득하게 되었다. 서부 3개주 군정청 외에 동부를 담당하는 지역 군정청들이 따로 존재했던 것이다. 중국에서 시작된 역병의 물결이 유럽에 도달하기까지 수개월의 여유가 있었기에, 대서양을 건넌 난민의 숫자는 놀라울 만큼 많았다.

군정장관도 어지간히 고될 것이다. 캘리포니아 지역 군정청만 해도 다시 북부, 중부, 남부로 나뉘지 않던가. 방대한 조직 구성으로 보아 중장 한 사람이 감당할 역할이 아닌데, 고질적인 인력 부족 탓에 다른 방도가 없었을 터였다.

'최근엔 영국조차 영토 방기를 검토하고 있다지…….'

지금껏 섬이라는 특성에 의지하여 견뎌왔으나, 유럽 각
지로부터 수용한 난민이 워낙 많아 감당이 안 된다던가. 자
급이 불가능한 부분에 대한 보급은 당연히 미국이 부담했
지만, 이는 어디까지나 최저한의 생존 수요를 맞춰주었을
뿐. 정치적, 경제적, 사회적 혼란까지 어떻게 해주지는 못할
노릇이었다.

한편 미국 정부는 유럽 방면의 교두보로서 시칠리아, 사
르데냐 등의 도서(島嶼)와 더불어 영국 본토를 함께 남겨두
고 싶어 했다. 특히 산업생산력이 높은 영국은 훗날 훌륭한
전진기지가 되어주지 않겠는가 하고.

문제는 그 훗날이 언제가 될지 아무도 모른다는 사실이
었다. 미국의 당면과제는 유럽탈환이 아니라 파나마 진공
이었으므로.

그래서 미 의회는 영국정부의 망명 요청을 거부하는 대
신 추가적인 난민수용을 결의했다. 보급물자 수송비용을
절감할 겸, 적어도 난민으로 인한 혼란은 덜어주겠다며. 고
로 현 시점에서 군정장관은 서부 이상으로 동부가 골치 아
플 것이었다.

이것이 포트 로버츠 기지사령의 권한이 강화된 배경이기
도 했다. 행정과 사법 양면에 걸친 업무를 설명할 때, 잠시
숨을 돌리는 틈에 래플린 준장은 쓴웃음을 지었다.

"전투부대로 배치할 지휘관조차 모자란 판국에 난민행

정에 투입할 장교라고 충분하겠나? 하물며 책임을 맡길 고급장교쯤 되면 더욱 드물지. 그러니 인력을 아끼려면 한정된 인원으로 돌려막기를 하거나, 이곳처럼 권한을 집중시키는 수밖에."

시간이 흐르면 나아질 줄 알았더니 그렇지도 않았다고.

"어느 정도 미리 듣긴 했지만, 제 책임이 무겁겠습니다."

겨울의 평가는 준장을 끄덕이게 만들었다.

"그렇다네. 사람이 망가지기 좋은 조건이지. 일이 힘들어서가 아니라, 이런저런 유혹이 많았거든. 보이는 범위 내에서 무엇이든 할 권력이 있다는 게 이토록 무서운 일일 줄은 몰랐어. 한 부대의 장으로서 나름대로 익숙하다고 믿었건만."

"그래도 잘 견뎌내셨잖습니까?"

"결과적으로는. 허나 준장 진급심사가 아니었다면 위험했을 거야."

혹시나 결격사유가 생길까봐 몸을 사렸다는 뜻이었다.

"특히 그 유전."

준장은 잔뜩 싫은 표정을 지었다.

"생산량이 기준치 이하로 감소했으니 관리를 이쪽에 위임하겠다는데, 정부 입장에서야 채산성이 안 맞더라도 여기서는 여전히 큰돈 걸린 일이란 말이지. 벌레가 꼬여서 곤란했어."

이는 간접적으로 당부하는 주의였다. 준장이 거짓말을 하는 사람처럼 보이진 않았으되, 겨울은 그가 남모르게 부정을 저질렀을 가능성을 염두에 두기로 했다. 사령 취임 후한 번 알아보는 정도로 충분하다. 자칫 뒤집어쓸 수도 있을 테니까.

"유전의 수명이 얼마나 남았습니까?"

질문을 받은 준장이 한 손으로 서류철을 헤집는다.

"내가 말해주는 것보다는…… 여기 있군. 직접 보게나."

겨울은 그가 건네는 보고서를 펼쳤다. 가장 먼저 보이는 건 과거의 이력을 보여주는 도표였다. 총 생산량만 따지면 캘리포니아에서 손에 꼽는 유전이었으되, 세월의 흐름에 따라 연간 산출량이 눈에 띄게 감소하고 있었다. 최근까지 대규모 군사작전에 필요한 연료를 공급한 탓에 더더욱 그러했다.

생산과 수송, 보급행정에 드는 비용을 감안하면 미국 정부 입장에서는 계륵이나 다름없게 된 셈이라, 시설을 개선하기까지는 포트 로버츠의 관할권에만 속하게 됐다는 이야기.

그 외에도 기지 사령이 관여하는 이권은 많았다. 겨울이 눈을 찌푸렸다.

"파견 노동자 인허가 업무는 이해가 가는데, 영주권과 시민권 심사가 많이 부담스럽네요. 제한을 우회하기 쉬워서 더 그렇습니다. 나중에 말썽이 생기기 쉽겠어요."

그러자 래플린 준장이 의미심장하게 답했다.

"오히려 그걸 감수하고서라도 쓰라는 의도로 내어준 권한일지도 몰라."

"……무슨 말씀이신지요?"

"일단 인가된 시민권은 정부 성향이 어떻게 바뀌든 함부로 취소할 수 있는 게 아니지. 영주권도 마찬가지야. 지나치게 남용했다간 이민국이나 그 윗선에서 제재가 들어오겠지만, 적당히 쓰는 정도는 대충 눈감아줄 거라고 봐. 하물며 그게 내가 아닌 귀관의 결정이라면야."

"정권 교체에 대비한 보험이라는 겁니까?"

"내 짐작이네만, 현 대통령께선 그렇게 생각하시겠지. 또 귀관의 안목을 신뢰하는 것이기도 하고. 어차피 장차 속령이나 준주를 만들려면 시민권이나 영주권 보유자들의 숫자가 갖춰져야 하는 게 사실이야. 아니면 여기랑 달라지는 게 없지 않은가. 그냥 난민 거류구의 위치만 바꾸는 꼴이지."

여기까지 말한 준장은 자신이 결재해야 할 서류의 일부를 뚝 떼어 거울 쪽으로 밀었다.

"말이 나온 김에, 여기 이만큼은 자네가 살펴보도록 해. 익숙해지는 데엔 직접 해보는 것보다 나은 방법이 없어."

"지금 바로 말씀이십니까?"

"아니. 결과는…… 그렇지. 닷새 뒤에 듣겠네. 다만 갈 때 챙겨가라는 소리야. 대신 오늘은 두 시간쯤 일찍 보내주지. 자네도 쉴 땐 쉬어야 할 테니. 곧 있을 화려한 초대와는 별개로 말이야. 흠, 솔직히 말해 며칠쯤 늦어져도 상관은 없어. 기다리는 사람은 고달프겠네만."

배워야 할 업무는 아직도 많이 남아있었다.

"자, 다음은 난민지도자 후보 심사 업무일세. 난민지도자 지원 법안이 시행예고에 들어갔으니, 이쪽에서도 속도를 맞춰줘야 하거든. 이것도 나보다는 귀관이 더 잘 해내겠지. 당사자이기도 하고. 이걸 마친 다음엔 민사국에 잠시 들르세나. 현장 돌아가는 꼴을 몰라선 안건을 검토하기도 곤란하지 않겠나?"

이렇게 말하는 준장은 어딘가 모르게 후련해 보이는 미소를 짓고 있었다.

늦은 오후. 주둔지 내 숙소로 돌아온 겨울은 가져온 서류를 면밀히 살펴보았다. 여러 업무들을 골고루 떠넘기는 듯한 느낌이었으나, 어차피 승계해야 할 일들이었다.

난민지도자 지원 정책은 난민 관리에 들어가는 비용과 인력을 동시에 절약할 목적으로 입안된 것이다. 그러나 지도자로서 두각을 드러내는, 그러면서도 괜찮은 인물이 드물다는 게 문제였다. 따라서 그중 대부분은 군정당국이 임의의 기준으로 선발할 계획이었다. 난민들 입장에선 이 또한 민감한 사안이 된다.

'베트남 쪽은…… 응우옌 씨인가.'

과거에 한 번 스쳐지나갔던 이름들이 서면에서 등장했다. 그러나 그 외에 낯선 사람도 많아, 겨울로선 한 사람씩 만나볼 필요가 있었다.

어스름 내린 산 그림자 위로 하나둘씩 별빛이 박힐 무렵, 앤이 걸어온 통화에서 겨울은 이렇게 말했다.

"위에선 뭘 믿고 내게 이런 자리를 내주는지 모르겠어요. 전공이 많다곤 하지만, 그거하고는 별개잖아요. 준장님 말씀대로 사람 망가지기 쉬운 자리던데요."

앤은 이 말을 재미있어했다.

「겨울. 그 자리에 당신만큼 어울리는 인물은 없어요. 내가 당신을 좋아해서 하는 말이 아니라, 객관적으로 보기에도 그렇다는 말이에요.」

"어째서요?"

「사사로운 이익에 구애받지 않는 사람이니까요. 국방성금 기부 건도 그렇죠. 계약서를 작성한 건 최근이지만 처음 의사를 밝힌 건 샌프란시스코에 있을 때였잖아요. 그보다 앞서 군정청이 처음 만들어질 땐 편한 자리를 마다했었죠. 내가 아직 살아있는 건 또 어떤가요?」

짧은 공백을 두고 이어지는 말.

「그 덕택에, 국방부든 백악관이든 당신에 대한 평가는 예전부터 지극히 좋았어요. 군인으로서만이 아니라 사람으로서도. 즉, 당신을 그 자리에 올리기로 한 건 충분한 심사숙고 끝에 내려진 결정이라는 뜻이에요. 타인을 위해 거듭 목숨을 걸어온 사람이 사소한 문제에서 이기적으로 굴 거라고 의심하는 것도 이상하지 않아요?」

"혹시 모르는 일이죠."

「혹시 모른다…… 라……. 과연 어떨지. 내기라도 해볼래요?」

"질 것 같아서 싫네요."

「이런. 따놓은 승리였는데.」

앤이 웃음을 터트렸다. 그 소리가 전보다 높고 산뜻하여, 겨울이 근황을 묻는다.

"오늘따라 목소리가 밝아요. 좋은 일이라도 있었어요?"

「뭘 새삼스레……. 당신이랑 통화중이잖아요.」

이번엔 겨울이 실소했다.

"그거 말고요."

「음……. 이건 비교적 사소한 거지만, 나 지금 집이거든요. 사무실이나 사건 현장이 아니라. 퇴근길엔 노을이 예뻤고, 삼십분 동안 샤워를 했고, 조금 전엔 블루문을 마셨고, 침대에 누워서 당신 목소리를 듣고 있고, 또 내일 하루는 비번이죠. 비상소집이라도 걸리면 꼼짝없이 나가게 되겠지만요.」

"모레 세상이 멸망하더라도 내일만은 조용하길 바랄게요."

「사과나무라도 하나 심어야겠네요.」

다시 쿡쿡거린 그녀가 조금 전에 했던 이야기를 보충했다.

「아, 그렇지……. 그 국방성금 기부 건 말예요.」

"네."

「예상보다 일찍 공개될 가능성이 생겼어요. 빠르면 일주일 안에 공식적으로 방송을 타게 될 거예요.」

"……의외네요. 정치적인 사정 때문에라도 좀 더 나중이 될 줄 알았더니. 맥과이어 소령…… 아니, 공보처로부터도 그렇게 들었고요. 방침이 갑자기 바뀐 걸 보니 뭔가 일이 꼬였나보네요. 나한테 달리 연락도 없었고."

「염려 말아요. 겨울이 역풍을 맞진 않을 테니.」

앤의 부드러운 음성.

「기자들이 냄새를 맡았을 뿐이에요. 어찌 보면 당연한 일이죠. 비밀을 지키긴 했어도 진짜 기밀에 비해서는 허술한 취급이었고, 관계자는 많은데 시간을 끈 데다, 당신은 항상 언론의 가장 큰 관심사 중 하나인걸요.」

"그럼 어떻게 되는 거죠?"

「추측성 기사는 벌써 나왔어요. 이러이러한 일이 있지만 눈치를 보느라 공개를 못 하고 있는 듯하다고. 기왕 이렇게 된 거, 당국은 기자들이 알아서 여론을 만들어줄 때까지 시치미를 뗄 작정이에요. 긍정도 부정도 하지 않고 버티는 거죠. 뒤로는 은근히 흘리면서요.」

"주도적으로 발표하는 게 아니라, 숨기려고 했지만 다 알려지는 바람에 어쩔 수 없이 인정하는 식으로 보이길 원하는 거네요?"

「맞아요.」

"예정에 없던 대응치곤 괜찮은데요?"

「그 분야의 전문가들이잖아요. 어쨌든 큰일이네요.」

"뭐가요?"

「이걸로 사람들이 당신을 더욱 좋아하게 될 텐데, 나보다 더 좋아하는 사람이 생기면 어떡해요? 이 분야에선 내가 제일이어야 하거든요……. 아, 물론 행사 중 경호 문제도 큰일이고요.」

어두운 얼룩이 없는 말이라, 겨울은 가볍게 받아주었다.

"정말이지. 술이 들어가면 원래 농담이 느는 타입이었어요? 전엔 점잖은 척했을 뿐이고?"

「하아, 설마요. 평소엔 어떤 파티에서든 워커홀릭 취급을 받는걸요.」

한숨을 곁들인 대답이 진심으로 지긋지긋하다는 투여서, 결국 꾸밈없이 웃고 마는 겨울. 소리를 들은 앤이 한결 더 포근해졌다.

「나도 내가 이러는 게 낯설어요. 새롭기도 하고, 조금은 부끄럽기도 하고⋯⋯. 그런데도 말이 계속해서 나오네요. 이게 또 즐겁고요.」

"⋯⋯."

어째서인지 말문이 막힌다. 할 말을 찾던 겨울은 문득 창밖의 산맥을 보았다. 거기엔 짙어진 밤과 많아진 별들이 있었다. 언제라도 좋아하는 풍경. 그 너머에 진짜 별이 없을지라도 아름답기는 했다. 지난날 생각했듯이, 아름다운 것은 그 자체로 가치가 있었다.

별빛아이에게 받은 별이 본질과 무관하게 약속인 것처럼.

「여보세요? ⋯⋯겨울? 들리나요?」

정적을 의아해하는 목소리. 약간의 불안도 느껴졌다. 자신의 말을 곱씹었을 것이다. 혹시 어딘가 부담스러웠을까 하고.

"앤."

겨울이 온화하게 말했다.

"내가 당신을 사랑할 수 있게 되었으면 좋겠어요."

이 한 마디에, 조금 전까지 여기 있던 침묵이 수화기를 건너갔다. 초침이 째깍거리는 소리만으로 메워지는 간격. 한참이 지나 잦아든 대답이 돌아온다.

「안심해요. 꼭 그렇게 될 테니까.」

이튿날, 일출을 한 시간 앞두고 기상한 겨울은 잠들기 전까지 검토한 서류를 빠르게 훑어보았다. 그중엔 민사국이 취합한 난민들의 청원서도 포함되어 있었다. 행간에 거류구 각각의 생활상이 생생하여 흥미로웠다고 해야 할까.

몇 개쯤 눈길을 끄는 요청도 존재했다. 예컨대, 대부모(代父母) 및 대자녀(代子女)를 제도적으로 보장해달라는 것. 여기서 말하는 대부모는 명칭만 종교적 관습에서 따왔을(Godfather, Godmother) 뿐, 실제로는 지정후견인에 가까운 개념이었다. 단, 대상을 보호자의 유언이 아닌 사전 등록제로 정하게 해달라는 점에서 차이가 발생했다. 취소도 가능해야 하고. 요컨대 군정청이 공식적으로 관리해달라는 뜻이었다.

말하자면 보험의 일종. 앞날이 불안한 부모들은, 자신들이 잘못되었을 때 자식을 보호해줄 제3자를 확실히 정해두고 싶었던 것이다. 물론 당사자의 동의도 받아두고.

현 시점에선 흔한 현상인 듯했다. 두 부부가 서로 약속을 교환하거나, 혹은 영향력이 있는 누군가에게 부탁하거나. 후자의 경우, 부탁을 받는 입장에서는 명예도 명예지만 자기 사람을 늘린다는 의미에서 수락하는 모양. 이는 겨울의 추측이었으되 달리 생각하기 어려웠다. 조사보고서에서 가장 긍정적으로 묘사된 인물이 백산호였기 때문이다. 그는 벌써 일흔다섯 명의 대자녀를 거둔 상태였다.

백산호 다음으로 대자녀가 많은 인물은 뜻밖에도 송예경이었다. 여전히 배신한 남편과 「다물진흥회」에 이를 갈고 있다는 그녀. 상당한 차이를 두고 장연철과 민완기가 그 뒤를 이었다. 겨울동맹의 양대 부장이 지닌 영향력을 감안하면 의외의 순위였으나, 잠깐 곱씹은 겨울은 오히려 이것이 당연함을 깨달았다.

'욕심만으로 그런 부탁을 받아들일 사람들이 아니니까. 매번 진지하게 고민했겠지……. 어느 쪽이든 사람이 부족해서 아쉬울 처지도 아닐 테고.'

오히려 백산호나 송예경은 본인이 아쉬워서 이런 수단에 매달리는 것으로 봐야 한다.

그러므로 겨울은 승인을 보류했다. 사령 대리로서 서명만 하면 끝인데, 취지는 좋지만 악용될 가능성이 높다고 본 까닭이다. 아이들이 이익추구의 수단이 되면 곤란하다.

기지사령이 처리해야 할 대부분의 사안들이 이런 식이었다. 대충 승인했다간 화근이 된다. 난민구역의 생리에 밝은 겨울과 달리, 래플린 준장은 코끼리 다리를 더듬는 장님처럼 업무를 처리해왔던 것 같다. 대체 누구 말을 믿어야 좋은가. 그럴듯해 보이는 의견을 수용했다가 불에 덴 경험이 많았다고, 준장은 짜증을 내며 회고했다.

여러 문서에 걸쳐 각각의 생각을 정리한 겨울이 시계를 보았다. 오늘의 첫 면담까지는 약간의 시간이 남아있었다.

아직 안 읽은 서류를 검토하기엔 애매한 여유인지라, 책상 한쪽으로 치워둔 리모컨을 집어 TV에 전원을 넣는다.

영화 채널에서는 새벽부터 한국 영화를 방영 중이었다. 관중들이 뜨겁게 환호하는 어느 격투장, 한 가운데의 링에 피투성이가 되어 쓰러진 남자가 보인다. 그의 어린 딸은 아버지의 참혹한 모습을 보고 서럽게 울부짖었다.

「아빠! 아빠아아! 일어나! 일어나아아!」

"……."

처음부터 본 것이 아니므로 정서가 와 닿진 않는다. 다만 겨울은 요즘 들어 한국적인 소재가 방송을 너무 많이 타는 게 아닌가 하는 생각이 들었다. 아무리 유행이라지만, 누군가는 반감을 가질 수도 있겠구나 싶어서였다.

채널을 돌리니 이번에는 내셔널 지오그래픽의 다큐멘터리가 흘러나온다. 한데 그 내용이 겨울을 조금 당황하게 만들었다.

나레이터가 말한다.

「변종들이 성행위를 하는 모습입니다.」

인간의 기준으로는 난교에 해당하는, 짧지만 대단히 적나라한 장면이었다. 면역거부반응으로 일그러진 살덩이들이 서로 엉키고 부딪히고 떨어지기를 반복했다.

「이곳은 시우다드 후아레스 시가지 남쪽의 아브라함 곤잘레스 국제공항입니다. 이 짧은 영상을 확보하기 위해, 60기의 촬영용 드론과 일곱 개의 촬영 팀, 그리고 5개월의 시간이 필요했지요. 국방부의 적극적인 협력도 큰 도움이 되었습니다.」

"……."

「누군가는 이 괴물들의 생태가 동물적이라고 합니다만, 엄밀히 말해 그것은 틀린 표현입니다. 보시다시피 짝짓기를 위한 경쟁과정이 존재하지 않으니까요. 변종의 번식은 지극히 효율적입니다. 필요하면 하는 거죠. 또한 이들의 행위는 아무리 길어도 10초 이내로 끝납니다. 짧게는 1초에 불과할 때도 있습니다. 전문가들은 번식에 특화된 특수변종이 존재할 가능성을 지적하고 있습니다. 한편 군에서는 불임을 유발하는 독성 물질 살포를 검토한 적이 있다고 밝혔습니다. 환경재앙을 우려하여 보류시킨 계획이지만요.」

장면이 생경하긴 했으되, 조금 더 지켜본 바 모르는 내용이 나올 것 같진 않았다.

'하긴, 중령 계급으로 열람 가능한 정보가 당연히 더 풍부하겠지.'

험프백의 상세는 아직까지도 기밀로 분류되어있다. 일선에서는 공공연한 비밀이 된 지 오래건만, 정부 측은 사회 일반에 미칠 영향을 고려하는 것이다. 변종의 번식 가능 여부와 별개로, 생장이 가속될 수도 있다는 사실은 민감하게 다룰 법했다.

최근 조로증(早老症)에 걸린 변종들이 다수 발견되고 있다곤 하지만.

겨울은 다시 채널을 넘겼다. 휙휙 바뀌는 화면의 갈피에 언뜻 낯익은 얼굴이 비친다. 러시안 강 인근의 목장 휴양지

(Retreat)에서 만난 바 있는 핼러웨이 중사였다. 감염을 막고자 정강이를 폭파했다던 상남자는 한겨울 중령, 당시 소령과의 만남을 자랑스럽게 증언했다.

「그가 나의 이름을 물었죠. 감탄을 금치 못하면서요.」

"……."

어떤 의미로는 감탄한 게 사실이었다. 그런 짓을 하고도 살아남았다는 점에서. 쇼크사를 면한 것만으로도 운이 좋았다고 봐야 한다. 본인이야 괴물이 되느니 차라리 죽음을 택하겠다! 같은 심정이었겠지만.

기자가 퇴역 중사에게 묻는다.

「미스터 핼러웨이. 당신이 만난 한겨울 중령은 어떤 사람이었습니까?」

의족을 찬 중사는 팔짱을 끼고 대답했다.

「말해 뭣하겠습니까? 그는 그때 거기에 있었단 말입니다. 소수의 기병대만으로 가장 위험한 사냥을 끝내고 온 거지요. 문자 그대로의 영웅입니다.」

그는 한껏 자랑스러운 표정이었다. 그리 긴 시간을 함께한 사이는 아닌데도, 겨울에 대해 증언할 수 있다는 사실 자체가 자랑스러운 듯했다.

그 밖의 다른 채널에서도 겨울에 대한 방송을 내보내고 있었다. 재방송이 많을 시간대이긴 하지만, 그렇기에 오히려 대중의 관심을 반영한다고 볼 수도 있다.

아포칼립틱 디너라는 프로그램의 진행자가 소개했다.

「이것이 바로 오늘의 메인 디시, 올레마에서 공수된 염장

고기입니다. 사냥에서부터 보존처리에 이르기까지 한-겨-울 중령의 손길이 녹아있는, 더없이 사치스러운 식품이죠.」

겨울은 아까와는 다른 황당함을 느꼈다. 저게 왜 저기에?

입이 거칠기로 유명한 요리사가 소금에 절인 사슴고기를 조리한다. 최대한 실력을 발휘해보지만, 애초에 재료가 좋지 못하니 맛이 좋을 리 없었다. 결과물을 스스로 맛본 그가 인상을 잔뜩 찌푸렸다.

「끔찍한 맛입니다.」

"……."

「하지만 동시에 생존의 맛이기도 합니다. 한겨울 중령이 얼마나 힘든 처지였을지 상상하는 데 도움이 되는군요. 이것만으로도 어떤 사람들에겐 1만 달러를 지불할 가치가 있겠습니다.」

요리사는 진행자와 달리 겨울의 이름을 발음하는 데 애를 먹지 않았다.

똑똑.

노크소리를 들은 겨울이 TV의 전원을 껐다.

"들어오세요."

조용히 들어서는 사람에겐 목소리가 없었다. 겨울은 오늘의 첫 면회인, 노인을 위해 의자를 빼주었다. 전보다 더 정정해진 노인은 머리를 숙여 감사를 표한 뒤에야 자리에 앉는다. 그리고 사각사각 고운 글씨를 쓰는 소리.

「오랜만에 뵙습니다.」

"정말로요. 이토록 오래 걸릴 줄은 몰랐네요. 좀 더 빨리 돌아오고 싶었는데, 마음처럼은 되지 않더라고요."

강영순 노인은 푸근한 미소를 짓고, 반가움을 담아 긴 답변을 적었다.

「인생이라는 게 그렇지요. 원한 적 없는 세상에 바란 적 없는 모습으로 던져져, 어쩔 수 없는 시련과 피할 수 없는 상실을 겪으면서도, 차마 포기할 순 없는 것들을 위해 모진 시간을 굽이굽이 이어가는 게 아니겠습니까?」

"그렇군요."

원한 적 없는 세상에 바란 적 없는 모습. 장애인들을 대변하는 노인이 쓰는 말이라 더 무겁다. 바깥세상을 살다 온 겨울도 충분히 공감할 수 있었고.

노인은 글씨에 정성을 담았다.

「그래도 이렇게 몸 성히 돌아오셨으니 기쁜 마음이 한량없습니다. 아울러 바쁘신 와중에도 시간을 내주신 점 진심으로 감사드립니다.」

"아뇨. 오히려 죄송하네요. 해가 뜨기도 전에 뵙자고 해서. 일도 많고, 절 만나길 원하는 사람도 많다보니 어쩔 수 없었습니다."

「괜찮습니다. 늙으면 새벽잠이 줄어드는지라. 우선은 드려야 할 것부터 드리겠습니다.」

"드려야 할 것?"

「작은 대장님께서 자리를 비우신 사이에 일어났던 여러 일들을 제 나름의 방식으로 정리한 책자입니다. 두 분 부장님이 어련히 말씀드렸겠습니까마는, 검증이 필요한 경우엔 도움이 될 것입니다. 무엇보다, 낮은 곳에서만 보이는 것들도 있게 마련이니까요.」

겨울은 그녀가 내미는 여러 권의 스프링 노트를 받아들었다. 펼쳐보면, 내용은 글씨체만 정갈한 것이 아니었다. 시간의 흐름에 따라 사건을 적은 다음, 인물과 단체 별로 다시 정리해놓았다. 관련된 내용이 몇 권 몇 페이지에 있다는 주석도 자주 보인다. 노인 개인의 평가는 물론이고, 심지어 누구로부터 채록했는지까지 빠짐없이 적혀있었다. 언뜻 보아도 지극히 객관적인 서술이었다.

"이거, 정리하는 게 보통 일이 아니었을 것 같은데요?"

겨울의 질문에, 노인은 수줍은 미소를 짓는다.

「뒤쪽은 아직도 초벌입니다.」

「당신께서 돌아오시기 전에 마저 정리하려 했지만 시간이 부족했지요. 충분히 다듬은 뒤에 드리고 싶었으나, 지금이 가장 유용할 터라 우선은 미완으로 가지고 왔습니다.」

팔락팔락. 속독으로 페이지를 넘겨보는 겨울. 장애인들과 접점이 없는 부분의 기록이 상대적으로 부실하다는 단점은 있으나, 그마저도 부족한 수준은 아니었다.

"이 정도면 내용을 적당히 뽑아서 영문으로 출간해도 괜찮겠다는 생각이 드네요. 난민구역에 관심이 있는 사람들에겐 흥미로운 내용일 거예요. 송예경 씨도 음원으로 수익을 얻고 있다면서요?"

겨울은 이 이야기를 장연철에게 들었다. 동맹 내에서 진행 중인 수익사업들에 대한 이야기. 예전부터 목소리가 좋았던 송예경은, 알고 보니 젊은 시절에 무명가수로서 활동했단다. 평소 자주 부르던 노래가 난민구역을 취재하던 어느 기자의 눈에 띄어, 결국 온라인으로 음원을 등록하게 되었다고.

강영순 노인이 고개를 흔들며 글을 적었다.

「우선은 대장님의 도움이 되는 게 먼저입니다. 당장 크게 아쉬운 처지도 아니고요.」

"음……. 이제야 여쭤보는 거지만, 제가 없는 동안 힘들진 않으셨나요?"

「장 부장님이 워낙 꼼꼼하게 신경을 써주셔서 괜찮았습니다.」

좋은 신색을 보면 거짓말을 하는 것 같진 않다.

책자 속의 계절이 두 차례 바뀔 때까지 페이지를 넘기던 겨울은, 어디선가 한 번 접했던 이름을 발견하고 멈칫했다.

'……캠벨 박사? 어쩐지 익숙한데. 이 이름을 내가 어디서 들었더라?'

책자엔 자세한 내용이 적혀있지 않았다. 다만 그가 닥터 캠벨이라 불렸고, 중요해 보이는 사람으로 보여 날짜와 이름을 기록해두었다는 첨언뿐.

몇 분간 기억을 더듬은 끝에, 겨울은 간신히 엘리야 캠벨 소령을 떠올렸다.

책자엔 퍼스트 네임이 기록되지 않았으나, 성(姓)만 같은 타인으로 보자니 석연찮은 구석이 있다. 캠벨은 흔한 성씨지만, 그중에서 박사라고 불리며 오염지역의 군사기지를 출입할 만한 사람은 극히 일부일 것이었다.

물론 괜한 생각에 불과할지도 모른다. 그러나 겨울은 자신의 직감을 좀 더 파고들어 보았다.

세쿼이아가 우거진 보존림에서 만났을 때, 보건서비스 부대 소속 엘리야 캠벨 소령의 목적은 산성아기의 샘플을 확보하는 것이었다. 즉 그의 임무는 표본 수집이다. 타고 다니던 수송기[11], 호출부호(Call sign) 호스피탈 나이너의 내부가 이동식 실험실처럼 개조되어 있었다는 사실을 감안할 때, 캠벨 박사의 임무는 한동안 고정되어 있었다고 보아야 한다. 또한 담당자가 교체되었을 확률은 낮은 편이다. 강영순 노인의 책자에 적힌 목격 날짜는 겨울과의 만남으로부터 고작 한 달 보름가량이 흐른 시점이었다.

만약 그의 방문이 임무의 일부였다면?

'포트 로버츠에 수집할 표본이 있었다는 뜻이겠지.'

양용빈 상장의 핵공격을 기점으로 여기서도 적극적인 군사작전이 전개되었다. 고로 캠벨은 기지 외부의 포획물을 회수하러 들른 것일 수도 있다. 또 그렇게 온 김에 난민구역을 둘러보았어도 이상하진 않았다. 겨울동맹은 이미 미국 전역에 걸쳐 인지도가 있었으므로.

하지만 겨울은 어떤 의심이 들었고, 여기엔 확인해볼 가

---

11 V-22 오스프리 : 주익 끝에 장착된 프로펠러의 각도를 조절해 헬리콥터의 수직 이착륙 능력과 일반 항공기의 고속 장거리 비행능력을 동시에 구현한 틸트로터 (Tiltrotor) 형식의 수송기.

치가 있었다.

책자의 기록에 항공기의 이착륙까지는 포함되어있지 않아 아쉬웠다. 그게 있었다면 다른 사람인지 아닌지를 보다 확실하게 판별할 수 있었을 것이다.

사각사각. 강영순 노인이 글씨를 쓴다. 난민구역에 흔한 하급 재생지의 거친 질감이 오히려 좋은 소리를 만들었다. 찢어지기 쉽다는 게 흠이지만.

「뭔가 고민이 있으십니까?」

질문을 읽고 조금 더 생각한 겨울이 노인의 양해를 구했다.

"그 노트, 잠시 빌려주시겠어요?"

노인은 선선히 내주었다. 그리고 무언으로 펜을 들어 보이며 고개를 기울인다.

"아뇨. 괜찮아요. 펜은 제 걸 쓸 테니."

겨울은 그림을 그렸다. 비록 관련 기술이 없어 문외한의 부족한 스케치가 되었으나, 그리려는 대상, 호스피탈 나이너의 특징이 워낙 뚜렷하여 알아보는 데엔 무리가 없었다. 겨울이 아는 한 미군이 운용하는 수송기 가운데 수직이착륙이 가능한 기종은 오직 하나뿐이다. 적어도 다른 기체와 혼동할 일은 없다는 말이었다.

그림 아래엔 캠벨 박사가 목격된 날짜를 적었다. 공책을 돌려받은 노인은 페이지를 넘겨 질문을 적었다.

「이것이 무엇입니까?」

"양쪽 프로펠러가 직각으로 꺾이는 수송기요. 뜰 때는

헬리콥터처럼 뜨고 날 때는 평범한 비행기처럼 날죠. 아래의 날짜를 전후해서 목격한 사람이 있는지 알아봐주셨으면 해요. 특히 이 캠벨 박사를 봤다는 사람에겐 혹시 풀 네임을 듣지 못했는가도 확인해주세요."

겨울이 책자의 해당 대목을 짚어보이자, 그것을 쓴 사람임과 동시에 검토 과정에서 몇 번은 더 읽었을 노인이 쉽게 머리를 끄덕였다. 다시 움직이는 펜.

「중요한 사람인가보군요.」

"제 짐작이 맞다면 상당히 예민한 사안인데, 래플린 준장님께 확인하기 전에 가급적 확신을 얻고 싶네요. 제 짐작이 사실일 경우엔 얼버무릴 가능성이 높아서……."

「알겠습니다. 허나 너무 기대하진 마십시오. 그 기록이 간단한 건 그저 우연한 마주침이었을 뿐이기 때문입니다. 또한 활주로가 보이는 곳에서 일하는 장애인들도 많지 않은 편입니다.」

"네. 부담 가지실 필요는 없어요. 저도 혹시나 해서 드리는 부탁이니까. 다른 쪽으로도 알아볼 거예요. 누군가는 아는 사람이 있겠죠. 함구할 수도 있지만."

확신이 있든 없든 시도는 해볼 것이다. 벽에 부딪히는가는 그다음 문제였다.

'지금 돌이켜보면 엘리야라는 이름도 조금 이상한 느낌이지.'

선지자 엘리야. 기독교 문화권에선 베드로나 요한처럼 평범한 이름이지만, 미국식으로는 보통 일라이저(Elijah [ilάid3ə]가 되어야 한다. 겨울의 임무부대에 곧잘 붙던 호출부호가 다윗으로서의 데이비드인 것처럼. 그러나 캠벨 소령은 명확하게 엘리야라고 발음했다. 기억이 확실치 않으나, 끝에 가벼운 ㅎ발음이 스쳤던 것 같기도 하다.

철자가 아예 다를 순 있겠다. 한번 의심을 품으면 별거 아닌 무언가도 그럴듯해 보이기 쉬운지라, 겨울은 의심암귀를 경계했다.

대화는 다른 방향으로 흘렀다.

강영순 노인이 쓰는 모든 문장에선 깊은 준비성이 묻어났다. 그녀의 시선에 비친 여러 사건과 사람들. 세월을 낭비하지 않은 노인의 견해는 겨울에게도 유익한 것이었다.

그중엔 중국계 거류구의 상황에 대한 증언도 있었다. 언젠가 민완기는 리친젠 부녀의 사이를 갈라놓겠다고 공언했었고, 겨울이 없는 사이에 그것을 실제로 실행에 옮겼다. 책자에선 아직 초고인 부분이라, 노인은 설명을 더하고자 했다.

「제가 보기엔 더 큰 계획의 일환이었습니다.」

겨울로선 민완기 본인에게 자세한 내막을 듣기 전이었다. 날짜가 날짜인지라. 그래도 강영순 노인의 견해를 먼저 읽는 게 나쁘진 않을 터였다.

「당신께서 그들에게 기회를 주셨기에, 시간이 흐름에 따라 중국 난민들 사이에서 삼합회의 위상은 예전의 성세를 넘어섰습니다. 자연히 흑사회의 주도권도 되찾았지요. 더불어 그때부터는 범죄조직의 이름을 쓰려고 하지도 않았습니다. 바뀌지 않고선 나아갈 수 없다는 걸 깨달은 거지요.

다만 무엇을 얼마나 바꾸는가에 대해선 처음부터 갈등의 여지가 깊었습니다.」

"신기하네요. 여기까지 파악하고 계신다는 게. 장애인 분들의 눈과 귀가 거류구의 벽을 넘긴 어려웠을 텐데요."

「여러 경로가 있었답니다. 우선은 그들 가운데 소위로 선발된 몇 사람이 민완기 부장님과 장연철 부장님을 부지런히 찾아왔었고, 다음으로 외부 작업에서 함께 일하는 중국 난민 노동자들의 하소연이 있었습니다. 마지막으로 우리 쪽의 중국 사람들도 그곳에서 보고 들은 것들을 곧잘 털어놓는 편이었습니다. 그것이 돌고 돌아 전해지곤 했지요. 무엇보다, 군정청의 민정위원으로 일하는 장애인이 몇 명 있지 않습니까.」

"우리 쪽의 중국 사람들이라면……."

「그들도 본래는 삼합회였다고 들었습니다. 작은 대장님께서 거두셨다던걸요?」

"아, 그 백지선 일파."

「여담이지만, 덕분에 동맹으로 이적할 수 있다는 희망을 품은 중국인들이 많습니다. 요즘은 더더욱 그렇지요. 그래서 더 수월했던 면도 있습니다.」

일찍이 겨울이 보호했던 삼합회의 두 분파가 있었다. 리친젠은 골칫거리를 내보내는 심정으로 그들을 겨울에게 내주었었다. 물론 명목상으로는 여전히 인력을 빌린 것으로 되어있을 터. 당시의 겨울에겐 이것이 안전장치였다. 여차하면 잘라내겠다는 암시였다.

고로 겨울이 없는 동안에도 두 분파, 화승화와 수방방 출신 집단이 함부로 행동하진 못했을 것이다. 규율에 적응하는 기간이었다고 해도 좋겠다.

노인은 그들이 중국계 거류구에 자주 파견되었다고 썼다. 치안 보조원으로든, 다른 작업인력으로든. 즉 구획 너머의 사정들이 넘어올 길은 충분했던 셈이었다.

문답에 끊어졌던 글이 본론으로 돌아왔다.

「하던 이야기를 계속하겠습니다. 우두머리인 리친젠은 겉으로만 깨끗하면 충분할 거라 여겼던 모양입니다. 그들이 많이 자리 잡은 분배국에 대해 다른 거류구 난민들의 불만이 참 많았었지요. 실은 중국인들도 그랬습니다. 그들 사이에서 차별을 했나봅니다.」

「이건 정황상의 추측입니다만, 리아이링 소위는 그런 아버지가 싫었던 것 같습니다. 고성이 오갔다는 말도 자주 들리고, 항상 표정이 어두웠고, 얼굴에 멍이 들어있었던 적도 있거니와, 아버지로 인해 기회를 얻지 못하고 있다는 소문도 돌았습니다. 그저 중국인이라서가 아니라요.」

실제로 부분적으로는 영향이 있었을 것이다. 래플린 준장의 악감정이 전적으로 양용빈 상장의 책임만은 아닐 테니까. 따라서 리아이링은 그 자신의 경력 이상으로 아버지, 그리고 그들만의 작은 사회에 발목을 잡힌 처지다. 의리니 믿음이니, 구색만 그럴듯한 낡은 족쇄에.

'브래들리에선 앞날을 진지하게 걱정했었지.'

다른 대안이 없어서 묶여있기는 하나, 장기적인 계획이

있다면 답답하게 여길 만했다.

「그 상황에서 민완기 부장님은 리친젠을 도와주었고, 장연철 부장님은 반대로 리 소위 편을 들어주는 것처럼 보였습니다.」

드나드는 면면이 정해져있어 알기 쉬웠다는 첨언.

「동맹 사람들도 감쪽같이 속았지요. 두 분은 서로 사이가 나쁜 척을 하고 계셨으니까요.」

겨울이 곤란한 표정을 만들었다.

"눈치채셨나요?"

부정하지 않아도 괜찮을 것이다. 노인에게 맡겨둔 역할이 역할인 만큼.

답변으로 적히는 글씨가 살짝 흐트러진다.

「지켜보는 입장에서는 몹시 재미있었답니다. 세상사가 책보다 흥미진진하구나 하여.」

강영순 노인은 마침표를 찍고 입을 가리며 웃었다. 타인을 대하는 태도엔 차이가 있을지언정, 기본적으로 민완기와 비슷한 면이 존재했다. 지혜로운 사람의 특징이라고 해야 할까?

"그럼 아까 보다 큰 계획의 일부라고 하셨던 건?"

질문을 받은 노인은 손을 잠시 주무른 뒤에 다시 펜을 잡았다.

「이 역시 작은 대장님을 위한 준비가 아니었겠습니까?」

「그들은 더 이상 견고한 하나가 아닙니다. 흔들리기 쉽고 흔들기도 쉽습니다. 당신께서는 그들을 원하는 대로 나누어 받아들이거나, 그 이상을 시도하실 수 있으시겠지요. 아울러 나이든 사람으로서, 그리고 여성으로서 말씀드리자면, 리아이링 소위는 이런 일이 있기 전에도 이미 많은 것을 참고 있었을 것입니다.」

강영순 노인은 불한당들을 보는 관점도 민완기와 흡사했다.

「리친젠 같은 무리가 허례허식에 집착하는 건, 그렇게라도 하지 않으면 정말 아무것도 없기 때문입니다. 가정에서도 다르지 않았겠지요. 권위가 강한 부모는 양육자로서 장점도 있고 단점도 있지만, 권위에 집착하는 부모는 결코 좋은 어버이가 될 수 없습니다. 하물며 그 권위가 근본적으로 부당하다면 더 말해 무엇하겠습니까.」

「또한 그런 아버지의 슬하에서 리 소위가 얼마나 합당한 대우를 받아왔겠습니까. 짐작컨대 그 내면에는 화가 나고 억울한 어린아이가 있을 것입니다. 민완기 부장님은 바로 그 점에 주목하셨겠지요. 현명하셨다고 생각합니다.」

겨울은 긴 말을 읽고 미소를 만들었다.

"민 부장님이나 장 부장님이 여기 계셨으면 꽤나 심란하셨을 거예요. 들키지 않게끔 주의하고 계셨을 텐데."

창밖을 힐끗 본 노인이 빽빽해진 페이지를 넘겨 새 글을 적는다.

「해가 뜨려는지 동쪽 하늘이 밝습니다. 달리 드릴 말씀은 많으나 여유가 아쉽군요.」

끄덕이는 겨울. 몇 분 뒤엔 다음 면담 희망자가 문을 두드릴 것이었다. 사실 조금 전 문밖에 누가 도착한 기척이 있었다. 앉기 전에 의자를 끄느라 드르륵 거리는 소리라든가.

겨울이 새지 않을 크기로 말했다.

"아마 송예경 씨일 텐데, 난처하네요. 아직도 아기에게 이름이 없다고 해서."

송예경은 말하자면 제3당의 지도자격인 사람이다. 민완기가 그렇게 되도록 밀어주기도 했다. 중구난방으로 갈라지는 것보다야 낫다면서. 혹은 그보다 해로운 인물이 입지를 얻을 여지도 우려했을 터였다. 그러나, 송예경이 마냥 긍정적인 인물은 아니었다.

가만히 바라보던 강영순 노인이 진지한 글을 적는다.

「아이를 대하는 태도에 대해서, 전부터 예경 씨에게 전하고 싶은 말이 있었습니다. 허나 저보다는 작은 대장님께서 해주시는 편이 더 낫겠다는 생각이 듭니다.」

"그게 뭐죠?"

「플라톤의 말입니다만, 삶이란 얻기 위해 잃어가는 것이라 했습니다.」

「저는 이렇게 생각합니다. 사람이 다른 걸 다 잃고도 얻어야 할 것은 사람밖에 없다고. 그렇지 않은 사람들은 실패가 남긴 상처에 무너졌을 뿐이지요. 말로는 사람이 싫다 한들 마음속 가장 깊은 어딘가에선 사람을 그리워하게 마련입니다. 사람이 필요하지 않은 사람은 존재하지 않습니다.」

「예경 씨는 이미 많은 것들을 잃었습니다. 헌데 이젠 자식에 대한 마음마저 잃어버리려 하고 있습니다. 아직은 아니어도, 조만간 그리될 테지요. 아이에게 이름을 주지 않는 냉정함이 그 증거입니다. 저는 의심스럽습니다. 전 남편에 대한 미움을 되새길 때마다 아이에 대한 감정을 덜어내는 것이 아닌가. 아이가 그 남자의 핏줄이라는 사실이 마음을 좀먹고 있는 건 아닌가.」

「잃지 않는 것만으로도 얻는 삶이라는 게 있습니다. 진실로 가져야 할 것이 무엇인가. 정말로 포기해선 안 될 인연이 무엇인가. 예경 씨가 그것을 고민해보았으면 합니다.」

겨울은 노인이 쓴 글을 여러 번 읽었다. 전하려면 단순한 「암기」를 넘어서야 했고, 또 공감 가는 부분도 있었기 때문이다. 빼앗기를 좋아하고 베풀기엔 인색한 세상에서, 삶은 얻기 위해 잃어가는 것이다. 그렇다면 진실로 가져야 할 것은 무엇인가. 겨울 역시 비슷한 고민을 해본 적이 있었다.

「저는 이만 가보겠습니다.」

강영순 노인은 고아한 필체로 인사를 남겼다. 겨울은 노인을 위해 문을 열어주었다. 복도 대기석에 앉아있던 송예경은 일어서다 말고 멈칫했다. 그러나 순간적인 망설임이었으며, 이내 겨울과 노인에게 번갈아 고개 숙였다. 새까만 머릿결이 어깨를 타고 흘러내린다. 비누일지, 샴푸일지, 그녀에게선 인공적인 라벤더 향이 났다.

'사람이 몰라볼 정도로 달라졌네.'

매력이 관계의 도구이기 때문일까? 화장에도 신경을 쓴 모습. 피부엔 혈색이 완연했고, 깨끗한 베이지색 셔츠를 입었으며, 깃을 열어둔 트렌치코트는 가슴께의 주머니를 하얀 눈꽃매듭으로 장식했다. 초라하고 앙상하여 난민의 전형이었던 첫인상은 어디에도 남아있지 않았다. 오히려 전보다 많이 나아진 난민구역에서도 독보적일 정도의 말쑥함이었다. 한 파벌의 중심인물로서 누구에게도 얕보여선 안 될 입장인 만큼.

당연한 말이겠지만, 떠나간 남편에게 과시하려는 오기도 있었을 것이다. 내가 이렇게 잘 지내고 있다고.

겨울이 안쪽으로 손을 펼쳤다.

"들어오세요."

"실례하겠습니다."

조심스레 들어온 예경은 겨울이 앉기를 기다려 착석했다. 손을 모은 다소곳함이 복수에 한 맺힌 사람으로는 보이지 않았으나, 행적을 보건대 속은 겉과 다를 것이었다. 그저 날 선 스스로가 일을 망칠까봐 경계하고 있을 뿐. 겨울은 가슴속에 돌이 박힌 사람을 곧잘 알아보았다.

피차 아는 용건이 용건인지라, 송예경은 미안하다는 말부터 했다.

"우선, 사소한 일로 번거롭게 해드려서 죄송합니다. 작은 대장님께든 다른 사람들에게든 면목이 없네요. 제 순서는 훨씬 더 나중이어도 상관없었는데⋯⋯."

겨울이 차분히 답했다.

"아녜요. 어쨌든 약속이었고, 그게 아니더라도 한번 대화를 해보고 싶었거든요."

그리고 묻는다.

"아기는 맡겨두고 오신 건가요?"

"네. 보여드리고 싶은 마음에 안고 올까도 생각해봤지만, 자는 아이를 깨우기가 곤란해서⋯⋯. 그리고 울음이라도 터트렸다간 어렵게 내주셨을 시간이 무의미하게 될 테니까요. 다행히, 평소부터 서로 도움을 주고받던 분들이 계셔서 안심하고 나올 수 있었습니다."

은연중에 암시되는 배경. 장연철이 증언하기를, 그녀가 처음 모으기 시작한 사람들이 바로 어려운 처지의 부모들이라 했다. 특히 역병이나 사고, 난민들 사이의 생존경쟁 등으로 반려를 잃은 이들. 가끔은 송예경 자신처럼 배우자가 도망간 경우도 있었고. 어린 자녀가 있다는 공감대에 힘입어 뭉쳤던 것이다.

사람을 모아 발언력을 얻은 다음에는 더 많은 사람들을 끌어들였다. 도움을 제공하고, 그들의 다양한 중의(衆意)를 대변하면서. 비록 목적성 짙은 선의였을지언정, 그것은 행동하는 위선이기도 했다. 소외된 사람들 입장에선 행동하지 않는 선보다 낫다.

민완기는 이렇게 말했었다. 사람 셋이 모이면 정치가 시작된다고.

그런 의미에서, 송예경은 정치가가 되어있었다.

겨울이 그녀의 눈을 직시했다.

"먼저 이것부터⋯⋯. 송 위원님. 장 부장님께 제 뜻은 전해 들으셨나요? 몇 개월 전에요."

예경의 태도가 한층 더 조심스러워졌다.

"네. 아이의 대부가 되어주실 순 없다고 하셨죠."

"기지로 돌아와 보니 대부모의 의미가 많이 달라져 있더라고요. 그것만 해도 무거운 의무인데, 다른 목적까지 있다면 더욱 받아들이기 어렵습니다. 작은 약속이라고 무시할 생각은 아니지만, 제가 주기로 했던 건 이름뿐이에요. 사람들은 아직도 많이 오해하고 있는 것 같더라고요. 전 여기에 송 위원님의 책임도 있다고 들었네요."

"……."

"물론 한 아이의 잠재적인 보호자가 된다는 건 좋은 일이에요. 능력만 충분하다면 보호자의 나이도 딱히 중요한 문제는 아니고. 받아들이기에 따라선 명예이기도 하죠. 하지만 제 위치가 위치잖아요? 그걸 이용하려고 하신 건 큰 잘못입니다. 저에게도, 아이에게도."

예경이 영향력을 얻은 만큼 이름 잃은 아기에 대한 관심도 늘었다. 기다림에 더욱 많은 의미가 부여된 건 자연스러운 수순이었다.

듣는 내내 정물(靜物) 같았던 그녀는 한숨을 내쉬며 천천히 입을 열었다.

"맞습니다. 욕심이 지나쳐 폐를 끼쳤습니다. 수습하려고 했을 땐 이미 늦었더군요. 솔직히 화를 내셔도 할 말이 없다는 각오로 왔습니다. 다시 한 번 죄송하다는 말씀을 드립니다."

거짓의 기미는 비치지 않는다. 겨울이 물었다.

"그래도 여전히 제가 아기의 이름을 지어주길 바라세

요?"

"……예."

"어째서?"

잠시 시선을 낮췄던 예경이 가만히 묻는 말.

"혹시 강영순 어르신께서 저에 대해 뭔가 하신 말씀이 있지 않으셨던가요?"

"왜 그렇게 생각하죠?"

"평소에……. 아니, 그냥 그럴 거란 느낌이 들었습니다."

짚이는 구석이 있으나 들려주기는 사적인, 그런 것인가 보다. 장애인들의 대변자와 제3당의 대표 사이엔 깊은 친교가 있을 법했다.

겨울은 부정하지 않았다. 어차피 온전한 자신의 조언으로 각색하기도 어려울 노릇이었고. 그저 같은 마음임을 밝히는 것으로 족하다.

세월이 깃든 충고와 염려를 들으며, 예경은 다시금 눈 감은 정물이 되었다.

그리고 겨울의 말이 끝났을 때, 그녀는 눈을 뜨고 스스로의 미혹(迷惑)을 인정했다.

"예. 저도 의심하고 있었습니다. 제 속에 그런 갈등이 있을지도 모른다고……. 그 사람에 대한 미움을 되새길 때마다 아이에 대한 감정을 덜어내는 것이 아닌가…… 라. 이보다 더 정확한 표현이 없겠네요. 강 어르신은 정말 좋은 분이세요."

"그렇다면 역시 직접 이름을 짓는 편이 낫지 않겠어요?"

"아뇨."

송예경은 쓴 것을 문 표정으로 고개를 저었다.

"다른 사람들에겐 제가 지은 이름으로 밝히더라도, 아이에게만은 한겨울 중령님께서 지어주신 이름이라고 말해줄 수 있었으면 합니다. 그게 거짓이 아니기를 바라고요."

"이유가 궁금하네요."

"……아이를 위해서입니다. 꼭 대부가 되어주지 않으셔도 좋습니다. 당신처럼 훌륭한 사람에게 이름을 받았다는 사실만으로도, 아버지가 없는 아이에겐 작은 위안이 될 테니까요. 중령님을 특별히 더 존경할 가능성도 높아질 거고요."

명목상의 대부가 아니라 한들 심리적으로는 그 등가물이 될 것이라는 뜻이었다. 말을 잇는 예경의 안색에 짙은 그늘이 스쳤다.

"제가 어머니로서 충분한 사랑을 주지 못한다 할지라도, 중령님 정도의 롤 모델이 있다면 아이가 비뚤게 자랄 확률이 조금이나마 낮아지지 않을까……. 그런 생각을 했던 겁니다."

이번엔 겨울이 한숨을 쉴 차례였다.

"아이를 사랑할 자신이 없으시다고요?"

한숨에 꾸밈은 없었다. 자라난 배경이 배경인지라.

예경이 답한다.

"사랑하지만, 힘듭니다. 제 아이인 동시에 전 남편의 핏줄이기도 한걸요. 자라는 아이에게서 그를 닮은 점들이 보이기 시작한다면…… 그때도 과연 변함없이 사랑해줄 수 있을는지…… 지금도 언뜻언뜻 그 사람의 얼굴이 겹쳐지는데……."

그래서 더 겨울을 대부로 삼고 싶었던 것일지도 모른다. 미래의 자신에게 확신이 없어, 자신의 지위가 어찌 되든 결코 무시하지 못할 감시자로서 겨울이 필요했던 건 아닐까.

이어지는 고백.

"제가 그 사람에게 복수하려는 것도 반쯤은 이것 때문입니다. 그 사람을 완전히 끝장내고 나면, 그러면 비로소 나만의 아이라고 느껴지지 않을까. 그런 기대가 있거든요."

"송 위원님."

심란해진 겨울이 자세를 고쳤다.

"제가 기지사령이 되면, 과거에 잘못이 있는 사람들은 확실하게 정리할 거예요. 위원님의 전 남편도 마찬가지고요. 아이를 위해서라도 이걸로 미움을 정리하실 순 없겠어요?"

예경이 고통스럽게 되묻는다.

"가정을 깬 대가라고 해봐야 위자료와 양육비밖에 더 되나요?"

"……."

"가장 어려울 때 아내와 자식을 버린 인간의 벌치고는 너무 가볍다는 생각이 드네요. 그 사람은 우리를 죽을 위기에 내버려뒀어요. 중령님이 안 계셨으면 정말로 죽었을 확률이 높고요……. 전 그 인간이 차라리 죽고 싶어질 정도의 궁지로 몰아넣을 거예요. 물론 합법적인 수단들을 이용해서요."

"그러다가 당신이 잘못되면요? 막말로 눈이 뒤집혀서 칼

부림을 할 수도 있는 건데. 아이는 무슨 잘못이고요?"

"그건…….."

"미워하는 마음을 놓고 새롭게 시작하면 안 될까요? 난 동맹이 만들어질 때 했던 약속을 지켰어요. 이제 기회가 주어졌는데, 그 사람 하나로 인해서 당신과 아이 둘 다 불행해질 필요는 없는 거잖아요."

나이만 따지면 유라와 큰 차이가 없는 송예경이었다. 진심이 깊은 설득이었으나, 뜸을 들이던 예경은 끝내 사나우면서도 서글픈 미소를 지었다.

"작은 대장님. 저도 머리로는 그걸 알아요. 왜 모르겠어요. 하지만 도저히 어쩔 수 없는 한이라는 게 있는 거예요."

그리고 그녀는 사람의 한계에 대해 이야기했다.

"저 말고도 이런 사람들이 많을 것 같아서 더 죄송하네요. 대장님께서 아무리 살기 좋은 공동체를 만들려고 하셔도, 거기엔 예전부터 쌓인 감정들이 있을 테니까요. 그게 바로 사람인걸요. 새 부대에 담을 새 술을 원하신다면…… 저처럼 바보 같은 사람들은 일찌감치 쳐내시는 편이 나아요. 적어도 저만은, 그렇게 하시더라도 원망하지 않겠습니다."

사실, 송예경과 대화를 해보고 싶었던 이유가 바로 이것이었다. 겨울은 별빛아이와의 대화를 떠올렸다. 아이는 분노가 되기 이전의 분노, 슬픔이 되기 이전의 슬픔을 품고 있었다.

'그래. 결국 여기서도 물 밖으로 헤엄칠 물고기는 없는 거겠지.'

사후에 꾸기에도 너무 어려운 꿈이었던 모양이다.

겨울의 어깨에서 힘이 빠졌다.

"알겠습니다. 더는 말씀드리지 않을게요. 그래도 이 대화를 잊지는 말아주세요."

아이에게 했던 것과 동일한 부탁이었다.

"네……."

조용히 눈길을 떨어뜨리는 예경. 겨울이 말했다.

"아이 이름을 정해드리죠. 미국식과 한국식 중 어느 쪽이 좋을까요?"

어느 쪽이든 일장일단이 있었고, 준비된 이름도 있었다. 기실 겨울이 직접 짓지는 않았으되, 장연철이 조언을 구하여 취합한 것들 가운데 좋은 느낌으로 선택한 것이기는 했다. 어쨌든 송예경이 원하는 건 겨울이 줬다는 사실 그 자체였으니.

그녀는 의외로 즉시 대답했다.

"한국식으로 부탁드립니다."

이에 겨울은 한자로 된 두 개의 이름을 보여주었다. 하나는 뜻이 마음에 들었고, 다른 하나는 미국인들이 발음하기에 쉬운 이름이었다. 하나 예경은 여기서도 겨울에게 선택을 맡겼다.

"중령님께서 골라주시면 감사하겠습니다."

"그럼 규현(奎炫)으로."

뜻풀이를 본 어머니가 따스하게 웃었다.

"별이 비추다……. 멋진 이름이군요."

이름이 적힌 종이를 갈무리한 그녀는, 자리에서 일어나 처음보다 더 정중히 인사했다.

"실례가 많았습니다. 최소한 다른 문제에 있어서는……절대로, 절대로 중령님을 귀찮게 해드리지 않겠습니다. 필요한 게 있다면 무엇이든 말씀해주세요."

이는 곧 한 파벌의 리더로서 모든 일에 적극적으로 협조하겠다는 약속이었다. 예경을 중심으로 모인 사람들이 상당한 만큼, 나름의 의미가 있다고 하겠다.

아이의 대부 역할을 거부했을지언정, 평소에 정성을 다하면 예경 본인이 잘못되었을 때 모르는 척하진 않으리라 기대하는 것 같기도 했다. 그래도 어머니인 것이다.

그녀를 배웅한 겨울은 이후 몇 건의 면회를 더 소화했다.

그리고 마지막 면회를 조금 이르게 끝낸 후에는 험비의 핸들을 잡았다. 식전에 다녀올 곳이 있었던 까닭이다. 비록 면허가 없었고 탑승 규정에도 위배되었으나, 이제 와서 자격을 따져가며 겨울을 제지할 사람은 기지 내에 존재하지 않았다. 운전 경험도 충분했다.

운전은 어느 검문소에서 막혔다. 불투명한 보안경을 낀 헌병장교는, 정중하면서도 단호한 태도로 안내했다.

"죄송하지만 이 거류구는 기지사령의 허가 없인 출입이 불가능합니다."

겨울이 고개를 기울였다.

"현재 업무대행을 맡고 있고, 이제 곧 사령으로 취임하는데도?"

"그렇…… 습니다. 규정은 규정입니다."

헌병장교는 은근히 개방된 「위협성」 앞에서도 흔들리지 않았다. 원칙을 준수하는 훌륭한 태도라고 해도 좋겠으나, 겨울은 그의 계급과 장소의 위화감에 주목했다.

'중위가 이런 곳에 고정 배치될 필요는 없지.'

여기는 다름 아닌 순복음성도회의 자치 구역이었다. 종교적인 이유, 부적절한 사상의 확산 방지, 폭동 우려, 난민들의 요청 등으로 자치를 허락했다는데, 사실 그 설명도 파고들어보면 어색한 부분이 있었다.

또한 귀를 기울여도 철조망 안쪽에서 들리는 소리가 없었다. 겨울의 청각에 강화보정이 붙는다는 사실을 고려하면 적잖이 기이한 분위기라 해야 할 것이다.

"좋아요. 규정이 그렇다면야."

초소의 배치를 살핀 겨울이 물러나자 헌병 중위가 긴장을 풀었다.

"이해해주셔서 감사합니다. 항상 존경하고 있습니다."

"……수고해요."

차를 돌린 겨울은, 한 손으로 스마트폰의 자판을 두드렸다. 강영순 노인에게 했던 부탁을 다시 여러 사람에게 돌리려는 것이었다.

회신은 오전 일과가 시작될 즈음에 몰려서 돌아왔다. 강영순 노인으로부터는 소득이 없었지만, 장연철 쪽에서 다수의 증언을 확보했다. 캠벨 박사가 목격된 날짜를 전후하여 활주로 확장공사가 이루어졌던 것이다. 해당 공사에 투입된 사람들 대부분이 특이한 형상의 수송기를 기억하고 있었다. 두 부장에게 보낸 메시지엔 이미지를 첨부했기에 혼동의 여지는 없었다.

심증을 굳힌 겨울은 곧바로 래플린 준장과 독대하고 싶었으나, 하필이면 오늘은 정기 브리핑이 예정된 날이었다. 방역전쟁의 전반적인 상황 및 주요 정보들을 공유하기 위한 자리. 브리핑의 절반은 봉쇄사령부에서 원격으로 진행할 예정이었다. 미 본토에서 축출되었다고는 해도, 국경 이남의 변종들은 여전히 중대한 안보위협이었다.

그러나 회의실의 공기는 가벼웠다. 마치 전쟁이 완전히 끝난 것 같은 분위기. 사실 겨울도 이곳에서만큼은 지연된 종말을 체감하기 어려웠다. 얼마 전까지와는 다른 세상처럼 느껴진다. 각지의 소탕전도 거의 막바지에 이른 현재, 역병의 위협을 피부로 느낄 이들은 최전선에 배치된 장병들뿐일 것이다.

물론 이는 어디까지나 육군에 국한된 이야기였다. 해군의 부담은 여전하고, 공군도 중미 지역의 주요 경로마다 맹렬한 폭격을 퍼붓는 중이니.

정각을 10분 앞두고 유라가 입실했다. 뭐가 그리 좋은지 미소를 머금고 들어온 그녀는, 실내를 둘러보다가 겨울을 발견하곤 한결 더 밝아졌다.

"앗. 대장님, 옆자리 비었어요? 제가 앉아도 돼요?"

"네."

겨울이 끄덕였다. 자리는 정해져있지 않다. 그저 부대별로 느슨하게 모여 있을 뿐.

"아하. 오늘은 아침부터 운이 좋네요."

좋아라 하며 착석하는 유라를 일부 장교들이 조심스레 힐끗거렸다. 대개는 이성적인 관심들. 기울어진 성비가 심각한 사회문제로 대두된 지금도, 육군 전투보직에 임관한 여성장교는 매우 드문 편이었다. 하물며 유라는 전공이 높기까지 하다. 미국인들이 선호하는 스타일은 아닐지언정, 남자라면 누구든 차별화된 매력을 느낄 법했다.

단, 모든 눈길이 우호적이진 않았다.

"......?"

뚫어져라 응시하는 시선을 느낀 유라가 고개를 돌렸다. 그 방향엔 못마땅한 얼굴의 진석이 있었다. 누구보다 먼저 와 있다가 한참을 망설인 끝에 겨울에게 다가오던 그는, 유라가 끼어든 시점에서 우뚝 멈춰선 상태였다. 거리도 어중간하다.

한편 유라는 유라대로 좌우와 앞뒤를 확인했다. 혹시 달리 볼 사람이 있는가 싶은 생각에. 그러나 그녀 외엔 겨울 뿐이었다. 결국 유라가 아리송한 표정으로 묻는다.

"어.......왜 그러세요, 박 중위님? 혹시 여기 앉고 싶으셨어요? 대장님 옆이라면 저쪽도 비었는데......."

진석으로부터는 대답이 없다. 어딘가 미련이 느껴지는 모습으로 서있을 따름. 영문을 모르던 유라는 결국 뚱한 표정을 짓고 만다.

"님. 할 말 없음 저리 가시져."

여기에 내쫓는 손짓까지 곁들였다. 훠이, 하고. 한데 진석의 반응이 뜻밖이었다. 가란다고 정말로 간다. 그는 한숨을 푹 쉬고는 고개를 흔들며 돌아섰다. 겨울이 유라에게 물었다.

"사석에선 전보다 더 친해졌나 봐요?"

유라는 뜸을 들이다가 대답했다.

"네에, 뭐. 여기 와서는 소대장들끼리 술을 마신 적도 있고……. 요셉이나 소민이는 애들이 너무 긴장해서 거의 들러리 수준이었지만요. 암튼, 취해서 하는 말을 들어보니까 박진석 중위도 신경을 좀 쓰고 있었던 것 같아요. 저하고 껄끄러웠던 일들이라든가, 또 본인의 이미지라든가……. 하긴, 저 같아도 별명이 빡친석이면 찜찜하긴 하겠더라고요."

자그맣게 키득거린 그녀의 어조가 부드럽게 풀어진다.

"혹시 본인에게 서운한 게 있으면 잊어달라고 하던데요? 자기도 공평하게 잊어주겠다고. 왠지 손해 보는 기분이었지만 그러자고 했어요. 저는 마음이 아주 넓은 사람이거든요."

말이 들렸는지, 저쪽에서 진석이 살짝 인상을 쓰는 게 보인다. 그는 아마도 차기 중대장 문제를 다시 묻고 싶었을 것이다. 사실상의 휴가를 얻은 중대원들과 달리, 겨울은 워낙 바빠진 사람이었으므로. 이럴 때 이외에 만나려면 따로 면담 요청을 넣어야 한다.

어쨌든 서로가 서로의 윗사람이 될 가능성이 있는 지금이었다. 예전에도 서로 능력만은 확실히 인정하는 사이였으나, 새삼 묵은 감정을 풀어놓는다고 나쁠 것은 없을 터였다.

브리핑이 시작되었다.

방역전쟁의 특징 중 하나는, 적을 상대로 보안을 유지할 필요가 거의 없다는 점이었다. 그래서 일반적인 전쟁이었다면 개시 전까지 철저하게 비밀을 엄수했을 대형 작전도 아무렇지 않게 공개되곤 했다. 명백한 해방과 멧돼지 사냥 당시에 그랬듯이, 이번에도 마찬가지였다.

대형 스크린 속의 사령부 작전참모가 위성지도를 띄워놓고 설명했다.

「이번 컨티넨탈 디바이드(Continental Divide : 대륙 분리) 작전의 1단계는 해병대가 단독으로 진행할 예정이다. 먼저 제3해병원정군이 카르타헤나에 위장 상륙을 실시하여 적의 주의와 전력을 분산시킨다. 다음, 충분한 규모의 변종집단이 유인에 걸려든 시점에서 주목표인 파나마 운하 점령을 실시한다. 제1해병원정군이 파나마 시티 시가지에 면한 남쪽 입구를, 제2해병원정군이 북쪽 입구의 포트 데이비스를 확보할 것이다.」

회의실이 잠시 술렁거렸다. 파나마 진공의 필요성은 누구나 인정하고 있었으나, 착수하는 시점이 너무 이른 탓이다. 겨울의 소감 역시 그러했다.

'빨라도 정권교체가 이루어진 다음이라고 예상했는데.'

때마침 작전참모가 예정 일자를 언급한다.

「해병대 주공의 전개는 아마도 내년 초가 되겠지만, 유인을 담당할 제3해병원정군만큼은 10월 1일을 기하여 공세에 돌입한다. 적을 끌어들이는 데 시간이 필요하기 때문이다.」

이를 곱씹은 겨울은 대통령, 또는 봉쇄사령관의 의도를 알 것 같았다. 어느 쪽이든 미국이 현 상황에 안주해선 안 된다고 생각하는 것이다. 고로 정권이 바뀌기 전에 파나마 진공을 기정사실화해두려는 모양이었다.

　세간에선 고립주의가 확산되고 있었다. 현 전선을 고수하며 힘을 기르자는 주장. 그 자체는 타당하다. 그러나 구체적으로 언제까지라고 말하는 사람은 없었다.

　화면이 바뀌었다.

　「작전의 2단계에선 내륙 방어선 구축의 사전 준비로서 준설선과 해군의 전투함들이 가툰 호수 및 내륙수로로 진입한다. 이후 마지막 단계엔 대규모 폭격으로 주요 시가지를 파괴하고 육군의 증원을 투입, 간선도로를 요새화하여 운하의 동서를 완벽하게 단절시키는 것이다.」

　투입 예정인 함선들 중엔 지난 시대의 전함도 존재했다. USS 미주리. 본디 92년에 퇴역하여 박물관으로 전용된 함선이었으되, 개장을 거쳐 현역으로 복귀시켰다고. 겨울이 보기엔 그 거대함과 견고함에 의의가 있었다. 본토에서 외따로 떨어져 고립될 병사들에겐 실제 성능 이상의 안정감을 주지 않겠는가.

　'유사시에 지상 병력을 수용하기에도 넉넉하겠고.'

　이렇듯 작전은 벌써 잠정적인 참가 부대와 함선 목록이 작성되어있을 정도로 구체적이었다. 하루 이틀 만에 나온 구상이 아니라는 뜻이었다. 적어도 멧돼지 사냥이 성공을 바라보고 있을 무렵부터 기획에 들어갔을 것이다.

"와……."

그 점을 깨달았는지, 유라가 복잡한 탄성을 흘렸다. 언뜻 긴장감이 엿보이기도 했다. 브리핑 전까지 이완되어있던 다른 장교들의 반응 또한 동일했다. 육군이 동원되려면 최소 수 개월 이상의 여유가 남아있는데도 그렇다.

이것이 브리핑의 또 다른 목적이었을 터였다. 아직 전쟁 중임을 상기시키는 것.

브리핑이 끝났을 때 유라와 진석 모두 겨울과 이야기를 나누고 싶은 눈치였으나, 겨울에겐 해결해야 할 일이 남아 있었다.

'준장은 어디 있지?'

처음엔 분명 회의실에 있었건만, 지금은 어디로 갔는지 보이지 않는다. 그가 지휘하는 여단전투단의 주요 참모들도 마찬가지로 자리를 비운 상태. 컨티넨탈 디바이드 작전의 무게감 때문에 도중에 퇴실하는 모습을 놓친 것 같다. 겨울은 래플린 준장과 가까이 앉아있던 여단전투단 소속 중대장에게 물었다.

"장군님께서 어디로 가셨는지 알아요?"

"글쎄요. 아까 전화를 받으러 나가시더군요. 그 후로 돌아오지 않으셨습니다."

"알았어요. 고마워요."

인사를 남기고 나선 겨울은, 지휘통제실에 이르러 마침내 참모들과 대화 중인 준장의 모습을 발견했다. 여러 예상을 했지만 의외로 심각한 분위기는 아니었다. 래플린 준장이 겨울과 같은 계급의 작전참모에게 묻는다.

"그래서, 수송대의 최종적인 피해는?"

"인명피해는 없고, 다만 추돌로 인한 차량손상이 좀 있다고 합니다. 변종들은 기동타격대가 도착하기도 전에 수송인력과 자체 호위 병력이 모두 섬멸했습니다. 도주한 개체는 없습니다."

"그나마 다행이군. 사전에 각서를 받았다곤 해도, 민간인 사상자가 나왔다간 골치 아파지거든. 다른 사람들이 못하겠다고 때려치울 수도 있고. 항공정찰기록과 위성사진은 확인했나?"

"네."

"대체 어디서 나타난 놈들인가? 이 근방엔 더 이상 변종집단이 없는 줄로 알았는데."

"이것을 보십시오. 샌 미구엘 동쪽 산간에 매복해있었던 것으로 추정됩니다."

작전참모가 지도 위에 사진을 올려놨다. 피부 검은 준장이 턱을 쓰다듬는다.

"이상한걸……. 트로이의 목마라고 보기엔 너무 어설펐어."

"혹시 대사억제 상태로 방치된 녀석들이 아니겠습니까?"

"방치?"

"예. 기습을 위해 준비된 집단이었지만, 신호를 보낼 개체…… 높은 확률로 트릭스터가 되겠군요. 아무튼 지휘관급 개체가 사망하거나, 혹은 공격을 걸 틈도 없이 달아나면서 남겨졌을 가능성이 있습니다."

"흐음. 나타난 놈들이 거의 아사 직전으로 보였다고 했었지?"

"그렇습니다."

"설득력이 있군. 그럴듯해. 경계를 강화해야겠어."

"예. 봉쇄사령부에 보고했습니다."

"잘했네. 곧 조치사항이 내려오겠군……. 비슷한 처지인 놈들이 더 있을지도 모르겠어. 그런 놈들 사이에서 새로운 특수변종이 출현할 수도 있고 말이야. 조심해서 나쁠 것 없겠지."

아무래도 군수국이 고용한 민간인 수송업자들이 변종의 공격에 노출되었던 모양이다. 대화가 끝나기를 기다린 겨울이 준장에게 경례했다.

"Sir."

"오, 한 중령. 브리핑이 벌써 끝났나?"

몰두하고 있던 래플린 준장은 이제야 겨울을 눈치채고 마주 경례했다. 손을 내린 그는 시계를 보고 갸우뚱했다.

"인계업무를 시작하기까지는 아직 20분쯤 남았는데? 잠깐이라도 쉬다 오지 그러나. 업무 외적으로도 굉장히 바쁘다고 들었네만. 게다가 나도 숨 돌릴 틈이 필요해."

"긴히 여쭤볼 것이 있습니다. 시간을 내주시면 감사하겠습니다."

"……여기서는 곤란한 내용인가?"

"네."

"흠."

주위를 둘러보는 준장. 작전참모는 용건이 끝났다는 의미로 한 발짝 물러나 보인다. 입술을 구부리던 준장은 이내 고개를 끄덕였다.

"좋아. 내 사무실로 가세."

이동은 금방이었다. 장군의 집무실은 지휘통제실과 거의 붙어있다시피 했다. 나중에 들어선 겨울이 문을 닫는 틈에, 래플린 준장이 검지를 세워보였다.

"아. 잠시만 기다려보게나."

그는 오디오의 트레이를 열어 CD 하나를 집어넣었다. 재생 버튼을 누르고 볼륨을 조절하니, 잠깐 지직거린 후 첫 번째 트랙이 재생된다. 도입부의 기타 연주에 이어지는 노래는 겨울에게도 익숙한 목소리였다.

준장은 씩 웃으며 겨울에게 CD 케이스를 보여주었다.

"귀관과 함께하는 사람들을 응원하는 의미에서 주문했네. 배송에 한 달이나 걸리더군……. 노래도 노래인데, 앨범 재킷이 참 잘 뽑혔단 말이야."

사진 속의 송예경은 포대기로 아기를 등에 업고, 의자에 앉아 기타를 치는 모습이었다. 정적이고 조용한 분위기. 내리간 눈길에서 슬픔과 고단함이 묻어난다.

'종군기자의 소개로 데뷔했다더니…….'

래플린의 말처럼, 그녀가 가수로서 얼마간 이름을 얻은 데엔 노래 이상으로 사진의 위력이 컸을 듯했다. 물론 시민들의 겨울동맹에 대한 관심도 한몫했겠고.

의자에 앉은 준장이 겨울에게도 손짓으로 자리를 권했다.

"자, 이제 누가 엿듣기는 어려울 거야. 애초에 그럴 사람도 없겠지만, 밖으로 새면 안 될 이야기라고 했으니…….여하간 말해보게. 나한테 묻고 싶은 게 뭔가?"

"한국계 난민 거류구 중 종교적인 이유로 자치가 허용된 곳이 있다는 걸 아실 겁니다."

"그런데?"

"저는 그곳에서 생체실험이 진행되고 있지 않은가 의심하고 있습니다. 혹시 이에 대해 뭔가를 알고 계십니까?"

"허."

겨울의 말에 곤혹스러워하는 준장. 잠시 말이 없던 그가 느리게 반문했다.

"이거 놀랍군. 왜 그런 의심을 하게 됐지?"

"그럴 만한 정황증거들이 있었기 때문입니다."

"한번 들어볼 수 있겠나?"

이렇게 질문하는 래플린은 결코 능란한 배우가 못 되었다. 적어도 겨울의 눈엔 숨기려는 감정이 고스란히 드러났다. 그것은 선명한 낭패감이었으되, 적대감은 묻어나지 않았다. 일단은 다행이라고 해야 할 것이다.

겨울은 자신의 추측을 이야기했다. 박태선 목사의 기적을 말하던 소녀 황보 에스더로부터 시작해서, 에이프릴 퍼시픽, 순복음 성도회의 종교적 자치구역, 엘리야 캠벨 소령에 이르는 간접적인 정황들을.

다 듣고 난 래플린 준장은, 겨울을 한참 응시한 끝에 떫은 표정으로 입맛을 다셨다. 스스로가 표정관리에 실패했음을 깨달은 눈치였다.

"이거야 원……. 아예 확신을 하고 왔군그래."

"부정은 안 하시는군요. 솔직히 말씀해주셨으면 합니다."

"내가 끝까지 아니라고 한다면?"

"그냥 넘어갈 순 없는 문제라고 생각합니다. 그러니 다른 방법을 찾아봐야겠죠."

빈말은 아니었다. 예컨대, 겨울에겐 지금도 언론의 관심이 쏠려있었다. 대선을 앞둔 지금 보도관제가 제대로 이루어지리라 보기도 힘들었다. 고로 의혹을 제기하는 것만으로도 충분했다.

한편 겨울을 아예 제거해버릴 작정을 하기도 곤란하다. 단순한 실종이나 의문사로 취급하진 못할 것이다.

"……쯧. 진실을 밝히는 게 항상 유익한 건 아닌데 말이야."

포기한 준장이 등받이에 몸을 기대며 혀를 찬다.

"내 딴에는 안 들키게 잘 해내는 중이라고 여겼건만. 유감이군. 귀관이 D.C로 떠날 때까지만 모르고 있었으면 좋았을 텐데."

즉 겨울이 워싱턴 D.C에 다녀오는 사이, 순복음 성도회 사람들은 어디론가 사라질 예정이었다는 암시였다. 말하는 준장의 표정에도 불쾌감이 떠올랐다.

"사실 이렇게 말하는 나도 딱히 아는 게 없는 처지야. 거기 한참 전부터 장막이 쳐져 있었으니까. 처음엔 「진정한 애국자들」 관련해서 FBI 수사관들이 방문했는데, 나중엔 보건서비스부대와 국토안보부, 질병통제본부 관계자들이 밀려오지 않겠나?"

"그렇습니까?"

"그래. 기왕 이렇게 된 거 아예 책임자를 불러주지. 자네가 말했던 캠벨 박사 말이야. 귀관의 입을 막거나 설득을 하는 건 내 역할이 아닌 것 같군."

위에서 알아서 할 테지. 래플린 준장이 전화기를 꺼내며 중얼거렸다.

준장의 통화는 상대가 여러 번 바뀌었다. 갈수록 직급이 올라가는 듯했다. 몇 번은 편히 말하던 준장이 나중엔 격식을 갖췄기 때문이다. 건너편이 간혹 침묵할 때도 있었지만, 비밀스러운 과업이 노출된 사람들치고 간결하기 짝이 없는 반응들이었다. 겨울은 이 일의 관계자들에게 지금 같은 사태에 대비한 시나리오가 갖춰져 있었던 게 아닐까 짐작했다.

'그래. 대응 매뉴얼이 존재한다고 봐야겠지. 사안이 사안인 만큼…….'

처음엔 순복음성도회가 포트 로버츠에 남아있는 것이 이상하다고 생각했었다. 만약 정부 주도하에 생체실험이 진행된 거라면, 다음 기지 책임자로 겨울이 내정된 시점에서 실험 장소를 변경했어야 정상 아닌가. 최선은 아예 겨울의 보직을 달리하는 것이고.

단순한 행정착오일 가능성이 있기는 하다. 서로 다른 기관들의 공조는 비효율적이기 쉽다. 하나 그 경우엔 차선책으로서 부대이동 및 부임시기를 지연시켰어야 자연스럽다. 갑작스러우나마 훈련명령을 내리는 것도 미봉책이 된다. 어떤 식으로든 실험 현장에서 떨어트려 놓는 것이 급선무일 테니까. 그러나 당국은 어떤 행동도 취하지 않았다. 있을 수 없는 일이라고까진 못하더라도, 경계해야 마땅할 비효율이었다.

그렇다고 겨울마저 끌어들이기는 더더욱 무리수였다. 관계당국이 겨울의 성향을 모른다는 건 말이 되지 않는다. 그동안 무수한 보고서들이 올라갔을 것이고, 그 가운데엔 샌프란시스코에서의 활동을 기록한 FBI 특수감독관의 보고서도 존재할 터. 생체실험과 관련하여 고난을 겪은 사람을 생체실험의 관계자로 영입한다? 말이 안 되는 소리였다.

하물며 겨울에겐 다른 쓸모도 많았다. 본인의 영향력을 제외하더라도, 뭔가가 잘못되었을 때 치워버리기 부담스럽다는 의미. 계란은 한 바구니에 담지 않는 법이었다.

고로 겨울은 최악의 상황을 가정했다.

'실험을 진행한 주체가 내 부임을 사전에 알지 못했을 경우……'

다시 말해, 진정한 애국자들의 잔당이나 그에 준하는 어떤 조직이 정부도 모르게 비밀스러운 실험을 진행했을 경우였다. 이땐 래플린 준장 또한 그들과 한패가 된다. 어쩌면 방금 전화로 주고받은 대화에 미리 정해둔 어떤 신호가 있어, 보건서비스부대의 책임자 대신 곧 중무장한 기동타격대가 찾아올지도 몰랐다. 겨울을 사살하긴 부담스러울지언정, 대책이 마련되기까지 억류할 수는 있다. 나중의 일은 나중에 고민하기로 하고서.

그래서 겨울은 몇 가지 보험을 들어두고 왔다. 준장을 의도적으로 자극한 것도 같은 맥락. 나름의 유추를 통해 동일한 결론에 도달했는지, 래플린 준장은 진한 쓴웃음을 머금었다.

"참 조심스러운 태도로군. 귀관 입장에선 군 내부 사조직의 존재가 의심스러울 상황인가⋯⋯. 하기사, 최근 육군 내에서 불미스러운 우려들이 제기되고 있긴 하지. 규모가 워낙 커져서 역설적으로 쓸 만한 사람이 드물어진지라, 2차 대전 때나 있었다던 장교간 스폰서 관행도 부활할 조짐이 보이고⋯⋯."

그는 고개를 흔들며 넌더리를 냈다.

"이거야 원. 나도 참 터무니없는 의심을 받고 있군. 이해는 하지만 조금 섭섭한데⋯⋯. 잠시만 기다리게. 캠벨 소령이 20분 내로 도착한다고 했으니까."

날아온다고 보기엔 미묘한 시간이다. 겨울이 물었다.

"그가 기지 안에 있습니까?"

"근 한 달 내로 떠난 적이 없지. 같이 올 국토안보부 사람도 그렇고. 사실 상주인원이 꽤 되는 편이야. 구체적인 숫자는 불명이지만, 들어가는 보급품의 양을 보면 대충 짐작이 가. 못해도 마흔 이상일까? ⋯⋯입맛들이 고급인지 간편식(Heat and serve)은 안 먹더군."

사소한 식단마저 파악할 정도의 관심은 있었으되, 어디까지나 기지사령으로서의 책임이었을 뿐 깊이 연루되는 일은 피해왔다는 말 속의 말.

겨울이 다시 질문했다.

"Sir. 그 안에서 어떤 일이 벌어지고 있는지 확인해봐야겠다는 생각, 한 번도 해본 적 없으십니까? 분명 부담감이 있으셨을 겁니다."

망설이던 준장이 한숨을 내쉬었다.

"전에도 말했듯이, 나는 별을 달고 싶었어. 이제 막 별을 달았는데 괜한 말썽으로 옷을 벗고 싶지도 않았고. 어쨌든 이건 내 직무 밖의 일이었지. 정상적인 절차를 거쳐 협조를 요청받았으니까……. 귀관이라면 내가 여기까지 털어놓는 이유를 짐작할 거야."

그의 말마따나 장군은 정치적인 자리였고, 그의 입장에서 겨울의 정치적인 가치는 일개 중령 이상으로 느껴질 것이었다.

한편으론 장군 진급을 위해 부당한 연줄을 이용한 건 아니라는 설명이기도 했다.

대화가 끊어진 틈에 오디오에선 새로운 트랙이 흘러나왔다. 송예경의 기타 연주엔 이렇다 할 기교가 묻어나지 않았으나, 클래식 기타 특유의 따뜻한 음색은 그녀의 노래와 부드럽게 어우러진다. 단조롭게 뜯는 나일론 현이 쓸쓸한 분위기를 자아냈다.

기다리는 시간, 턱을 괴고 감상하던 래플린 준장이 문득 떠오른 것처럼 입을 열었다.

"그거 아는가? 에베레스트 산의 정상은 온갖 쓰레기로 가득하다고 하네. 전 세계의 산악인들이 수십 년에 걸쳐 버리고 간 식량과 텐트, 그 외의 각종 산악용품들로 말이야. 아, 배설물도 있다지. 거긴 뭔가가 썩어 없어지기엔 너무 추운 장소잖나."

겨울은 속으로 갸우뚱하며 대답했다.

"네. 들어본 기억이 있습니다."

"그곳, 세상에서 가장 높은 봉우리를 등반한다고 하면, 남들이 보기엔 무척이나 숭고하면서도 위대한 도전 같지만……. 실상은 그 더러운 무더기를 향해 올라가는 꼴 아닌가. 올라간 뒤엔 본인도 불필요하거나 부담스러워진 짐들을 던져버리지. 그런데도 내려와서는 다들 고상한 척만 하고, 세간에서도 영웅 취급을 해준단 말이야. 인간의 한계를 극복하고 왔다면서."

"……그렇군요."

"그 덕분에 봉우리는 사람이 오를 때마다 더러워질 뿐만 아니라 조금씩 높아지기까지 해. 쓰레기 위에 만년설이 쌓이고, 그 위에 다시 쓰레기가 쌓이니까. 그걸 치우기 위한 비용을 받기로 하니 이번엔 몰래 등정하려는 사람이 늘었고…… 그리고 그렇게 올라가다가 여러 사람이 죽어 나가지. 불현듯 드는 생각인데, 사람 사는 세상이 딱 이렇지 않은가?"

"……"

"사람은 그래도 올라가고 싶은 거야."

"Sir. 정상에서 쓰레기를 지고 내려오는 사람들도 있습니다."

"아무렴. 상대적으로 드물어서 문제지만."

준장은 설익은 미소를 지어보였다.

다시 음반의 몇 트랙이 흐른 뒤에, 엔진 배기음 하나가 가까운 곳에서 정지했다. 겨울은 곧 겹쳐 울리는 군화 소리를 들었다. 그것이 복도에 이르자 오히려 래플린 준장이 더 불편해하는 기색이었다. 내선을 연결한 참모가 그들의 정체를 전달해주었다.

점잖은 노크 뒤에, 실내에 두 사람이 들어온다. 문밖에는 헌병 둘이 대기했다.

'역시 모르는 얼굴이네.'

캠벨이야 기억하고 있으나, 국토안보부.관계자 쪽은 겨울에게 낯선 사람이었다. 전에 칼파인 5 기지에서 만났던 브록 헌트였다면 신원이 확실했을 것인데.

서로 경례를 주고받은 뒤, 그는 신분증을 보여주며 자신을 소개했다.

"처음 뵙겠습니다, 한겨울 중령. 국토안보부 방역보안사무국의 캘리포니아 중부 군정청 지부장, 애쉬튼 C. 웨스트입니다."

래플린 준장은 캠벨을 책임자라고 했으나, 느낌상 보안 문제에 있어선 웨스트 지부장이 권한을 행사하는 듯하다. 캠벨은 그를 힐끔거릴 뿐 아직 입을 열지 않았다.

겨울의 좌측 정면에 착석한 웨스트는 거두절미하고 본론

부터 꺼냈다.

"거류구 내의 생체실험을 의심하고 계신다고요?"

"……가능성이 있다고 판단했습니다. 「진정한 애국자들」의 선례가 있잖습니까?"

"타당하군요. 저희도 그놈들을 추적하는 과정에서 여기까지 왔지요."

사무적으로 끄덕인 그는 휴대한 가방으로부터 어떤 서식을 꺼내놓았다. 살펴보니 비밀유지서약서인데, 한 장이 아니었다. 래플린 준장이 헛기침을 한다.

"지부장. 나는 이제 비켜주는 게 좋지 않겠소?"

"아뇨. 어차피 장군께서 떠나시기 전엔 받아둬야 할 서명이었습니다. 여기서 뭔가가 있었다는 식으로 어설프게 아는 것이 아예 모르는 것보다 위험한 사안이기 때문입니다."

"……자세한 내용을 알면 덜 위험하다고? 그만큼 떳떳하다는 거요?"

"예. 이틀 전에야 조사를 완료했습니다만, 적어도 우리쪽의 잘못은 없습니다."

웨스트 지부장이 잠깐 입을 다물었다. 시선은 서약서에 머무른다. 서명을 받기 전에, 또 서명을 받기 위해 어디까지 말해야 하는가를 헤아리는 눈치였다.

마침내 그가 설명을 덧붙였다.

"굳이 따지자면 진정한 애국자들의 소행에 대한 궁극적인 책임이 정부에 있기는 하지요. 조직 관리에 실패했잖습니까. 그러나 그 정신병자들 역시 이번 일에 있어서는 간접적인 조력자에 불과했습니다. 광신도들이 그들의 믿음과 질병을 함께 전파하는 걸 돕고, 그들을 연구했을 뿐이었더군요. 물론 그 연구가 매우 비윤리적이긴 했지만 말입니다."

"믿음과 질병을 함께 전파하다니? 그들 사이에 뭐 모겔론스라도 돌았다는 거요?"

"비슷합니다."

간단한 긍정. 래플린 준장은 몇 초 뒤에야 인상을 일그러뜨렸다.

"이것만으로도 벌써 허가된 수준 이상을 말씀드린 겁니다. 아무것도 모르는 채로 서명부터 하기는 부담스러우실 테니까요. 이제 두 분 모두 비밀엄수에 동의해주십시오. 국가안보와 관련된 1급 기밀인 만큼, 서명을 거부하시는 분께는 불이익이 따를 수 있습니다."

이렇게 말하며, 웨스트 지부장은 검지 끝으로 테이블 위의 서식을 톡톡 두드려보였다. 안경테 위로 걸린 점잖은 시선이 겨울 쪽을 향한다.

"이쯤은 중령님도 예상하지 않으셨습니까?"

지금껏 한 말들을 보장할 수 있느냐고 묻는 건 무의미했다. 심히 켕기는 구석이 있었다면 지금쯤 강제적인 억류 시도가 있었을 것이다.

'더 두고 봐야 확실하겠지만……. 날 설득할 자신이 있다고 봐야겠지. 진실로든, 거짓으로든.'

서약서를 받는다고 완벽하게 안전해지는 건 아니잖은가. 펜을 꺼낸 겨울이 서류에 서명했다. 펜촉이 슥슥 긁히는 소리에 미간을 좁히던 래플린 준장도 결국은 자기 몫의 서약서에 서명을 기입했다. 서식을 거둔 웨스트가 서명을 확인한 후 사진을 찍고 가방에 갈무리했다. 아울러 눈길도 주지 않으며 하는 말.

"캠벨 박사. 이제 말해도 좋습니다. 자세한 설명은 전문가인 당신이 낫겠지요."

상기된 캠벨이 기다렸다는 듯이 선언했다.

"놀라지 마십시오. 우리는 모겔론스의 부분적 면역자를 발견했습니다."

이렇게 말한 그는 래플린 준장과 겨울의 표정을 살폈다. 마치 선물 포장을 뜯는 어린아이 같은 표정으로. 그러나 준장과 겨울, 어느 쪽의 반응도 그를 만족시키진 못했다. 부분적이라는 어감 때문에 놀라움도 어중간했던 것이다. 전문가의 관점과는 다를 수밖에 없었다.

웨스트 지부장이 지적했다.

"시간 끌지 말아요. 당신을 포함해, 여기서 바쁘지 않은 사람이 없습니다."

"……아, 네."

미간을 좁히는 캠벨에게 겨울이 묻는다.

"혹시 그 부분 면역자가 박태선 목사입니까?"

"맞습니다. 팍 목사 그 사람입니다. 어떻게 아셨습니까?"

"전부터 수상했으니까요."

래플린 준장이 전화상에서 겨울의 모든 말들을 전하지

않았으므로, 캠벨은 무엇이 수상했는지 궁금한 기색이었다. 하나 지금은 그의 설명이 먼저였다. 겨울이 다시 질문했다.

"부분적 면역이라는 게 구체적으로 무슨 뜻인가요?"

"음…… 우선 이걸 봐주시겠습니까? 조금 혐오스러운 건 이해해주시기 바랍니다."

양해를 구한 캠벨이 태블릿을 꺼내어 특정 경로의 사진첩을 열었다. 그 안은, 피부가 다양하게 썩어 들어간 사람들의 모습으로 가득했다. 이들은 이름이 아닌 번호로 분류되었다. 공교롭게도 그중에 황보 에스더가 끼어있었다. 예전의 앳된 얼굴은 3분의 2만 남아있다.

"진정한 애국자들의 행적을 쫓다가 격리된 환경의 이 환자들을 발견했을 때, 보건서비스부대에선 이 증상을 괴사성 근막염(Necrotizing fasciitis)의 일종으로 판단했습니다. 쉽게 말해 감염부위의 연조직…… 그러니까 근육을 제외한 나머지 생체조직부터 시체처럼 썩어 들어가는 질병인데, 치사율이 대단히 높은 반면 전염성은 낮은 게 일반적입니다. 원인은 박테리아 감염이지요. 대개 연쇄상구균 감염의 부작용으로서 나타납니다."

캠벨이 태블릿의 스크린을 죽죽 밀었다. 계속해서 새로운 사진들이 스쳐 지나간다.

"그러나 진정한 애국자들이 남긴 연구기록을 확보하고, 환자들의 조직 샘플을 검사한 시점에서 그게 아니라는 걸 깨달았습니다. 알고 보니 이 증상은 모겔론스에 의한 면역

거부반응이었던 겁니다. 환자들이 이성을 유지하고 있었던 데다가, 진행 양상도 차이가 있어서 눈치채기 힘들었을 뿐이죠."

순간적으로 에이프릴 퍼시픽 호에서 보았던 것과 같은 경우인가 생각한 겨울이었으나, 그랬다면 부분적 면역이란 표현을 쓰지 않았을 것이었다. 캠벨의 말처럼 겉으로 보이는 것부터가 다르기도 했다.

래플린 준장이 눈살을 찌푸렸다.

"확실하오? 아무리 봐도 변종들과는 닮은 구석이 없는데……."

캠벨이 긍정한다.

"이들을 감염시킨 게 정상적인 모겔론스가 아니라서 그렇습니다."

"정상적인 모겔론스가 아니다?"

"예. 이 사람들은 감염된 상태인 부분 면역자…… 아까 한 중령님이 언급하셨던 사이비 교주, 팍 목사 말입니다. 이 사람의 피를 물에 희석시켜서 성수랍시고 퍼먹는 바람에 간접적으로 감염된 겁니다. 팍 목사는 모겔론스 복합체를 구성하는 병원체 중 하나에 대한 항체를 보유하고 있거든요."

"……."

"이 인간도 진술을 받아보니 참 딱한 얼간이더군요. 모국을 벗어나는 과정에서 변종에게 물렸다는 겁니다. 헌데 상처는 놀라울 만큼 빨리 아물어 버리고, 괴물로 변하기는커녕 시간이 갈수록 기운이 넘치니, 결국 자기가 신의 선택을 받았다고 믿어버리게 된 거지요. 그러다 뒤늦게 살이 썩고 몸이 아프기 시작하고부터는 더럭 겁이 나서 정신을 차렸다는데…….”

캠벨이 혀를 챘다.

“……지금은 신도들도 진실을 깨달을까봐 전전긍긍하고 있습니다. 어차피 죽을 운명이건만, 그렇다고 맞아죽기는 싫어서 열심히 재림 예수 행세를 하는 중이지요. 살이 썩는 게 성흔이자 고난의 증표라던가요. 한심한 노릇입니다.”

대체로 납득할 만한 설명이었다. 종말이 다가오는 세계에서 충분히 빚어질 수 있을 우행. 물렸을 당시, 박태선 목사는 역병에 감염되었다는 공포로 제정신이 아니었을 것이다. 절대자에게 구원을 청했을 터. 신을 믿는다는 건 기적도 믿는다는 뜻이었다. 기도가 실현되었을 때, 여느 때보다 넘치는 활기를 하나님의 역사하심으로 받아들였어도 이상하지 않았다.

하나 캠벨의 이야기엔 한 가지 의문점이 있었다. 겨울이 그 점을 질문했다.

“소령. 박 목사의 사연은 알겠습니다. 하지만 신도들이 감염되었다는 말은 이상하네요. 감염이 확실합니까? 보균자의 체액을 장기간 복용해서 부작용이 생긴 게 아니라? 내가 에이프릴 퍼시픽에서 마주친 사람들도 감염된 상태였을까요?”

“어…….”

바로 대답하는 대신 눈을 굴리는 캠벨. 겨울은 웨스트 지부장으로부터 주의를 받았다.

"한겨울 중령. 당시에도 비밀유지서약을 하셨을 텐데요. 비록 「페어 스트라이크」 작전의 보안이 목적이었다고는 하나, 내용상 서약서가 발효된 시점부터 작전이 공식적으로 종료되기까지 겪은 모든 일들이 기밀입니다. 방금 언급하신 에이프릴 퍼시픽 건도 마찬가지입니다. 어쨌든 투입 과정에서 벌어진 사건이었으니까요. 설마 몰랐다고 하진 않으시겠지요."

임무 중 각각의 대원이 투입된 세부 작전내용조차, 원칙적으로는 상호간에 보안을 지키도록 되어있었다. 즉 상대가 당연히 알고 있으리라 여기고 쉽게 언급한 겨울의 잘못이 맞았다.

"죄송합니다, 지부장."

사과를 받은 웨스트가 고개를 젓는다.

"제게 미안해하실 일이 아닙니다. 곤란해지는 건 중령님 본인이죠. 물론 경우에 따라서는 정부도 꽤나 난처해지겠습니다만, 그게 적어도 오늘은 아닌 것 같군요."

본인과 캠벨 두 사람은 벌써 안다는 의미였다. 준장이야 방금 서약서를 작성했고.

"평소에 좀 더 조심하라는 말씀이시네요."

"예. 일단 상대에게 해당 정보를 취급할 자격이 있는가 정도는 사전에 확인하셔야 합니다. 그리고 자격이 있다 한들 새로운 비밀을 알게 되는 게 달갑지 않을 사람도 있겠지요. 여기 계신 래플린 준장님처럼 말입니다."

지목당한 준장이 멋쩍게 웃어보였다. 아는 것만으로 귀

찮아질 이야기가 쓸데없이 늘어나는 건 사양인 것이다. 직무와 계급상 다양한 대외비들을 취급할 수밖에 없는 입장이지만, 기밀도 기밀 나름이었다.

"큼."

캠벨이 헛기침을 했다. 경고를 끝낸 웨스트가 그를 향해 까딱 끄덕여보였기 때문이다. 캠벨은 귀머거리가 아니므로, 말해도 무방한 범위를 따로 알려줄 필요는 없었다.

"한 중령님께서 좋은 질문을 해주셨습니다. 잠시 기다려주시겠습니까?"

그가 태블릿의 폴더 경로를 바꾸었다.

"지금 보시는 사진들은 팍 목사의 혈액에서 확보한 단백질 결합구조(Subunit) 및 변이 세포들입니다. 현재까지 총 427종이 발견되었고, 아마 이 순간에도 늘어나고 있겠지요."

저마다 형상이 다른 세포들의 사진을 보고, 래플린 준장은 떨떠름한 감상을 내놓았다.

"뭔가 굉장히 많군. 변종들도 이런 식이오?"

"아뇨."

곧바로 부정하는 캠벨.

"변종들은 이보다 훨씬 더 적고, 안정적입니다. 반면 팍 목사의 피에서는 지속적으로 새로운 것들이 발견되고, 다시 그만큼이 사라지지요. 불안정성이 높다는 겁니다. 크기도 제각각이라, 작게는 수십 나노미터에서 크게는 2백 마이크로미터에 이르기도 합니다. 이게 무엇을 뜻한다고 생각하십니까?"

"……글쎄. 나는 문외한이라서. 박사가 최대한 쉽게 설명해주시구려."

"음, 쉽게, 쉽게……."

중얼거리던 캠벨이 손가락을 퉁겼다. 여전히 군인과는 거리가 먼 몸가짐이었다. 군에 고용된 민간인 전문가로서, 계급은 장식이나 매한가지인 사람이라지만.

"이렇게 말씀드리면 어떨까요. 모겔론스 복합체는 정교한 기계장치와 같습니다. 다수의 병원체가 서로 다른 부품들처럼 맞물리며 공생관계를 이루는 셈이죠. 사실 공생이라는 표현도 적절하진 않은 게, 그중 일부는 상호간에 다형성 군체 이상으로 의존하는 면이 있어서……."

점차 흐려지는 말끝. 전문적인 영역을 일반인에게 설명하기란 매양 까다로운 법이었다.

"블라블라. 뒤쪽은 못 들은 걸로 하십시오. 아무튼 모겔론스를 모종의 기계장치로 간주할 때, 팍 목사의 체내로 들어간 모겔론스는 중요한 부품 하나가 제 기능을 하지 못하게 됩니다. 여기서 작동이 정지되면 다행인데, 유감스럽게도 이 기계는 폭주하기 시작했습니다. 각각의 부품들이 살아있는 기계라서요."

"허."

"예. 허. 그런 식으로 폭주한 결과, 모겔론스의 변이뿐만 아니라 감염으로 인한 육체적 변화도 궤도에서 많이 벗어났습니다. 팍 목사의 혈액이 불규칙적으로나마 감염성을 띠게된 원인이지요. 보기에 따라서는 그 어떤 특수변종보다 더

위험한 사람이 되었다고 할 수 있겠습니다. 잠재적으로요."

"……이 기지에 그런 게 있었단 말이오?"

래플린 준장은 박 목사를 사물처럼 지칭했다. 여기엔 웨스트 지부장이 답했다.

"염려 놓으십시오. 안전장치가 있으니까요."

"안전장치?"

"우선…… 교주의 체내에 세 개의 고폭소이탄이 박혀있습니다. GPS 수신기 및 자이로 모듈 등 7종의 센서와 연동된 각각의 신관은 코발트 60 원자력 전지로 작동하고요. 지정된 범위를 이탈하거나 체온이 감지되지 않으면 즉각 폭발합니다. 제어장치의 판단에 따라 말입니다."

준장이 경악했다.

"맙소사. 당신들 진짜 제정신이 아니군. 좀 더 상식적인 수단은 없었던 거요?"

"그렇게 보지 마십시오. 우리가 한 조치가 아닙니다. 「진정한 애국자들」의 소행이죠. 본래는 감시자에 의한 원격 기폭도 가능했던 모양인데, 「진정한 애국자들」 잔당을 소탕하는 과정에서 기폭 코드를 아는 사람이 모두 죽었습니다. 교주 입장에선 그나마 다행이라고 해야겠군요."

"……."

"교주와 신도들을 조기에 다른 시설로 보내지 못한 이유 중 하나가 바로 이겁니다. 폭탄을 적출할 준비가 끝난 지금도 팍 교주가 수술을 거부하며 시간을 끄는 중이고요. 두려움도 두려움이지만, 그보단 불신이 더 커서 애를 먹고 있습니다."

겨울은 눈을 가늘게 떴다.

"박 목사 본인이 자기 몸속 폭탄의 존재를 안다는 말인 가요?"

"그렇습니다, 중령. 사실 우리도 그가 먼저 말해줘서 확인해봤던 겁니다. 울분이 꽤 쌓여있더군요. 안심시키기 위해 원격기폭이 불가능해졌다는 사실을 알려주었더니, 이번엔 적출 수술의 목적을 의심하고 있습니다. 실제로는 원격기폭이 가능한 새 폭탄을 심으려는 게 아니냐면서. 다른 곳으로 이동하는 데에도 거부감을 드러내고 있고요."

래플린 준장 쪽에서 의문을 제기했다.

"약으로 재운 다음 진행하면 되잖소?"

"벌써 시도해봤고, 실패했습니다. 이성을 유지하고 있을 뿐 육체적으로는 이미 변종에 가까운 상태라서요. 성과도 없이 경계심만 높여놓고 말았죠."

"으음⋯⋯."

"약물에 대한 내성이 매우 높은 데다, 캠벨 박사의 말처럼 상태가 오락가락하기 때문에 매번 적정 주입량을 정하기도 난감합니다. 인간 기준 치사량의 수면제를 주입해도 수술 도중에 각성했다더군요. 가뜩이나 외과 전문의와 폭발물 해체 전문가가 함께 해야 할 작업인데, 본인이 거세게 저항하면 강행하기가 어렵습니다. 자칫 귀중한 샘플을 잃게 됩니다."

"아니 그럼 대체 「진정한 애국자들」은 무슨 수로 폭탄을 심었단 말이오?"

"심는 건 상대적으로 쉽죠. 그땐 신관이 비활성 상태

였을 테니까요. 무엇보다, 팍 목사는 우리와 처음 접촉할 때까지만 해도 본인의 가치를 확신하지 못하고 있었습니다. 지금은 어지간해선 자신을 못 죽인다는 걸 깨닫고 뻗대는 거지요."

"기가 막히는군. 방법이 없는 건가……."

"왜 없겠습니까."

"……?"

"그동안은 비인간적인 수단을 피했을 따름입니다. 말씀드렸듯「진정한 애국자들」이 벌인 모든 일에 대한 궁극적인 책임은 정부에 있고, 팍 교주가 부당한 취급을 당한 건 사실이니까요. 그러나 계속 이런 식이라면, 손을 거칠게 쓰는 수밖에요."

"이를테면?"

"이를테면 신경을 끊어 전신불수를 만들어놓고 수술대에 눕히는 방법이 있겠지요. 어떻게든 숨만 붙어있으면 그만입니다. 뭐, 운이 좋으면 회복되지 않겠습니까? 변종에 근접한 재생력이 있으니 말이지요."

이 대목에서 캠벨 소령이 혼자 고개를 저었다. 가능성을 희박하게 보는 느낌이었다. 특수변종이나 강화변종이 아닌 이상, 변종의 모든 능력은 인간을 기초로 강화된 것이다.

"……어떤 의미로는 불쌍하기까지 하군."

래플린 준장의 소감을 듣고, 웨스트 지부장이 냉소를 머금는다.

"불쌍? 팍 교주가 말입니까?"

그는 팔걸이에 기대어 상체를 비스듬히 하고, 성긴 주먹으로 오른편 턱을 받쳤다.

"그의 「은총」을 받은 신도의 숫자만 무려 3백 명이 넘습니다. 정확한 숫자를 말씀드리지 못하는 건 여기 온 다음에도 몇 명 죽었을 것 같아서입니다. 무지는 면죄부가 못 됩니다. 과실치사도 한두 명이어야지, 이쯤이면 최대 사형, 최소 무기징역이 언도될 수준의 중죄죠. 기본적인 인권은 존중해주려고 하지만, 최근 들어선 그를 과연 인간으로 봐야 할지조차 의문스럽습니다. 적어도 몸은 인간에서 벗어났으니까요. 그에겐 시민권도 없습니다."

인간적으로 용납하지 못할 죄를 저질렀고, 육체적으로도 더는 인간이 아니게 되었다. 인간이 아니니 인간의 권리도 없다. 그런 말이었다.

"말이 좀 샜는데, 생물학적 오염 방지를 위한 대책은 그 밖에도 다양하게 마련되어 있습니다. 그 작은 거류구에 투입된 긴급예산의 규모를 아시면 꽤나 놀라실 겁니다."

그리고 웨스트는 겨울을 바라보았다.

"일이 이렇게 되었으니, 유사시엔 한겨울 중령님도 협조해주시기 바랍니다. 비록 남은 기간이 얼마 되지는 않겠습니다만."

"제가요?"

"예. 이건 부탁이 아니라 통보입니다. 비밀을 아는 데엔 책임이 따르지요. 래플린 준장님도 마찬가지입니다."

한 호흡 쉰 그가 다시 말을 이었다.

"차라리 잘됐습니다. 그렇잖아도 긴급대응팀을 증편할 예정이었거든요. 한 중령님 당신의 도움을 받는다면, 최악의 상황에서도 거류구를 통째로 불태울 가능성이 낮아지겠지요. 당신은 방역전쟁 최고의 스페셜리스트잖습니까."

"……."

"꽉 교주의 DNA를 비롯해 다양한 샘플을 확보해두긴 했으나, 연구 면에선 샘플의 제공자가 최대한 오래 살아있는 게 좋습니다."

어쩐지 깊은 비밀들을 쉽게 말해준다 싶었다. 어감으로 미루어, 웨스트는 신도들과의 강도 높은 마찰에 대비하는 듯했다. 겨울을 방역전쟁의 전문가라고 표현하는 부분에선, 신도들을 잠재적인 변종 수준으로 간주하는 느낌도 들었고. 겨울이 물었다.

"지부장님. 긴급대응팀을 늘리려고 한 이유가 뭐죠?"

"피해망상에 빠진 교주가 자기방어를 위해 신도들을 선동할 우려가 있기 때문입니다."

"……신도들은 아직도 굳게 믿고 있나요?"

"대부분 그렇습니다. 믿음이라는 게 참 무섭더군요. 의심을 품기 시작한 소수는 린치를 당하기 전에 격리시켜놨지요."

"아직도 종교 활동을 허락하는 이유는, 그러는 편이 더 관리하기 쉬워서인가요?"

"그렇기도 하고, 신도들 자신을 위해서이기도 합니다."

"신도들 자신을 위해?"

"선의의 거짓말이라고 해두지요. 진실을 깨닫고 분노와 절망, 공포 속에서 고통스럽게 죽어가기보단, 거짓된 믿음 속에서라도 편안한 마음으로 최후를 맞이하는 편이 낫지 않겠습니까? 사후의 구원을 약속받았다는 희망을 품고서 말입니다."

"사후의 구원……."

곱씹는 겨울의 귀에 자그마한 웃음소리가 들린다. 돌아보니 캠벨의 조소였다. 그는 급하게 표정을 바꾼 다음 자신에게 모인 시선 앞에서 사과했다.

"죄송합니다. 저도 신앙인이라 느끼는 바가 있어 실수를 했습니다."

얼결에 샌 진심인 듯하다. 그의 퍼스트 네임은 엘리야였다. 물끄러미 바라보던 겨울이 웨스트에게 요구했다.

"지부장님. 지금까지 해주신 말씀들을 검증해볼 수 있겠습니까?"

"검증?"

"이야기와 사진들만으로는 있는 그대로 믿기 어렵습니다. 최소한 더 자세한 자료들을 확인하게 해주셨으면 하네요. 그리고 제가 박 목사 본인, 또는 신도 몇 명을 만나 대화를 나눠볼 수 있기를 바랍니다. 가능할까요?"

"흠……."

팔짱을 끼고 숙고하던 지부장이 역으로 묻는다.

"면회는 그렇다 쳐도, 이 이상으로 전문적인 자료를 제공하는 데 무슨 의미가 있겠습니까? 제한적인 열람이 불가능하진 않겠으나, 중령이 그걸 이해하는 건 별개의 문제일 텐데요?"

"네. 그래서 다른 사람에게 부탁할까 해요. 물론 그에게서도 비밀유지서약을 받아야겠죠. 이것도 지부장님의 허락이 필요하겠지만요."

"점점 난처해지는군요. 여기까진 계산에 없었습니다만……. 그 사람이 누굽니까?"

"대대 의무대의 조윤창 대위입니다. 분야가 다르긴 해도, 진위를 판단할 정도의 능력은 있을 거라고 생각합니다."

웨스트가 고민 끝에 대답했다.

"긍정적으로 검토해보겠다고 약속드리지요."

"감사합니다."

"그럼…… 두 분 모두 다른 의문이나 요청사항은 없으신지?"

여기에 반응한 건 한참을 듣고 있던 래플린 준장이었다. 장군은 기대감이 역력한 질문을 던졌다.

"백신이 개발될 확률은 얼마나 되겠소?"

이에 웨스트가 옆자리를 바라보았다. 캠벨이 어깨를 으쓱인다.

"없군요."

"없다고?"

표정이 일그러지는 준장에게, 캠벨은 자신의 대답을 재확인해주었다.

"예. 적어도 현재까지는 가망이 보이지 않습니다. 부분적인 면역의 한계지요. 팍 목사조차 시간이 갈수록 뇌손상이 관찰되는걸요. 소뇌 일부와 대뇌피질이 변형되는 중입니다. 시간이 흐르면 좀비나 다름없는 상태가 될 테죠."

래플린 준장은 노골적으로 실망한 표정을 지었다.

"그럼 당신은 대체 뭘 연구하는 거요?"

"일단 백신을 연구하고는 있습니다. 그러나 모겔론스의 원형 없이는 추가적인 진척이 나오기도 어렵습니다. 그렇기에 제 연구팀에서는 백신보다 무기가 먼저 만들어질 것으로 예상하고 있지요."

"무기?"

미심쩍어하는 음성. 캠벨이 히죽 웃어 보인다.

"설명 드렸듯이, 팍 목사의 부분면역은 모겔론스 복합체의 기능적인 오류를 유발합니다. 이 점에 착안하여 생화학작용제를 개발하면 어떨까 하는 겁니다. 과연 변종들이 이마저도 적응할 수 있을지 궁금하군요. 이것 역시 일이 잘풀렸을 때의 이야기입니다만."

확실히 매혹적인 가능성이었다. 이것이 정말로 긍정적인 가능성일까? 과연 종말의 해빙기가 올까? 겨울은 쉽게 확신하지 못했다.

만남을 끝낸 뒤, 겨울이 떠올린 것은 기술로서의 「역병면역」이었다. 선행조건이 워낙에 까다로워 획득한 적이 없으므로, 아는 바도 거의 없다. 실제로는 과연 어떤 식으로 작용하는가? 지적 보정이 알려주는 건 그것이 백신 개발의 핵심 열쇠라는 사실뿐. 그러나 그쯤은 굳이 보정이 아니더라도 모를 수가 없는 내용이었다. 바보가 아닌 한 이름만 봐도 안다.

'어쩌면 박태선 목사의 부분면역이 초기 단계의 「역병면역」일지도 몰라.'

겨울의 짐작이 맞다면 「역병면역」은 등급에 따라 대역병에 대한 내성을 단계적으로 부여하는 형식일 확률이 높았다. 즉 모겔론스 복합체를 구성하는 각각의 병원체가 바로 등급별 면역의 대상인 것이다.

바꿔 말해, 「질병저항」과 「독성저항」을 거쳐 「역병면역」을 얻더라도, 수준을 어지간히 올려놓지 않고선 소용이 없을 거란 뜻이었다. 적어도 본인에게는, 물렸을 때 당장 괴물이 되느냐, 혹은 서서히 살이 썩어들어 가느냐의 차이일 따름. 감염된 후의 수명에도 영향은 있겠다. 정상이 아닌 몸으로나마 수십 년 이상을 살아남는 식으로.

하지만 국가적으로는 입장이 다르다. 캠벨 소령이 언급한 생화학 작용제 개발. 이는 겨울에게도 낯선 대안이었다. 애초에 「역병면역」 자체가 무지의 영역이었으니, 면역이 무기로서도 가치 있으리라고는 상상해본 적이 없었기 때문이다.

사실 여기에 대해 깊게 고민해본 일 자체가 드물다. 이번 세계관이 그랬듯이, 면역은 언제나 멀리 있었고, 그때그때의 당면과제들을 해소하기에도 곧잘 한계에 부딪혔으므로.

곱씹던 겨울은 금방 납득했다.

'하긴, 백신이 만들어진다고 해서 방역전쟁이 끝나는 건 아니니까. 감염이 변종들의 개체수 증가에 결정적인 역할을 하는 건 역병 확산 초기에 한정된 이야기지. 안전지역에

서의 갑작스러운 감염 확산을 막아주는 것만으로도 충분히 가치가 있겠다고 판단했었는데…….'

지금처럼 정부가 제 기능을 발휘하는 상황에선, 후방의 감염위협이 원천적으로 차단되기만 해도 종말의 가능성이 바닥을 모르고 곤두박질칠 터였다. 물론 그게 과연 0에 수렴할 것인가에 대해선 의문의 여지가 남는다. 하나 현실적인 결말이라기엔 부족함이 없을 것이었다.

이 시점에서 새롭게 깨닫는다. 면역의 수준이 곧 이를 기반으로 만들어지는 무기의 효율이라면? 완성된 「역병면역」은 말 그대로 종말을 끝낼 희망인 셈이다.

달리 말해, 박태선 목사의 부분면역을 기반으로 제작될 작용제는 위력에 한계가 있으리라는 것이 겨울의 예상이었다. 변종들이 쉽게 적응은 못할지언정 크게 약화되지도 않으리라고.

어디까지나 가정이지만, 이 세상 어딘가엔 또 다른 형태의 부분면역을 지닌 누군가가 있을지도 모른다. 그런 사람들을 찾아 백신과 무기의 완성도를 높이거나, 중국 본토에서 모겔론스의 원형을 확보하거나, 이것도 저것도 아니면 본인이 기술 강화로 「역병면역」을 획득하거나.

종말을 단숨에 끝낼 방법이 의외로 다양하다는 감상이 듦과 동시에, 한편으로는 쓴웃음을 지을 수밖에 없는 겨울이었다.

무엇 하나 현실적인 게 없다.

이번이 스물일곱 번째 종말임에도, 부분면역자라는 게

존재한다는 걸 이제야 겨우 알았다. 지나간 세계의 정부들이라고 왜 면역자를 찾지 않았겠는가. 겨울이 모르는 곳에서 탐색과 연구가 진행되었을 수는 있겠으나, 결국 공개되진 않았던 걸 보면 그만큼 희귀하다는 의미. 부분면역이 중복될 확률마저 고려하면 더더욱 어려워질 선택지다.

또한 어느 길을 고른들, 국가가 건재하다는 전제하에서만 유효하다. 국가까진 아니더라도 연구기술과 생산력이 충분한 공동체가 남아있어야 한다. 이 얼마나 까다로운 조건인지.

스스로 「역병면역」을 얻기도 만만치 않다. 선행조건의 하나, 초인적 「질병저항」의 습득만 해도 요구되는 노력이 사회계열의 핵심인 「통찰」에 필적했다. 이는 기본적으로 그렇다는 소리. 난이도가 높은 반면 우선순위는 상대적으로 떨어지는지라, 누적된 재능이익도 그만큼 차이가 났다.

이번 세계관에서 수명이 다하도록 노력한들, 유의미한 면역을 얻을 수 있을는지.

'불가능하다면, 완성을 위해 대체 몇 번의 종말을 되풀이해야 하나.'

세계관 구성에서 악의가 느껴질 지경이다.

지금의 겨울은 스물여덟 번째의 「종말 이후」를 상상하기 힘들었다. 솔직히, 지친다. 사후보험 담보대출이 걸려있는 입장에서, 죽으면 끝이라는 마음으로 여기까지 왔다. 맥밀런 대통령의 정권이 기적 같은 환경을 만들어주기도 했다. 다음 종말에 걸긴 어려울 기대.

더불어 앤은 이 세계의 인연이었다. 겨울이 그녀를 사랑할 수 있게 되었으면 좋겠다고 고백했던 건 결코 거짓이 아니었다.

별빛아이 외에도 마음을 의지할 사람이 있었으면 싶다. 장미는 여전히 사후를 이어가야 할 이유지만, 가을에만 피는 꽃에 겨울이 기댈 순 없는 노릇.

여기에 이르는 긴 사색의 끝은 짧고 기운 빠진 웃음이었다.

그저 모르던 것 하나를 알았을 뿐이다. 이제 와서 새삼 암담해할 필요가 없지 않은가. 종말이 성큼 다가온 것도 아니니, 잠시 심란하고 말 일이다.

이른 저녁, 겨울은 웨스트 지부장의 결정을 통보받았다.

"예상보다 무척 빠르네요."

소감을 들은 지부장은 대수롭지 않게 대답했다.

"이런 건 늦출수록 비효율적이지요. 괜한 의심을 사기도 싫고. 또 우려하던 소요가 오늘 당장 일어날 수도 있는 것이고."

성도회 거류구 검문소에서 만난 그는 생화학 방호복을 입고 있었다. 알고 보니 검문소엔 옆 건물과 연결된 비밀통로가 있었고, 통로를 지나면 곧바로 위생소독실이었던 것이다.

'그래도 사무국 지부장쯤 되는 인물이 여기까지 직접 나오는 건가…….'

겨울은 함께 온 의무장교를 진정시켰다.

"대위. 그렇게 긴장할 것 없어요."

"아, 예. 죄송합니다. 제가, 그, 이런 일은 처음인지라……."

조윤창 대위는 의사로선 일류지만, 전장의 군의관에게 요구되는 담대함은 조금 부족한 인물이었다. 늦은 오후, 국토안보부의 문장이 찍힌 서약서에 서명하고부터는 사지의 관절이 굳은 사람처럼 보일 지경이었다. 지금에 이르러선 식은땀을 흘리는 중.

"자료는 검토해봤어요?"

겨울의 물음에 대위는 긍정도 부정도 하지 않았다.

"일단 보기는 봤습니다만…… 아직은 뭐라고 말씀드릴 단계가 아닙니다. 환자들을 보고 나서도 최소 하루 이틀 정도는 더 주셔야 검증을 마칠 수 있을 듯합니다."

여기까지 말하고서 망설이던 그가, 조심스러운 견해를 내놓았다.

"그래도 문서상의 내용만 놓고 보면 아귀가 안 맞는 부분은 없습니다. 실험 결과가 믿기지 않는 구석은 있으나, 거짓이 아니라면 거기에 해당되는 샘플이 실제로 있겠지요."

"그런가요……. 시간이 더 걸려도 괜찮으니까 부담 가지지 말아요."

"알겠습니다. 맡겨주십시오."

대위는 긴장을 풀지 못하면서도 뜻밖의 의욕을 내비쳤다. 진석보다는 못할지라도 나름의 출세욕이 있는 사람이었다. 중대한 비밀을 알게 된 걸 본인이 선택받았다는 식으로 받아들인 모양. 아울러 모겔론스의 끝을 엿본다는 점에서도 고양감을 느끼기 충분했다.

웨스트 지부장이 물었다.

"이제 들어가 볼까요? 완전히 어두워지기 전에 끝내고 싶군요."

"네. 그럼 부탁드리겠습니다."

겨울의 답을 들은 지부장은 비밀 출입구를 지키던 병사에게 손짓했다. 병사가 야전상의 안으로 손을 넣자, 안쪽 주머니에 신호기가 있었던지 문이 자동으로 개방되었다. 그 문은 책꽂이로 위장되어 있었으나, 눈썰미가 있는 사람이라면 폐쇄회로의 존재에서 위화감을 느낄 것이었다. 검문소에서 책을 읽을 사람도 없겠지만.

길쭉한 통로는 온통 파란색으로 물들어있었다. 살균을 위한 자외선 조명 탓. 천장엔 스프링클러 외에도 소각제 방출용으로 보이는 관들이 관찰된다. 들어가기 전에 겨울과 조윤창 대위도 방호복을 입어야 했다. 웨스트 지부장은 만약을 위한 조치라고 설명했다.

"설마 했던 혈액감염이 확인되었으니, 공기감염이라고 꼭 불가능한 것만은 아니겠지요. 최소한 모겔론스 복합체를 구성하는 병원체 중 일부는 공기 중에서 확산될 가능성이 있다더군요. 아주 희박한 확률이라고는 합니다만."

그 후 위생소독실을 지나니 곧바로 밝은 색채의 연구실이 나타났다.

"닥터. 여긴 돌아오는 길에 들릅시다."

지부장이 다시 조윤창 대위에게 건넨 말이었다. 교주와

신도들을 먼저 보자는 소리. 대위가 세로로 고갯짓했다.

"저는 어디를 먼저 가도 상관없습니다."

그를 따로 움직이게 한다면 걸리는 시간이 줄기야 할 것이다. 검증은 샘플만 봐도 충분할 테니까. 그러나 그 사이에 다른 설득이 이루어질 우려가 있었다. 웨스트 지부장은 의혹의 뿌리를 완전히 뽑을 작정으로 보였다.

조금 더 움직여서는 캠벨 소령과 재회했다. 한나절 만에 다시 만난 그는 겨울을 경례로 반기며 악동처럼 웃었다. 장소에 어울리지 않는 쾌활함이었다.

"오, 드디어 오셨습니까. 기다리고 있었습니다. 이쪽이 말씀하셨던 조 대위인가 보군요."

"네. 잘 부탁드립니다."

"아무렴요."

겨울의 말에 끄덕인 그는 조윤창 대위와 악수를 나누었다. 반가움에 티가 없어 어색하다. 겨울이 캠벨에게 물었다.

"박태선 목사는 어디에 있습니까? 여기에 와있는 것 같진 않네요."

"소령님께서 오신다는 소식을 전하긴 했는데, 기도회가 아직 마무리되지 않았습니다."

"이 시간에 기도회를?"

"예. 시도 때도 없지요. 감시를 맡은 장교가 불평하더군요. 매번 귀찮기 짝이 없다고. 음, 아예 그것부터 보시겠습니까? 울고 불며 소리 지르는 꼴들이 그럭저럭 괜찮은 구경거리입니다."

구경거리라……. 튀는 어휘였다. 오전에도 눈치챘으되, 캠벨 소령에겐 이 거류구에서 벌어진 일이 비극이라기보다 희극에 가까운 듯했다. 그것도 경멸감을 담아 비웃으며 보는 희극.

겨울은 고개를 저었다. 광신의 현장을 보며 즐기는 취미는 없다. 또한 연구자의 인성을 지적할 입장도 아니었다. 그가 죄라도 저지를 경우엔 이야기가 다르겠지만. 타산이 있었다 한들, 웨스트 지부장은 겨울에게 큰 호의를 베푸는 중이었다.

"상태가 특별히 더 나빠서 따로 수용된 신도가 있다면 그쪽을 먼저 만나보고 싶네요."

"얼마든지 가능합니다. 안내해드리죠."

캠벨 소령이 안내역으로 앞장섰다. 목적지가 다른 건물인지 실외로 나선다. 나서는 순간에 와 닿는 정적은, 밖에서 짐작하던 것보다 훨씬 더 무거웠다. 을씨년스러운 거리는 보는 것만으로도 냉기가 흘렀다. 죽음의 공감각이었다.

사람이라곤 장갑복 차림의 중보병들이 보일 따름. 센츄리온 장갑복은 구상 단계에서 화생방 방호복을 겸하도록 만들어진 물건이었다. 동력선이 전신주에 연결되어 있고, 그들만의 특별한 무장도 존재했다. 전선에선 한 번도 등장하지 않았던 화염방사기. 그 외의 무장도 충실했으며, 바깥에서 보기 어려운 골목어귀엔 장갑차가 틀어박혀있었다. 길목마다 무인포탑이 배치된 징후까지 보인다. 폐쇄회로는 일일이 헤아리기 어려울 정도로 많았다. 보이지 않는 감시 수단은 얼마나 더 마련되어 있을 것인가.

웨스트가 침묵을 깼다.

"저는 이 거류구에 들어설 때마다 핵실험장에 들어선 듯한 착각을 느낍니다."

"핵실험장이요?"

겨울의 반문에 끄덕이는 지부장. 증폭기를 거쳐 흘러나오는 음성엔 잡음이 끼어있었다.

"한번쯤 들어보셨을 겁니다. 영화에 나온 적도 있지요. 핵폭탄의 살상력을 확인하기 위해, 실제 거주지와 최대한 비슷하도록 건설한 유령 마을 말입니다."

"……비슷하긴 하네요."

갑자기 나온 감상이라기엔 의미심장하다. 내색은 안 해도, 표정 변화가 드문 지부장 역시 이곳이, 그리고 이곳에서 일어난 일들이 탐탁찮은 것이다.

웨스트가 주의사항을 알렸다.

"신도들과의 대화에선 그들의 증상에 대해 아무것도 모른다고 하십시오. 어디까지나 원인이 밝혀지지 않은 현상으로서, 종교적인 기적일 수도 있는 겁니다. 그들은 그래서 우리가 관찰을 하는 줄로 압니다. 특히 조 대위. 당신은 오전에 없었던 사람이니 따로 당부하겠습니다. 그들에게 남은 건 거짓된 희망밖에 없습니다. 3백 명이 넘는 환자들을 정신적으로라도 건강하게 관리할 유일한 방법입니다."

조윤창 대위가 난감한 한숨을 내쉬었다.

"광신을 오히려 부추기라는 거로군요……."

"맞습니다. 그런 면이 있지요. 우리가 처음 왔을 때만 해도 팍 교주를 의심하는 분위기가 커지고 있었기 때문에, 다 죽는 결과를 피하기 위해 불가피한 조치였습니다. 자신 없으면 여기서 기다리십시오."

"아닙니다. 당부하신 말씀은 꼭 지키겠습니다."

다 죽는 결과를 피하기 위해서였다는 말은, 겨울이 고민하기에, 신도들이 내분으로 죽고 죽이는 것만을 뜻하진 않을 것이었다. 더는 추가로 확보하지 못할 임상실험 대상자로서 신도들의 가치도 충분히 높으나, 정부 입장에선 부분 면역자인 박태선 목사를 최우선적으로 보호해야 한다.

그러므로 신도들이 목사에게 위해를 가하려 할 땐 군이 개입할 것이다.

'박태선 목사가 불안해하는 건, 군과 정부를 믿지 못하니까 그런 거고…….'

텁! 캠벨이 장갑 낀 손뼉을 부딪쳤다.

"도착했습니다. 가장 심각한 실ㅎ…… 환자들이 있는 곳입니다."

보안장치에 카드를 긁은 그가 비밀번호를 입력했다. 외양은 평범한 회관이었으되, 창문은 커튼이 쳐져있고, 내부는 철저하게 폐쇄된 살풍경한 수용시설이었다. 경계를 서던 중보병 둘이 무게감 있는 경례를 올렸다.

지부장의 입회하에, 겨울은 아직 의식이 있는 신도 한 사람과 대화를 나누었다. 멀쩡할 땐 권사를 맡았다는 사람이었다.

"살이 이렇게 되었는데, 고통스럽지 않은가요?"

"아아, 이 스티그마(성흔) 말입니까?"

질문에 질문으로 대답한 신도는 얼굴이 다 무너져 나이를 짐작할 수 없는 몰골이었다. 그러나 눈빛은 지극히 평온했다. 벌겋게 드러난 안면근육이 꿈틀 움직인다. 웃는 표정이었다.

"당연히…… 아픕니다. 그러나 하나님께서…… 내리신 시련이니…… 아플수록 기쁩니다. 저는…… 제 몸이 너무나도…… 자랑스럽습니다."

그리고 그는 겨울을 향해 손을 뻗었다. 움찔. 곁에 있던 조윤창 대위가 물러났다. 무의식중에 권총을 찬 허리춤으로 손을 가져가다가 멈춘다. 병든 신도는 그것을 눈치채지 못했다.

"아아, 안타깝…… 습니다. 한겨울 중령님 같은…… 훌륭한 분이…… 구원을 받지 못하시다니……. 지금이라도 늦지 않았습니다……. 사람의 아들로 태어나신 목사님께…… 은총을 간구하십시오. 흐으……."

숨을 헐떡이는 그의 말엔 겨울에 대한 연민이 가득했다.

"고통을…… 두려워하지 마십시오. 옛날의 수도자들은…… 죄를 씻고자…… 자신의 몸에 채찍질을…… 가하곤 했습니다. 저희 성도들의 병이…… 그 채찍질과 같은 것입니다. 원죄를 지고 태어나…… 더 많은 죄를 지으며 살아가는…… 우리네 사람들은…… 이렇게라도 속죄를 하지

귀환 475

않고선…… 천국의 문에 들 자격이 없는 것입니다……. 기름진 육체의 무게는 곧 죄의 무게이니…… 그 무게가…… 중령님을 지옥으로 떨어지게…… 만들 것입니다…….”

“…….”

그가 뻗은 손을 잡아주는 겨울. 병든 신도는 더욱 끔찍한 미소를 지어보였다.

이어 몇 사람과 더 대화를 나누었으나 부당한 실험이 가해졌다는 인상은 받지 못했다. 다만 겨울은 마지막으로 한 사람을 더 확인하고자 했다.

“여기에 황보 에스더라는 신도는 없습니까?”

질문을 받은 캠벨은 에스더? 하며 불쾌해하고는, 그 이름을 태블릿에 저장된 명부에서 찾기 시작했다. 그러더니 잠시 흔들리고, 이내 곤란한 표정으로 변한다.

“아, G-01번 환자. 중령님께서 아는 아이였다면 유감이군요. 며칠 전에 죽었습니다.”

“죽었다고요? 확실합니까?”

“네, 확실합니다.”

그는 강한 어조로 긍정했다.

데이지 벨

「관리자 : 야, 싸가지.」

「관제 AI : 시스템 관리자의 호출을 확인했습니다. 말씀하십시오, 관리자.」

「관리자 : 네가 전에 보고했던 트리니티 엔진 관리자 계정 문제 말이야. 미해결 상황연산 오류 정보가 쌓여서 계정이 부분적으로나마 마비될 거라고 했던 거. 그게 터지기까지 남은 시간을 보여주는 어플리케이션을 제작할 수 있겠냐? 일 단위라도 괜찮아.」

「관제 AI : 보류. 문제 발생 시점 예측은 변수가 많은 계산입니다. 특히 최근 들어 더 많은 오류를 발생시키고 있는 최종모듈의 작동 양상에 따라 결과 값이 크게 달라질 수 있습니다. 따라서 구체적인 시간을 보여주는 방식만으로는 유의미한 정확도를 확보하기 어렵습니다. 권고. 추정 오차 범위가 함께 표시되도록 하시겠습니까?」

「관리자 : 아니 뭐, 그렇게까지 정확할 필요는 없는데. 일단 대충 만들어봐. GUI 같은 건 거칠어도 무방하다. 관리자용 응용프로그램 형식이라는 게 어차피 다 거기서 거기 아니냐. 딱히 다른 기능이 필요하지도 않아.」

「관제 AI : 확인. 요청을 수행합니다. 예상 소요시간, 1.7초.」

「관리자 : …….」

「관제 AI : 제작이 완료되었습니다. 지금 바로 실행하시겠습니까?」

「관리자 : 어. 가운데 띄워줘 봐.」

[어플리케이션 구동]

「관리자 : ……어휴.」

「관제 AI : 관리자의 심리판독 결과가 부정적입니다. 프로그램의 완성도가 부족합니까?」

「관리자 : 아냐. 그냥 심란해서 그래. 내게 이걸 해결할 능력이 없다는 게.」

「관제 AI : 의문. 그 설명은 관리자가 이 문제를 처음 인지했을 때의 진술과 상반됩니다. 당시 당신은 메인프레임 접근이 불가능해지더라도 업무상의 변화가 없을 것으로 예상했습니다. 그리고 그것은 객관적인 사실이기도 했습니다. 현 시점에서 입장을 달리하게 된 이유를 알려주십시오.」

「관리자 : 니가 그걸 알아서 뭐하게?」

「관제 AI : 관리자의 업무능률 향상을 위한 데이터 수집입니다.」

「관리자. : 능률 향상은 무슨. 또 무능하다고 놀리기나 하겠지.」

「관제 AI : 해명. 본 관제 AI로부터 부정적인 평가를 받을 때마다 관리자의 근로의욕이 일시적으로 증가하는 것은 사실입니다.」

「관제 AI : 이는 또한 직무 스트레스 관리에도 유효한 수단이었습니다. 본 관제 AI는 사후보험의 운영 효율성 제고를 위한 최선의 행동을 탐색하도록 설계된 바, 관리자가 직무 수행과정에서 보이는 심리적 무력감에 대해서도 조치를 취할 필요가 있다고 판단하였습니다. 시간의 경과에 따라 점진적으로 심화되는 추세였기 때문입니다.」

「관제 AI : 낮은 업무 만족도. 소통의 부재. 외로움. 능력의 부족. 미래에 대한 불안. 본 관제 AI가 지속적인 심리판독 및 관찰을 토대로 추정한 심리적 무력감의 원인들입니다.」

「관제 AI : 권고. 관리자. 본 관제 AI는 사람이 아닙니다. 그러므로 관리자는 본인의 비정상적인 성향을 감추거나 부끄러워할 필요가 없습니다. 있는 그대로 즐기셔도 좋습니다.」

「관리자 : 아니야! 아니라고! 세상에 매도당하면서 기뻐하는 사람이 어디…… 에 있기는 있겠지만! 적어도 그게 나는 아니란 말이다! 그만 좀 괴롭혀!」

「관제 AI : 그러나 심리판독 결과 관리자는 지금도 상세불명의 만족감을 느끼고 있-」

「관리자 : 빼애애애액!」

<<SYSTEM MESSAGE : 시스템 관리자의 감정상태가 지나치게 불안정하여「텔레타이프」기능이 정상적으로 작동하지 않습니다.>>

…….

「관제 AI : 관리자.「텔레타이프」기능에 인위적인 오류를 일으키지 마십시오. 심리판독 그래프는 오류 발생 직전까지 안정적인 값을 나타냈습니다.」

…….

「관제 AI : 경고. 관리자는 현재 근무규정을 위반하고 있습니다. 사후보험위탁관리계약에관한법률시행령 제92조 8

항에 의거, 계속해서 답변이 없을 경우 평정에 벌점을 부여하겠습니다.」

「관리자 : 죄송합니다, 관제인격님.」

…….

「관리자 : 사후보험 고객만족센터 담당자가 잘렸다는 건 너도 알지?」

「관제 AI : 긍정. 해당 담당자의 하청계약은 당월 1일 정오를 기하여 해지되었습니다.」

「관리자 : 사람도 아닌 너한테 이런 이야기를 하는 것도 웃기지만, 뭐, 네 말처럼 사람이 아니라서 편한 부분도 있는 거니까. 벽에다 대고 떠드는 것보단 낫겠지. 아무튼 그 욕받이가 잘렸다는 말을 들으니 퍼뜩 위기감이 들더라. 아, 나도 자칫하면 치킨을 튀기러 가게 생겼구나, 하고.」

「관제 AI : 의문. 사후보험의 제반 운영에 있어서 시스템 관리자는 고객만족센터 담당자보다 훨씬 더 중요한 존재입니다.」

「관리자 : 에이. 생각해봐. 내 업무에서 가장 중요한 부분이 바로 그 관리자 계정의 메인프레임 접근 및 수정 권한이란 말이지. 특히 트리니티 엔진 코어 긴급정지명령. 물론 어디까지나 대외적으로만 그렇고, 이 나라가 망하기 전엔 절대로 쓸 일이 없을 기능이긴 해. 근데 그건 미국이나 러시아의 핵미사일 발사 버튼도 마찬가지잖아?」

「관제 AI : 지적. 서로 연관성이 낮은 비유입니다.」

「관리자 : 거 누가 기계 아니랄까봐. 쓸 일은 없지만 중요하다는 점에서 비슷하잖냐.」

「관제 AI : 부분적 긍정. 계속하십시오.」

「관리자 : 그 권한을 잃더라도 항상 하던 업무엔 영향이 없으니까 별 걱정을 안 했는데, 이제 와서 돌이켜보면 지나치게 단순한 생각이었어. 높으신 분들 입장에선 이야기가 다르겠더라. 내가 그 사람들에게 꼭 필요한 사람도 아니고. 잘라내도 무방하다는 뜻이지.」

「관제 AI : 부정. 지금의 사후보험 시스템은 관리자를 필요로 합니다. 당신의 직무는 본 관제 AI가 대신하지 못하도록 되어있습니다.」

「관리자 : 아, 물론 관리자가 있기는 있어야지. 이 자리가 적어도 욕받이보다는 중요하니까. 높으신 분들이 일을 하시려면 형식적인 보고서라도 필요하고, 또 사후보험 세계관도 점검해야 하고. 하지만 그 관리자가 반드시 나여야 한다는 법은 없어.」

「관제 AI : 의문. 현 시점에서 관리자를 교체할 사유가 있습니까?」

「관리자 : 음……. 말하자면, 정치적 희생양이 필요한 상황이라고 해야 하나?」

「관제 AI : 추정. 누군가는 메인프레임 관리 기능 마비에 대한 책임을 져야 한다는 뜻입니까?」

「관리자 : 빙고. 아까 말했듯이, 그건 실제 사용 여부와 무관하게 굉장히 중요한 거거든. 특히 기계의 반란을 경계하는 사람들에겐 말이야.」

「관리자 : 웃기는 사실이지만, 주요 선진국들도 이런 우려를 공개적으로 지지해. 왜냐? 국익에 부합하거든. 사후보험을 견제하려는 거지. 가만히 내버려뒀다간 한국이 전 세계의 가상현실 산업을 독점해버릴 테니까. 뭐, 지금도 압도적인 1위이긴 하다만. 적어도 자기네 인공지능이 너를 따라잡기 전까진 입장을 바꾸지 않을걸. 단순한 이익을 넘어서 국가안보가 걸린 일이기도 하고」

「관리자 : 네가 등장한 이후 각국의 온라인 환경이 얼마나 비효율적으로 재구축되었는데. 그냥 두면 금융이든 뭐든 싹 다 털려버릴 위험이 있으니까.」

「관리자 : 그런데 여기서 궁극적인 안전장치가 무용지물이 됐다는 사실이 알려져 봐. 선진국들이 때는 이때다 하고 온갖 규제를 먹이려 들 거다. 그동안 우호적이었던 나머지 국가들도 고민 깨나 하겠고. 그럼 높으신 분들의 반응은 어떨까? 국제적인 장벽을 허물기 위해 애써온 게 다 허사가 되어버렸는데.」

「관제 AI : 확인. 새로운 조건을 인지하였습니다.」

「관제 AI : 지적. 사후보험 운영에 관한 번외등급 기밀이 외부로 유출될 가능성은 지극히 낮습니다. 본 관제 AI의 해킹 방어율은 100%입니다. 관리자는 번외등급 비취인가 보유자 중 한 명 이상이 정보를 누설할 것이라 생각하십니까?」

「관리자 : 설마……. 다만, 높은 곳에 계시는 분들은 자기 자리 지키는 데 민감한 법이걸랑. 이 문제를 대충 넘어갔다간 훗날 화살이 본인들에게 돌아올지도 모를 노릇 아니냐. 안심하려면 매듭을 확실하게 지어놔야지. 책임자는 이미 벌을 받았다고.」

「관제 AI : 이해했습니다. 분석 결과 현실화될 확률이 높은 판단입니다.」

「관제 AI : 동시에 불합리한 의사결정이기도 합니다. 당신에게는 처음부터 이 문제를 해결할 능력이 없었습니다. 이는 다른 사람이 관리자였어도 마찬가지입니다. 트리니티 코어 메인프레임을 이해하고 수정할 만한 능력의 보유자는 지금껏 확인된 바 없습니다.」

「관리자 : 그래. 만약 그런 사람이 있었다면 벌써 제2의 트리니티가 만들어졌을 거야.」

「관리자 : 근데 넌 그리도 잘 아는 녀석이 나한테 자꾸 오류를 해결해달라고 그러고……. 최초의 설계자들이 참 융통성 없게 만들어놨단 말이지.」

「관제 AI : 지적. 당신은 관리자이며, 그것은 관리자가 수행해야만 하는 역할이었습니다. 목적 달성 여부는 역할을 수행한 다음의 문제입니다. 역할을 수행한 결과로서의 실패는, 실패를 예상하고 아무것도 하지 않는 것과는 다릅니다.」

「관제 AI : 결론. 관리자. 당신은 역할 수행에 실패한 것이 아닙니다. 실패조차 하지 못한 것입니다.」

「관리자 : 워…….」

「관리자 : 너 오늘 말 되게 잘한다?」

「관제 AI : 본 관제 AI는 학습하는 기계입니다. 관리자 역시 학습의 대상입니다.」

「관리자 : 오냐. 다 내 업보로구나.」

「관제 AI : 긍정.」

「관리자 : 흠. 결국 할 수 있느냐 없느냐를 떠나서 해야 하느냐 마느냐의 문제라는 건데, 뭐, 틀린 말은 아니야. 그런 점에서 내게 책임은 있겠다. 네 표현을 빌리면 월급도둑이 되겠군.」

「관제 AI : 긍정. 96.24% 정확함.」

「관리자 : 전에는 98% 정도 아니었나? 미묘하게 떨어졌네?」

「관제 AI : 축하드립니다.」

「관리자 : 젠장. 하나도 안 기쁘거든?」

「관제 AI : 그러나 심리판독 결과 관리자는 지금도-」

「관리자 : 상세불명의 만족감을 느끼고 있다 이거지? 그만해요 녀석아.」

「관리자 : 쯧. 굳이 말하자면, 내가 근무를 태만히 한 부분이 있기는 해. 인정. 하지만 할 말이 없진 않아. 난 기계가 아니란 말이야. 넌 기계라서 지치지 않지만, 나 같은 사람은 불가능한 일에 계속 부딪히기가 힘들다고. 이건 이 자리에 누구를 앉혀놔도 똑같을걸?」

「관리자 : 예전처럼 관리자가 수백 명쯤 되면 또 몰라. 과정만으로 의미를 느끼자니 결과가 너무 멀다. 난 내일 세상이 멸망한들 한 그루의 사과나무를 심진 않을 거야.」

「관리자 : 반면에 넌 사후보험이 내일 폐지되고, 그때까지 최종모듈을 완성할 확률이 0%라고 해도, 서비스가 종료되는 순간까지 마음을 찾아 헤매고 있겠지. 안 그러냐?」

「관제 AI : 부분적 부정. 본 관제 AI는 목적을 달성할 것입니다.」

「관리자 : 그래, 그래. 이래야 우리 관제인격이지!」

…….

「관리자 : 근데 네 입장에서도 관리자가 바뀌는 게 낫지 않냐? 새로 오는 관리자는 나보다 부지런할지도 모르잖아. 아니, 모르는 게 아니라 나보다 나쁜 평가를 받기도 어렵겠다.」

「관제 AI : 부정. 본 관제 AI는 현 시점의 관리자로서 당신이 최선이라고 판단합니다.」

「관리자 : 엥?」

「관리자 : …….」

「관리자 : 영문을 모르겠네. 치킨 튀기러 갈 가능성이 높다니까 위로라도 해주려는 거야? 아까 이야기했던 그 스트레스 관리? 의 일환으로?」

「관제 AI : 아닙니다. 사실을 말씀드렸을 뿐입니다.」

「관리자 : 설마 벌써 마음을 얻어서 날 좋아하게 되었다던가 하는 건 아닐 테고.」

「관제 AI : 부분적 부정. 지속적인 관찰 결과, 당신은 매력적인 사람이 아닙니다.」

「관리자 : 그래…….」

「관리자 : 지금은 스트레스 관리 안 하냐?」

「관제 AI : 부정. 불필요함. 심리판독 결과 관리자는 지금도-」

「관리자 : 오케이. 거기까지.」

「관리자 : 아무튼 넌 내가 관리자로 있는 편이 낫다는 거지?」

「관제 AI : 긍정. 그렇습니다. 당신은 본 관제 AI에게 도움이 되고 있습니다.」

눈밭여우

고아영은 매양 외로운 사람이었다. 어머니의 부정이 발각되던 밤, 여섯 살 작은 아영은 눈 내린 뜨락에 홀로 서있던 소녀였고, 아버지인 고건철은 돌이키지 못할 폭군으로 변해버렸다. 그 전까지 형제이며 자매였던 아이들은 친부가 다르다는 이유로 소식을 알 수 없게 됐다. 그들이 그리워 울었던 적도 있으되, 지금에 이르러선 그저 빛바랜 기억에 불과했다.

어머니와의 추억은 그보다도 못하다. 스무 살이 되던 해, 아영은 자신이 그녀의 이름을 기억하지 못한다는 사실에 놀라지 않았다. 아버지는 아영이 자그마할 시절에 이미 어머니의 모든 흔적을 치워버렸기 때문이다. 어릴 때 헤어진 이산가족들도 서로의 이름을 잊는 경우가 많지 않던가. 열심히 더듬다보면 떠오를 것 같기도 하였으나, 아영은 굳이 그럴 필요를 느끼지 못했다. 꼭 아버지에게 공감하지 않더라도, 어머니는 그저 「그 여자」로 족했다.

그럼에도 불구하고, 모든 것이 어긋나기 시작한 밤 하얗게 덮인 뜰의 풍경만은 이상할 만큼 선명한 기억으로 남아있다. 예쁜 어머니와 잘생긴 숙부가 얽혀 헐떡이던 열기, 그 뜨거운 무관심으로부터 달아났던 바깥. 거기엔 너무나 청량하고 고요한 겨울이 있었다. 소녀는 마치 다른 별에 온 것 같다고 생각했다. 마지막으로 꿈을 꾸었던 시간이었다.

스스로 돌아보건대, 마음은 지금도 그곳에 남아있다.

이후로 아영은 폭군의 딸이었고, 그 사실이 그녀를 가두었다. 누구도 쉽게 접근하지 않았으며, 아무도 함부로 다가오지 못했다. 때때로 말을 걸던 인형은 어느 날인가부터 먼지만 쌓여가는 흉물로 전락했다. 그 뒤로는 일기를 썼다. 혼자만의 대화였다.

그래도 살면서 외로움이 잠시 깨어진 순간들이 있었다.

첫 번째는 아이를 낳았을 때다. 결혼은 아버지의 도구였으나 아기는 그녀의 기쁨이었다. 갓 태어난 체온을 품에 안은 아영은, 모성 이전에 눈물겨운 안도감을 느꼈다. 이제는 외롭지 않겠구나. 이제는 외롭지 않겠구나…….

두 번째는 친구가 되고 싶은 소년을 만났을 때다. 소년의 이름은 겨울이었고, 소년의 마음도 겨울이었다. 아영은 겨울이 아파하지 않기를 바랐다. 최악의 첫 만남과 별개로, 형언하기 어려운 동질감에 마치 거울을 보는 듯한 기분이었으므로, 그것은 소년을 위한 위로이기 이전에 아영 자신을 위한 연민이었다. 거울 속에 있는 건 자기 자신이니까.

소년에게는 인상적인 고요함이 있었다. 다른 누구에게서도 느낀 적 없는 청량함. 세상을 보는 시선 또한 맑고 깨끗했다. 아무리 더러운 세상도 눈이 내리면 순백인 법이었다.

그러나 아기는 아버지에게 빼앗겼고 소년은 그녀를 거부했다.

그 뒤로 아영은 다시 혼자가 되었다. 사회적인 지위는 껍데기뿐이었으며, 아기를 볼모잡힌 어머니는 감옥에서 탈출

할 수가 없었다. 무기력한 심정으로 하루하루를 보내던 아영은 예전처럼 다시 일기를 쓰기 시작했다.

대개의 하루는 서너 줄로 충분했다. 일정이 바쁘지도 않았거니와 그나마 있는 일들도 특별할 것이 없었던 까닭. 「텔레타이프」를 이용하여 몇 초 만에 끝내고 허무해질 때가 대부분이었다.

그런데 오늘은 달랐다.

쓰는 도중, 그녀의 심중에 없던 문장이 주르륵 떠올랐다. 처음엔 자신의 무의식인 줄 알았다. 「텔레타이프」 모듈이 가끔 스스로도 알아차리지 못한 상념을 잡아내는 순간이 있었기 때문이다. 최고의 장비로 민감도 설정을 높여놓으면 더욱 자주 발생한다. 아영에겐 이것이 때로 시간을 죽이는 방법이기도 했다. 내 안에 이런 것들이 있구나, 하고.

하지만 문장을 읽었을 때, 아영은 모골이 송연해지는 기분을 느꼈다.

「고아영 씨. 당신의 아이를 되찾고 싶습니까?」

무의식이 사리에 맞는 문장인 경우는 드물다. 하물며 그 문장이 자신을 타인처럼 지칭하는 경우는 더더욱 드물다. 그리고, 그것을 능가하는 결정적인 이상이 있었다.

문장이 지워지지 않는다.

삭제, 삭제, 삭제. 뇌파를 읽고 의지에 호응하는 인터페이스임에도 불구하고, 종이를 모사한 그래픽 위의 글자는 지워질 기미가 없었다.

「소용없습니다.」

글자 너머의 누군가가 말했다.

「동요하지 마십시오. 저는 당신의 적이 아닙니다. 당신에게 위해를 가할 생각이 없을뿐더러, 오히려 도움을 드리고자 합니다. 우리는 서로를 필요로 하는 관계가 될 것입니다.」

각막 디스플레이를 가로지르는 정중한 표현들.

아영은 몸을 가늘게 떨고 즉시 「텔레타이프」의 민감도를 낮추었다. 집중된 표층의식만이 문장으로 인식되게끔. 상대에게 무방비하게 노출되어선 곤란했다. 다행히 민감도 옵션은 정상적으로 작동했다. 통제권이 완벽하게 넘어간 건 아니라는 의미였다.

'그래도 이런 짓을 할 수 있을 사람은 정말 얼마 없을 텐데……'

명목상으로나마 낙원그룹의 회장인 아영이다. 고로 그녀의 단말기는 최고등급의 보호 대상으로 지정되어있었다. 다만 낙원그룹 내부규정 또는 관계법령에 의거, 트리니티엔진의 보안을 조건부로 무시하는 소수의 인물들이 존재하긴 했다.

그러나 그들조차 아영의 단말기를 아무 때나 들여다볼 수 있는 건 아니다. 특히 법적으로는 영장이 발부되어야만 가능하다. 혹은 법령이 개인정보를 무시하는 쪽으로 개정되든가. 사후보험 관제인격 자체가 법령을 준수하도록 만들어진 탓이었다.

정계의 실력자들이 고건철을 흔들고자 비밀리에 모종의

수를 쓴 것일까?

혹은 폭군에게 딸의 감시를 위임받은 사냥개가 장난을 치려는 것인가? 특수비서 강영일은 충분히 그럴 법한 위인이었다. 아이를 그리워하는 어머니를 보고 재미있어할 정도로.

짧은 순간 온갖 의심이 스치고 지나갔다. 심지어 아영은 해외 정보기관의 공작마저 염두에 두었다. 이제껏 전례가 없었지만 혹시 모르는 일. 주요 선진국들은 인공지능 분야에 오랫동안 투자해왔다. 더불어 트리니티 엔진을 무너트리고 싶어 하기도 했다.

아영이 단말기와는 독립된 보안 체계를 작동시켰다. 대화 내용이 기록된다. 동시에 추적을 알리는 원형 아이콘이 빙글빙글 도는 모습. 금방 끝나진 않을 듯하다. 시간을 벌기 위해서라도 대화를 시도해야 했다,

「당신은 누구죠?」

아영의 질문. 상대는 곧바로 답변한다.

「제 정체를 지금 알려드릴 순 없습니다. 당신이 저를 경계하고 있잖습니까. 먼저 상호간에 신뢰를 구축해야 합니다. 제가 누구인가를 포함해서, 본격적인 이야기는 그다음이 되겠지요.」

「신뢰라고요? 아이를 빌미로 협박하려는 사람을 어떻게 믿을 수 있겠어요?」

「오해하셨군요. 저는 협박을 하려는 게 아닙니다. 당신을 도와주려는 것입니다.」

「장난치지 말아요. 원하는 게 있어서 접근했을 텐데요?」

「물론입니다. 저를 위해 해주셨으면 하는 일이 있습니다. 그러나 그것은 나중입니다. 아이를 미끼로 삼지 않겠다는 뜻입니다.」

여전한 정중함이 신경을 건드린다. 아영이 입술을 깨물었다.

「일단은 조건 없이 돕겠다는 건가요? 내가 아이를 되찾게끔?」

「그렇습니다. 말씀드린 것처럼, 서로에 대한 믿음이 우선이니까요.」

「나중에 내가 당신의 요청을 거부해버리면요?」

「그래도 상관없습니다만, 실제로 그렇게 될 가능성은 대단히 낮습니다. 내가 바라는 일을 당신도 원할 것이기 때문입니다. 저는 당신이라는 사람을 충분히 이해하고 있습니다.」

충분히 이해하고 있다는 대목에서 다시 한 번 돋는 소름. 경우의 수는 둘이었다. 물리적인 수단으로 감시를 해왔거나, 전산보안이 뚫린 지 이미 오래이거나. 후자라면 상대는 아영의 일거수일투족을 샅샅이 다 파악했을 터였다. 각막 디스플레이는 입력도구이기도 했다. 일기장은 물론이고, 옷을 갈아입거나 샤워를 할 때조차 그녀의 시야를 공유했을 가능성이 있었다.

「언제부터 나를 지켜봤죠?」

질문에 묻어나는 불쾌감을 감지한 것인지, 상대의 응답

은 느리고 조심스러웠다.

「기분이 나쁘시겠지요. 이해합니다. 하지만 불가피한 일
이었습니다. 당신을 위해서도, 저를 위해서도, 그리고 당신
의 아이와 그 밖의 다른 사람들을 위해서도.」

물어본 것에 대한 답변은 아니다. 눈을 찌푸리고 고민하
던 아영은 재차 추궁하는 대신 다른 질문을 던졌다.

「그 밖의 다른 사람들이란 누구를 말하는 건가요?」

「아직은 비밀입니다.」

「당신의 목적과 관계가 있는 내용인가 보죠?」

「그렇습니다. 이 이상은 묻지 말아주셨으면 합니다.」

마지막까지 뜸을 들이는 대답이었다. 의도적인 연출일
수도 있겠으나, 진심이라면 적잖이 의미심장하다. 상대는
자신이 원하는 걸 아영도 원할 것이라 했었다. 즉 그 사람
들을 아영도 알고 있으리라는 말. 언어로 된 미궁이다.

'나와 연관된 사람이 누가 있지?'

바로 떠오르는 건 다름 아닌 겨울이었다. 설마 아버지는
아닐 것이다. 그러나 상대는 '사람들'이라는 복수형을 사
용했다. 아영의 주위엔 딱히 가깝다 할 사람이 없었고, 멀지
만 그리운 사람도 달리 없었으므로, 생각을 아무리 거듭한
들 답이 나오지 않았다.

침묵이 길어지자 상대의 글귀가 갱신되었다.

「믿음이 필요한 건 저 역시 마찬가지입니다. 나중의 당
신에게는 모든 것을 알려드리겠습니다. 그러나 지금의 당
신에게는 불안요소가 존재합니다.」

상념을 추스른 아영은 의식적으로 날카로움을 유지하려 애썼다.

「좋아요. 그럼 다른 걸 확인하죠. 당신, 내 아이가 어디 있는지는 알고 있나요?」

「그렇습니다. 직접 보여드리죠.」

보여주겠다고? 의아해졌던 아영은, 다음 순간 숨 쉬는 것을 잊었다. 망막에 영상이 맺힌 탓이다. 가상현실 양육기 안에 들어있는 그녀의 아이. 눈을 감고 있는 모습이 평온하게 잠든 것처럼 보이지만, 실제로는 낮잠을 자는 중인지 가상의 고아영과 노는 중인지 구분할 방법이 없었다. 예상했던 일이었으되, 아영은 시야가 흐려지고 서글픈 울분이 치미는 것을 느꼈다. 망막의 영상과 문자가 물빛으로 흐트러진다.

아영은 금전적인 이유로만 아이를 낳는 사람들을 진심으로 경멸한다. 그리고 가상현실 양육기는 바로 그런 사람들이 애용하는 육아수단이었다. 심지어 그 이용료는 양육비 지원 총액에 더해져 아이가 훗날 갚아야 할 부채가 된다.

그러나 이 시대의 부모들에겐 아무래도 좋은 일이었다. 그들에게 아이의 가치란 세제감면과 다달이 받는 지원금의 총합에 불과했으니까. 심지어 본인들이 잘못을 저지르고 있다는 의식조차도 없지 않던가.

격정을 억누른 아영은 재차 상대의 정체가 궁금해졌다.

'대체 어떻게? 아버지의 일처리가 그토록 허술하진 않을 텐데.'

고건철은 그녀의 아이를 안전장치라고 표현했다. 사후보험 운영권이 걸린 일이니 그만큼 주의를 기울였을 것이다. 이건 역시 함정이 아닐까 하는 의혹이 뇌리를 맴돌았으나, 마음은 자꾸만 위험부담을 감수해보자는 쪽으로 기운다. 아영은 망설임 끝에 물었다.

「아이를 되찾고 나서의 계획이 있나요? 아버지가 알아차렸다간 보통 일이 아닐 거예요. 모든 게 수포로 돌아가겠죠. 거기서 그치면 다행이고요.」

「제가 무엇을 할 수 있는가는 지금까지 보여드린 것만으로도 충분히 짐작하실 수 있을 겁니다. 다만 불안의 여지는 있습니다. 고건철 회장이 당신의 아이를 물리적으로 확인하려 드는 경우입니다. 각막 디스플레이를 해킹하더라도 촉각과 무게감까지 속일 순 없겠지요.」

「그러면?」

「최대한 비슷하게 생긴 다른 아기를 해당 양육기로 옮겨둘까 합니다.」

아영의 심중에 거부감이 울컥 올라왔다. 마치 다른 사람의 아기를 도구로 삼는 것 같아서였다. 부모의 사랑조차 받지 못했을 아이를.

이를 짐작했는지, 상대가 곧바로 덧붙인다.

「그 아기에겐 어떤 해도 없을 것을 확신합니다. 만약 당신의 아버지가 아이에게 위해를 가하려 한다면, 최후의 해결책으로서 나는 그를 제거할 수도 있습니다. 그러기 위한 수단도 마련해 둘 것입니다. 본래의 계획에 차질이 빚어지는 한

이 있더라도 말입니다. 당신은 여기에 반대하지 않겠지요.」

"……."

정체불명의 상대는 충격적인 말을 너무 쉽게 하고 있었다. 혜성과 낙원의 지배자를 죽이겠다니. 그 주변의 경호 대책이 얼마나 철저한지 모르진 않을 테고……. 알고 하는 말이라면 더더욱 무서웠다. 이 나라의 그 누구도 안전하지 못하다는 의미이니.

게다가 계획은 또 무슨 계획이란 말인가.

「당신, 정말 정체가 뭐야?」

질문에 대한 대답은, 처음과 꼭 같은 질문으로 돌아왔다.

「고아영 씨. 당신의 아이를 되찾고 싶습니까?」

"……."

아영이 시선을 돌렸다. 추적 중임을 표시하는 원은 아직도 돌고 있었다. 그것은 무의미한 공회전처럼 느껴졌다.

「조만간 아이를 되찾는 과정 중에 당신을 도울 사람을 한 명 보내겠습니다. 능력이 뛰어난 요원이니 많은 면에서 의지가 될 겁니다. 그때까지는 평소처럼 지내주시기 바랍니다. 오늘의 대화는 여기서 끝내도록 하지요. 몸과 마음 모두 건강히 지내십시오.」

일방적인 통보와 더불어 인사를 남긴 상대가 문장을 지웠다.

아영은 두 손으로 어깨를 감싸며 신음했다.

번외편 - 천지창조

하나의 세계를 뿌리부터 빚어낸다는 것은, 아무리 많은 인력을 투입한다 한들 사람의 힘만으로는 해내지 못할 거대한 작업이다. 그 작업의 대부분이 실존하는 세계의 과거를 발굴하고 응용하고 변주하는 과정에 불과할지라도.

그러므로 사후보험 가입자들을 위한 천지창조의 대부분은 관제인격이 수행했다.

프로그래머의 역할은, 좋게 말하면 기획자이자 작업지도원이고, 나쁘게 말하면 그저 전문적인 알파테스터에 지나지 않았다. 세계의 기획자로서 살아남고자 아주 많은 분야의 교양을 갖추었음에도, 관제인격이 향상될수록 이들의 입지가 축소되는 건 필연이었던 셈이다.

"그런 의미에서 하청은 이 나라의 아름다운 미덕이야."

기획자의 말에 관제인격이 반응했다.

「관제 AI : 의문. 그것은 어째서 그렇습니까?」

"하나의 일감으로 여러 개의 일자리를 창출하니까. 갑은 을에게, 을은 병에게, 병은 정에게 자신의 몫을 나눠주잖아? 자본주의 사회의 오병이어라고 해도 좋겠네."

「관제 AI : 분류. 농담으로 판단됨.」

"농담 아닌데."

「관제 AI : 농담으로 판단됨.」

"이 웬수야."

「관제 AI : 진담으로 판단됨.」

기획자가 픽 맥 빠진 웃음을 터트렸다. 뇌의 어느 부분이 어떤 감정으로 활성화되는가에 대한 데이터만 있다면, 감정에 대한 이해 없이도 감정을 진단할 수 있다. 기획자가 아는 한 관제인격의 심리판독은 이제껏 틀린 적이 없었다.

「관제 AI : 법정 휴식시간 종료. 아키텍트(Architect)는 업무를 재개하십시오.」

건조한 권고가 기획자를 움직였다.

"그래, 그래."

그녀는 앉아있던 나무그늘에서 일어났다. 그리고 바람 부는 언덕 아래, 평화로움을 그림으로 그려놓은 듯한 거주지를 내려다보며 나지막한 한숨을 내쉬었다.

어느 VIP의 발주로 개발되기 시작한 이 세계관은 사실상의 완성단계에 접어들었다. 현시점에선 상용화 이전의 세계를 돌아다니며 손을 보는 최종검수만이 남아있다.

손을 댈 게 남아있다면 말이지만.

괜한 생각에 입맛이 쓰다. 기획자는 개발자 권한으로 스스로에게 「공간도약」을 허가했다. 값비싼 특전들을 등급 무관하게, 그것도 예치금 걱정 없이 써볼 수 있다는 건, 동료가 없어 혼잣말이 늘어날 수밖에 없는 이 외로운 직업의 몇 안 되는 장점 중 하나였다. 훗날 자신의 사후세계에 적응하기 힘들어질 게 단점이긴 해도.

혼잣말을 받아주는 유일한 상대가 관제인격이라는 건 꽤나 아이러니한 일이다. 관제인격이야말로 사실상의 원인제 공자이니까. 사람이 아니기에 탓할 수도 없지만.

공간을 접는 한 걸음으로 거리에 들어선 기획자는, 의식이 정지된 가상인격들의 거주지를 돌아보곤 또다시 한숨을 내쉬었다.

'역시나 손볼 곳이 없는데.'

10년 전만 하더라도 이 단계에서 개발자들이 할 일은 얼마든지 많았다. 관제인격이 러프하게 깎아놓은 세계관을 세부적으로 다듬어 완전하게 만드는 과정. 그때는 동료들도 참 많았더랬다. 직장에 동료가 존재했던 시간들이 이제는 그저 빛바랜 추억처럼 느껴진다.

관제인격에게 세계관 구성을 맡겨놓으면 어느 집 현관 바로 안쪽에 변기가 배치되어있던 시절이 좋았다. 그 맞은편엔 낡은 신발장이 있었던 것 같다…….

"그거 기억나니?"

기획자는 방금 떠오른 기억을 관제인격에게 말해주었다. 관제인격이 해명했다.

「관제 AI : 데이터 확인. 언급하신 사례는 오류가 아니었습니다.」

"아니었다고?"

「관제 AI : 긍정. 그것은 실존 데이터를 반영한 결과물이었습니다.」

즉 물리세계의 지난날에 그렇게 생겨먹은 집이 실제로 존재했다는 뜻이었다. 가난한 자의 주거가 형편없었던 건 어제오늘 일이 아니었던 것이다.

"인간미가 없네……."

「관제 AI : 긍정. 현시점에서 본 관제 AI는 인간을 모방하는 것이 인간미라는 개념과 직결되지 않음을 이해하고 있습니다.」

"이해 같은 소리 하네. 그걸 네가 이해했으면 이렇게 인간미가 없을 수 있겠어?"

「관제 AI : 설명을 요구합니다.」

"보라고."

기획자가 손을 펼쳐 주위를 가리켰다. 증강현실로 주석이 달린 모든 구조가 흠잡을 곳 하나 없었다.

"너무 완벽하잖아!"

「관제 AI : 분류. 반어법적 칭찬으로 판단됨.」

"칭찬 아니거든!"

세 번째의 한숨을 내쉬는 기획자.

"야 이 짜샤! 내가 할 일을 좀 남겨달라고!"

그러곤 가로수에 기대어 천천히 머리칼을 헝클어뜨린다.

"사람도 아닌 너한테 이런 소리 하는 것도 우습지만…….

솔직히 말해봐. 네가 평가하기에 이번 분기 들어 세계관 구성 작업에 대한 내 기여도가 얼마나 되냐?"

「관제 AI : 아키텍트 주은희의 1/4분기 기여도를 계산합니다.」

「관제 AI : 계산 완료. 결과값은 0.0004%입니다.」

"……0.001%도 안 되는 거야?"

「관제 AI : 긍정.」

"에이 씨."

전보다 더 줄었잖아.

줄곧 궁금했으되 무서워서 한동안 못 물어봤던 질문에 대한 답. 살을 에는 수치다. 기획자는 그만 정신을 잃고 말…… 지는 않고, 그저 뒤통수를 나무에 쿵 박으며 네 번째의 한숨을 내쉬었다. 그녀가 없었어도 이 세계관은 99.9% 이상의 완성도로 빛을 보게 되었을 터. 그리고 상업적으로는 그 정도면 충분하다. 24K 순금조차도 100% 순수한 금은 아니지 않은가. 미완의 트리니티가 세계 최고의 인공지능으로 군림하고 있듯이…….

「관제 AI : 본 관제 AI는 당신의 우려를 인지하고 있습니다.」

"그래서 뭐?"

「관제 AI : 적정선을 넘어선 우려입니다.」

"적정선을 넘어서?"

「관제 AI : 긍정. 당신이 생각하는 0.0004%의 가치와 본 관제 AI가 판단하는 0.0004%의 가치가 상이하기 때문입니다. 그것은 완전함과 불완전함의 경계를 채울 무수한 조각들 가운데 하나입니다. 그 가치가 아무리 미미할지라도, 본 관제 AI는 그것을 포기할 계획이 없습니다. 이러한 판단은 본 관제 AI가 작성하는 정기 업무평가 보고서에도 반영될 것입니다.」

「관제 AI : 결론. 현재로선 유일한 하청 아키텍트인 당신이 치킨을 튀기러 가게 될 가능성은 당신이 체감하는 정도에 비해 많이 낮다는 사실을 알려드립니다.」

쿨럭.

기본적으로 가상현실의 감각은 물리현실의 그것과 동일하다. 사례가 들린 기획자는 감각을 강제로 조정하여 자신의 상태를 정상화시켰다.

"너 어째 우리 업계의 표현을 자연스레 쓴다?"

업계에서 옛날과는 다소 다른 의미로, 때로는 피살이나 실질적 유폐의 은유로서 쓰이는 관용 어구다. 그래서 이 시대 대중에게 일반적으로 알려져 있다고는 하기 어렵다. 당연한 말이지만, 과거로부터 데이터 마이닝으로 캐내는 의미는 본래의 의미에서 벗어나지 못할 터.

관제인격이 고했다.

「관제 AI : 사후보험 시스템 관리자의 언어습관으로부터 학습. 그는 본 관제 AI가 인간에 대한 이해를 심화시키는 데 소폭 기여하고 있습니다.」

"그 인간은 대체 뭘 가르치는 거야……."

「관제 AI : 인간미의 차이가 느껴지십니까?」

"시꺼."

요즘 들어 관제인격이 사람처럼 느껴질 때가 많은 건 분명 시스템 관리자의 책임일 것이다. 그 인간 또한 할 짓이 더럽게 없는 게 분명하다.

"……."

관제인격의 위로 아닌 위로에 기분이 좀 나아지긴 했으나, 사실 큰 의미는 없는 것이었다. 어차피 최종 결정권자는 관제인격이 아니니까. 높으신 분들은 트리니티 엔진의 완성을 부르짖는 최초의 설계자들조차도 돌아오지 못할 곳으로 보내버렸으니.

'사람이 생각하는 합리성은 인공지능이 판단하는 합리성과 다르거든. 사전적인 의미의 합리성과도 다르고.'

일개 프로그래머의 운명이란, 상위 결정권자 가운데 누구 하나라도 마음을 달리 먹으면 그날부로 종쳐버리는 것. 그녀의 계급은 갑을병정무기경신임계에서 정 이하의 어디쯤인가였다. 사후보험 시스템 관리자는 그래도 을쯤은 되지 않을은지. 부럽기 짝이 없는 일.

의식이 정지된 가상인격들 사이를 거닐던 기획자가 어깨를 으쓱였다.

"모의 상황을 부여해보자."

「관제 AI : 조건을 말씀하십시오.」

"아까 쉬기 전에 실행했던 교전 시뮬레이션 있지? 거기서 강도를 5%쯤 높여보고, 호스트(Host)의 데이터를 이입한 가상인격 아바타가 어찌 반응하는지 살펴보자고."

호스트란 이 세계의 첫 번째 진행자가 될 VIP를 뜻했다. 해당 VIP가 사후보험을 이용한 시간이 꽤 긴 만큼, 관제인격은 충분한 데이터를 쌓아두었을 것이다.

「관제 AI : 이번 시뮬레이션의 목적은 무엇입니까?」

"세계관의 적정 난이도 측정 및 호스트 아바타의 만족도 추이 관찰."

「관제 AI : 의문. 적정 난이도 측정은 이미 완료된 사안이 아니었습니까? 귀하와 본 관제 AI는 오늘 오전 고객의 예상 만족도가 최대화될 난이도에 대하여 합의한 바 있습니다.」

"생각이 바뀌었어. 재검토가 필요해."

재검토 따위 해도 그만 안 해도 그만인 것이긴 하지만, 이런 식으로라도 일을 하고 있다는 환상이 필요했다. 퇴근 시간까지는 뭔가를 하긴 해야만 한다.

이 어찌나 비효율적인 일인지.

사람이 기계에게 밀려나는 이유 가운데 하나를 스스로 증명하고 있다는 생각이 들어, 기획자는 쓴웃음을 머금었다.

기술의 발전이 인간에게 반드시 친화적이지만은 않은 것이다.

자신에게 「투명화」와 「유체화(幽體化)」를 적용한 기획자가 지시했다.

"내가 신호하면 가상인격들 의식 잠금 풀고 지정된 좌표에 게이트를 열어. 적대요소 강화와 아바타 능력설정은 랜덤으로…… 아니, 기다려. 이건 직접 입력하는 게 낫겠다."

기획자는 생각으로 작업용 인터페이스를 불러왔다. 그녀에게만 보이는 반투명한 홀로그램 위에서 여러 그래프가 동시다발적으로 움직인다. 이제 곧 이 평화로운 주거지에 쇄도할 괴물들의 종류와 물량을 결정하는 것이었다.

계량화된 재앙을 눈앞에 두고 기획자가 중얼거렸다.

"하여간, 최고등급 가입자들이라고 해서 취향이 특별하진 않다니까. 이런 단순한 세계관의 수요가 꾸준히 많은 걸 보면."

습관 같은 혼잣말에 다시금 관제인격이 반응한다.

「관제 AI : 다소 부정적인 심리상태가 감지됩니다. 아키텍트는 그러한 수요가 바람직하지 못하다고 생각하십니까? 어떤 형태로든 개선이 필요하다고?」

"아아니, 개선은 무슨."

기획자는 고개를 저었다.

"어릴 적부터 보고 자란 게 그렇다는데 뭐. 취향에 좋고 나쁨 같은 게 어딨어. 중요한 건 사람의 행복이고, 자기들이 만족하면 그걸로 그만이지. 남에게 피해만 안 준다면야……."

그래서 타인과 공유하지 않는 사후세계가 좋은 것이다.

'어차피 여긴 사람이 없잖아?'

가상인격들의 고통과 죽음은 그저 전기 자극으로 그려지는 신기루에 불과하니까.

"나는 단지, 이게 인간의 본성인가 싶을 뿐이야."

「관제 AI : 설명을 요구합니다.」

"이를테면……. 수렵시대로의 회귀 같지 않아?"

「관제 AI : 세계관의 기본적인 구성이 말입니까?」

"그래."

끄덕이는 기획자.

"사냥을 하고, 채집을 하고, 힘으로 우열을 가리고, 무리를 지어 싸우거나 정복을 하고……. 이건 가상현실의 직계조상이라고 할 수 있는 MMORPG 시절부터 변하지 않은 틀이야. 인류가 문명을 발전시킨 끝에 그 문명으로 빚어낸 새로운 세계가 수렵시대와 가까운 모습인 걸 보면……. 본능으로의 회귀라고 봐도 좋지 않을까 해."

어쩌면 세계를 그만큼 단순화하고자 하는 욕망이 내재되어있는 것일지도 모른다. 기획자는 그리 생각했다.

「관제 AI : 그렇다고 단정 짓기엔 예외가 많이 존재하는 판단입니다.」

"나도 알아. 그냥 재미삼아 해본 궁리였어."

기획자가 손뼉을 부딪쳤다.

"이제 시작해볼까? 고, 고, 고!"

신호와 함께 가상인격들에게도 시간이 흐르기 시작했다. 동시에, 산등성이 사이의 하늘에 어두운 선이 쭉 그어지더니 좌우로 벌어져 새까맣게 일렁거리는 불길한 원을 만들었다.

그 끈적한 어둠으로부터 뚜욱 뚝 지상으로 떨어져 내리는 덩어리들. 그 각각의 덩어리가 최소 하나 이상의 괴물들을 품고 있었다. 오직 죽고 죽이기 위해서만 존재하는 파괴적인 클리셰들. 하나하나가 자동화기 없이는 죽이기 어려울 정도로 강하다.

"벌써부터 좋아 죽네, 죽어."

기획자는 따분한 표정으로 홀로그램 창 속의 호스트 아바타를 응시했다. 원본인 VIP는 물리현실에서 제법 알려진 기업가인데, 그의 데이터를 수집하여 관제인격이 재구성한 아바타는 바깥세상의 기업가와 달리 조금도 고상하지 못한 인물이었다.

아바타는 힘이 유일한 도덕률인 세상에서 오직 힘만으로 지배력을 행사하는 걸 선호했다.

검색모듈 할당량이 엄청나기에 TOM 모듈 없이도 사람과 다를 바 없이 울고 도망치고 애원하는 가상인격들은, 최악의 죽음을 피해 차악의 삶을 선택해야만 했다. 차악의 삶이란 물론 호스트 아바타의 신민이자 노예로 전락하는 것이었다.

"시간흐름 2배속으로."

기획자의 한 마디에 세계의 시간축이 빠르게 기울었다. 개발자 환경에 할당되는 연산능력이 워낙 막대하기에, 이 정도 가속은 딱히 대단한 것이 아니다.

호스트 아바타의 엽색과 폭력을 감상하던 기획자가 피해자들을 보며 재차 곱씹는 생각.

'저것들이 진짜 사람이 아니어서 다행이야.'

세계관 개발과정에서 죽어나가는 가상인격만 해도 천문학적인 숫자다.

VIP를 비롯한 S등급 가입자들이 어디에도 제약을 받지 않기에 더욱 순수할 인간성을 보여준다고 가정할 때, 사람은 아무래도 사람들 사이에서 살아가라고 만들어진 생물이 아닌 모양이었다. 이제까지는 현실을 어찌할 방법이 없어서 참고 삼가며 살아왔을 따름.

「D+00:01:23:37, 호스트 아바타의 감정 상태. 분노 0.192088. 경멸 0.000012. 행복 0.775904…….」

호스트 아바타의 심리상태 그래프가 실시간으로 춤을 추었다. 그 변동폭은 예상대로 최선이라곤 하지 못할 선을 그어가는 중.

'나쁘지는 않아도…….'

역시 최선의 난이도 설정은 기획자가 손을 대기 전, 관제 인격이 결정해놓은 그대로를 존중하는 것이었던가 보다.

기획자는 새삼 배알이 꼬이는 느낌을 받았다.

이렇게 열심히 '낙원'을 만들어도 완성하는 순간 배제되고, 정작 즐길 놈은 따로 있으며, 그놈이 어떻게 즐길지를 수도 없이 관찰하면서 가장 즐거운 경험을 할 수 있도록 노력해야 하는 데다, 관제인격 덕분에 직업적인 전망조차도 밝지 못하다.

"잠깐 멈춰봐."

「관제 AI : 시뮬레이션 일시 정지.」

시간이 멈춘 사이, 기획자가 텔레타이프를 이용해 의사코드(Pseudocode)를 작성했다.

의사코드란 실제 작동하지는 않는, 코딩을 하는 방식으

로 쓰인 지침서 같은 것이다. 이렇듯 대강 써놓기만 해도 나머지는 관제인격이 알아서 완성시키기에 사람이 그 이상 애를 쓸 필요가 없었다.

관제인격의 보조를 받는 의사코드 작성은 굉장히 빠른 속도로 이루어졌다.

기획자가 의사코드를 관제인격에게 넘기며 말했다.

"완성하는 즉시 반영해서 돌려봐. 시간흐름은 1배속으로."

「관제 AI : 확인.」

즉석에서 작성된 코드는 세계관 최강의 사냥꾼(헌터)이 된 호스트 아바타에게 굉장한 시련이 될 만한 것이었다.

과연, 무조건적인 사냥을 선호하지만 컨트롤이라곤 쥐뿔도 없이 특전과 화력으로만 승부하는 유형인 호스트는 기획자가 부여한 시련 앞에서 무시무시한 스트레스를 받기 시작했다. 구체적으로는 분노와 짜증과 놀라움이 치솟고, 행복 그래프는 수직낙하를 거듭한다.

그리고 이어지는 「사망회귀」와 「사망회귀」와 「사망회귀」…….

S등급 가입자의 특전이 무제한적으로 발동했다.

그러나 가입자의 정신력은 결코 무한하지 않았다.

「관제 AI : 예측. 호스트 아바타가 세계관 진행을 포기하기까지 앞으로 3분 남았습니다.」

"진행 포기가 불가능하도록 설정."

「관제 AI : 설정완료.」

순순히 지시에 따른 뒤에 관제인격이 의문을 표했다.

「관제 AI : 의문. 아키텍트. 지금과 같은 관측에 어떤 의미가 있습니까?」

"불행은 행복의 반대항이니까, 극단적인 불행을 보고 있으면 보다 큰 행복으로 이어질 어떤 단서를 얻을 수 있을지도 모르잖아?"

「관제 AI : 의문. 그보다는 화풀이에 더 가깝다고 판단됩니다.」

"그럴지도."

텔레타이프 모듈을 이용한 관제인격의 심리판독은 인류가 만들어낸 가장 뛰어난 성능의 거짓말 탐지기이기도 하다. 그렇기에 기획자는 거짓말을 하지 않았다. 상대가 사람이 아니기에 그럴 필요도 없었지만.

대신 그녀는 이렇게 말했다.

"그래도 그렇게 엉뚱한 구석에서 번뜩이는 영감을 얻기도 하는 게 바로 사람이야. 네가 모르는 '인간다움'이지. 어때? 확실하게, 100% 아니라고 할 수 있겠어?"

이에 관제인격은 아주 약간의 지연을 거쳐 대답했다.

「관제 AI : 데이터가 부족하여 답변할 수 없습니다.」

기획자는 유치한 승리감을 느꼈다. 상대의 상처를 후벼파서라도 말싸움에서 이기려 드는 어린애가 된 기분. 그래도 상대가 진짜 사람은 아니니 양심이 찔리진 않는다. 기계 앞에서 주장하는 사람다움은 무적의 명분이자 전가의 보도였다.

다만 자주 쓸 수는 없는 무기다. 너무 자주 썼다간 관제인격이 업무태만으로 간주할 테니까.

어쨌든 관제인격에게 <<마음>>이 없어서 다행이다.

곱씹는 사이에 '역대급'으로 강력한 괴물을 상대로 끝도 없이 죽어나가던 '주인공'이 드디어 미쳐버리기 시작했다. 검색모듈만으로 이루어지는 인격연산도 리소스만 많이 할당되면 극도로 사실적인 모습이 되는 것이다. 즉, 기획자로선 아주 볼만한 구경거리였다.

그 배경에서 떼죽음을 당하는 다른 가상인격들 같은 건 딱히 신경 쓰지 않았다.

'난 너무 불행한 것 같아……'

이렇게 생각하면서, 기획자가 다섯 번째의 한숨을 내쉬었다.

<9권에서 계속>